大
方
sight

南货店

张忌 著

中信出版集团 | 北京

图书在版编目（CIP）数据

南货店 / 张忌著 . -- 北京：中信出版社，2020.7
ISBN 978-7-5217-1769-3

Ⅰ . ①南…　Ⅱ . ①张…　Ⅲ . ①长篇小说－中国－当代
Ⅳ . ① I247.5

中国版本图书馆 CIP 数据核字（2020）第 062225 号

南货店

著　　者：张　忌
出版发行：中信出版集团股份有限公司
（北京市朝阳区惠新东街甲 4 号富盛大厦 2 座　邮编　100029）
（CITIC Publishing Group）
承 印 者：浙江新华数码印务有限公司

开　　本：880mm×1230mm　1/32　　印　　张：15
插　　页：2　　字　　数：345 千字
版　　次：2020 年 7 月第 1 版　　印　　次：2020 年 7 月第 1 次印刷
广告经营许可证：京朝工商广字第 8087 号
书　　号：ISBN 978-7-5217-1769-3
定　　价：69.00 元

目录

第一部

第一章

1

五点钟光景，秋林开始关门。平常日子，南货店都是过六点才关张，今日盘存，要早些。

店门其实不是门，是一块一块的长条木板。门框上下有凹槽，上面凹槽深些，下面凹槽浅些，将板子往上顶，悬空，再对准下面的凹槽，将门板落下去。木板是杉木的，杉木有筋，吃重，每一块都有几十斤的分量，耐得住日晒雨淋。

这一年，秋林十九岁，细手细脚，没几分力道。但第一天南货店报到，他便争了这上门板的生活。秋林记牢父亲的一句话，父亲说，秋林，今朝起，侬就是一个大人了。记牢这句闲话，秋林咬紧牙关，每日天没亮，就爬起来卸板，忙到天黑，又一块一块上回去。

秋林上板的辰光，马师傅便用生丝擦他那把宝贝算盘。算盘是紫檀的，乌油油，玲珑小巧，四周包着铜角，因为年头长了，四个铜角蹭得金子一样。

马师傅是这家南货店的店长，生得胖，弥勒一样的面相，一天到晚挂着笑。平日里，马师傅总穿一件洗得褪色的中山装，袖子上戴两个藏青色袖筒，收拾得清爽利落。除了紫檀算盘，马师傅还有一杆精巧的象牙秤。马师傅家民国时便在县城里做南货生意，紫檀的算盘，象牙的秤，都是老底子留下的。

店里盘存，就是算账。每个月到了月底，店里总要将这一个月的账算一算，理一理。走了多少货，存下多少东西，账面上是升溢了，还是亏损了，都要用算盘珠子打清爽。升溢了，将升的部分上交给供销社，到年底，供销社发一张红辣辣的奖状，贴在墙上。亏损了，要讲出原因，讲不清爽，就是贪污，要运动，要批斗，要坐监。

吃罢饭，马师傅打开保险箱。保险箱装着钱和账本，马师傅取出账本，分配任务。店里四条人，分两组，秋林和马师傅一组，盘副食品，齐师傅和吴师傅一组，盘百货。齐师傅和吴师傅在柜台里外对坐，秋林和马师傅坐饭桌旁边，一张圆桌，顶上一盏十五支光电灯，灯光昏黄。

盘存要点货，登记。点货是清点店里这月剩余的货物，登记是填报表。报表上有内容、品名、价格、数量，一格格列得清清爽爽。这个月剩下了多少斤糖，多少斤老酒，都要仔细填写在报表上。填完了，再用算盘噼噼啪啪算一算，和保险柜里的现金对一对，就能看出有没有升溢，有没有亏损。

这一组，秋林负责点货，马师傅负责登记。秋林点清楚了，念一声，马师傅拿钢笔将数目填到报表上。这一组盘完，齐师傅那一组也就差不多了。两组的报表交到马师傅手里，马师傅再拿出他那把紫檀的小算盘一起算一遍。

一番紧张的点货登记后，房间的气氛开始松弛了下来。齐师傅靠在柜台边，点上一根烟。吴师傅馋痨，惦记着盘存后的宵夜，压低声音说，齐师傅，可以去打蛋汤了吧？齐师傅吐出一口烟，没理睬。秋林站在一边，一声不响，只盯着马师傅的手指在算盘珠子上翻飞。

终于，噼啪作响的算盘珠子安静落来。马师傅取落老花眼镜，双手抱了个拳，托着下巴半日不说话。好一阵，马师傅才开口，你们都来看看。几个人便凑上去看，只见升溢一栏空着，亏损一栏写着两百元。

短暂沉默后，吴师傅和齐师傅都转头看秋林。两人的眼光里都夹了私货，特别是齐师傅的眼睛，眼白多，乌子少，是对死鱼眼，看得秋林心里一阵一阵地发毛。

吴师傅闷一阵，扭过头不咸不淡地念，怎么亏损那么多？这店里可从没出现过这么大的缺口。

秋林听着吴师傅的话，仿佛针对自己。这是他到这家南货店后的第一次盘存。

秋林肚皮里委屈，低下头，几乎掉落眼泪。吴师傅看不见，又说，当年店里盘存，就少了五分，天寒地冻，我和马师傅坐在柜台前整整算了一夜。账目对不上，那是坍了天了。

马师傅看吴师傅一眼，敲了敲桌板，说，莫讲怪话，抓紧时间再盘一遍。

几个人重新开始点货登记，房间里又是一阵噼里啪啦的算盘珠子动静。一番忙碌，最后，盘出来的账目还是缺了两百。不过，第二次盘，原因也寻到了，是少了一匹布。

马师傅抖了抖算盘，将珠子复位，慢腔慢调。

少了一匹布，怎么少的，我不晓得。各人都莫在心里胡乱盘算。这个店里，就这么四条人，每日都在各自眼皮底下进出，不可能明晃晃拿走一匹布。现在的问题，先不要破案，要先解决事情。出了问题，就是四条人的问题，大家要一起担。这匹布，就是这个月的亏损，我暂时不上账，大家心里清爽，有亏损，手下就紧一点，多用点气力，争取月底时能把这个账平了。

听了马师傅的话，各人都不说话。原本是说账盘好了，用煤油炉煮核桃蛋汤当夜宵。一匹布的事情弄得大家都没了心思，各自回房去困觉。吴师傅嘟着嘴，斜瞟秋林，一脸埋怨。

秋林回到房里，躺床上胡思乱想。楼下，马师傅将南货店角角落落检查完了，站在楼梯口用力喊一声，时辰不早，都好困觉了。

南货店里顿时安静了。可越安静，秋林却越没有睡意。第一次盘存就出这样的问题，秋林不晓得该怎么办。吴师傅说从没出现过这样的缺口，来了自己这么个新人，就有了缺口。他们像是认定了这匹布就是他拿的。店里会不会要自家赔？他一个月才赚廿五元工资，二百元，不吃不喝差不多要干大半年。还有，即便自己赔了钞票，是不是就能了结，会不会把自己抓去批斗，抓去坐牢监？越想越心慌，秋林困不着，翻来覆去，几乎要将一床草席搅成末子。

早起，秋林守柜台，看见齐师傅早早地出门去。今天不是他轮休的日子，不晓得是去做啥。齐师傅一双死鱼眼，一副瘟神模样，秋林也不敢问。马师傅房间里走出来，站在柜台前，将一个个玻璃罐盖打开。玻璃罐里放着饼干、白糖。马师傅将盖子打开，又盖回去，却不拧紧。马师傅蜷起中指和食指，轻轻敲了敲柜台面。

小陆，饼干罐的盖子不要盖太紧。

秋林一愣，搞不懂马师傅的话是什么意思，想问，马师傅却不理睬他，也出门去了。

中午，有个村里女人来柜台上，要称二两饼干给丈夫下酒。秋林从玻璃罐里取出饼干，给她称了，将盖子拧回去时，想起马师傅的话，手下犹豫，没有拧紧。整一天，秋林都是心里打鼓，时不时去看那玻璃罐。盖子不盖紧，饼干会受潮，饼干受潮就不好吃了。马师傅为什么要提那样的要求？奇怪的是，平时不觉得，整日盯着饼干罐，却总有人来称。秋林卖得不情愿，饼干罐盖子这么松，这几日又都是阴天，他看着饼干罐，总疑心里面的饼干生出绒毛来。

到了夜里，马师傅和齐师傅依旧不见人影。秋林熬不牢，问吴师傅，马师傅和齐师傅做什么去了，怎么天黑了都不回？吴师傅冷冰冰回答，等他们回来，你自己去问。说完，就回了自己房间。秋林心里打鼓，心想，吴师傅一定是晓得缘由的。他疑心马师傅和齐师傅是为盘存的事出门。莫不是去上级供销社告发自己去了？整一夜，秋林心里都是七上八落。

转日清早，秋林早早起来，去路廊旁边的水作店称了一斤油豆腐。油豆腐刚出锅，热烫烫，喷喷香。南货店里都是各自点煤油炉做菜，平时，秋林也去水作店买些豆腐渣。豆腐渣便宜，与咸菜一起炒，配饭最好。水作店里的老倌人好，秋林去时，总多给些。秋林从没在水作店买过油豆腐，今天不但买了油豆腐，还买了豆浆。

等吴师傅起床，秋林便将油豆腐和豆浆送到吴师傅面前。吴师傅惊讶，嘴巴里推得客气，但双手却接了过去。吴师傅吃着油豆腐，喝着热豆浆，声音响亮。

秋林见他吃得高兴，念道，不晓得马师傅和齐师傅今朝会不会回来。

吴师傅看了秋林一眼，说，你这后生，心思还蛮重的。他嚼着油豆腐，想了想，说，算了，难为这些油豆腐，我也莫瞒你，他们是去进货了。

秋林问，供销社进货不是三个月一次吗？

吴师傅说，不是去供销社进，供销社里的货源都有登记，都要上账。齐师傅是去海边，马师傅跑山里，这些自己寻门道弄来的货不用上账，卖了钞票才可以填店里的亏空。

秋林听了这桩原因，稍稍安心了些。忖了一会儿，又忖起另一桩事。

吴师傅，昨天马师傅出门时，叮嘱我，不要将饼干罐的盖子盖实，这又为哪桩原因？

吴师傅听了只是笑，不讲话。

秋林急了，说，吴师傅，你不讲给我听，我这一天心里都不安稳，做贼一样。

吴师傅就往店门口看，见四下无人，悄声说，都是没办法的事情。这盘存亏损了，只能想办法，各处都生些铜钿银子出来。饼干罐盖子松一些，受些潮，虽然难吃些，但能增重。同样的饼干，就能多卖出些钞票。明白了吧？

秋林听了，心里暗想，虽然是补亏损，但这样做不就是弄虚作假了吗？但忖顾忖，嘴上却不敢多讲一句。

吴师傅吃完豆浆和油豆腐，满足地摸摸嘴巴，说，马师傅和齐师傅出门，你是新人，这几天，柜台上的事你就暂时不要过手了。

秋林听了，心里明白，这补亏损绝对不止松饼干盖子一样办法。

自己不内行，做不了那些手脚。

整一日，秋林都在暗中观察吴师傅的手法。仔细看了，多少看出一些端倪。比如卖白砂糖，平日只包一层细纸，一层粗纸，现在，会再多包上一层粗纸。粗纸用多用少，不会上账，多包上一层，就多增了一分白砂糖的进项。这样做，一般都不会有人提出异议。有人提了，吴师傅也会跟对方解释，这次来的糖特别细。买糖要糖票，糖票珍贵，包得不仔细，漏了可惜。多包层纸，牢靠些。这样一讲，对方也就没多的闲话了。打酒人来了，吴师傅也有办法。打酒不论斤，论提。酒提形如打水桶，垂直有一长柄。平日里打酒，马师傅总叮嘱，酒提要轻轻落，轻轻提。现在，吴师傅当家，碰到内行的，依旧轻轻落，轻轻提，碰到不内行的，酒提伸进酒埕里，手上就会用些力道，加快起落速度。这样，酒埕里的酒就会起泡沫，趁着泡沫未散，迅速舀起来，倒进客户的酒瓶。泡沫掩在老酒上，酒就可以少些，减些斤两。再有，就是扯布。扯布按尺寸，村里女人来扯布，吴师傅算好对方所要尺寸，丈量布匹时，手上便加了劲，将布拉得紧些。这样下来，一匹布卖光，也能省下不少。

看到这一切，秋林暗暗有些吃惊，他没想到平时蔫头耷脑的吴师傅竟还有这样的手段。

2

在分配工作之前，秋林忖破脑袋也忖不到自己会到南货店去当一名小伙计。秋林顶想去的地方是工厂。工人阶级领导一切，站在机床边，做一颗革命的螺丝钉，多少人馋痨。可临到毕业分配工作，秋林家里却出了场风波，让他也受了牵连。

秋林姆妈说，我去探监时，你的父亲见了我，一直说对不起，一说，就出眼泪。我也想不通，你父亲一世都是谨慎细意的人，怎么会到了这境地？“文化大革命”，那是时代潮流，他怎么会晓得站哪一边？他本是不想去跟这些东西打交道的，可他在单位上班，手底有些文笔，那些人自然选他写战斗檄文，写大字报，他敢不写吗？“文革”了，这派打倒那派，“文革”结束了，那一派又打倒这一派，你父亲夹在中间，就是块夹心饼干。他被叫去审查，胆子那么小的人，此时却硬得像块石头，从来不说推板[1]的事情，只是说让我们放心，他很快就会回家。即便现在坐了牢监，也总说牢监里好，吃饭困觉都准时，脸上水色都好看了。我却不信，牢监饭哪有好吃的？可他从来都说好话，不让我担心。唯独说起你时，他才会忍不住掉下眼泪来。

秋林记得清爽，父亲出事那天，一家人等他吃夜饭，只等到天黑都不见人。后来，才晓得他被关押审查了。父亲被关在一个小黑屋里，一只出气窗比个面盆大不了多少。一张桌子，一把椅子，一叠稿纸，一支钢笔，让他交代问题。

父亲在小黑屋里关了一个礼拜。每天，母亲都把饭菜做好，让秋林送去。秋林每次去，父亲总是笑眯眯的，丝毫看不出他在这里受苦。父亲摸秋林的头，语气平淡，回去跟你姆妈说，这里很好，不会有事情的，让她放心。

最后一日，正巧是端午节。父亲爱喝酒，母亲就让秋林给他带了

---

[1] 推板：差、不好，江浙一带方言。

半瓶绍兴黄酒。父亲见了秋林，让他陪着坐了一会儿。父亲倒了一杯酒，递给秋林。秋林从没喝过酒，一仰头下去，喉咙口冒火，大声咳嗽起来。父亲在旁，看着秋林咳嗽，一声不响。秋林发现，那一刻，父亲看自己的目光有些异样。

临走时，父亲拿出一个小纸条，偷偷摸摸塞进酒瓶，用盖子盖好。

秋林走到门口，父亲突然叫了他一声。房子里光线暗，秋林看不清楚父亲的样子，只听黑暗中传来父亲干巴巴的声音，秋林，要记牢，从今朝起，侬就是大人了。

秋林回家，将酒瓶交给母亲。母亲看了酒瓶里的纸条，只是一个人躲在房间里哭。秋林不晓得那酒瓶里的纸条上写了什么。没几天，父亲便判了刑，关到了余姚的监狱。

父亲入监后不久，秋林高中毕业，面临分配。秋林那一班，几乎都是干部子弟，分配时，大多数人都去了工厂这样的好地方，唯独秋林，被发配到了乡下的南货店。

秋林到南货店里上班，店里几个老倌，对秋林顶好的要算马师傅。吴师傅阴阳怪气，齐师傅冰清水冷，唯独马师傅，脸上挂满笑，像自家亲人。

秋林到店里第一日，马师傅寻他谈心。马师傅伸圆鼓鼓四个指头，对秋林说，旧时代，当学徒要整四年，除了学艺，还要挑水劈柴，端屎端尿，料理师傅和师娘的生活。学徒吃的苦，简直赛过黄连。

马师傅说，现在是新时代了，再不讲旧社会的那些学徒规矩了。不过，既然你干了这行，就要好好学。不管到了什么时候，身上有样本事，总是没亏吃的。

马师傅教秋林打酒，马师傅说，酒提要轻轻放入酒缸，不能直直往下压，酒提一压，酒水翻动，缸底的东西浮上来，酒就混了，吃酒的人就不欢喜了。酒提要慢，小心斜着，让酒自然灌到里头。酒有黏性，出酒埕时要稳，要带一顶酒帽儿，显得这一提酒满满当当，都要漫出来了，顾客看了高兴，以为占了便宜，得了面子，以后就欢喜到你这里来。

马师傅又说，站柜台，顾客来了，你不能朝里站，不能将屁股对着顾客。要面对面，要带笑脸，和颜悦色。你态度好了，他当然愿意来做你的生意，你忖一忖，谁欢喜将脸来对你的冷屁股？生意难做，生意也好做，点滴都不能漏过。又譬如扫地，平日里，你不能拿着笤帚往外扫，要是旧时代这么扫，师傅一定会拿板子打你手心，这样扫，财气都被你扫出门了。当然，新时代不讲这些封建迷信，但顾客进来了，你朝外扫地，也不礼貌，难道你要将他扫地出门吗？这都是规矩。做生意要诚信，要对顾客好，你诚信了，对顾客好了，他愿意来，这生意也就做成了。

马师傅的一番闲话讲得秋林服气，他想自己运道好，能碰见这么个好师傅，他一定要听马师傅的话，学出名堂。

平日里，除了扫地，洗刷，秋林没事就躲在齐胸高的柜台里边练手艺。包包裹，打算盘，练得辛苦。算盘珠子噼噼啪啪，从一加到三十六，又从三十六拨回到一，反复打，反复练。练得久了，手就硬了，不听使唤，总是算错。秋林生自己的气，一生气，就用力将手摔在了柜台上。马师傅见了，就会笑眯眯地走过来，讲话轻轻腔，唱戏文一样。

后生，莫太心急，慢慢来，慢慢来哉。

3

齐师傅是出门第四日回来的，马师傅则比他要晚一日。

齐师傅这次出门，因为时间紧，跑得并不远，没有收到什么特别好的海货。但他还是挖空心思，带回十斤跳鱼干，十斤香鱼干。吴师傅上手挑着看，只见一条条香鱼干金黄油亮，香味四溢。跳鱼干小拇指粗细，一根根如同乌金。

吴师傅说，小陆，你别看这些鱼干不起眼，都是好东西。先说这跳鱼，海边人用钩子钩来，一条条穿在树枝上，用稻草烟熏火燎，烘成鱼干。这跳鱼本就不大，烘干后，还能有这样粗细，难得。放上豆瓣蒸，放豆腐汤，煮面，味道都是交关好。再说这香鱼，一看就是三门湾的香鱼。什么香鱼最好？咸淡水里长出的香鱼最好。天台山流下的清溪水，流到三门湾入海。清溪水淡，三门湾水咸，咸淡水交汇，才有这一等香鱼。这些东西海边人不当回事情，长亭离海远，这些东西少见。配饭过老酒，都是再好不过的美味。

说完，吴师傅冲齐师傅竖大拇指，说，齐师傅，也只有你这么好本事。齐师傅听了，摆摆手，依旧面无表情，坐在一边默默吃烟。

隔一日下午，马师傅也回到南货店。

出门时，马师傅身上只带去五十元现金，回到店里，却带回一百元现金，三十斤笋茄。马师傅说，这笋茄都是他在山里人家一只只龑篮子里翻找出来的。

笋茄就是毛笋，四月时挖来的嫩毛笋，剥掉笋壳，放入锅内，加盐加水，大火烧开。随后，再文火煮上半日，捞出放太阳底下晒成笋干。这笋干就是笋茄。笋茄用来烤肉，煲鸡汤，都是顶好味道。

至于一百元现金，则都是马师傅山里收皮货所得。眼下，正是打猎好季节。冬皮如宝、春皮如草，天冷，野兽身上的绒毛最是细密，取下的兽皮又韧又软，可以卖出好价格。但皮货生意难做，难在两只眼睛。一张兽皮，要看大小、色泽，更要看枪伤部位。铁砂打在野兽身上，枪眼细碎。如果收来的兽皮枪眼多，即便是冬皮，也没有好价钿。所以，没有一双火眼金睛，不敢收兽皮。

说起这趟收皮货，马师傅也是感叹，毕竟是年岁大了，眼力不好了。平常日子，我真是不敢去收皮货。话讲得客气，但马师傅山里转一圈，收来的张张都是好皮货，到收购站一卖，自然都是好价钿。

秋林暗暗佩服，这三个老倌看着不起眼，却是个个手底都有看家本事。

马师傅和齐师傅回来后，三个老商业各显神通，一个月下来，再盘存时，账面上就如同变魔术一般，不但平了账，还多出几十元的升溢。

平了账，马师傅高兴，拍板从账上拿些铜钿出来，吃顿好的，也是犒劳这一个月的辛苦。

买菜烧菜的任务自然就落在齐师傅身上。吃的事情，齐师傅最内行。什么季节吃蛏子，什么季节吃黄鱼，什么季节吃螃蟹，心里清清楚楚一篇账目。那双死鱼眼平常日子看不出动静，可一看到水产，就能冒出光来。供销社里领水产，如果齐师傅上过手，其他单位的人，就只能挑拣些推板货色了。

齐师傅买来菜，在烧饭间忙碌。今天的菜，油水用得特别足，这是马师傅认可的。平日里各自做饭，虽然也用公家的油，但是极苛刻，一分一厘都不让多用，今天不同。其他的调料，比如酱油、米醋、白糖，店里头都齐全。备料足了，齐师傅大展身手，菜的滋味比饭店里都好。

吴师傅感叹，说，多少日子没沾过这样的油水了。这烧菜，就是要多放油，又香又滋味。

马师傅说，油水足，这菜当然是好吃。但这上半夜也要多忖忖下半夜事情，这开店，跟过日子一样，要时时算计着。手指有漏缝就不行了，要懂得积少成多。

秋林在旁看着马师傅，听得认真。

第二章

1

秋林姆妈站在灶台前忙碌，笼屉里，一阵阵蒸汽热腾腾地翻滚。笼屉里蒸的是隔纱糕。隔纱糕是一种米粉糕，米粉放进笼屉里蒸，下面会隔上一层纱。以前，只有过年才会做隔纱糕。秋林心里明白，母亲做糕点是要去看父亲，这是父亲最喜欢吃的点心。

秋林姆妈说，上一次去时，你父亲问你毕业分配的事，我只说你分在了机械厂。你莫怪姆妈说乱话，牢里日脚难熬，我也是想让他听了心情宽慰些。

秋林坐在灶膛边，没响，只拿着一根树枝划着地上的灶灰。

秋林姆妈又说，明天我去余姚，你有什么闲话要我替你讲？

秋林听了，还是不作声。

你莫乱盘算，爸爸不让你去看他，自有他的道理。从小到大，他对你顶好。每次去余姚看他，总是详细打听你的事情。一说起你，眼睛里就冒了光，总是听不够。

秋林坐在灶膛里，觉得面孔被灶膛里的火焰熏得难过，便站起身来。秋林说，我去卫国家。说着，便往门外走。

卫国家住在城南，城南有几栋民国年间的别墅，给县里顶大的几个领导住。别墅背后是飞龙山，屋前是将军湖。卫国父亲是南下干部，县里武装部当部长。山上种满枫树，一到秋天，飞龙山上满是红叶摇曳，漂亮极了。每年枫叶红时，卫国父亲就会带卫国爬山，爬到山顶，卫国父亲双手叉腰，望满山红枫，大声念诵《七律·人民解放军占领南京》。

卫国跟秋林从小同学，顶要好一个朋友。卫国父亲也欢喜秋林。秋林父亲出事时，他也鸣不平。他告诉秋林，你爹坐牢，你就当我是你半个爹。他又跟卫国说，卫国，你要好好对秋林。你对他不好，我拿皮带抽你。

读书时，最作兴穿军装，卫国个子大，整天穿着父亲的黄军装，派头十足。卫国借秋林穿过，但秋林太瘦，撑不起来，穿着像稻草人。毕业后，卫国本是想去当兵的，但他父亲不肯。父亲说，部队名额有限，我是武装部长，把当兵名额给了你，别人怎么想？考虑再三，父亲说，你还是去当工人吧。卫国父亲让卫国去县第一机械厂当工人。第一机械厂是县里最红的工厂。卫国偷偷去工厂转了一圈。厂里正好从捷克斯洛伐克进口了一台机床，六七米长，威风得不得了。当时厂里工人都馋痨，都争着想去开那台捷克机床。卫国回家，跟父亲说，要自己当工人可以，但必须是要开捷克机床。就这样，卫国就去了第一机械厂，成了一名开捷克机床的工人。

卫国见了秋林，有些埋怨，说，工作分配了几个月，你也不告诉我一声，问你姆妈，才晓得你去了乡下南货店当伙计。什么时候，我也去你那里嬉。

秋林说，乡下地方，有什么好去？

卫国伸手在秋林肩膀上打了一记，说，怎么革命情绪这么低落？

秋林说，烦心。

卫国说，烦什么心？

秋林摇头，说，我也说不清爽。

卫国想了想，说，莫多想了，我带你看电影去。电影院里正在放一部日本电影。卫国压低声音，听说是讲日本堂子店里的故事，里面女人都不穿衣裳。

出卫国家往西走，过天主堂，转个弯，便是桃源街。电影院便在桃源街中段。电影院门口一块小黑板，黑板上写着六个字，日本电影《望乡》。黑板旁边有个一尺宽的售票口，此刻早已挤满了买票的人。卫国没有排队，跑进旁边一间小屋，里头有电影院工作的同志，有一位是他父亲的熟人。过一阵，他走出来，手里拿两张电影票。

时间还早，两人便又去买甘蔗。电影院附近，点心铺，甘蔗摊，瓜子摊，小人书摊，都是买卖。买了甘蔗，秋林转过身，见街对面站了一个姑娘，梳两根辫子，穿一件白色连衣裙，裙子上有碎花。竟是春华。春华轻轻刮着鬓上的发丝，向左右张望。不远处，一个穿军装的男人朝她走近，这个人二十几岁，身材刮挺，生得清爽，两道眉毛又粗又黑。不晓得为什么，秋林看着他，就觉得他身上军装特别干净，特别绿。

是个军官。卫国说。

秋林说，你怎么晓得？

卫国说，我怎么会不晓得？两个口袋的是大头兵，四个口袋的，定是军官。

正说着，春华好像也看见秋林和卫国，冲着两人招手。秋林装作没看见，赶紧掉头就走。卫国在身后叫，陆秋林，你去哪里，电影不看了？秋林不应声。卫国赶上来，用胳膊撞了撞秋林，说，怎么，难过了？

秋林说，乱话三千，我难过什么？

卫国说，春华啊，你看见那男的，难过了。

秋林说，你放屁。

卫国说，连我都要瞒啊，你念书时就顶欢喜春华。

秋林说，你莫要瞎讲。

秋林快走几步，在路边寻个台阶坐下。卫国坐他旁边，递一节甘蔗给他。

卫国说，春华现在不得了了，分配到百货公司当售货员。城里人都晓得百货公司有个画报一样的女人。听说每日还有乡下人赶上来，什么都不买，就为看一看这个美女春华长什么样。

秋林吐出一口甘蔗渣，说，谁信？春华也就是一般相貌。当时我们班里那么多女生，她也没有显出来。

卫国说，你怎么不早说？你早这么说，我就去寻春华谈对象了。

秋林说，那你现在尽管去寻好了。

秋林站起来，拍拍屁股，说，再去寻个什么地方嬉一嬉。

卫国说，不看电影，还能去哪里呢？

秋林想了想，说，哎，卫国，你带我到你的机械厂去看看吧。

卫国说，厂里有什么好看？

秋林说，我妈让我拍张照片给我爸爸。

卫国愣一愣，说，行，那先去我家里拿照相机。

两个人到卫国家里拿了照相机，赶去第一机械厂。秋林走进卫国的车间，站在当中那台五六米长的机床前，汗毛倒竖。这个机器比他想象的还要大出许多，放在车间里，像一艘军舰。秋林屏住呼吸，伸手搭在冰冷的机器上。秋林心里难过，如果不是父亲的事情，也许自己也能坐到这机床上面去。

秋林站在捷克机床前，让卫国给自己拍了一张照片。

一个礼拜后，照片洗出来了，洗了两张。一张交给了姆妈，另一张，秋林把它贴在了自己的床头。

不晓得为什么，看见这张与捷克机床的合影，秋林总会想起春华来。

2

南货店所在地方叫长亭。据说，长亭这个地方最早真有一个亭子，后来风吹雨打，亭子塌了，才又建起个路廊。长亭是县城出西门去往台州府的必经之地，来往客人走到此处，可以在路廊里歇歇脚，喝些水，吃些干粮。时日久了，旁边就生出些生意，再久一些，人更多了，就有了个长亭村。

路廊东面有一座矮山，山腰处有一座小庙。路廊西面，横摆一条溪流，溪上架一座石桥，过石桥，便是长亭村。南货店在村东，清代的老房子，四开间，两层的木结构，上木门板子。

秋林新到南货店，白天人来人往，热热闹闹，倒也不觉得苦。夜里冷清，一躺在床上，就想父亲，想母亲，想着想着，总出眼泪，觉得日子难熬。想得累了，好不容易困着，半夜又会被饿醒。十七八岁的后生，还在长身体，总是觉得肚皮饿，觉得没吃饱。醒过来，就闻见楼下那些饼干红枣香味。秋林在黑暗中盘算，这么多东西，吃一点，他们应该也不会晓得。就算晓得了，自己也可以学他们样子，用些手法，将账平上。但终是想想，不敢。

这一夜，秋林又半夜饿醒。实在熬不住，便踮脚尖下了楼梯。可走到柜台前，他又迟疑了。盯着玻璃罐子上的光亮，用力吞咽口水，想象饼干在嘴里嚼动发出蓬脆声响。想一阵，秋林猛扇自己一个耳光，转身开小门往外快步走出。

秋林在夜色中一路走到了河边。离店里远了，秋林的脑子也渐渐冷下来。他寻一块石头坐下，听着水响。夜里无风，草丛里早早上了霜，一会儿，裤脚便湿了。秋林坐不住，起身看见长亭村里一片漆黑，唯独路廊边的水作店还亮着灯。墨色的天空里，一股白烟冲天。秋林便起身往白烟处走去。

水作店的门敞开着，屋内蒸汽腾腾。秋林进门，看见做豆腐老倌正在大土灶边忙上忙落。灶上是一口大铁锅，锅上套一个大木桶。老倌身材单薄，站在大木桶前，瘦小得像只猢狲。

见了秋林，老倌有些吃惊，说，这么晚还来买东西？秋林摇头，有点支吾，不买东西，夜里困不着。秋林咽了口口水，说，我想在你灶膛里坐坐，刚河边走路，裤脚上沾了霜，都湿了。

老倌说，你尽管坐，正好帮我望望火。

秋林灶膛边坐下，膛火正旺，没一会儿，人就暖和了起来。

秋林问，你锅里在烧什么？

老倌说，熬豆浆。

说着，老倌走到橱柜里翻，翻出两只馒头，搁到木桶上。豆浆煮好了，馒头也热了。老倌递给秋林一只，说，你一只，我一只，正好。秋林推辞不要。老倌说，吃吧，我也是你这个年岁过来的。秋林不好意思地接过来，喉咙有些发硬。吃了馒头，帮老倌将豆渣装入布袋里。老倌用木棍挤压，压出豆浆后，又滴入盐卤用木棒搅拌，不多时，豆浆便在木桶里慢慢结成雪白豆腐花。

老倌说，你回去困吧，再不回去困，明朝起来就没精神了。秋林应了。走到门口，老倌又说，你明天再来，带个搪瓷杯。秋林应了一声，回南货店困觉。钻进被窝，原本冰窖一样的被窝没一会儿就暖和了。秋林印象中，这一夜是自己来到长亭困得最香的一次。

转日夜里，秋林又去水作店。出门时，想起老倌的话，就带上了搪瓷杯。秋林去得早，进门时，老倌还在石磨上磨黄豆。秋林说，你的豆浆真好，又浓又香。

听了秋林的话，老倌就来了精神，说，你小鬼嘴巴蛮灵，我做豆浆，用的都是六月熟的黄豆。每年七月半前，我都准时去三岔各地方收黄豆。只有六月豆，做出豆腐来，才是又韧又香。

秋林帮着老倌将黄豆磨成细粉，再放大锅里煮。煮豆浆时，老倌总算脱空，点一根香烟，和秋林讲几句闲话。

老倌说，你小鬼家里几条人马？

秋林说，除了我，还有爹娘。

老倌说，爹娘都做什么工作？

秋林说，姆妈在家，爸爸原来机关里当干部，出了事情，现在余姚坐了牢监。

老倌叹了口气，你小鬼也不容易，家里独苗，必定父母掌心肉，现在一个人到这乡下地方吃苦。

秋林听了，不作声，眼眶有些湿润。闷闷地坐一会儿，起身要回去。

老倌说，你把搪瓷杯留下，明天一早来拿。秋林疑惑。老倌说，你不要管，明天早上来拿就是了。

秋林应了，回去困觉。第二日早上店门口卸完板，想起那个搪瓷杯，便又跑到老倌店里，老倌将满满一杯豆浆递给他。

老倌说，我跟你小鬼蛮投缘，你莫看这豆浆，这是熬了一夜豆浆顶上最香一层，你身体嫩，需要营养。以后，每日夜里把搪瓷杯拿来，我给你准备豆浆。

秋林想了想，说，这豆浆多少钞票一杯？

老倌白了一眼，说，你这小鬼怎么这么多心思，谁管你要钞票？你欢喜喝就喝，不欢喜就倒掉。

秋林听了，心里感动。不晓得是热气还是眼泪，秋林看着搪瓷杯上“为人民服务”五个毛体字，模模糊糊，起雾一般。

3

这一礼拜，轮到秋林跟齐师傅值班。南货店里，有时四个人，有时两个人，除去盘存时四个人都要在场，平时家里有事，也可回去照料，只要留两个人。

店里几个人，秋林最不喜欢的是齐师傅。刚来时，吴师傅和齐师傅对他都没有好脸色。但吴师傅贪小，馋痨，吃过一次油豆腐，脸上就有了笑模样。可那齐师傅，始终都是一副冰冷面孔。秋林从他身边走过，都会情不自禁打个冷战。

南货店四开间，坐北朝南，屋深。前半为店堂，后半是仓库和堆场。店里四条人，住上下两层。马师傅和吴师傅住楼下，马师傅是店长，店长住楼下是惯例。吴师傅说自己腿脚有风湿，爬上爬下不方便，也住楼下。

店里三餐，是各自烧饭菜。一楼有烧饭间，四个煤油炉，一人一个，按人头，每月发放煤油。寻常日子，齐师傅吃早饭都是鱼鲞泡饭，但这几天，却日日吃红枣银耳。天还不亮，他就钻进烧饭间里，点起煤油炉。红枣银耳越炖越香，仿佛生出腿脚，蹬着楼梯上楼，钻进秋林的房间里。

秋林不是木头木脑后生，也想过跟齐师傅搞好关系。齐师傅欢喜吃，秋林就打算着趁两人搭班时去水作店买豆腐豆浆讨好。但一闻到齐师傅炖的红枣银耳，就泄了气。这都是顶好的东西，特别是那雪白银耳，是南货店里顶金贵宝贝。本地不产银耳，银耳来自福建古田，供销社统一进货，分到南货店，配额极少。村里人只有生了重病或者生了小鬼坐月子，才会到南货店里克斤克两称一点。店里称银耳，用的都是马师傅那杆精巧的象牙秤，据说，以前称鸦片才用这种秤，特别准。

齐师傅吃红枣银耳，自然不会稀罕自己的豆浆豆腐。吴师傅嘴馋，齐师傅嘴刁，这是不一样的。秋林断了自己的念头，心里却又打鼓。齐师傅怎么有钱吃这么高级的东西，而且平时不吃，还偏偏和自己排班时吃？秋林疑心他的银耳红枣是柜上拿的，甚至，他疑心上次盘存时那匹布也跟齐师傅有关，但这个念头只是一闪而过。秋林不敢多想。

两人搭班，同个柜台进出，低头不见抬头见。但齐师傅从来不跟秋林搭话，秋林有事情跟他商量，他也不说话，死鱼眼睛一瞪，坐在那里，如同聋哑。

这一日夜里，秋林从豆腐老倌那里回来。小心翼翼往楼梯上走，走到一半，隐约听见一些古怪声音。辨析一阵，是一个女人声音，在喊什么数字。声音是从齐师傅房间里传出。齐师傅房间怎么会有女人？秋林大着胆子，走到齐师傅门口，将耳朵伏在门板上听。听了一会儿，听不清明，只有一阵滋滋的电流声，才晓得不是女人，是收音机。

秋林回到房间躺下。躺一会，又不甘心，起身将耳朵贴到板壁上，此时，隔壁房间里面已经没有了声音，齐师傅把收音机关掉了。秋林躺在床上，床尾正对着房门，秋林看着房门，看着看着，忽然觉得慌张起来。他起身，找了根木棒，顶在门后。一番闹热，秋林困意全无，在床上坐着，望着房门，醒了一夜。

第二天早上起来，秋林下楼来，看着齐师傅正弯腰躲在柜台下忙碌，空气里一股酒味。秋林走到后面院子洗漱。洗漱回来，齐师傅已经坐在饭桌边吃红枣银耳汤了。

秋林用煤油炉煮了泡饭，也坐下吃。齐师傅吃东西慢，细嚼慢咽。秋林吃一阵，突然想起昨晚的事情，又一阵心慌，屁股像生了钉子，坐不牢，便胡乱吃了，跑到柜台里练算盘打包裹。这是马师傅的托付，开春时，全县供销社有一场比武大赛，马师傅想让秋林参加。马师傅说，供销社里能人不少，你如果能捧回红辣辣的奖状，说不定领导看中，调你到县里上班。秋林听了，心里感激。就算为了马师傅争面孔，他也要吃苦。

中午，邮递员送来一封信，是给齐师傅的。齐师傅站在柜台里看信。秋林偷偷望过去，见齐师傅看着信，神色慢慢就变了。这时，正好有一个十一二岁的小孩进店，拎着个玻璃瓶来打酒。齐师傅赶紧将信肉塞回信封，眼神不定，随手拿酒提舀了酒，倒进玻璃瓶里。等小孩拿着酒瓶出门，齐师傅眼睛突然一亮，探头看着门口，好像想叫他。但眼睛往旁边秋林那里瞟一眼，脸上又偃旗息鼓，不动声色。秋林看在眼中，觉得怪异，偷偷往柜台底下瞄，发现柜台下竟开着两埕酒，一里一外。

午饭过后，那个打酒的小孩又来了，背后还跟了个男人，看面相，是父子。男人来者不善，进门就数落齐师傅。

我是老买主了，老酒吃了多少年，你怎么好卖我掺了水的酒？做生意人心黑，酒里掺点水，我也算了。你这个酒，不是酒里掺水，是水里掺酒。

齐师傅不动声色，只说，你哪只嘴巴吃出我酒里掺了水？

男人说，你说我用哪只嘴？

齐师傅说，你这也叫嘴？连句好话也讲不像，还能吃出好坏酒？

男人气得面孔通红，要发作，又不敢。齐师傅一米八高，一对死鱼眼瘟神一样。男人身体哆嗦几下，牵着孩子悻悻而去。齐师傅低头打算盘，就像是什么都没发生过一样。

夜里，秋林照例去老馆那里坐，但没坐多久，就早早回了南货店。秋林心里惦记着齐师傅半夜听收音机的事情，屁股就变尖，坐不牢。这晚，秋林不敢再到齐师傅门口偷听，他怕那门突然打开，那真是要吓煞人了。秋林进房间，锁门，将耳朵贴在板壁上。这屋本就是木结构房子，板壁薄，隔壁房间声音能听得清清爽爽。听了一会儿，隔壁没动静，秋林觉得有点失望，躺下。过了不知多久，瞌睡虫上来，秋林迷迷糊糊之间，听见沙沙的声响，打个激灵，迅速爬起，趴到板壁上。一阵沙沙声后，果然又传来那个女人的声音。这次秋林听清了，女人在喊，0671，0671，你的情报我们已收到，你的情况我们已收到。随后，这声音又重复几遍。接着，是一阵沙沙声，另一个女人开始唱歌，唱得好听，软绵绵的。唱完歌曲，有人介绍，这唱歌的叫什么君，声音不是特别清楚。秋林将耳朵往板壁里用力靠，隐约听见两个字，台湾。

秋林终于听明白，齐师傅原来在听台湾电台。台湾是蒋介石的老巢，这齐师傅莫非跟蒋介石有什么关系？秋林脑子乱糟糟，身体软绵绵，想起齐师傅那双死鱼眼，一时间觉得天都要坍落来了。

第二日一早，太阳出山，红猛日头，齐师傅拉一条骨牌凳，坐在门口翻晒红枣。红枣易受潮，潮了便容易生虫。要趁好天气多过筛翻晒，才不会生虫籽。秋林一夜没睡好，站柜台里哈欠连天。他偷偷望齐师傅背影，脑里翻江倒浪。秋林没想到敌对势力这么嚣张，竟敢这样明目张胆地坐自己面前。

临近中午，远远走来一个人。穿中山装，戴一顶蓝色解放帽。齐师傅看见，毕恭毕敬站起来，许同志，你怎么来了？

许同志说，有点小事情，来看看。

说着，就朝屋里走进来。许同志四处打量，看见秋林，说，你是小陆吧。

秋林一愣，点了点头。

许同志说，你父亲，我们曾经机关里同事过。

许同志的话让秋林有些意外，父亲出事后，很多旧识，见了他都装作不相识。能主动提出与父亲相识的，许同志是第一个。秋林当即便对眼前这个瘦瘦的人有了些好感。

许同志说，你们的酒埕放在哪里？

齐师傅说，在柜台里。

许同志用手点着秋林，小陆，你把酒埕帮我抱出来。

秋林低头，看见脚下两只酒埕，犹疑一下，将外面那只抱了出去。酒埕放在地中央，许同志舀出一提，看看颜色，嗅嗅味道，又尝了一口，咂咂嘴巴，将酒提放回去。

许同志又问，其他酒放在哪里？

齐师傅说，在后面仓库。

许同志说，你带我去。齐师傅便带着许同志往屋后去了。秋林愣在柜台里，他不晓得自己脑子里怎么想，为什么要把柜台外那埕酒搬出去，难道自己是被台湾特务的气焰吓煞了吗？

许同志和齐师傅到后面仓库看一阵，又回到前头。

齐师傅问，许同志，到底什么事情，要跑到此地来查酒？

许同志说，有人到县供销社告状，说你们往酒里掺水。

齐师傅眼睛瞪得圆，说，谁说的，怎么好造这种谣？

许同志说，这个我不能说，说了，人家怕你打击报复。许同志看了看手表，说，好了，情况我也了解了，我也该回去了。

齐师傅说，中午了，吃了中饭再走。

许同志说，这怎么行。

齐师傅说，怎么不行？吃我个人的，又不是吃公家的。

许同志推让一阵，还是依了齐师傅，留下吃饭。

店里也没什么好菜，齐师傅炒了一盆青菜，一盆腌雪里蕻炒虾籽，又蒸了半条鲫鱼。齐师傅特意叫秋林也一起吃。

齐师傅说，没有好菜，随便吃点。

许同志说，再好不过，我最欢喜吃鳓鱼。齐师傅这鳓鱼霉得有劲。这鳓鱼是越霉越香，霉到生了虫才最滋味。

齐师傅说，以前做咸货生意，顶有人买的便是这三抱鳓鱼。

许同志说，为啥叫三抱？

齐师傅说，鳓鱼春季捕捞上来后，立即用重盐腌制入舱，这是第一抱。上岸后层盐层鱼装入缸内，盖上竹帘，压上重石腌制，这是二抱。一个月后再次翻缸，加盐，才算三抱。

许同志说，齐师傅好本事。这鳓鱼的确好，香得掉鼻子。

吃好饭，许同志问秋林父亲情况。秋林说父亲关在余姚监狱，许同志问他有没有去看过，秋林低头不应。许同志便不再问，只说，你有事，可以到县供销社里寻我，我叫许运生。秋林感激。许同志拍了拍他的肩膀，说，你爸爸不容易，是个老实人。

许同志走了，齐师傅又恢复常态，站到柜台里，东翻翻，西摸摸，像是什么也没发生。秋林继续坐在一边练算盘，包包裹。心里却乱糟糟一下午。好不容易挨到天黑上门板，秋林快速吃几口夜饭，便要跑到水作店去。刚要出门，齐师傅在身后叫住了他。秋林扭头，看着齐师傅那双死鱼眼睛，心里发慌。

秋林战战兢兢问道，齐师傅，有什么事情？

齐师傅冷冰冰说，夜里肚皮饿，千万莫要下楼吃柜台上的饼干。饼干罐子上，都是做了记号的。

说完，齐师傅便转过身，步履缓慢地往楼上走去，再也不理秋林。

第三章

1

马路边清冷，风刮过裸露的山体，呜呜地响。转角处，现出一个黑点，慢慢近了，最后停在眼前，是一辆拉柴的手拉车。手拉车上，柴捆堆得整齐，成一个凹字形，中间铺着金黄色的稻草，干燥蓬松。

齐师傅蜷着身体，坐在干燥的稻草上，摇摇晃晃，双手缩进袖筒，眯眼看着长亭的那个路口越变越小，越变越远。长亭离城里十几里路，不远。但齐师傅回城，从不走路。他花两毛钱，让拉柴人拉自己回城。齐师傅一月回两次家，拉柴人记住日子，从不耽误。

进了城，风小了，不冷了，齐师傅也有了精神。手拉车一路拉到中大街，兴国饭店门口停落。齐师傅慢慢爬下来，从内袋里掏出两毛钱，递给拉车人，说句辛苦，走进兴国饭店。饭店里热气腾腾。齐师傅寻个窗边位置坐下。老板姓方，认得齐师傅，走过来拔香烟。

方老板说，齐师傅，最近来得疏了。

齐师傅说，南货店里忙。

方老板拿自来火给齐师傅点烟。

齐师傅，你今年也五十多岁了，何必城里乡下跑。你还缺那几块工资？

齐师傅说，我哪有铜钿，赚来几块钞票都填了这张嘴。

方老板说，齐师傅莫说笑，你的家底谁不晓得，吃点喝点，几世都用不完。

齐师傅说，只好个名头。有什么时兴菜？

方老板说，刚挖的冬笋，跟肉片炒，味道顶赞。

齐师傅说，好，那就要一个冬笋肉片。

方老板说，有新捞上来的牡蛎，鲜得掉头发。

齐师傅说，好，开水烫一烫，弄一个蘸碟，倒点酱油，放点姜丝。有黄梅童吗？

方老板说，有，透骨新鲜，舟山的船刚打上来的。

齐师傅说，来三条，用雪菜烧，放些番薯面在鱼汤里，当主食。

方老板去忙，齐师傅坐在窗边，抽一口香烟，吐在玻璃窗上，玻璃窗上绿头苍蝇嗡嗡响，被烟一裹，昏了头，直在玻璃上团团转。

菜慢慢上来，齐师傅拿起筷子，细嚼慢咽，独自吃了一个钟头。吃完了，满足地点一根香烟，吞吐起来。抽完，付钱，出门，沿中大街，由东往西走一段，走到路口，往北转，往解放路方向走。

解放路原是县城里做水产顶有名的一条街。旧时，这条街不叫解放路，叫沥石街。最有名是水产生意，街道两边十几家买卖，做的都是水产。水产运到此处，海水河水滴滴沥沥，青石板路面似乎从来都没有干过，街名也因此而来。齐师傅家就住在解放路尾巴，是一座两层小屋，原来就是这条街上最有名一家水产铺面。

齐师傅进门时，秀娟正一个人坐着吃夜饭。

秀娟说，你怎么今朝回来，吃过了吗？

齐师傅说，在兴国饭店吃的。

齐师傅坐床沿上，秀娟便搁下碗筷，起身去倒水。

齐师傅说，你先吃饭。

秀娟说，我吃好了，先给你解乏。

秀娟拿来盆，掺了冷热水。齐师傅伸脚试了试，说，凉了。秀娟便拿热水瓶又加了热水。

齐师傅泡着脚，秀娟收拾碗筷。

齐师傅说，罗成最近有没有回来？

秀娟说，回来过一次，吃了苦头。

齐师傅说，吃啥苦头？

秀娟说，班级里有个坏坯子，问他借十块钞票。

齐师傅说，罗成给他了？

秀娟说，他哪有那么许多铜钿？那个坏坯子不相信，让他将衣兜裤兜全部翻出来，最后将鞋子里鞋垫都抽出来抖落。罗成仅有两块打菜的铜钿全部被他拿走。整一礼拜，几乎吃白饭。

齐师傅说，为什么不寻老师？

秀娟说，他哪里敢？从小就是胆小的人。还特意叮嘱我，不要跟你讲，怕你寻到学校去。

齐师傅听了，脸色转青。

秀娟问，水冷了，要不要再加点热水。

齐师傅摇头，你把水倒了吧。

秀娟端水出去，齐师傅用毛巾擦干脚。坐在床沿上闷闷吃烟。

夜里，躺在床上，秀娟说，我总是担心罗成。罗成性格弱，再半年，读完高中，不晓得干什么好。

齐师傅说，你莫担心，我心里有数。

秀娟说，总是我作的孽，要是当初不给你出那个主意，也不会有现在的事情。

齐师傅说，你又讲这些做什么？

秀娟说，我晓得，你手心手背都是肉。但罗成毕竟是我亲生，从小到大，都是吃亏，到了这一步，我总是要为他说句话的。

齐师傅说，我都说我心里有数了，你莫要逼我。

秀娟听了齐师傅的话，心中莫名委屈，背过身，眼泪就顺着眼角流了下来。

2

齐师傅有两个儿子，大一个叫齐海生，小一个叫齐罗成。齐师傅的两个儿子来得不易，三十多岁，秀娟还没怀上。齐师傅虽然没闲话，但秀娟心里内疚，总是偷偷出眼泪，暗自埋怨自己。

这一年临春节，秀娟家来了一个从来不走动的亲眷。山里来的，拎着一袋子推板山货来串门。亲眷坐下，稍稍寒暄，跟秀娟说起自家的事情。最后说到自己女人，竟开口骂起来。

亲眷说，我那个女人，别的本事没有，唯独能生养。腿一张一个，腿一张一个，五六年光景，一口气生下四个儿子。四个儿子就是四个无底洞，怎么填都填不满。我们又不是大人家，底子薄，原本就是田地里挖铜板，勉强度日脚。添了这四个讨债鬼，这日子真是不晓得怎么过了。

秀娟耐心听着。其实亲眷刚一开口，她便听出门道，肯定是钞票上落事情。也不是什么要好亲眷，原本打定主意，寻个话口将他回绝。可听他说起他女人能生养的事情，回绝的话在舌头尖转了一圈，又咽回肚皮。

秀娟到房中拿出二十块钞票，递给他。

秀娟说，现在各家都困难，我也给不了你许多。这点钱，你拿去。改日，我帮你打听，有什么赚铜钿生活让你女人去做。

亲眷接过钞票，连连称谢，高兴而去。

过了年，正月里，秀娟让齐师傅同她去山里亲眷家拜岁。齐师傅暗自纳闷，不晓得何时生出这么一份亲眷。问秀娟，秀娟也讲不清爽。亲眷见秀娟夫妻来，高兴得不得了，忙前忙后，角角落落翻出各种能吃的东西，让老婆凑一桌菜。秀娟见到亲眷老婆，暗中观察，果然是个健壮的女人，屁股又圆又大，像只南瓜。

亲眷的老婆叫美姑，烧饭时，秀娟便偷偷问她，你男人寻我帮你找份工，现在有个生活你愿不愿意？

美姑问，什么生活？

秀娟说，我有个熟人，家中有钱，不会生养，你帮帮他。

美姑说，怎么帮？

秀娟说，只做一阵露水夫妻，帮他生养一个。

美姑听了，两颊发红，说，怎么好这样，被人家晓得，脊梁骨戳穿。

秀娟说，怎么会被人晓得？这种事情，天知地知。

美姑说，生小鬼不容易，生一次就是过一趟鬼门关。

秀娟说，你生过四个小鬼，熟门熟路，生起来不会吃苦。

美姑迟疑，说，为点钞票，这样的事情不上算。

秀娟说，怎么会不上算？你家里四个小鬼，加上你们两个，六张嘴巴。你男人能挣多少，养得住六张嘴巴吗？现在，饿死人的事情也不少见，这么多嘴巴，你怎么喂得饱？辛苦生出来，肚皮饿死才是真真不上算。

美姑说，我这样，对不起我男人。

秀娟说，有什么对不起？你给他生了四个，现在给我那熟人生一个，算得了什么？你拿了钞票，养大四个小鬼，又帮助别人延续香火，这是积德行善，是送子观音。后代子孙晓得这样事情，不但不埋怨，反而早烧香，晚点灯，一世供奉你。

美姑神色恍惚，低头闷了半刻，问，到底能给多少钞票？

秀娟说，就一年，每月给三十块。如果生不出，就算数。如果生了，生下男小鬼再给两百，囡一百。

美姑想了想，点头答应了，说，跟我男人怎么说法？

秀娟说，我跟你男人说，介绍一个生活给你做。要去舟山，帮人晒鱼鲞。去一年，每月三十块工钿，他自然会高兴答应。

美姑再没有顾虑，秀娟当即掏出三十块钞票塞给她，算作定金。两人商定，出了正月十四，美姑就到秀娟家来。

回去路上，秀娟问齐师傅，这女人怎么样？

齐师傅不解，问，什么怎么样？

秀娟说，我与她谈好了，给你生儿子。

齐师傅差点跳起来，说，你怎么好这样做？

秀娟委屈，说，我不这样做，又能怎么做？你早已过了三十，我嫁给你许多年，一直没能给你生下一男半女。你晓不晓得人家背后都说我是雌雄鸡，毋生蛋。受些委屈我也算数。但你齐家没有香火，这么大罪过，我担不起。

齐师傅听了，也是一阵心酸，便不再响。

事情定下，出了正月十四，美姑果然上门。知晓同床的男人是齐师傅，脸红。看见秀娟，脸更红。

美姑说，你不是说是你熟人吗？

秀娟说，夫妻不是熟人吗？

美姑说，这难为情的。

秀娟说，我都不难为情，你难为情做啥？

秀娟腾出一间房间，跟美姑约法三章，白天不得出门，房间里有马桶，吃喝有人送。

齐师傅跟秀娟抱怨，说，也不用叫她日日困在这里。

秀娟说，不困在这里，怎么晓得是你的孩子？

当日晚上，齐师傅吃过夜饭，就被秀娟赶着困到美姑房间去了。半夜，齐师傅跑回自己房间。秀娟没有困，等着。

秀娟问，种进去了吗？

齐师傅有点难为情，点头。

就这样，美姑在齐师傅家住下。两个月后，美姑果真就怀上了。听到消息，秀娟双手合十，直念阿弥陀佛。随后的日子，秀娟更是忙里忙外，端饭送水，洗衣裳倒马桶，样样事情不让美姑上手。齐师傅看着秀娟，心里五味杂陈，讲不出什么味道。

终于十月怀胎，一朝临盆，美姑生下一个六斤九两的胖大儿子。儿子生下，又养了半月，双方结清钞票。临走这一日，美姑便抱着刚出生的儿子悄悄出门，走到巷口，再转身走回。走到齐师傅家门口，等着。待到有人走过看见自己，美姑便将襁褓放在齐师傅门口，匆匆走掉。齐师傅夫妇趴在窗口，看见美姑放下儿子离开，便走出门去。在路人见证下，齐师傅夫妇将襁褓抱到派出所报案。报案是假，作证是真。最后，主动提出领养，将孩子抱回家。就这样，齐师傅终于有了自己的儿子。这便是大儿子齐海生。

齐海生抱进家中，齐师傅越看越欢喜。齐海生哭声嘹亮，大头大面，白白胖胖，齐师傅将他骑在自己肩膀上，齐海生一泡尿撒下，淋了齐师傅满身，齐师傅口中念，童子尿，香喷喷，简直恨不得当牛当马。

齐海生一日日养，慢慢长开模样。齐师傅唯一不满意是这孩子不像自己，而是像美姑。

老天作弄，秀娟十几年不怀胎，有了齐海生的第二年，竟然大了肚皮。后来，秀娟也生下一个儿子，这个儿子便是齐罗成。

两个儿子渐渐长大。齐海生不晓得随了谁的性格，年纪小，主意却大。有一日，他看出一桩事情。寻出镜子照自己面孔，发现自己既不像齐师傅，又不像秀娟。看看罗成，却是两人都像。这是一桩奇怪事情，齐海生心里暗暗存下疑惑。

这一日，齐海生同邻居家儿子玩耍时，几句话上落便争吵了起来。吵到后来，邻居家儿子情急下讲出难听闲话，说，你不是齐清风生的，你是黄狗衔来的。

齐海生生气，就冲过去同对方厮打了起来。回到家里，齐师傅看见他满身泥土，便问他怎么回事。齐海生倒不隐瞒，说与人打架。

齐师傅问，为什么打架？

齐海生说，他说我是黄狗衔来的，不是你亲生的。

齐师傅说，别人乱讲，你理睬他做什么？

齐海生说，那我为什么不像你，也不像姆妈？

齐师傅一听，当场变了脸色，支吾道，你是我的儿子，怎么会是黄狗衔来的？

齐海生不信，转身跑出家门。一口气跑出几百米，气喘吁吁，再也跑不动，就蹲在电线杆下哭。有路人走过，问，小鬼，你一个人在这里哭什么？齐海生说，父母不要我了，将我丢弃了。那个人就说，还有这样狠心的父母，这事定要报告派出所。正巧齐师傅寻出来，慌张解释，说自己是他父亲。齐海生却一口咬定齐师傅不是他的父亲。那路人见齐师傅相貌刀砍斧凿一样，像电影里坏人，便定要去派出所。齐师傅没办法，只能随他去。

派出所就在解放路的最南头，派出所里老张，蒋委员长故乡人，一双眼睛大得像牛卵子，张口闭口娘希匹。老张晓得齐师傅收养底细，张口便骂那个路人。

老张说，娘希匹，多管闲事。我是警察，谁家小鬼我不晓得？那路人好心好意，无故挨了一顿训，又不敢顶撞老张，悻悻走了。转过头来，老张又骂齐海生，娘希匹，小鬼，这是你的爹，听清爽了吗，莫听别人造谣。

老张眼乌珠一瞪，别家孩子早吓得尿裤裆，不想齐海生却翘着下巴注视老张，说，你是警察，警察讲话算数不？

老张说，当然算数。

齐海生说，那你给我立下字据，证明我是齐清风亲生，如果不是，你是众生。

老张听了，张口结舌，半日应不出话来。

从派出所出来那一日起，齐海生便将齐师傅一家视作外人。特别是齐罗成，更成了眼中钉。齐师傅心痛罗成，又不敢说出真相。此事要是被别人知晓，自己必然大祸临头。秀娟看不落去，又来埋怨齐师傅。齐师傅倒成了夹心饼干，夹在中间难做人。齐师傅幻想着，毕竟齐海生年岁小，无法理解大人难处。等他长大，懂事些，总是会体谅自己一番苦心的。

但让齐师傅伤心的是，齐海生越大却越出格。在学堂里从不好好读书，只是胡闹。一日，一个女老师上厕所，他莫名其妙搬块石头，跑进隔壁男厕所。学校里男女厕所之间只用木板相隔，底下共用一个粪缸。齐海生往缸里扔下大石头，老师屁股溅花，狼狈不堪，跑到校长处告状，定要开除齐海生。齐师傅晓得情况，跑到学校，好话讲了一百担，几乎要跪下来哀求，最后总算没有开除。老师当着齐师傅的面，恶狠狠扔下一句闲话，你的儿子，以后定是一个枪毙鬼。

学校里闹出这么大事情，齐海生却丝毫不放到心上。那段辰光，他最痴迷蟋蟀。他去市场里买，市场里的商贩见他人小，作弄他，常给他些坏蟋蟀，不是前腿断了，就是后腿拐了。齐海生上过几次当，便不去市场，自己抓。每日夜里，他跟着一帮大人去南门溪滩，回来时，总是满身泥。他将脏衣服扔在木盆里，只顾回房呼呼大睡。

齐海生夜夜出去抓蟋蟀，越抓越多，四处养。秀娟不晓得，打开一个瓷罐，里头竟跑出十几只蟋蟀，四处跳。齐海生看见，哇哇大叫，在房里到处翻，到处寻，如同疯癫了一般。最后，听见地板下还有蟋蟀声，竟拿起一根铁棒，将地板一块块的给撬开来。

秀娟光火，跟齐师傅抱怨。秀娟说，这海生太不像样，每夜跟人野奔，弄得满身泥污，回家只讲衣裳扔到木桶里，就像我是他的用人一般。看见我洗衣裳，连句好话都没有。还有，家里到处都是蟋蟀，我看见那东西就觉得腻心。夜里睡觉，那些蟋蟀又四处叫，真真叫魂一样。我年岁大，困不困都不要紧，可罗成夜里困不好，日里上课没了精神怎么得了？

齐师傅安慰，这年岁小鬼，都是野的，你莫怪他。罗成睡不着，耳朵眼里塞点棉花。衣裳脏了，我来洗。总是自家小鬼。

秀娟说，你没明白我意思，不是我不肯给他洗衣裳。你是当爹的，总要好好管束自己儿子，你看他为了一只小虫，竟能将家里地板撬翻，这样事情，哪个小鬼能够做出？你现在不管，将来杀人放火，你给他送牢饭吗？

齐师傅听了不高兴，说，你怎么好讲这样闲话？再怎么说总是我亲生。

秀娟听了，一愣，觉得齐师傅话里有别样意思，心中委屈，走开不说话。齐师傅话一出口，就感到后悔，这是秀娟心里最敏感事情。而且，秀娟闲话并没有讲错，齐海生虽然还小，但太出方圆了，将来真的难以收拾。

齐师傅寻齐海生谈话。

齐师傅问，你为啥总是大半夜回家？一个小鬼在外面，多少危险。

齐海生说，危险什么？又不是上战场打仗。

齐师傅说，这蟋蟀样子都生得一样，捉一只听听响声也就可以了，你天天去抓有什么意思？

齐海生说，怎么会一样？你不懂的，这里面奥妙无穷。

齐师傅说，你倒是说说有什么奥妙？

见齐师傅问起蟋蟀，齐海生顿时来了精神。

齐海生说，这蟋蟀你看着一样，我眼里却天差地别。溪坑边上的蟋蟀，脖颈处有一圈黄带，叫声最好听。田里蟋蟀，要挑两腔后面两根毛的。两根毛的是雄蟋蟀，打起来特别勇。后面三根毛的，是雌的，打起来没劲道，叫起来也不好听，抓了没用。还有，蟋蟀抓回来，怎么养能健，能打，你晓得吗？要喂米仁，喂花生，这样养出的蟋蟀，才能一只比一只勇。

齐师傅耐心听着，心里有种奇怪感觉。平时少与自己言语的齐海生，一说起蟋蟀，竟眉飞色舞。齐师傅从未听过他跟自己说这么许多闲话，这一刻，他觉得两个人是从未有过的亲近。齐师傅暗想，喜欢玩就玩吧，玩玩小虫，虽不是什么正事，但终究出不了方圆。秀娟毕竟是女人，心思太多，玩玩这种东西，怎么会扯上杀人放火呢？

为了跟齐海生接近，齐师傅也是下了心思，偷偷到旧书摊上买来蟋蟀有关的书籍，暗暗记牢书上内容，转头可以跟齐海生探讨。他还买些养蟋蟀用的漏斗笼子讨好齐海生。齐师傅支持，齐海生就养得更起劲了，蟋蟀越养越多，家中角角落落挂了蟋蟀笼。这些蟋蟀吃饱喝足，更是没日没夜地叫。秀娟日日在枕边跟齐师傅抱怨，齐师傅却反过来劝秀娟，这孩子心思野，现在他喜欢玩蟋蟀，反倒是收心性的一桩好去处。秀娟叹气，说，你这样惯着他，他早晚上天。齐师傅不说话，他觉得是秀娟肚量小了。

一日，齐海生和齐罗成下了学堂，没回家吃夜饭。等到天黑，都不见人影。齐师傅秀娟四处找，寻一大圈，依旧没寻着。回到家里，坐在灯下，各自胡思乱想。一直到半夜，院门打开，只见齐海生和齐罗成进来，满身泥腥。问原因，竟说是捉蟋蟀去了。

秀娟问，去哪里抓蟋蟀，竟抓到半夜？

齐海生不应，回房困觉。齐罗成不敢走，只是低头搓着衣角。

秀娟发了火，拍着桌子说，你今朝不说，我就把你赶出家门。

齐罗成胆小，见秀娟真生了气，只得开口，说，阿哥的蟋蟀斗不过别家，便说山上坟洞里有一种叫假皮的蟋蟀，特别勇，要去捉来报仇。今朝，我们就到山上，钻坟洞里抓蟋蟀去了。

听到此处，秀娟脸色惨白，扭头盯着齐师傅看。

秀娟说，齐清风，我早就跟你说过，你样样不管账，早晚给你惯上天。

齐师傅在旁，也是听得生气。他拿着秀娟量布的尺子，走到房间里，一把将齐海生从被窝里拉了出来，轻轻抽打了几下。齐师傅原本是想装装样子，齐海生讨个饶，让秀娟下台。没想到齐海生却是一根硬骨头，一声不讨饶，反倒瞪着齐师傅，凶得很。这下齐师傅真心光了火，手下用了力，尺子抽得啪啪响，最后还是秀娟进来拉开才作罢。

这是齐师傅唯一一次打齐海生。

3

这一年秋天，发生一件大事，林彪的飞机在蒙古国温都尔汗掉落。齐海生在学校里听来一首歌谣，回家教齐罗成念。

齐海生念，毛主席万岁。

齐罗成念，毛主席万岁。

齐海生念，林彪摔死。

齐罗成念，林彪摔死。

齐海生念，毛主席万岁，林彪摔死。

齐罗成念，毛主席万岁，林彪摔死。

齐海生说，你连起来念，念得滚瓜烂熟。

齐罗成就连起来念，毛主席万岁，林彪摔死。毛主席万岁，林彪摔死。念得多了，嘴巴里打滑，竟将两人名字给念反了。齐海生听见，顿时爬上八仙桌，用手指着齐罗成，大声叫道，齐罗成，你竟敢喊林彪万岁，毛主席摔死，我要去派出所告你。说完，作势要从八仙桌上跳下。秀娟旁边听了，吓得魂灵飞天，扑地一下跪在地上。

海生，你莫要去，罗成是你阿弟，我求求你，你做阿哥的，你不能害你弟弟。秀娟话里带了哭腔，瘫软在地上。齐海生站在八仙桌上，鄙夷地俯视着秀娟，鼻孔里出气。他下了八仙桌，走进房间，将秀娟那根量衣裳的尺子拿出来，顶膝盖折断，扔在了秀娟面前扬长而去。

夜里，秀娟将事情告诉齐师傅。

秀娟说，他将尺子折断，扔在我面前。齐清风，你晓得那时我怎么想吗？他就像戏台上的老爷，我就是犯人，那尺子就是令箭，这令箭一扔，我就要被拖出去砍头了。

齐师傅安慰，说，他毕竟还是小鬼，胡闹一番，你莫记他的仇。

秀娟冷笑了一声，说，我记仇？我哪里敢。是他记仇，记了那天你用尺子打他的仇。这么小一个小鬼，竟然有这样狠的心思，想起来都吓人。

齐师傅听了，再也不晓得用怎样闲话安慰了，心里苦闷，只是叹气。

又一日，齐海生跟人赌蟋蟀，输光了钞票，跑回家问齐师傅要，齐师傅不肯。

齐师傅说，海生，你不能这样混下去，你该懂事了。

这时，正巧齐罗成进来，跟齐师傅讨钱买书。齐师傅伸手给了，齐海生在旁看着，突然大声嚷起来，齐清风，你就把铜钿藏着，一分一厘藏起来，以后都给你的亲生儿子，千万莫给我，你要是给我，你就是众生。

说完，齐海生摔门而出。

吃过午饭，齐师傅躺在床上午睡。半困半醒，外面一阵喧闹。起身一看，竟是齐海生带来一群革命小将。齐海生指着齐清风说，就是他，藏着地主老爷才吃的老山参。革命小将冲进来，将齐师傅家翻了个底朝天，最后没有查出老山参，却在床单下翻出里面一堆账单。这些账单都是以前一些小商小贩欠齐师傅的海鲜钿。要不是他们翻出来，齐师傅都快忘记了。革命小将们看到账单，如获至宝。说齐师傅藏这些账单，是记着一笔变天账，日日幻想着哪天能推翻人民当家作主的大好局面，再去跟穷苦百姓算这笔老账。

随后，县第一中学的操场上举办了一场万人批斗会，齐师傅因为私藏变天账，也和县上一些有名的“地富反坏右”一起，胸前挂打倒齐清风牌子，站在万人批斗会的台上。轮到批斗齐师傅时，齐海生跳上台，当着上万人的面诉说。他说自己从小便是弃儿，被阶级敌人齐清风捡去当奴隶当长工，没过过一天好日子。说到动情处，齐海生举着拳头宣布从此以后跟齐清风脱离父子关系。

齐师傅永远忘不了这一日的事情，台下黑压压的都是人，就像海一样，几乎望不到边。但齐师傅站在台上，却根本看不见这些人，也听不见他们的声音，他的眼前只有齐海生一个，举着拳头，咬牙切齿地喊着自己的名字。

那一刻，齐师傅心里难过极了，他真不晓得自己上一世是作了什么孽，竟要在这一世受这样的苦难。

第四章

1

吃过夜饭，马师傅和吴师傅柜台里外坐着走象棋，秋林看了一会儿，觉得无趣，跟马师傅打声招呼，走出门去。天色漆黑，秋林沿着溪岸走了走，便往水作店去。走到门口，见水作店里没有灯火，木门虚掩。秋林心里奇怪，推开门，屋里冰清水冷没有人。这是罕见事情，秋林印象里，老倌从不出门。秋林狐疑一阵，正要关门离开时，隐约听见楼上传来咳嗽声音。秋林站在楼梯口，抬头往上看，黑黢黢一片。秋林喊了一声，老倌，你在上面？楼上似乎应了一声，又似乎没应。秋林心中犹疑，往楼梯上走。楼梯踩上去，吱吱嘎嘎响。秋林听着这声音，心里害怕。好容易走上二楼，秋林不敢动，又喊一句，老倌。此时，终于听见回应，还有咳嗽声音。秋林顺着声音往前走，进一个房间。

房间不大，借窗外月光，可以看见一张床，床边一口矮橱。秋林见老倌卷着一床被，缩在床角。

秋林问，老倌，你怎么了？

老倌眼皮无力地翻动了下，说，身子不大舒服。

秋林伸手搭老倌的额头，滚烫，秋林说，你发热了，要去医院看看。

老倌摇头，说，困一觉，发发汗应该能好。秋林环顾四周，只见床前有只炭盆，没有生火。木板墙壁有缝，呼呼漏风。

秋林说，你这房子这么冷，怎么发汗？

老倌不响，只是蜷缩着。秋林看了难过，转身跑下楼去。出了门，秋林便往大路方向跑。也不晓得跑了多少路，跑一阵，走一阵，灌了一肚皮冷风，终于跑到三岔卫生所。秋林寻值班护士买来退烧药，再沿着原路跑回来。秋林照顾老倌服了药，退了热，又陪着说了些闲话，折腾一夜，只等老倌合眼睡了，这才回了南货店。第二日一早，趁师傅们吃早饭，秋林又跑到水作店看老倌。

秋林进门时，老倌和昨日已经全然换了个人，在灶头边忙前忙后，丝毫看不出生了病。秋林说，老倌，你该休息休息。老倌却摆手，说，我这人犯贱，越歇越不行。

秋林走到灶膛边烤火。灶旁是个长方形的石板豆腐作台，作台上摆着正方形豆腐格子。每日夜里，老倌将黄豆泡上，等第二日，再将泡开的豆子放到石磨上磨，磨细了，再沥出豆浆，放到大锅里去煮。老倌本就瘦小，在这些工具边站着，更是不起眼。但一日一日，周而复始，他每日做的就是这吃力生活。自从和老倌熟悉，水作店便成了秋林在长亭的唯一去处。独自在长亭这个地方，秋林心中渺茫，直到遇见了老倌，心思才算有了着落。每日，吃完夜饭，秋林就会到老倌这里来。老倌忙生活，秋林就帮他干点生活，没有生活，就坐在灶膛里烤火。坐上几个钟头，身体烤得热了，回去钻被窝困觉。往常难熬的长夜，就不再那么冰清水冷。老倌也欢喜秋林去，有时，让秋林跟他讲讲家里事情，讲讲以前学校事情，有时让秋林南货店里带报纸去，将报纸上内容读给他听。老倌不识字，但报纸上事情，他最欢喜听。在秋林面前，老倌从来不讲自己事情。他不是本地人，水作店的房子也是问村里租的。他为何要来此地，家里还有什么人，他从来不说。好像他是孙悟空，石头里蹦出来一样。

秋林坐灶膛里，看着老倌在灶台边忙碌，忍不住问，老倌，你没有老婆，也没有儿女吗?

老倌面无表情，半日吐出一句闲话，儿女不孝，有倒不如没有。

秋林没听懂，想起昨夜事情，又问，你这样年岁，一个人待在此地，身边没人照顾，要有头痛脑热，多少不方便。

老倌说，我要是有你这样儿子，我就前世修来福气了。

秋林笑，说，老倌，你当不了我父亲，你跟我父亲不像，他比你高大，也比你胖。看面相，你倒有点像我外公。

老倌听了，来了精神，要秋林跟他说说外公事情。

秋林说，我外公像你一般瘦，稍微比你高一些。他以前外国轮船上做生活，后来出了事情回到县城。我外公顶欢喜吃老酒，那时节，没有铜钿买下酒菜，阿婆就动脑筋。每年蚕豆收获时候，外婆就买来好蚕豆，拿菜刀割个小口子，用油炸了，撒上细盐，在一个双喜罐里装好。那罐子放在一口花梨木大衣橱上，高得很。我去外公那里时，总是拉来骨牌凳，踮着脚尖去偷蚕豆吃。那蚕豆炸得蓬松，香得掉鼻子。

老倌说，炸蚕豆配老酒，最好滋味不过。

秋林说，我十三岁时，外公就生病死了。外公死了，外婆伤心，半年后也死了。

老倌听了，叹一口气，说，都说做豆腐是世上三苦，但你晓不晓得什么东西比这三苦还苦？

秋林摇头。

老倌说，世上最苦，就是送结发人上黄泉路。

秋林听了，似懂非懂。

水作店待一阵，师傅们的早饭也该吃好了，秋林便匆匆赶回南货店。站在柜台上，秋林不晓得是不是早上说起外公缘故，整一日，他都觉得闷闷不乐。

秋林记得，外公的老屋道地[1]里有一株葡萄树，但他从来没吃过那上面的葡萄。因为葡萄还未成熟，附近的鸟都飞来啄。但外公从来不赶，他总是端坐在中堂左边的那条太师椅上，人坐得笔直，喝着老酒，眯着眼睛看那些鸟啄葡萄。

小时，外公对秋林最好。秋林去，总是叫外婆去码头上买新鲜海货。但外公不欢喜秋林的父亲。从上海回来后，秋林父亲一日都没到他屋里来看望过。父亲胆小，从来都是谨小慎微。外公在上海出了事情回来，父亲因为是机关干部，怕吃连累，便有意跟外公划清界限。秋林记得，外公出殡那一日，送葬队伍里没有父亲的身影。他一直寻，一直寻，最后才在队伍的尾巴后方看见父亲。父亲与队伍始终保持着一定的距离，孤零零的一个。队伍走，他就走，队伍停，他就停。父亲佝偻着身子，看上去那么瘦小，小得像一片树叶，似乎一阵风就能将他吹走。

父亲一世都是胆小谨慎的人，可最后，还是落了那样下场。秋林

[1] 道地：住宅前的空地，江浙一带方言。

想，这世上的事，跟胆子是没有关系的，胆大了躲不开，胆小了，却还是躲不开。

秋林伏在柜台上，心里难过。他晓得，自己难过不是因为想起外公，而是想父亲了。

2

秋林在柜台上练算盘，马师傅站在边上看，看一阵，马师傅突然抬起头往柜台外招呼，米粒啊，真难得来，今朝要买些什么？

秋林也抬头，看见门口走进一个女人。女人下巴很尖，眼角上挂，虽然身上粗布衣裳，但看上去却和村里其他女人不同。

米粒站到柜台前，有点拘束，说，想做件衣裳。

马师傅有些意外，但意外神色一闪而过，照旧平常语气。

马师傅说，劳苦一年了，是要做件新衣裳穿穿。

米粒说，不是给我做，是给家里男人做。

马师傅说，一样的，一样的，大明身高胖瘦我晓得。是做上衣，裤子，还是整通？

米粒说，想做整通。

马师傅眯起眼睛，扳指头算了算，随口报出了布匹尺寸。

米粒说，准作吗？

马师傅笑眯眯看着米粒，说，你放心，准作的。

米粒便不语，低头仔细挑了布料。马师傅拿剪刀按尺寸裁了，用粗纸包好。米粒付了钱，拿着布料走出门去。

秋林看着米粒走远，说，马师傅，这个女人哪里来的，从来没见过。

马师傅未开口，吴师傅斜眉眯眼，在旁边搭腔。

她不常来，你自然没见过。这女人可有名气。哎，老马，也是怪起来了，你说这米粒平时油盐都不舍得买，今朝倒是有钱给男人买布做新衣裳，还买整通。你看出端倪来没有？

马师傅说，莫乱猜。

秋林说，听口音，不是本地人吧。

吴师傅说，外乡来的，据说是逃荒逃到此地，后来又嫁给了本村的大明。

秋林说，哪个大明？

吴师傅说，就是山上那个和尚的儿子，你小鬼不晓得的。哎，老马，说起来那和尚也死了两三年了吧？

马师傅说，应该有了，办丧事时，挽联还是寻我写的。

吴师傅说，那和尚活着时，多少活络的一个人，那张嘴讲天讲地，村里老太婆都去他庙里送香火钱。也是奇怪，那大明倒一点不像和尚，木头木脑，嘴巴上像抹了浆糊，只是一身笨力气。

吴师傅转头看秋林，笑嘻嘻的。

吴师傅说，小陆，你最近水作店老倌那里去得勤。你可小心，夜里莫乱去，年岁轻轻的，莫脏了眼睛生偷针。

秋林呆住，不懂吴师傅意思。

马师傅用手指敲柜台，说，好了好了，莫讲些闲话了。对了，老吴，齐师傅说几时回来？

吴师傅说，好像还要两三天辰光。

马师傅说，这次怎么回去这么长久？

马师傅提起齐师傅，秋林又想起那天晚上齐师傅说的闲话。齐师傅说饼干罐上做着记号。这记号要做便是店长做。马师傅这么忠厚一个人，会有那种手段？秋林将信将疑。如果马师傅真这么做，肯定不为防两个老搭子，店里唯独自己是新人，这样一想，秋林心里就有些慌张起来，又偷偷望马师傅。望了一阵，秋林觉得马师傅脸上这副笑容竟有了别的意味。

吃罢夜饭，吴师傅马师傅又在柜台上走象棋。秋林觉得无聊，出了南货店，走到溪边，远远看见水作店里亮着灯。说来也是奇怪，老倌那一次生病后，几次秋林去寻他，他都不在。碰见了，问他去哪里了，只含糊说是去朋友那里串门。这倒更奇怪了，老倌从没说过他有什么朋友。但秋林又不好多问，老倌神色闪烁，看出来不想多讲。

秋林往水作店方向走，快走到时，突然停下脚步。只见一个女人身影一晃，进了水作店。秋林愣住，用力擦眼睛，怀疑自己眼花。此时，他脑子里突然翻起日里来南货店买布的那个女人。吴师傅怪腔怪调，话里有话，莫非说的就是这个？虽然秋林没经历过男女之间的事，但吴师傅闲话里的意思，他多少能听懂一些。

看着女人进屋，秋林竟有些慌张起来，仿佛自己做什么坏事被人撞破一般。但很快，他的慌张变成了赌气。秋林咬着牙，似乎有些埋怨老倌。但埋怨什么，他也讲不清爽。

秋林愣愣站在路上，脑子里一笔糊涂账。他没有进水作店，也不想回南货店，彷徨一阵，转身往河边走。

秋林走一段石子路，走到潭边。潭边水草茂盛，虫声隐约。从水草边走过，听见下面有人唱歌，唱“倭豆开花黑良心，豌豆开花像银灯，油菜开花赛黄金，草子开花满天星……”，是个女声，声音甜脆。秋林悄悄绕过水草，看见潭边蹲一个小姑娘。天色黯淡，看不清脸面，只是个侧影，剪纸一样好看。

秋林站在草丛边，听她唱歌，心里百感交集，竟流下眼泪来。正认真听着，突然，歌声停了，只听问了一声，谁？秋林一惊，像做了什么坏事情一样，飞快跑走。

秋林回到南货店，师傅们早已经回屋困了。他悄悄走进房间躺下，心里乱糟糟，望着天花板胡乱想一阵，竟又想起父亲来。不晓得父亲现在住的牢房是什么模样，他心思重，也不晓得每夜能否困好。从小，他最疼爱自己，现在进了牢监，却狠着心，不肯让自己见他一面。想起这许多，一时间秋林百感交集，觉得有许多话想跟父亲说。想一阵，从床上爬起来，翻出纸笔给父亲写信。信写得长，一边写，一边出眼泪，一直写到窗外露出天光，才终于停下。奇怪的是，写的时候心潮澎湃，一写完，看着眼前白纸黑字，秋林突然又觉得写这些毫无意义，便将信纸草草叠了，塞进饼干箱里。

白日里守柜台时，吴师傅笑眯眯问秋林，昨天夜里怎么回来这么早？

秋林说，你怎么晓得？

吴师傅说，我听见你回来时上楼梯的声音。

秋林觉得有些不舒服，自己回来时踮着双脚走，吴师傅却还能听见。他怎么听见的，难道是长夜伏在门板后？秋林看着吴师傅，突然觉得他倒有几分像电影里的特务。

吴师傅在柜台上，无聊地向门外张望，屋外阳光白花花一片。天气好，村里人都下地去了，少有人来这南货店。秋林拿着鸡毛掸子，在货架上的瓶瓶罐罐上刷刷掸掸。

吴师傅，小陆，你有没有发现，河边新搭了一个鸭棚。

秋林说，看见了。

吴师傅说，那你晓得这鸭棚是谁的吗？

秋林说，不是说是那个米粒的吗？

吴师傅摇头，说，嘿嘿，你后生只看见皮毛，却不晓得皮里肉咸淡滋味。

秋林说，吴师傅什么意思？

吴师傅笑眯眯不再说话。秋林说，吴师傅，你这人讲闲话最不爽气，吃蟹一样，总是吃一半吐一半。

吴师傅白秋林一眼，说，这米粒，原先是跟村里一个癞头好。那癞头是个光棍，生得多少难看，头上一块坑洼地，像是黄狗啃过。可那个米粒却偏偏看上他。看上他什么？无非是手头生活。那癞头种地是一把好手，米粒那个庙边有地，大明种地不行，种什么荒什么。后来，就是这个癞头帮着料理，茎是茎叶是叶，样样种得好。结果好日子不长，突然一天，有个城里人来找癞头，说是他阿叔。这个阿叔无儿无女，有爿年糕厂，年纪大了，想起癞头，要他去城里帮忙。有这样的机会，癞头又怎么会错过？

吴师傅扭头看秋林，脸上笑眯眯，城里女人终归是要比乡下女人好的，对吧？

秋林没应声。吴师傅点根烟，双手插进袖筒，趴在柜台上。

小陆，你常去豆腐老倌家，你有没有发现，老倌最近不在店里吃饭了？

秋林说，我怎么晓得，我最近也不常去。

吴师傅说，老倌寻着饭堂了。我同你说，那老倌帮着米粒建了鸭棚。日里，他跟着米粒到山上庙里吃饭。夜里，就陪着米粒在鸭棚里看鸭。世上三样苦，撑船打铁做豆腐，大家都说豆腐老倌身体好，日里做豆腐，夜里还能惊得鸭子嘎嘎叫。

秋林刚想问老倌身体好跟鸭子叫有什么关系，脑子里电光石火，脸竟然烫起来。

秋林说，这样的事情，米粒男人不管？

吴师傅说，嘿，天下的事情讲不清。起先，大家都认定那大明是死人，他在庙里守泥菩萨，米粒在鸭棚里守野男人。村里各种风言风语，难听得很。有人看不惯，去庙里想告诉大明，一进去，吓一跳，只见大明、米粒、老倌三人一桌吃饭，有说有笑。这下，就再没有人管闲事了，人家主家都不理会这事，边旁人还响什么？

吴师傅点一根香烟，说，以前米粒跟癞头好，但那癞头没钞票，只会出力。那时米粒从不进南货店。现在好了，碰着个豆腐老倌，这米粒就成了南货店常客。你看那日，她裁布匹要给大明做整通衣裳，出手多少阔绰。这一家人，肚皮也吃不饱，哪来钞票做新衣裳？去过庙里的人说，那大明家，每日油豆腐吃不光。像我们赚公家工资，也不能这么吃。嘿，都说大明蠢笨，其实脑子聪明得很，那老倌吃米粒豆腐，他就吃老倌的豆腐，而且日日吃，顿顿吃，真也是一笔上算生意。

说到此时，吴师傅突然怔了怔，眼睛里慢慢散出些光亮来。

吴师傅说，小陆，你说，这三人饭一桌吃，夜里会不会也挤一张眠床困？

吴师傅说话的时候，嘴巴发出吧嗒吧嗒的声响，像是在吃什么好滋味的东西。秋林听了，心生厌恶，但脑中却浮现三人挤一张眠床场面，暗骂自己龌龊。

吴师傅说，说起来，这米粒生得也不算什么好相貌，奇就奇在像只狐狸。我早年是见过狐狸的，人家山上打来狐狸，卖给店里，那狐狸眼睛往上吊，会勾人。这还真是有道理的。这老倌这么大年纪，真是好福气。

吴师傅一番闲话，说得秋林不晓得心里什么滋味。从这天起，他就不再去老倌那里，感觉一切都回到了原点，就像刚来到南货店，没有朋友，也没有别的去处，孤零零一个发落在此地。夜里没事情做，便又拿出纸笔，给父亲写信，将自己在此地遇到的事情原原本本讲给父亲听。如此反复，一日一日，竟不知不觉将一个饼干箱填满了。

又一夜，秋林困不着，走出南货店散步。转来转去，鬼使神差走到水作店附近。水作店里亮着灯，秋林犹豫一阵，还是往里头走了进去。

秋林进去时，老倌已经忙完，独自坐在灶膛边烤火。老倌看秋林走进来，招呼道，来了。

秋林应，来了。

老倌说，许久没见你拿搪瓷杯来了。

秋林说，店里忙。

随后，老倌就不再讲话，秋林也不讲话。但奇怪的是，两人都不讲话，秋林却似乎晓得老倌想说什么，老倌也晓得自己想说什么。两个人就这样坐着，一言不发。火膛的火烧得旺，在两人脸上闪烁，没有晒干的柴爿在灶膛里噼啪作响。

秋林回到南货店时，听见楼下马师傅在打呼噜，声音时断时续，隐隐约约。呼噜声越响，反显得四周安静，静得可怕。秋林一步一步走上楼梯。站在门口时，他扭头看了看齐师傅房间。此刻，他真希望齐师傅能在隔壁房间，放些收音机的声响。

第五章

1

县城里，东西一条桃源街，最是热闹。棉布商店，五交化商店，糖烟酒副食品商店，还有肉店水产店，旅馆照相馆，整整一条街的店面。工农点心商店就在桃源街东头尾巴。到街上的人，习惯从西往东荡，这样，最后一站，就可以落脚在工农点心商店吃上一碗点心，填饱肚皮。

齐师傅在点心商店寻一张角落的桌子坐下，要一笼包子，一碗馄饨，慢慢吃。齐师傅往点心店里看，只见店里头忙忙碌碌，进进出出全是穿白褂戴白帽的女同志，一个个的，像医生护士。齐师傅慢吞吞吃，慢吞吞打量，一笼包子落肚，还是没见店里有男员工。齐师傅付完账，回家。第二日早上又去，又点一碗馄饨，一笼包子，吃完回家。直到第三日，齐师傅包子馄饨刚吃一半，听路口有人吆喝，扭头去看，见一辆手拉车从西面飞快过来。手拉车上堆着面粉，拉车的是个精壮后生，十一月天气，他竟穿一件单衫，脖颈上挂一条发黄的白毛巾，浑身却腾腾冒着热气。到了点心店门口，后生点几步碎步，将车把一翘，稳稳停住。

齐师傅扭回头，觉得口干舌燥，忍不住用力吞咽口水。虽然已经八年未见，但他仍能一眼认出，眼前的这后生就是自己的大儿子齐海生。

齐海生歇了车，伸手捏住面粉口袋两只角，一用力，面粉袋上肩，空中一阵白粉飞扬。齐海生扛着面粉袋往点心店里小跑，跑得利落，三步两步穿过店堂，在加工面点的车间放落。随后，他又跑出来搬另一袋。就这样来回，没多少辰光，手拉车上二十几袋面粉卸完，在车间里整整齐齐叠放。齐海生站在门口喘气，身上白花花一片。点心店里女同志都围上来，有人递水，有人递包子。齐海生搭几句讪，吃了包子，喝了水，又拉着空车匆匆离去。

人走了，空气中还飘浮着一些白色粉末。齐师傅坐在桌边，有些恍惚。那时他还是个毛头学生，可刚才看见，却分明已是精壮男子。齐师傅难过，他拉着手拉车来的那一刻，他怕他认出自己。但当他走的时候，他又盼着他能认出自己。这是自己的骨血，近在眼前，他却不敢认，这是世上最委屈不过的事情。

点心店的服务员在旁边收拾碗筷。齐师傅问，刚才那个男同志也是你们这里的？女同志说，不是，他是搬运工会的，专门搬运货物，这附近饭店点心店的大米面粉古巴糖，都是他一人负责搬运。齐师傅说，这么多东西要花多少气力。女同志说，他呀，气力用不光，顶头牛。说完，她觉得自己说得好笑，竟顾自笑了起来。

齐师傅慢慢吃完包子，付了账，走路回家。

到了家，齐师傅丝毫没有对秀娟提去看齐海生的事情，幸好秀娟也没问，否则齐师傅真不晓得该怎么应对。

2

齐师傅祖上便在沥石街上做水产生意，到了民国时，更是成了这条街上最有名一份人家。齐师傅的父亲是跑单帮的好手，走水路，贩海鲜，生意风生水起。齐师傅家的海鲜都来自象山石浦港，此地离石浦港不过百里。石浦港是东海港湾，海水温暖，盛产各种水产，黄鱼、带鱼、鲳鱼，都是最肥美不过。

从县城出发，开船走水路到石浦港，一日就能到。每次去石浦，齐师傅家的船都是满载而归。那时，海上多海盗落寇。沥石街上商户走水路去石浦进海货，十有八九都被海盗打劫。唯独齐师傅家，近百里水路，畅通无阻。时日久了，便有了传闻，说齐师傅家与海盗有勾结。据说，海上最厉害一个海盗头子，是个独眼，生连鬓胡须如三国里张飞一般。传闻齐师傅父亲年轻时与那独眼一起练过武术，结下情谊。因此便利，齐师傅家垄断了石浦在此地的水产。父亲死后，齐师傅接班，继续跑水路。

解放后，解放军海上剿匪，一场枪战，将海盗头子独眼击毙，剩余人马，抓到岸上，枪毙关押，也再无气候。从那时起，齐师傅家也改了行，不再做新鲜海货生意，靠祖传手艺，做咸鱼干鲞。到1950年，政府搞土改定成分。齐师傅有船有店铺，被定为商。1956年，公私合营，齐师傅脑子活络，看清形势，以一艘船两间店面入股，参加公私合营。到了六十年代，他又参加了供销社。后来到了“大鸣大放大字报”、“割资本主义尾巴”的年代，各个单位都要寻找批斗对象。供销社里批斗对象多在“地富反坏右”中找，虽然社里人多，但每次批斗，齐师傅总是第一人选。

齐师傅个子长，弯腰也比一般人站着高。站在台上，显得注目。第一次批斗时，台下人民群众看见，就不高兴，说这个人不肯对人民群众弯腰。齐师傅只能弯得深，弯成一个直角，倒成了台上最矮一个。台下有人便说，看，这个坏人，像只虾。众人顿时哄堂大笑，记住了台上这个像虾的人。没多久，供销系统又搞运动，本来没有安排齐师傅上场。台下领导看见，总觉得台上一帮人单调，缺点滋味，脑子里突然想起那个像只虾的人。领导问旁边人，上次那个像只虾的人叫什么？旁边人告诉他，叫齐清风。领导记住名字，以后每次搞运动，领导总第一个想起他来，钦点，让那只虾，那个齐什么的虾来。就这样，那只虾就成了一块牌子，不但是供销社里搞运动，还是其他地方搞批斗会，都要点名要那只虾参加。一来两去，齐师傅竟成了供销社里最著名的“老运动员”。

每次运动，齐师傅都会提前花时间准备。他寻出旧时代的长衫，仔细穿好，再用毛笔蘸彩，将面孔画花。有时头发里插几根稻草，有时胸前挂两条干鱼鲞，每次都以不同形象出场。齐师傅相貌凶狠，但一扮，反倒比别人滑稽。一到了台上，大家看了，恨不起来，反而觉得欢乐，坐在台下，高高兴兴，像看演出。从来没有人注意到，虽然齐师傅参加的运动次数最多，但他每次都是被批斗得最轻一个。

齐师傅坐在镜子前，仔细打扮，秀娟总是又气又笑，说，别人上台批斗，躲闪不及，唯独你，每次兴师动众，像是上台表演。齐师傅说，我台上表演，他们台下表演。各看各的，又有什么关系？秀娟摇头，怀疑齐师傅受批斗次数太多，脑子都不清爽了。

常年批斗，让齐师傅养成一个习惯。每次批斗回来，他都要款待自己一番。要烧热水洗澡，让秀娟给自己捏脚，然后换新衣裳出门，独自去饭店吃一顿。齐师傅每次都去中大街兴国饭店。中大街不像桃源街上闹猛，可以安静喝酒。齐师傅欢喜吃海货，黄鱼季吃咸齑烧黄鱼，带鱼季就吃萝卜丝烧带鱼，并无固定，但每次都会点一份糖霜花生米，再点一份五香干丝，这是过酒的，天热时过烧酒，天冷时过黄酒，黄酒里面要打一个鸡蛋，切姜丝，温热。酒一口，菜一口，有滋有味，独自吃完，回家困觉。

困难时期，物资紧缺，饭店里也没花头，只供应一份光面。光面简单，只是酱油味精，点一撮葱花。齐师傅批斗回来，照样去兴国饭店吃一碗光面。别人吃汤面，头碰头，稀里糊涂几下便吃完。齐师傅不同，他定要寻一张空桌坐下，桌上摆好香烟火柴。服务员将面烫好端上，齐师傅不着急吃，吹一吹冷，将筷子插进面里，仔细地卷，卷上几根，捞出来放到嘴边，轻轻嘬一口。面进了肚，停下来喝一口面汤，歇一歇，才再卷，再嘬。别人四五分钟吃完的面，齐师傅要吃半个钟头。吃好，桌板上依旧干干净净，半点面汤都没溅在上头。齐师傅擦净嘴巴，用火柴点烟。吃完烟，付钱，慢吞吞回家。

齐师傅一生受过各种批斗，都安然无事。唯独齐海生告发一次，吃尽苦头。

那一次批判大会结束，齐师傅没有回家，只是一个人往南走，穿过中大街，又穿过桃源街，一直往海边走，跳到海里算数。齐师傅想好，自己祖辈捕鱼，现在，跳到海里，让鱼吃掉自己，也算还了债。

走着走着，也不晓得走了多久，齐师傅听到一阵叮当声，扭头看，是一个酒酿担子。酒酿担子上挂着一串铜板，走路时，担子一起一落，铜板就撞在一起，叮叮当当地响。卖酒酿的是一个后生。后生眉清目秀，穿一件藏青对襟布衫，腰上围着一条白色围裙，清清爽爽，像个教书先生一般。齐师傅看见酒酿担子，突然想起今天忘记去兴国饭店吃一顿，便招手说，后生倌，你过来。

卖酒酿的后生晃着担子过来。

齐师傅问，这白酒酿多少钱一盏?

后生答，白酒酿五分一盏，加一个蛋，就再加五分角子。

齐师傅说，我要一碗，加蛋。

后生应了，歇下担子。他从担子上取下小马扎，让齐师傅坐，自己弯身将担中的煤油炉点亮煮酒酿。酒酿煮好，将一颗蛋打进，用筷子搅动。很快，酒酿里便搅出丝丝蛋花来。

齐师傅坐在马扎上，将盛酒酿的碗盏捧在手中慢慢地喝。

后生说，我认得你。

齐师傅说，你怎么会认得我?

后生说，你就是兴国饭店里吃光面的那个人。当年我父亲带我去吃面，见过你吃面场景，那么多人吃光面，就你吃得最有滋味，倒像那是世上最美味的东西。可我吃来吃去，嘴里只是一股酱油味。父亲告诉我，你常年在兴国饭店吃顶好下饭，所以你嘴巴里都是好味道，你一根根地吸，就是把以前嘴巴里的好味道都沾到那面上去。

齐师傅不说话，只是喝着酒酿。

后生说，我父亲老早时也吃得好，一般东西不落肚。可困难时期辰光，吃一碗猪油，把嘴巴给吃坏了。

齐师傅说，猪油怎么会吃坏嘴巴？

后生说，父亲去乡下，看见别人拿猪膘熬油，站在边上看。熬油的人死坏，问我父亲，猪油香吗？父亲说香。那人问，想吃吗？父亲说想吃，那人说，如果你能喝下一海碗，我就把这一锅熬出的猪油都送给你。父亲应了，那个人就拿出一个大海碗，舀满。油太烫，喝不了。等冷了，一碗猪油上结起了白花。父亲就将那一海碗猪油喝下。喝光，他拎着那一锅猪油回家。半夜里，一个翻身全吐了，整个房间都是酸酸的猪油味道。从那天起，我父亲的嘴巴就坏了，吃什么都不香了。

齐师傅终于将酒酿喝光，热烫烫酒酿落肚，身体也暖和了起来。齐师傅付了一毛钱，慢吞吞起身。

齐师傅说，你叫什么名字？

后生说，我叫阿毛。

齐师傅说，你父亲疼爱你，给你出这个名字。阿狗阿猫最好养。

后生说，不是阿猫阿狗的猫，是毛主席的毛。

齐师傅没理睬他，只顾往前走。就这样一路走到南门河边。他觉得有点累，便坐在河堤上休息，看着河里闪烁的水。不知为什么，齐师傅突然想起那碗猪油，胃里顿时翻江倒海，伏下身，将肚里货全部吐到了南门河里。吐完了，齐师傅觉得一点力气都没有了。他不想去海边了，海边太远，他走不动了。他也不想往河里跳，他把吃的东西都吐到里面了，他觉得河里太脏了。

就这样，齐师傅坐在河边，想了一夜。

从那天起，齐师傅就不再想齐海生。他告诉自己，这个叫齐海生的人，在他心里，已经死了。

3

南货店里十几年，齐师傅从没犯过这样的低级错误。

这一阵，齐师傅只是馋痨银耳吃。常年的批斗，让他有了馋痨的毛病。正好他跟小陆搭档，小陆嫩头，他便寻了这个机会，拿柜上的银耳吃。吃了店里东西，需别处省出铜钿补上亏空。但银耳珍贵，小打小闹补不上，酒里就多加了些水。

其实，这都算不了什么大事，这样的事，不止他一个人。店里几个老商业个个手底都有生活。为了降低自然损耗，过期的红枣花生，滴两滴菜籽油，在竹篓里翻滚几下，就变成油亮亮的好东西。称秤时，假装用小拇指划一下秤尾，毛些重量，都是正常不过。就像上次店里那一匹布，是谁拿了，他心里也有数。各人各性格，就这几条人马在长亭这个小地方相处这么久，谁能做出什么事情，都出不了方圆。只要大家不点破，表面能够过去就过去了。各自身后家庭都有一大摊人，就那几块工资，不想些办法，哪里能经营好日脚？

但那一天，的确是低级错误。酒里加些水，定不能卖给老酒鬼。这些酒鬼，口舌比狗还灵，卖给他们，是不打自招。

也是巧，那人来时，他正看齐海生那封信，恍惚间，那打酒的长勺就鬼使神差地伸到了那口掺水的酒埕里。许同志来检查时，要不是那个小陆将另一坛好酒搬出来，最后事情真不晓得如何收场。

齐海生啊齐海生，齐师傅已经整整八年没有见过他了。自从那次批斗后，他再也没有回过家。七八年里，不知在何处落脚。看到那个信封，齐师傅就晓得这封信是谁写来的。他讲不清爽，反正都没有看见那信封上的字，他脑子里第一个跳出就是齐海生。

对这个大儿子，齐师傅一直觉得自己心底里有刻骨仇恨。他这样想了八年，但看了那封信，他突然明白了，自己根本没有恨过齐海生。八年，日本人也打败了。但他打不败自己，他只是装作恨了齐海生八年。当年在他肩上撒尿都觉得香喷喷的人，叫他怎么恨?

齐师傅回家，没有对秀娟提一句跟齐海生有关的话，他不敢提。秀娟是个好女人，当年怕自己无后，张罗下典妻这桩事情，让自己有了齐海生。后来，齐罗成又出生，她对两个儿子一视同仁，无论是吃喝用度，毫无偏心。反倒是自己，更偏爱齐海生一些。要晓得，生齐海生前，他几乎已经认定自己无后了。有了齐海生，自然是挖心挖肝的好。更重要一桩，齐海生像自己年轻时，做事情火辣，不计后果，有一股血性。罗成则不然，罗成性格太软，像块蒸熟的年糕，由着别人捏成各种样子，半点反抗没有。小时，海生对罗成也好，谁要是欺负罗成，他定不饶过。有一次，有人打了罗成，被海生晓得，他就带着罗成去报仇。结果，两个人还是打不过对方。对方打了胜仗，扬长而去。罗成认输，要回家，海生却不肯歇，捏了块石头，一路跟到对方家中，最后用石头将那人家中一口饭锅给砸破。对方大人寻上门来，齐师傅赔礼道歉，买一口新锅送上门去。但心里却是欢喜，两兄弟能够相互帮助，做爹的，心里有底气。

说来也是奇怪，尽管秀娟不偏心，但从小海生就跟秀娟不亲。平时跟秀娟少言寡语，见了秀娟，就像见了陌生人，叫声娘都是难得。秀娟有些寒心，几次跟齐师傅抱怨，自己对海生掏心掏肺，可他跟自己却总不贴肉。齐师傅安慰秀娟，又问海生，你为啥跟你娘不亲？齐海生也说不出原因，只是摇头。齐海生不肯说，齐师傅也没办法问，猜想这或许是母子天性，毕竟不是秀娟亲生。他并不是秀娟亲生。想起这桩事，反倒觉得齐海生可怜，也更加溺爱了。

再后来，齐海生怀疑自己身世，炸了火药桶，不仅针对秀娟，跟自己和罗成也是辣椒对炮仗，最后，他告发自己，叫来红卫兵小将，万人聚会批斗。批斗会结束，齐师傅万念俱灰，在外面待了一夜。回到家里，秀娟倒一脚盆暖水给他泡脚。他坐在板凳上，看着脚盆，一个劲地落眼泪。

齐师傅说，我想好了，从今朝起，我就没有这个儿子了。

秀娟叹口气，说，他是你的骨血，你怎么舍得断？我不期望你别的，只希望将来罗成长大，你两个儿子能一碗水端平。

齐师傅说，我说过了，我没有两个儿子，我今后只有罗成一个儿子。

秀娟低着头，不再说话。

齐师傅清爽记得，那一天，自己说了很多，但秀娟后来没有回应一句，就像根本没有听见自己闲话。过去这么多年，想起那个场面，他终于体会了秀娟的意思。她不是没听见，而是根本不相信。

4

那辆手拉车终于又来了，还是齐海生，还是那样的急急火火。在点心店门口停住，一袋一袋地搬面粉。搬完了，他就站在点心商店门口，拿毛巾用力掸身上白灰。

海生。齐师傅叫了一声。齐海生没反应，照旧掸着衣服。齐师傅犹豫了一下，咽了口口水，又重些声音叫了一声。

齐海生定住，慢慢转过头来。齐师傅盯着他的眼睛，他也盯着齐师傅眼睛，对视一会儿，海生突然变得慌张无比，低下头，用毛巾在脸上胡乱涂着。看见这场面，齐师傅的喉咙口有些发硬。

齐海生说，你来了。

齐师傅说，我来了几次了，都坐在这里。

齐海生说，你怎么没叫我？

齐师傅说，我看你忙。

齐海生哦了声，好像想再说些什么，又不晓得说什么，有些尴尬。

齐师傅说，你没吃过饭吧？

齐海生说，没吃过。

齐师傅说，还有生活要做吗？

齐海生说，没了，最后一趟了。

齐师傅说，那我带你去吃饭，去兴国饭店。

齐海生说，好，那你坐手拉车上，我拉你去。

齐师傅应了，侧身坐在手拉车的一边，将挂在手拉车上的衣裳递给齐海生，说，穿上，别冻了。

齐海生接过去穿上，说，你坐稳，我要动身了。

齐师傅说，好。

齐海生拉起手拉车，慢慢加快脚步。齐师傅在身后看着他，眼泪突然从脸上滚落。

到了饭店，点好菜，两个人坐下吃。

齐师傅问，你在搬运工会里做生活，怎么地址却留在点心商店？

齐海生说，每日在外面拉车，搬运工会几乎不回去。反倒是这里的人更熟，留了地址，好收信。

齐师傅问，只是城里跑吗？要出门吗？

齐海生说，也不是，有时也要出远门的。

齐师傅说，做这生活苦吧？

齐海生说，赚钞票哪有不苦的？以前在家里，都是用你的铜钿过少爷日子，现在少爷不做了，照理也该轮到我吃苦了。

齐师傅听了，不响，只是吃菜。

吃完了，齐师傅要去付钞票，齐海生却抢着付了。

齐海生说，从小到大，都是你给我铜钿花，现在，我能赚钞票了，你也让当儿子的请你一次。

齐师傅听了，不作声，喉咙口又是一阵发硬。

第六章

1

马师傅和吴师傅在后面整理仓库，秋林守在柜台上练习算盘。

门口有动静，秋林抬头，只见一个俊俏的小姑娘正往店里走。小姑娘进店后，不说话，只是左右张望，显得有些局促。

秋林放下算盘，问道，你要买什么？

小姑娘没答应，只顾眼睛继续往柜台上扫。

秋林说，你要什么，我帮你寻？

小姑娘怯生生地抬头，与秋林对视一眼，想说，但动动嘴皮，又什么都没说出口，面孔一红，竟转身跑了出去。秋林站在柜台里，被弄得莫名其妙，不晓得是自己哪里做得不妥当。

马师傅和吴师傅从后面仓库回来，秋林还没回过神，便将刚才事情说给马师傅听。马师傅听了，没声响，只是笑眯眯地掸着衣裳上的灰土。掸完土，进柜台，从柜台下取出一包东西。

马师傅说，小陆，以后凡是有女同志来，走路讲话畏畏缩缩的，你就什么都不要同她讲，只要拿这个给她就行。

秋林看马师傅手里东西，一看，自己的脸也烫了。马师傅手上拿的是一包卫生带。马师傅丝毫没有介意，拿着卫生带，随后抽过一张毛边粗纸，手脚利落地包好。

马师傅说，记牢，下次来人，不要直接递，要这样用粗纸包好，也不用说话，收了钱，递给她就行。这样，大家心知肚明，谁都不用难为情。

吴师傅旁边打趣，你小陆跟那豆腐老倌走得那么近，半点本事没学来，连这都不认识。

秋林觉得吴师傅闲话难听，这卫生带跟豆腐老倌又有什么关系？

马师傅说，吴师傅，齐师傅怎么还没回来？这临了年关，店里这么忙，我还想着等他回来调班。现在情形我也等不及了，家里还有一桩脚后跟踢屁股的要紧事情等我。

吴师傅说，马师傅，你尽管办事去，我和小陆在也一样的。

马师傅说，也只能如此了，吴师傅，小陆，你们两个最近辛苦些。我回去两日，一办完事就回来。

吴师傅说，你宽心来。

马师傅说，那好，我马上收拾下就回去。

吴师傅说，天都快黑了，你歇一夜，明早走好了。

马师傅说，不碍事，等明早就把事情耽误了。

马师傅说完，走进房间换了衣裳，急匆匆出门。

马师傅走回县城，路上要一个多小时。天寒地冻，路上冷冷清清，马师傅一个人缩着肩膀急步赶路。虽然胖，但马师傅脚步却轻健，安了弹簧一般。这也是多年积累的功夫，马师傅一辈子站柜台，这一双脚几乎从未闲下来过。

2

马师傅起早，烧热水，净面，梳头，换一件簇新的中山装。他打开卧室里那口花梨木大橱，捧出一个朱红小箱子，掏钥匙打开。箱子里头装着各种票据，酒票、烟票、糖票样样都有。这是马师傅一张一张积攒的，平日舍不得用，今朝要办大事情。

马师傅拿出票据钞票，中山装表袋里装好，拎两只菜篮子出门。马师傅住中大街附近，五百米外钉子巷有县城最大一个菜市场。马师傅进市场，先往东头肉铺里走。此时天还未亮透，肉铺前已经挤满了人，个个递着篮子，大呼小叫。马师傅不往当中挤，走到旁边角落，朝肉铺里招手。肉铺里营业员看见马师傅，走过来招呼。马师傅笑眯眯将手里一个菜篮子递过去，营业员眼睛往篮子里瞟一下，也冲马师傅笑，将篮子接过去。

营业员问，马师傅，今朝买多少？

马师傅说，买五斤，有重要客人来。

营业员说，有数了，你市场里转一圈回来拿篮子。说着，他就转身回肉铺，将篮子塞在肉案下。

篮子里放着一包油亮亮的红枣，这也是马师傅的经营。这年景，肉铺里营业员最吃香，一把刀，手宽手紧，全凭他高兴。马师傅自然晓得这种奥妙，各个关系户，都建立长远关系。长亭地方，马师傅有好人缘，常有人送他各种土特产，马师傅都藏着，等逢年过节，就带回城分给各种关系户。南货店里平常日子包包裹，红枣包、核桃包，马师傅每包都会省出一只两只，日积月累，也算一笔东西。马师傅有手头生活，办事时，将这些零散东西用粗纸包一个漂亮的三角包，斧头包，用麻绳拎着，清清爽爽，别人看见都欢喜。还有一桩，马师傅生了副好面相，一天到晚挂着笑，嘴巴里讲出都是好听闲话，别人也都欢喜跟他来往。

将一个篮子送到肉铺，马师傅又马不停蹄地拎着另一个篮子去鱼摊。在鱼摊上，马师傅挑一条透骨新鲜大黄鱼，然后又去买时令蔬菜，买老酒，买佐料，都买好了，再转回肉摊。此时，那篮子里的红枣已经没有了，只是换了满满一篮子猪大骨。马师傅顶擅长烧猪大骨，他家里做大骨头，周边邻居遭罪，一只鼻头会被香味勾得没办法做人为止。

马师傅满意地看了眼篮子的骨头，平常人去肉铺买骨头，骨头上没肉，干净得像狗啃过一样。马师傅的骨头上，肉会抖动。卖猪肉的营业员客气，还在骨头里塞了根猪尾巴。猪尾巴不要肉票，一般营业员都会自己藏着，清水煮了，切段，弄一个酱油碟，放些姜丝，下酒一等。

马师傅付了钱，回家忙碌。黄鱼交给老婆，马师傅从不烧鱼，也从不吃鱼。马师傅拿出砂锅，炖肉骨头。马师傅烧肉骨头有窍门，只用砂锅。铁锅平坦，费油，温度一上，油变成蒸汽散发，浪费。砂锅面积少，沾油也就小。用火煨着，既节省柴火，肉油蒸发得也少。而且，砂锅吸油，洗不掉，不像铁锅，沾多少油，水一冲就没了，日积月累，这也是一笔账。

厨房里菜烧得热火朝天，马师傅时刻看手表，等到十点半，解下围裙，叮嘱老婆看煤炉火候，自己走到大门口等。等了不多时，弄堂口走来一个年轻后生，干瘦，背有些弓，面孔无肉，微微发黑。后生走到门口，叫一声叔叔好，将手里礼物递给马师傅，马师傅脸上堆笑，迎人进门。

后生进门，马师傅泡茶，茶杯里放绿茶、白糖、橙皮丝。上游牌香烟，整包拆开。红枣、干荔枝、瓜子、花生，各放一个青花碟子，摆了一茶几。马师傅叫自己小女儿马可佳出来，坐在一旁。

马师傅对马可佳说，小囡，你陪着小邵聊聊天，你们都是年轻人，多讲讲闲话。

马师傅又对那个后生说，小邵，你自己坐，香烟自己拔，莫做客。我到后面再烧个菜，马上便可上桌吃饭。

后生冲马师傅微微点点头，扭头看马可佳。马可佳有些不大自然，只是低头摆弄衣服前摆。马师傅从马可佳身边走过，轻轻一撞，低声说，大方点。转身去了厨房。

马师傅走进厨房，老婆问，人来了？

马师傅应道，来了。

老婆问，怎么样？

马师傅说，不错，一看就是干部家的小鬼，举手落脚有派头。

马师傅夫妻在厨房里忙碌完毕，将菜满满摆了一桌。马师傅热情招呼，可那个小邵好像胃口不大好，吃到中途，便搁下筷子，说自己饱了。

马师傅笑眯眯说，好好，吃饱了，那你就坐一下。小囡，你去泡杯茶来。

小邵摆手，说，不喝了，今朝还有许多事情，我要早些回去了。

马师傅说，这样啊，那工作要紧。小囡，你送送。

马可佳有些不大情愿地起身，低头陪着小邵出门。

马师傅看着小邵和马可佳出门，倒杯酒，一个人继续吃。

老婆低声说，你看他一个后生，吃得这么少，不会有什么毛病吧？我看着身体不是很好，太瘦，背也有点驼，

马师傅说，你哪里晓得，人家是干部子弟。干部子弟什么没吃过？吃得少说明他见过世面。你听他讲话，虽然轻轻腔，但中气很足，这说明他身体是好的。还有，我握他的手，别看瘦瘦一个人，手心手背都是肉，好福气的一个人。

老婆说，会不会委屈了小囡？我看小囡不大钟意。

马师傅说，什么钟意不钟意，男人相貌能当饭吃啊？那可是房管所邵所长的公子，权力大得不得了。我做了一世生意，这账算得清爽。最好的婚姻就是嫁给当官人家，一世福气享不完。

老婆低头不说话。

马师傅说，行了，你放心好了，我是啥样人，我会做蚀本生意啊？你看看人家拿来的东西，一袋麦乳精，两盒饼干。这饼干是什么饼干？是英国进口华夫饼干，高级货，普通人拿得出这样东西？这就是当官人家的好处。我告诉你，招这样一个女婿进门，以后我们老酒蹄髈一世吃不光。

听了马师傅闲话，老婆尽管心里不情愿，又不敢说什么。马师傅虽然表面客客气气，骨子里却是主意坚定的一个人。家里大小事，包括两个囡的婚姻，都是他一手操持。

马师傅做一辈子生意，的确没做过蚀本买卖。大囡相貌一般，马师傅便将她许配给了城郊一户农民。老婆一百个不乐意，埋怨马师傅，说，都说你一世精明，却把大囡嫁得这么草率。马师傅却说，大囡难看，条件不好。要是寻好人家，人家勉强要了，时间长了，苦头

有得吃。嫁得差一点，人家反倒觉得高攀，对你家女儿会更好些。再说了，你不要看不起农民。国家政策这桩事情，也跟做生意一样，总不能一直这样下去，总不能一世做蚀本生意。政策事情，早晚要放开。政策放开，第一个得益，便是你大女婿这样的人。退一步说，不管时代怎么变，人总要吃饭，农民种田，总有口吃的，饿不死人。老婆听了半日，听不懂，只是觉得大囡吃亏，嘟囔了好些辰光。

后来事实证明马师傅眼光独到。起先，大囡跟着那农民，是吃了几年苦。但后来政策放宽，大女婿养鱼种菜，日子果然越来越好，逢年过节，到马师傅家来，送来东西叠得满桌。马师傅得意，跟老婆邀功。老婆却说他是瞎眼人戳蛋孔，是运道。马师傅心里晓得，这并不是运道，这是生意经。就好比自己南货店里做生意。现在物资紧缺，大家按票购买，人人都高攀着你南货店。不能因为南货店高高在上，态度就差了，服务就不好了。否则将来一定时候，物资丰富，票据取消，事情就颠倒过来了。所以，平时马师傅总想尽一切办法跟村里人搞好关系，逢年过节帮着写对联，村里人婚丧嫁娶，他也上门帮着商量出主意。马师傅想，许多事，现在看来没必要，长远了，却是最要紧事情。这是什么，这就是一本生意经。

和大囡不同，小囡生得晚，从小便是一个美人坯子。马师傅对小囡管得严，马师傅晓得，小囡是自己老来依靠。小囡成年，分到文化站上班。大家都知晓文化站有个小马，是朵鲜花，多少人上门来跟马师傅提亲，但马师傅始终是笑脸相迎，半句话不松口。这样，挑来挑去，转眼马可佳就廿五岁了。马师傅也着急，他晓得市场里卖菜，起早菜卖得贵，上面带着露水，碧绿绿好卖相。临到中午，菜还没卖，水分干掉，便要减价处理。马师傅晓得，女人过了廿五岁，就是倒计时，再等下去，那小囡就熬成处理蔬菜了。

马师傅心里着急，到处张罗物色，最后终于相中了房管所邵所长的公子。虽然人相貌差些，马可佳不钟意，老婆也说你要是把囡许给这个人，小囡要恨你一世。马师傅却不以为然，小囡不可能恨自己一世。或许她现在会恨自己，嫌弃对方不好看，不英俊。但婚姻是一笔长远生意，她早晚会明白相貌是最没有用场的。过几年，等她再成熟些，她不但不会恨自己，反倒会感激自己给她寻了这么一户好人家。

3

马师傅这一代往上，代代都在县城里做南货生意。1917 年，三北轮埠公司“慈北轮”开通了宁波至本地的航线，两日一班，海运大大便利。食盐、生猪、谷米、茶叶、海产品、山货等农产品大量输出，布匹、煤油、食糖、卷烟和南北货源源不断输入。马师傅家便赶这个时候，与宁波上海同行建立稳固商业关系，扩大门面，生意做得风生水起。解放后，私营商业改造，马师傅定性为商，转为合作商店，这才入公成了供销社一员。

马师傅的生意就跟他父亲学的。马师傅父亲在旧时南货行里，很有些名气。据说当年县城里最先的化肥生意就是他父亲做起来的。那时化肥叫肥田粉，是个新鲜东西，农民们胆小，只看，却不敢买。马师傅的父亲便在门外贴了纸，说买化肥不用先付款，春天种庄稼，将化肥拿去施在田地里，等秋天有了收成再来付款。纸条一贴，给农民壮了胆，真有人来买。一来二往，这化肥生意便做起来了。父亲原本不希望马师傅再做生意。马师傅出生时，大头大面，有些官相。父亲盘算让他多读书，以后出人头地当个官。满月抓阄，书本、官印、元宝放了一桌，可马师傅偏都不抓，只是去摸挂在旁边墙上的一把算盘。会走路了，马师傅别的不欢喜，只欢喜到前面柜台，坐在高板凳上，看着来往客人，眼珠子骨碌碌地转。父亲忙忙碌碌，看见孩子坐在那里碍事，要抱他到后院。可一抱起，马师傅就哭，怎么哄都不止。只有重新抱到柜台，他才破涕为笑，弄得大人都哭笑不得。五六岁光景，马师傅就会打算盘，而且比一般大人打得好。柜台前，客人买东西，伙计账还没算拎清，马师傅早将收款找款的数目脱口而出。父亲看他的确是做生意的料，便也断了别的念想，让他在店里学徒。

马师傅说，别看是家徒，可父亲对他，比普通学徒愈加严格。收徒后，为了立规矩。从不让他叫爹，只叫师父，脏活累活也总是让他第一个干。自己跟母亲诉苦，当娘的心痛儿子，跟丈夫敲边鼓。父亲听了却是一顿臭骂。父亲说，当学徒，除了学本事，还要磨性子。飞扬跋扈的，能做什么生意？就要这样一日日地磨，将性子磨得圆滑了，才好做个生意人。

马师傅说起父亲，眼泪嘀嘀嗒嗒。

马师傅说，当学徒时，父亲不让自己叫爹，只让自己叫师父。十八岁，眼看就要满徒出师，没想到却再也没有机会叫爹了。那一年，父亲出门，去舟山收海货。海上遇了大风，船翻了，就再也没有回来。

从此以后，马师傅再不吃海货，他总觉得海货肚皮里有父亲的尸骨。

第七章

1

老倌坐在灶膛里，火苗子在他脸上闪映。

老倌说，最近是不是听到什么闲话了？

秋林摇头，不说话。

老倌说，我年岁大了，你上次也看见，要不是你，我死了也没人晓得。有些事情，你小鬼不懂的。以后你就明白了。

秋林还是不说话。

老倌说，明朝就是冬至了，要回家吧？

秋林说，回的。

老倌说，那你带一袋油豆腐给你母亲。

秋林推辞，老倌瞪了秋林一眼，说，你后生不要搞得这么世故。

秋林被老倌吓了一跳，他从未如此凶地讲过闲话，便不再推辞，接过满满一篮子油豆腐。

隔日，秋林回家，秋林姆妈看见一篮子油豆腐，感到奇怪。秋林跟她说了老倌事情。秋林姆妈听了，却有点担忧，说无故拿人东西不妥当。秋林解释说我平时也总帮他干活。秋林姆妈听了更不高兴，说，你帮人家，不能想着别人就该报答。人家对你好，你只有对他更好。

秋林姆妈想了想，问秋林，他平时欢喜什么？

秋林说，没别的，就是爱喝几口老酒。

秋林姆妈听了，就解下围裙，说，那我去买两瓶酒给你带回去。

秋林说，算了，算了，还是我自己去买。

秋林出了门，觉得姆妈有些小题大做。他想，或许是父亲的事让她胆子变小了，点滴恩惠就像天塌落来一样。

秋林往桃源街走，正要往一个糖烟酒铺子进去，突然看到前面一幢四层高楼，是百货大楼。心中一动，便又往百货大楼走去。

百货大楼，一楼糖烟酒，二楼百货。秋林要买酒，却径直往二楼走去。楼梯刚一转弯，迎面就看见了春华，春华穿一件白色的工作服，站在柜台里，正在与旁边人说话。

秋林下意识地退了一步，似乎做坏事被人发现。犹豫一阵，平缓心绪，又重新走出楼梯口。秋林低头，不看人，只装作低头看柜台前玻璃柜里的东西。走了几步，耳朵边唰的一声，吓一跳，抬起头看，才发现是铁丝上面票夹子滑过去。秋林心慌不已，赶紧转身要往楼梯口去。

陆秋林。

秋林怔住，有人又叫了一声。秋林慢慢弯过头，正是春华。春华站在柜台里，朝他招手，示意他过去。

陆秋林，你来此地做什么，寻我吗？

秋林心慌，冲春华用力摆手，不是，我是来买老酒。

春华说，老酒在一楼糖烟酒柜台，你跑楼上来干什么？

秋林一怔，赶紧解释，说，不单单买老酒。我上来看看，楼上还有什么可以买的。

春华说，你不晓得我在这里上班吗？

秋林用力摇头，春华就笑，笑容有些意味，秋林尴尬，搓手，不知所措。

春华说，秋林，上次电影院门口碰见你，跟你打招呼，你为什么不理我？

秋林说，没有啊，我没有看见你。

春华盯着秋林看一阵，说，怎么会没看见呢？我分明。算了，不管你是真的没看见，还是假的没看见，你自己晓得就好。春华叹口气，也不怪你，不止你一个，以前学校里同学，现在路上再碰见，好像都生分了，不晓得为了什么原因。学校辰光多少令人怀念，我总是记得，有一年游行，我们一班同学，用硬纸板做出天安门城楼，红色城墙，金色瓦片，汉白玉栏杆，抬出游行时，多少人羡慕。

秋林说，我是真的没看见你。

春华白了秋林一眼，便不再响。秋林站着，更加不自在，后悔自己头脑发昏，竟冒冒失失跑到此地来。

秋林说，春华，我真的要去买老酒了。

春华说，好吧。

秋林转身，春华又说，陆秋林，我要结婚了。

秋林说，哦，那恭喜你，到时我来讨喜糖吃。

说完，匆匆下楼。

秋林在楼下买了两瓶宁波大曲，提在手上。推开百货大楼的大门，秋林迈出去，站在门口，突然觉得有些恍惚。他晓得，这一世，春华已经与自己无关了。春华是鲜花，是要养在漂亮花瓶里的。自己算什么？心底里，他晓得自己是喜欢春华的，但他更晓得自己这种喜欢是毫无用场的。

秋林站在门口，抬头看了看悬空的太阳，太阳白晃晃的，让他有些晕眩。站在太阳下，他又想起了那天下午电影院门口的男人。那个男人长什么样，他早已不记得了。唯一记得的，是他身上的那件绿军装。秋林从来没见过那么干净的军装，干净得让人嫉妒。

2

冬至日，南货店里放两日假，秋林提早回来。他想好趁这几日太阳，将衣裳和床单洗了晒干。夜里太冷，溪边都能结出碎冰，没法洗衣裳，双手浸泡水里，要生冻疮。姆妈让他将衣裳床单拿回家去洗，秋林不愿意。自己成人了，不能样样事情都靠姆妈。

秋林拿大木盆，将自己衣裳床单放大木盆里，端去溪边。村里女人很少到溪边来洗衣裳，她们更愿意到村那头的河滩上去洗，一堆人说说笑笑，打发时间。河滩上还有巨大的卵石，卵石吸热，洗好的床单铺在上头，下头烘，上头晒，没多少辰光，就能干透。但秋林不欢喜那里，他去过一次，他一出现，洗衣裳女人便都围过来逗他，问他后生几岁，有没有对象之类，让他浑身不自在。

秋林在溪边洗衣裳，洗了一会，听见身后有人来。秋林扭头，见是个小姑娘，端着木盆。姑娘看见秋林，也是愣一愣，似乎犹豫了一下，但还是走过来，与秋林一人一侧。秋林洗着衣裳，觉得这个姑娘面熟，似乎哪里见过。再想一阵，突然想起那天到南货店里来买卫生带的人。秋林面孔有些发烫。

秋林心跳加速，不晓得她有没有认出自己来。他偷偷探看，小姑娘低着头，只顾洗床单，看情形，应该是没有认出自己来。秋林心情慢慢放松下来，但不晓得为什么，他又有些失落。

小姑娘洗好，将床单捏在手上绞水。床单大，手小，绞不干。秋林便大胆起身，说，我来帮你。秋林将床单一头接过，两人一人一头，将床单拉紧，反方向绞动，床单里的水便瀑布一样洒下。

绞完床单，秋林又继续洗自己衣裳。姑娘看着秋林，说，你这样洗衣裳，洗不清爽，要用连槌棒敲打，才能把脏东西敲出来。秋林说，哦，我忘记带了。小姑娘便将自己手中那根连槌棒递给秋林，用我的吧。秋林赶紧摆手推辞，姑娘说，你不用客气，又不是金棒银棒，敲不坏的。秋林这才接过来。

说过些话，胆子都大了。秋林说，那个东西，我不懂，你改日再来买。姑娘听了一愣，但很快明白秋林话里意思，面孔一阵红，半日不说话，只是搓手中衣裳。搓着搓着，突然又抿嘴笑起来。秋林不晓得她为什么笑，他偷偷看她，觉得她笑起来好看。

姑娘洗完衣裳，端着木盆走了。剩了秋林一个，独自在溪边待着。半日才想起来，自己忘了还她那根连槌棒。

夜里，秋林躺在床上，望着黑乎乎的天花板，脑子里居然满是白天那个洗衣裳姑娘的模样。这种感觉是熟悉的，当初学校时，他就曾这样远远地想过春华。秋林没想到，今朝自己竟然又会有这种感觉。不同的是，想这个小姑娘，秋林心里甜丝丝。可想起春华，他的心头却是钝刀子割肉，是疼痛。

隔日，秋林便拿着那根连槌棒去溪边，他希望她能来，将东西还给她。但溪边空空落落，一个人都没有。秋林有些失望。接下去，连着几日，他都去溪边，但一直都没有再碰到那个姑娘，秋林觉得心里空空荡荡。白天，守在柜台前，也总是走神，总无精打采地看着门口。门口稍有些响动，以为是那人来了。他就条件反射般地站得笔直，就像一张拉得饱满的弓。等人走进店里，辨清模样，绷紧的身体又迅速松垮了。

秋林的表现让店里的几个老商业都觉得奇怪，吴师傅还开口问，小陆，你这几日是怎么了，怎么总是落了魂灵一样？秋林低头不响。

又一日，秋林端着木盆去溪边洗衣裳。还未走到那条溪边，隔着长长的野草，他听见溪下有人在唱歌，倭豆开花黑良心，豌豆开花像银灯，油菜开花赛黄金，草子开花满天星……秋林慢慢走过去，一转弯，看见那个姑娘正蹲在溪边洗衣裳。秋林端着洗衣盆，一动不动地看着她，听着溪水流淌的声音，突然心生委屈，差点流出泪来。

3

姑娘名叫杜英，比秋林小两岁，长亭人，平时在三岔公社上读书，放假了才回长亭。

杜英放了寒假，秋林便日日去溪边洗衣裳。他自己就两件换洗衣裳，不能总洗，就抢着将店里几个老商业的衣服也拿去洗。吴师傅和齐师傅被秋林弄得莫名其妙，吴师傅还跟马师傅告状，说这秋林不站柜台，洗衣裳能洗出什么名堂？马师傅却笑眯眯地说，后生有后生的事情，我们莫要多管闲事。

杜英每次到溪边，总是看见秋林，也是奇怪。

杜英说，你怎么有这么多衣裳洗？都是你的？

秋林摇头，不是，还有几个师傅的衣服。

杜英说，你为什么要帮他们洗衣服？

秋林说，师傅们平时对我照顾，洗衣裳也是顺手。对了，师傅们人都很好，以后你家里要是买什么难买的东西，尽管来南货店里寻我。

杜英高兴答应。

从这日开始，两人便常到溪边，杜英似乎也有洗不完的衣裳。两人都是年轻人，一起洗洗衣裳说说话，秋林觉得，这是他到长亭后最幸福时光。

这一日，洗衣裳时，杜英说，那天你说买什么难买的东西，尽管来找你，是真话吗？

秋林说，当然是真话。

杜英说，那你有没有办法替我买些香烟？

秋林一愣，说，要买多少？

杜英说，我也说不好，我姐姐要出嫁，我姆妈打算多备些香烟，办酒席时用，香烟票不够，日日发愁。我想起你是南货店的，或许有办法，就随口问问。

秋林心里有些咯噔，但嘴巴上却说，没问题。

杜英说，你不是开玩笑，真的没问题？

秋林男子气概上来，说，当然没问题。

夜里，秋林躺在床上，翻来覆去后悔。不晓得自己为什么脑子发热，竟跟杜英应允下香烟事情。糖有糖票，烟有烟票，都有定额。店里卖香烟，顶吃香的是上海卷烟厂和宁波卷烟厂。上海卷烟厂有上海、牡丹、大前门，宁波卷烟厂是上游、新安江、五一。最差一档散烟，裹锡纸包，一根一根散卖。即便是散卖，也吃香。村里男人，香烟瘾上来，没钱没票，到柜台上低声下气说一番好话，领去一根，千恩万谢，改日还钱时必定还要再送些新鲜蔬菜来还人情。

秋林吹了牛，香烟事情根本没能力解决。莫说自己，就算马师傅出面，也给不了这么多。要是给多了，被上面供销社晓得，定要来搞运动。

秋林发愁，又不敢跟杜英明讲，只是每日想着此事，心烦意乱，竟连衣裳都不敢到河边去洗。

这一日，秋林站在柜台里，不想杜英却从门外走了进来。秋林低着头，紧张得不得了，他晓得杜英是为香烟事情寻上门来。要是此事被店里几个师傅听见，定要严肃批评自己。让秋林意外，杜英却没提香烟，只是称了半斤白砂糖。秋林拿纸给她包好，杜英笑一笑便走了。秋林长出一口气，将钞票放进抽屉时，才发现里头夹了一张纸条，写着，我姆妈叫你今朝到我家吃夜饭。

秋林拿着纸条，不晓得怎么办。去杜英家吃饭，定是逃不过香烟事情。自己单枪匹马见杜英一家人，简直是杨子荣闯威虎山。秋林站在柜台里，思想斗争了一番，最后还是决心去一趟。伸头一刀，缩头一刀，横直要挨这一刀，还不如上门去主动讲讲清爽。

临到夜饭辰光，秋林口袋里掏出钱来，让马师傅给自己称了半斤饼干，马师傅笑眯眯看秋林，说，后生大方些，莫要拘束。秋林应了，走到门口却一愣，马师傅为什么要讲这句闲话？

杜英家建在村尾，一个小小的道地。秋林去时，杜英早已在门口等着。秋林进去，看见道地打扫得清清爽爽，青砖铺地，院角落一口红石水井，井旁有间小屋，窗口冒着阵阵油水汽，是厨房。杜英在小屋门口叫一声姆妈，便走出来一个女人。女人胖，大头大面，脑后挽一个圆发髻，穿一件灰色盘扣对襟布衫，腰上围着一块青色围腰布。小屋里还有一个男人，正在灶间里烧火，看见秋林，笑笑。杜英介绍，这是我姆妈，烧火的是我爹。杜家姆妈看见秋林，满脸笑纹，说，杜英，莫站在这里了，赶紧带客人到屋里去吃茶。杜英应了，带着秋林又往前走。道地正面是三间朝南屋，中间一间开着门，门口悬一张青布帘子。进了屋，屋里也收拾得清爽，中间一张八仙桌子，秋林将半斤饼干放在桌上。杜英低声埋怨，叫你来吃饭，你这么客气做什么？杜英让秋林在桌边坐下，泡橙皮茶，拿花生糖。秋林坐着，听见房间里有铁车的声音，好像有人在做衣裳。秋林喝着茶，没一会儿，铁车声音停下，走出一个人。也是圆脸，像杜家姆妈。杜英又说，这是我阿姐杜梅，裁缝手艺特别好，你想穿什么衣裳，寻她，我姐姐什么都会做。杜梅笑着说，你莫听杜英，乱讲乱话，哪有那么好。杜英，你陪一陪，我还有点生活做做好。秋林说，阿姐你去忙。秋林见杜梅进去，心里想着是不是应该先把香烟事情提一下。但想来想去，还是不敢说，杜英这么热情，他怕弄出尴尬场面，倒了兴头。

喝一阵茶，杜家姆妈在院里喊，杜英，把桌子整一整，要吃饭了。杜英便赶紧收拾桌子，秋林帮忙。桌子收拾干净，开始上菜，很快，便摆了满满一桌。秋林看着满桌饭菜，心里更加发虚，他晓得，这一桌饭菜，不是招待自己，而是招待自己应下的那些香烟。现在场面，似乎自己就更不好说实话了。

让秋林意外的是，吃饭时，杜家姆妈倒是一字没提香烟事情，只是问秋林南货店里工作，问完了，又打听秋林家里情况。秋林觉得奇怪，见杜家姆妈亲切，倒是没有隐瞒，全部说了实情。听完了，杜家姆妈竟落眼泪，一个劲地往秋林碗里夹菜，嘴巴里还念着，真真罪过，罪过。杜家姆妈落泪，秋林也动了情，那一刻，竟恍惚想起以前家里一家人齐全的场景。

吃完了，杜家姆妈还是没提香烟的事情。她亲自将秋林送到门口。杜家姆妈站在门口说，小陆，你一个人在外，不容易。有什么事情，常来这里，就将我当作自己姆妈。秋林感动，几乎掉落眼泪。

回到南货店，秋林激动情绪平复，这才想起今天吃饭本意。一时间，又愁云翻起。想了一夜，最后想起卫国。卫国在第一机械厂里上班，又是干部子弟，门路定然比自己广，说不定他能想到什么办法。打定主意，第二日一早，秋林起床，跟马师傅请假，说有急事回一趟城。秋林去了第一机械厂，寻到卫国，将事情跟他说了，但没有提杜英，只是说帮一个朋友忙。卫国不相信，说，朋友？什么朋友这么上心？秋林说，你莫管这个，只说有没有办法。卫国说，这个事情不好办，香烟太紧俏。反正我想办法，厂里干部子弟多，看看有没有门路。秋林说，那我先回去，只是请了半日假。

秋林出城，赶回长亭。路上，秋林想好，要是香烟再没有着落，便将实情告诉杜英，这样遮遮掩掩，到了办酒席辰光，这洋相就真的出尽了。想到此桩，秋林心里又羞又悔，恨不得打自己嘴刮，为啥要显什么男子气概，做不到的事情吹牛皮，现在落这样一个下场，以后别说见杜英了，被别人晓得，长亭地方都待不下去。

秋林满肚子懊恼往回走，眼见到路廊就要进村，突然后面有人喊着，陆秋林。秋林转头，身后竟是卫国，骑着一辆自行车，飞快而来。

卫国停下车子，面孔被风吹得通红，大口喘气。

卫国说，你的两条腿倒是比毛兔都快，把我追得快断了气。

秋林激动，说，你这样追我，莫不是香烟事情有眉目了？

卫国白了秋林一眼，说，算你有运道，我车间里打听，正好有一个人父亲在县城供销社里当干部，说最近供销社里进了一批香烟，是安徽芜湖牌，这是本地供销社去上级供销社拿宁波烟上海烟时搭的，因为是外地烟，不要烟票。他说现在这烟暂时没多少人晓得，还有办法弄到。

秋林听了，高兴得不得了，直拍卫国肩膀。

秋林说，你看，那里就是长亭村，你都到这里了，跟我去我那里坐坐。

卫国摇头，说，厂里忙，我也只是中午跑出来一会儿，马上要赶回去。

卫国从口袋里掏出烟，递给秋林一支，秋林说，我不抽烟。卫国便自己点了一支。卫国抽了一口，突然说，对了，春华要结婚的事情你晓不晓得？

秋林心里一沉，说，我怎么会晓得？

卫国说，我还以为你晓得，她爱人请了武装部几位领导吃酒。

秋林应一声，伸手摸着自行车车把，没再响。

卫国说，难过了？

秋林说，有什么难过的。

卫国说，你莫要眼前当英雄，背后做狗熊。

秋林说，你放屁，赶紧滚回去上班吧。

卫国笑笑，扔了烟，将自行车调过头来，往城里骑。骑了一段路，突然转过头来，大声喊道，陆秋林，记住，难过归难过，千万莫掉眼泪啊。

秋林弯腰捡起一块石头，作势要扔。卫国一阵笑，往前快速骑去。秋林捏着石头，站在马路边，看着卫国的车子慢慢骑远。转过头来，用力地将手中的石头往田野里扔去。

秋林久久地看着长亭村，一动不动。

4

杜梅嫁的是附近方家村的方华飞。方华飞常年在外做工程，据说赚了不少铜钿，方圆都有名气。杜梅做得一手好裁缝，不光长亭人，城里人也送布料请其做衣服，因为手艺好，寻她做衣服要排队，一件衣裳个把月才能取上。华飞姆妈一眼就相中杜梅，相中的不仅是手艺，还有相貌。华飞姆妈说，这样的老婆顶好，大屁股大面，是富贵相。

长亭村里，最有名一份便是杜家。杜家两兄弟，哥哥叫杜知礼，弟弟叫杜知义。杜知礼家三个儿子，杜毅、杜尔、杜善，杜知义家两个女儿，杜梅、杜英。

有一年，杜家老太爷生了场大病，自知时日无多，便立下遗嘱要分家产。老太爷五间房，杜知礼分到四间，杜知义分到一间。杜知义是老实人，又是孝子，没有多少闲话。但杜家姆妈听了老太爷遗嘱，当场便跳了起来，说这分法太不公平。就说重男轻女，五间房三二分开，也就算数。可眼下，五间房四间归了杜知礼，自家独剩一间，太不讲道理。不晓得是不是杜家姆妈一番闹还是什么原因，没多久，这杜老太爷竟一命呜呼了。老太爷去世后，杜家两兄弟分家，请村里老人做中央。分家具，分碗盆，最后，分来分去，只剩下一条荸荠漆春凳。中央人做不了主，杜知礼和杜知义只说，一条凳，给谁都没闲话。但杜家姆妈却不干，说，老太爷定下房子事情，没办法，要遵守。但其他东西，定要一碗水端平。最后，她竟寻来一把锯子，将一条好春凳一分为二。此事过后，杜家姆妈便跟杜知礼一家断了亲眷，不再来往。

杜知礼三个儿子，老大杜毅，三十五六年纪，连鬓胡须。面相粗鲁，人却极为精明。年轻时，做过猎户。后来，当了生产队队长，偶尔也会去打猎，打来野猪、岩羊、角麂、田狗，取下皮卖给收购站，肉炖了，请村里人吃老酒。秋林还跟着马师傅去吃过一次。杜家老二叫杜尔，生得漂亮，皮肤白皙，一表人才。最小一个杜善，身体一直不好，人极瘦弱，一直待在家中，少与人交往。

杜梅嫁人前半年，杜尔结婚，讨了一个城里女人，轰动一时。酒席摆了十桌，办得风光。村里人办酒，一般桌面上只是一包上游牌香烟，一桌十个人，一人两支。但杜尔结婚，放了两包，一包上游，一包新安江，一人四支。杜家姆妈因此不服气，下定决心，一定要让村里人晓得，杜知义家嫁囡，要超过杜知礼家讨媳妇。第一是烟，杜尔结婚，桌上摆两包香烟。杜梅出嫁，不但酒席上放两包香烟，账房上人情时，还要一人发一根还礼。第二是菜，杜家姆妈从镇上请来最有名一个酒席厨师，叫骆大风，四十几岁，正是做厨师的好年岁，红案白案功夫都在行。骆大风排下婚宴菜单，标准席面四盆八，四个冷盆，八个热菜。杜家姆妈看菜单，却皱眉摇头。

杜家姆妈说，十二个菜怎么够？一桌十个人，吃得空桌板，倒牌子。她想了想，说，我有一次去吃酒，吃到一种肉，整整一碗，放一块大肉，一吃，不腻嘴，喷香。骆大风说，那是扣肉，整整一块肉，切片，肉皮朝里，整齐排在碗中，放上调料后上笼蒸。蒸熟后，把碗倒扣在盆里，端上桌后取碗，整碗肉不散，肉皮朝外，油亮亮像只馒头。是道好菜。杜家姆妈说，那就加一个扣肉。还有一次，我去吃酒，吃到一碗圆子，用菜叶包豆腐包肉，吃在嘴里，有肉有菜有豆腐，清口开胃，也好吃。骆大风说，我晓得，肉圆菜，也是扣菜。用猪肉剁成肉末，豆腐打碎，搓成团，用烫软后的菜叶包上，装进扣碗上笼蒸。鲜肉豆腐和蔬菜搭配，味道交关好。杜家姆妈说，那就加一个肉圆。此外，我想再加个汤，再加个下饭菜。骆大风想了想，说，汤就用黄鱼胶好了。新鲜黄鱼胶油里发一发，再添上菠菜、牡蛎，透鲜。另一道下饭菜就用鲍鳗，腌过的鲍鳗又咸又香，下饭最好不过。杜家姆妈说，四冷八热，再加这四个菜，总共十六个，菜够吗？不会倒牌子吧？骆大风说，我多年农村里办酒，见过世面，你是最客气的。杜家姆妈说，真是最客气的？骆大风说，真的。杜家姆妈就咧开嘴笑，说，好，十六个菜，六六大顺，那就定落来吧。

杜家这一场酒席，果然风光，来吃席的人个个吃得嘴巴带油。走时，嘴上叼着烟，两只耳朵边还各夹一根。见到杜家姆妈个个竖起大拇指，说，今生今世都没见过这么大嫁囡场面。杜家姆妈听了受用，好几日都笑得合不拢嘴巴。

杜家酒席，请了秋林，也请了马师傅。马师傅不吃烟，饭桌上分

来两支香烟，用手绢包好，小心藏在口袋里。吃完酒席，秋林和马师傅一起回南货店，

路上，马师傅突然问秋林，杜家办酒的芜湖烟是哪里弄来的？

秋林听了，一阵紧张。莫非马师傅知晓了自己替杜家弄烟的事情？这事情，秋林叮嘱过杜英，让她不要宣扬。马师傅怎么晓得？

秋林摇头否认，马师傅笑眯眯地看他，不再讲话。

第八章

1

齐师傅去城里水产公司领水产年货。每年临到春节，供销社都会有一批水产供应给内部员工。一年到头，南货店里伙计只有此时可以享受特权，买鱼只需钱，不用水产票。今年的水产是带鱼，齐师傅将整筐的带鱼倒在店门口，按人头分成四堆。四堆质量有参差，其中最好一堆，条条手掌宽，鱼鳞如同银子一样闪亮。原本以为这一堆是给店长马师傅，但让人意外，齐师傅竟做主将这一堆分给了秋林。

齐师傅说，小陆，这一堆，你拿回家。

秋林有些紧张，不敢应。旁边马师傅搭腔，笑眯眯地说，齐师傅做得对。小陆后生，常年到头扔在这个小村里，不容易，家里负担又重，拿些好的回去，给你姆妈尝尝，也让她为你高兴。

齐师傅马师傅都这么说，秋林自然高兴收下。吴师傅站在一旁，脸色难看。

分完带鱼，几个人又聚拢来讨论过年排班事情。又是齐师傅提议，说，小陆年岁轻，家里情况又不好，应该多给两天假，回去陪陪娘。马师傅点头同意，吴师傅在旁边看看齐师傅，又看看秋林，一双眼睛滴溜溜转。

剩下两个人辰光，吴师傅偷偷跟秋林讲话。

吴师傅说，小陆，你后生人不错我才跟你讲，你莫跟齐师傅走太近。

秋林问，为啥？

吴师傅说，你晓不晓得，齐师傅以前是吃落寇饭的。落寇懂吗？海落寇，就是海盗。

秋林听了，诧异地看着吴师傅。

吴师傅说，当年齐师傅家在县城里开水产铺子，贩卖水产都走水路，为啥别家铺子都被海落寇抢，只是他们齐家水路上平趟？吴师傅靠近，压低腔调，据说他们家的船去石浦捉鱼，路上喊出名号，就一路平安，半点水星都不起。别人学样，用力喊名号，反倒把海落寇招来。抢去船上洋钿不说，人马还要剥了衣裳，扔到海里喂鱼。还有，那些石浦海盗到县城来，个个都住齐师傅家，有人看见过，关系好得不得了。

秋林纳闷，问，吴师傅怎么晓得这么清爽？

吴师傅说，我自然晓得。当年供销社里搞运动，齐师傅次次都要上台挨批斗，我也站台下看过。要不是这海落寇有本事，将自己的店并到供销社，定了个商的成分，按他的罪状，拉到刑场上吃十遍花生米也不罪过。

吴师傅说得闹热，不想齐师傅正好从外面进来。吴师傅没提防，扭过头，一张脸竟吓得惨白。

说实话，齐师傅模样，平常秋林看着也觉得恐怖。一米八的个子，标枪一样直，脸上半两肉都没有，被刀剔过一样。还有他的走路动作，也是硬邦邦，走起路来，两条腿几乎不弯曲，像两块柴爿一样。看卖相，的确不像个好人。不过，吴师傅的话，秋林不敢全信。吴师傅这个人，眼珠滴溜转，听不出哪句话真，哪句话假。私底下，虽然马师傅也讲起过齐师傅，但马师傅从不讲为人，只说生意。马师傅说，齐师傅做水产，整个供销社系统里都是数一数二好手。水产有季节，一关一关，无论带鱼黄鱼白蟹乌贼，只要齐师傅一去，最好那份，总是他先挑来。最后，别家南货店都提了意见，说不能让齐师傅先挑，大家不能总吃剩饭菜。最后，水产公司想出办法，写了数字，各家抓阄，按抓阄的顺序先后挑。但即便这样，每次还是齐师傅拿的水产最好，归了底，别人都没有齐师傅那样一双眼睛。

马师傅讲话时，脸上都是佩服神情。秋林晓得，这是真心流露，马师傅做一世生意，能让他露出这种神情的人少见。

分完年货，便要过节。按惯例，南货店里春节只放两日，大年三十一日，正月初一一日，正月初二就都要来上班。秋林多了两天假，正月初四上班，这是大大的开恩了。南货店与别处不同，春节里是最忙时节，一刻都离不了人。

秋林回家过年。以往，父亲在家过年热闹，今年只剩母亲和秋林两条人，冷冷清清。年夜饭吃过，秋林陪母亲坐一会，便早早进房间困觉。秋林躺在床上，没有开灯，屋里一片黑，安静无比。今年有些奇怪，似乎比以前任何一年都要来得冷清，除了屋外偶尔传来几声零星的炮仗，丝毫过年气氛都没有。秋林将双手垫在后脑下，想起父亲。不晓得父亲在牢里有没有年夜饭吃。在家时，父亲爱吃老酒，平常日子不舍得吃，三十这日夜里，定要放开，喝到夜里九点钟才作数。秋林不会喝酒，但也欢喜坐在旁边，听着父亲嘴里发出滋滋喝酒的声音，心里踏实。此时，姆妈总是在灶膛里烧火，蒸年糕，蒸隔纱糕，时不时能听见没干透的柴爿在灶膛里发出清脆破裂声。一家人聚在小小的房子里，一盏十五支光的灯散发橘黄色灯光，让秋林觉得这就是人世间最美画面。

想起这些事情，今年这个春节实在难熬。秋林想，这样难熬，还不如早些回到南货店，忙忙碌碌倒不会瞎想这些事情。就这样，秋林打定主意，再陪母亲过个初一，就说店里忙，收拾东西回了南货店。

2

农村人最看重春节，一年到头地里苦干，此时才脱空，可以吃喝些好的，亲眷处走动走动，拜拜岁。拜岁不能空手，要到南货店买烟酒、拜岁包。过年送酒，不能落单，要成双成对，一对酒瓶用一根纸绳系住，收口处有绳结，可以拎着走，不会滑脱。还有拜岁包，店里当伙计，拜岁包是基本功，要包得紧实，还要漂亮，很见功力。其中有一种叫三角包，一张长方形粗纸，称出红糖白糖倒在粗纸上，然后包成粽子状。包三角包不能用绳子扎，圈出三角后，收尾处留小口，向内两折，白糖红糖便被锁在包裹中。手艺不到的，包裹不紧，留了洞眼，会漏出糖来。手艺好的，包出的三角包可以在柜台里上下抛落，不破不散。还有一种常用的是斧头包，主要包荔枝桂圆。也是一张方型粗草纸，折折拗拗，包成前低后高样子，形似斧头。好的斧头包棱角分明，紧实牢靠。店里检验包斧头包手艺好坏，不用荔枝桂圆，荔枝桂圆个大，即便包得松散，也不会漏出。要用白砂糖，一张粗草纸包出斧头包，如果转折处有一粒糖漏出，就算不合格。

南货店柜台上手艺最好的还是马师傅，马师傅一双手又胖又小，看起来都是肉，不灵巧。可一张粗纸到了他的手中，就像变魔术一样，几折几拗，边是边，角是角，就像一件工艺品。来店里买包头的人都说，马师傅包的包头最好相，拿回去都不舍得拆。秋林也跟马师傅学，学得刻苦，但怎么学都感觉比不上马师傅。秋林沮丧，马师傅总笑眯眯鼓励，莫急，慢慢来，没有人能一日练出好本事。马师傅说自己小时掌心也没少挨父亲的红木尺。也正是父亲这条木尺，让他练就了一身好手艺。

正月里生意忙得着火，店里炒货不够卖，马师傅在店门口又支起两口大锅，炒带壳花生，炒南瓜子。店里四条人，门口卖炒货，柜台上包包头，个个都是忙得脚后跟敲屁股。就这样忙，从正月初一一直忙到正月十四。此地与别处不同，元宵过十四，不过十五。据说，这习俗从元朝时便有。元朝时，此地汉人被列为最低等，每五户变成一个连，烧饭共用一把菜刀。为防止起兵造反，每个连立一址界碑，禁止大家相互来往。后来有一年正月十四，此地官府被推翻，本地人就把址界给烧掉了。以后每年的正月十四，就作为元宵节，这一日，还会在自家门前燃烧樟树枝，纪念这桩事情。

马师傅老商业底子，这一日，总要在门口烧樟树枝叶。风声紧的年头，躲在房间里，弄一个炭盆，偷偷烧。风声宽松些，就将樟树枝叶放到门口烧。樟树枝叶油性大，烧起来噼里啪啦响，像是鞭炮。马师傅合上双手，在火堆跪拜，一边拜一边念，烨烨樟树梗，银子咣咣响，烨烨樟树叶，银子叠打叠。

过了十四，春节就算结束了。马师傅体谅大家正月里辛苦，正月十五不用早起。秋林疲累，一躺到床上，就昏睡了过去。这一觉，直睡到第二日太阳晒屁股。迷迷糊糊听到楼下一阵闹哄哄，似乎发生什么要紧事情，那声音时高时低，听不清明。秋林起床往楼梯下走，走到楼梯中央，只见三位师傅柜台里站着，脸色肃穆，柜台外站着的是生产队队长杜毅。说了一阵，齐师傅和马师傅便走出柜台，随杜毅出了南货店。

秋林下楼梯问吴师傅出了什么事情。

吴师傅说，昨日夜里山上的大明死了。

秋林一愣，大明？哪个大明？

吴师傅说，就是那个米粒的男人。

秋林一愣，问，为什么死了？

吴师傅说，杜毅说是喝了农药，也不晓得为了哪桩，好端端的怎么会喝农药？

秋林不说话，他突然感觉心里担心着什么，但想来想去，又想不清爽自己在担心什么。

3

长亭地方，最有名两样东西，一座庙，一架路廊。这庙里，只有一个和尚，这和尚便是大明的父亲。他几时到这庙里当的和尚，谁都讲不清爽，几乎每个人都会说，有记忆以来，山上就有了这个庙，有了这个庙，便有了大明的父亲。

村里人称大明父亲广庆和尚。大家印象中，广庆和尚和大块头大明不一样，人瘦小，总是一通旧扑扑的灰白僧衣。据说这庙是光绪年建的，经历许多年头，各处破破落落，在庙里走，不知什么时候，就会掉下一块泥灰来。但广庆和尚从不去修，总说没有铜钿。村中有人便说广庆和尚是个拐子，一张嘴，上嘴唇顶天，下嘴唇落地，从村里骗去多少香火钱。这么多香火钱，没有一分铜钿用在寺庙维修上。另一些人却说，广庆和尚是被冤枉，这么小一个庙，哪有什么香火铜钿？只是村里一些老年人，婚丧嫁娶拣时辰，出门生意问凶吉，去庙里找广庆和尚问，客气些，扔下几个角子，实在没有钱，家里舀一勺米，就充了香火钿。广庆和尚不靠香火，只靠一双手。虽然个子瘦小，但他的手脚却活络，开辟山上荒地，种洋芋，种蔬菜，收获时节，地里冬瓜南瓜一只只滚滚圆。

村里人不晓得广庆和尚什么时候来的长亭，也不晓得大明是什么时候来的。隐约有个说法，说某一年县里搞运动，斗得凶，有对夫妻耐不过，带着小孩慌张逃出，逃到此地，再也逃不动，就将小孩扔在庙里，双双跳入山涧自杀。广庆和尚心善，将小孩捡了抚养，这小孩就是大明。但这说法经不起推敲，逃难怎么会跑到山上庙里去？另一种说法是说广庆在外欠了桃花债，最后生了这个小鬼，没法处理，带到此地，才编造一个夫妻逃难的故事。嘴巴生在各人头上，谁都说不清。但村里人晓得，广庆和尚不容易，一个男人，从襁褓里开始，将大明养成一个大人，其中艰辛，不言而喻。在世时，和尚顶疼爱大明，几乎没有让他吃过苦。不要说做农活，几乎连锄头都没让大明摸过一下，手上连个茧都没有。再后来，又来了米粒，广庆和尚做主，让大明米粒一起。那时，和尚已生了恶病。大明米粒结婚没多少日子，他就死了。广庆和尚溺爱大明，从小将他带在身边。大明不出门，没见过世面，也没学的本事。和尚死了，村里人有婚丧事，便来问大明，大明却一问三不知。农村人终究心善，说大明可怜，念和尚的好，偶尔也拿些面米地里作物送给大明。但困难年代，各家自身难顾，救急救不了穷。这一家，还是靠米粒才能勉强维持。

马师傅齐师傅出门，直到天黑，才从山上回来。此时，秋林和吴师傅已各自吃完夜饭。秋林要给两个师傅弄吃的，马师傅说庙里吃过点心，肚皮不饿。

吴师傅问，马师傅，齐师傅，你们去山上了，到底什么情况？

马师傅叹口气，说，喝的甲胺磷，发现时，已死一夜了，人都是碧绿绿的。

吴师傅说，惨啊。你说这大明到底为了哪桩，要喝农药寻死？

马师傅说，这个事情古怪，我问过米粒，米粒说是为了一碗酒。再问她，她只是哭，含含糊糊说了些什么，我也听不清爽。唉，说来说去，最可怜还是大明。我到长亭时，大明还没有供案高，我和广庆和尚讲话，他就用竹竿挑供案上的供品吃。没想到这么轻年岁，竟然走得比我还早。人生一世，真是讲不清。

众人感慨一番，各自回房困觉。

秋林躺在床上，黑暗中翻来覆去，心底还是隐隐担心着什么，始终不落听。就这样烦恼了一阵，突然脑子过电，晓得自己担心什么。他赶紧爬下床来，蹑手蹑脚下楼，推门出去。

秋林赶着夜色，匆忙来到水作店。却见店里一片漆黑，大门紧闭，不像有人。秋林便站在门口等。也不晓得过了多少时间，黑暗中恍惚有个人影。近了，看清是老倌。

老倌开门进去，独自坐到灶膛里。灶膛里没有生火，冰清水冷。

老倌坐在那里，神情晦暗，像是变了一个人。许久，才开腔问了一句，晓得了？秋林点头。老倌叹口气，说，那个人，其实你也见过。有一次水作店房顶换瓦片，他来帮忙。

秋林皱皱眉，好像有印象。那人块头大，面相和善，脸上一个狮子鼻，不显威武，倒显得整张脸木木的。

老倌说，谁想得到呢。

秋林小心翼翼说，好像说是为了一碗酒。

老倌没应，拿根柴火在地上划着。秋林看着老倌，后悔多嘴，老倌定不想讲这事。秋林在旁边静静坐着，不晓得讲什么，做什么，又不好回南货店，一时间，竟有些尴尬。

原本过节，是叫我上山去吃汤包的。

秋林一愣，没听清，扭头看老倌，什么？

老倌说，她叫我上山去吃汤包。三个人边吃边喝，蛮好一件事情。也不晓得吃了多少辰光，锡壶里正好剩下最后一口酒。那酒壶就在大明面前，大明拿了要倒，米粒却伸手抢过去，将酒倒在了我杯里。当时我也没太留意，现在想想，那杯酒倒了，大明好像就没再讲过话了，只是闷头吃。我下山时，他还将我送出来，说，你做的油豆腐好吃，以后看我时，莫忘记给我带些来。那时，我只觉得他嘴馋，现在想起这话，却真是不晓得什么滋味了。

老倌叹口气，唉，大明牛一样的块头，没想到一下子就钻到针缝里去了。

听了老倌的闲话，秋林还是想不明白。吴师傅跟他说过三人关系，平常那样亲近都没出事，为何一杯老酒却会生出人命来？

秋林心中困惑，但这种闲话不能问老倌，只是努力讲好话，说这种事情谁都没办法，让老倌宽心。

老倌说，后生，不瞒你说，出了这宗事，长亭地方我也待不了。我刚才去了杜毅那里，就是跟他商量，要将这个房子还给村里。

秋林愣住，说，你要去哪里？

老倌说，我想好了，去我儿子家。

秋林说，你有儿子？

老倌说，有，只是对我不孝，我才一个人到这里开水作店。讲实话，就算不出这桩事情，我也要回去了。做豆腐是讨饭生活，老了，干不动了，总要寻个地方养老。我想他总不至于将我赶出来吧？话讲回来，就算赶，我也要死在他门口。你后生不懂，我不是此地人，真要死在此处，坟地都没一块，那才是真真罪过。

老倌不停讲话，似乎是讲给秋林听，又似乎是讲给自己听。秋林在马扎上抱双膝坐着，听老倌说的这些闲话，心里不晓得什么滋味。

秋林回到南货店，长夜困不着。第二日，刚取了板，又跑去水作店看老倌。让他没想到的是，去时，水作店门上竟落了锁。老倌连夜走的？秋林不相信，第三日第四日又去，那门始终锁着。

秋林难过，他想也许自己一世都见不到老倌了。想起这个，他的心里就空得不行。来长亭这些日子，老倌就如同他的亲人。在这个地方，唯一让他心安的一处角落就是这水作店。

又一日，秋林夜里困不着，便起身出去走一走，透透气。原本秋林心里是没有方向的，可东走西走，最后不知不觉竟又走到了水作店附近。秋林停下身子，远远的，看见一个女人站在水作店门口。正是月亮夜，月光下，女人站在水作店门口，孤零零一个，就如同在那里站了千秋万年。

4

春节忙完，喘一口气，又要忙春耕生活。南货店里虽然不用种田插秧，但还要做服务工作。农民忙春耕，没工夫采买，南货店工作人员便要将货物送去田头。店里几个人，秋林年岁轻，拉车生活自然落在他头上。秋林拉着手拉车，车上装着副食品百货，马师傅车后压阵，一路吆喝。早春时节，处处鸟语花香，秋林心情舒畅，倒也不察觉辛苦。就这样，春耕送货忙了大概一个礼拜左右，紧接着又是县供销社系统的业务大比武。秋林平时练得辛苦，玻璃瓶里练习抓小糖，一把抓下去，基本上是想抓几粒便是几粒。包三角包，包斧头包，虽然不如马师傅包得那么快速精巧，但包出包裹来也是有棱有角，很有卖相。还有捆酒瓶，头顶盲打算盘，快速卷布匹，秋林都是样样手艺过关。平时练习倒没觉得稀奇，一上了比武场面，秋林把自己吓了一跳。几轮比赛下来，竟拿了副食品包扎第一名，卷布匹、珠算、扎酒瓶三个第二，红辣辣一堆奖状。颁奖时，秋林还碰见了许同志，许同志笑眯眯地拍着秋林的肩膀，让他继续努力，要替父亲争口气。

比武回来，店里几个师傅都为秋林高兴。马师傅说，小陆，你只要这样努力下去，总有一日会被领导发现，将你调回城里去。秋林听了，心里蜜甜。马师傅还特地放了秋林一日假，让他回去将好消息告诉母亲。

母亲看到奖状，自然也是高兴，自从父亲出事后，她脸上就没有露出过这样笑容。她将秋林奖状贴在房间醒目处。唯一遗憾，是不能将这消息让父亲晓得，因为母亲一直跟父亲说秋林分配在第一机械厂。夜里，秋林起来上厕所。一开门，看见外面有摇曳烛光。仔细一看，竟是母亲点了香烛在拜菩萨。秋林看见，眼眶里泪水打转。母亲是真心为自己高兴，孤身一人无处诉说，唯一方法只是感谢菩萨。

第二日，吃罢午饭，秋林便去第一机械厂寻卫国，说了比武的事情，卫国听了也高兴，带秋林到工厂后山喝汽水吃香烟。

卫国说，春华结婚时，我去吃了酒，春华还问起你。

秋林说，你总跟我说春华事情做什么？

卫国笑笑，说，那你想说什么？

秋林想了想，倒真想起一个话题。

如果发现台湾特务，不向派出所报告，是不是也是犯罪？

卫国一愣，问，什么台湾特务？

秋林说，我身边可能有个特务。

卫国说，什么样子的？

秋林说，说是以前是当海落寇的。海落寇晓得吗，就是书上所说的海盗，在海上抢劫，杀人不眨眼。

卫国说，我不相信，现在什么年代，哪有海落寇？我父亲说过，当初解放军打进来，海上扫荡，海盗早被杀了个精光。

秋林说，我也是听别人说的。

卫国说，那你为什么说那人是特务？

秋林愣一愣，就将齐师傅听敌台的事情说了一遍。秋林说完，卫国却摸着肚皮大笑起来，秋林被他笑得摸不着头脑。卫国笑了半日，说，秋林，你跑到乡下南货店，还真变成个乡下人了。哪里有什么特务，这种声音，每个收音机都能收得到。

秋林听了，满脸通红，原以为将一个惊天秘密告诉卫国，没想到却是这样事情。

卫国拍拍秋林的肩膀，说，我们还是不说特务。秋林，你告诉我秘密，我也告诉你个秘密。

秋林说，什么秘密？

卫国说，我寻了个对象。

秋林一愣，说，真的假的？

卫国说，屁话，这哪有假？是我厂里的，要不要叫来给你看看？

秋林说，她会来吗？

卫国说，你等着。

说着，卫国跑下山路。过了一会儿，只见他带一个姑娘上来。走到眼前，卫国说，这是我的同学，秋林。秋林，这是云芝。云芝伸手大方跟秋林握手。秋林倒不好意思，碰了一下，迅速收回来。三个人坐下来讲闲话。

云芝问，秋林，你平时看什么书？

秋林想了想，说了几本小说名字。

云芝翘着头听，说，卫国不如你，他不看书。

卫国说，书看多了有什么用？

云芝说，你这人没意思，不懂生活情趣。

卫国说，看书没有用，枪杆子里才出政权呢。

云芝听了，说，我跟你没有共同语言。便不再理睬他，只是跟秋林讲书的事情。秋林没看过几本书，又见云芝只跟他讲话，不理睬卫国，觉得有些尴尬，再坐一下，便也起身告别，回南货店。

第九章

1

吃罢中饭，吴师傅突然提起大明。

吴师傅说，马师傅，你记不记得，有一次刮台风，将南货店瓦片掀翻，修理时寻不到瓦片。最后还是大明帮忙，将庙里一座破屋的瓦片拆下，借给南货店。

马师傅说，我记得的。说起此事，我还觉得惭愧，总说去县社讨来瓦片，帮大明盖回去，但拖到现在这事还没落定。

吴师傅说，大明虽然少来南货店，但大头大面，是个好人。所以我想大明虽然没了，但毕竟米粒是他老婆，一个女人孤苦伶仃，我们还是该去看看她。

马师傅说，吴师傅说得对。我也想过，只是这段时间忙春耕，给疏忽了。

吴师傅说，现在去也来得及，这样，大家都去也不好，反害她忙碌。就派小陆去，小陆后生活络，年纪轻，看看有什么生活，也可以帮着干干。

秋林想起豆腐老倌与米粒关系，赶紧摆手，说，我怎么好去？我跟她丝毫不熟悉，去了说什么？

马师傅说，算了吴师傅，这种事情你让一个后生去做什么？还是你去吧，你老到些。

吴师傅说，行，那就我去。是空手去吗？

马师傅说，你带个桂圆包，带个红枣包，算我们三个老南货的心意，也是跟大明父子一场交情。

秋林说，也算我一份。

马师傅说，好，再算小陆一份。

吴师傅应了差事，手脚麻利，在柜台上包了一包桂圆，一包红枣，出门就往山上去。

吴师傅到山上时，米粒还在庙里吃饭。

吴师傅说，米粒，怎么这个时辰吃饭？

米粒一脸憔悴，说，今天身上才有些气力，想起好多日子没有整理，就整整洗洗忙到现在。

吴师傅看了看桌上，只有一碟炒盐，一碗大头菜。

吴师傅说，我晓得你这阵子难过，千万要注意身体。说着，吴师傅将包头放到桌上，说，这是一包桂圆，一包红枣，你不要不舍得吃，好好补一补。

米粒说，这怎么好意思，吴师傅太客气了。

吴师傅说，客气什么？你刚到此地我就在南货店了，这么多年了，应该的。

米粒说，吴师傅，你是个好人，出了这个事情，长亭村里没有一个人来看我。

吴师傅说，你讲这些闲话做什么？人字两只脚，不就是你靠靠我，我靠靠你。

米粒低头，眼眶有些湿润。

吴师傅看着米粒握筷子的手，感叹，看你，才这个年岁，一个女人的手，老得像松树皮，真当罪过。一个女人没男人照顾，怎么行？对了，你哪天到南货店里买东西，看见我站柜台，你就进来。我手下松点，照顾你些。

米粒说，我哪还有闲散铜钿买东西。

吴师傅说，你没钱也尽管来，我给你赊账，只是莫与别人说。

米粒说，我谢谢你。

吴师傅说，不要谢，自家人。对了，你鸭子还在养吗？

米粒说，养的。

吴师傅说，这样，我正好要买些鸭蛋，你卖给我些。

米粒说，你要多少斤？

吴师傅说，要十斤。

米粒说，你要这么多做什么？

吴师傅说，腌咸鸭蛋，家里人多，多腌些，做长年下饭。

米粒说，吴师傅，你真是好人。但这么多我一时拿不出，你过一礼拜来拿，我帮你攒着。

吴师傅说，好。对了，你夜里困庙里还是鸭棚？

米粒说，困鸭棚，庙里冷清，困着心里发慌。

吴师傅感叹，大明多好一个人，就是心眼太小。

米粒低头，眼圈又红。

讲完闲话，吴师傅背着手，下山回南货店。回到店里，马师傅问，米粒现在怎么样？

吴师傅摇头感慨，可怜啊，剩下这么孤零零一个人，能好到哪里去？只能多讲些好听闲话安慰她。

马师傅说，只能如此了，我们也帮不上什么忙。

吴师傅说，对了，马师傅，你看那米粒养鸭，一个人也抽不出功夫去集市上卖蛋。我想我们店里能不能收一些来。

马师傅说，南货店里收来鸭蛋，卖给谁？村里人都自家养鸡养鸭，哪会买？

吴师傅说，这个没关系，新鲜鸭蛋没人要，我做成皮蛋，过老酒最好，保证有人欢喜吃。

马师傅说，也行，那吴师傅你辛苦些。不过，也不要多买，先尝试，看看销路。

吴师傅说，那就先买十斤。

隔几日，吴师傅轮假回城。进了城，吴师傅没急着回家，倒是先跑到百货商店看雪花膏。上上落落转一圈，又觉得贵，几张钞票在手里攥出水来，终究还是舍不得。最后想起家里儿媳妇也用雪花膏，便赶紧跑回家，趁儿子儿媳妇都没回来，舀一些包在油纸里，藏在身上。

吴师傅家里住一夜，第二日便回了南货店。他跑到鸭棚，去寻米粒。米粒见吴师傅来，有些奇怪。

吴师傅，我鸭蛋还没有攒够。

吴师傅笑笑，摆摆手，从怀里掏出一个油纸包，递给米粒。

吴师傅说，这是一个上海亲眷带来，是外国高级货，市面上买不到。你的手风吹日晒，抹在上面，过不了几日，定是剥壳鸡蛋一样。

米粒接过油纸包，闻见一股香味。

吴师傅说，你打开，抹一些在手上。

米粒打开，小心翼翼挑一些，抹在手上。

吴师傅说，滑不滑？

米粒说，滑的。

吴师傅说，香不香？

米粒说，一世没闻到过这样香味。

吴师傅听了高兴，说，以后有啥难处，尽管来店里寻我。

米粒应了，吴师傅又盯着米粒的手看一阵，这才依依不舍离去。米粒看吴师傅出去，松一口气。吴师傅以前同她没有任何交集，这几日这样客气，为了什么，她心里都清爽。

米粒躺在了竹椅上，双手向上晾着，她不舍得双手再去碰其他东西，怕蹭了可惜。风从鸭棚四处漏进来，呜呜响，像有人在啼哭。听着风声，米粒觉得有些孤独。米粒不欢喜住鸭棚，但她更不欢喜住山上庙里。住在庙里，白日倒也不觉得，可一到夜里，天黑下来，她的心就开始慌。半夜里，常常会吓醒，醒来后，总觉得房间里有人，黑黢黢里站着，看不清明。米粒不晓得，那是不是大明来寻自己。

想起大明，米粒总是觉得愧疚。大明人粗，但不笨。她带着老倌，庙里进进出出，大明肯定看出端倪，但他从不开口责怪。原以为他接受了这样局面，可没想到，最后为这一杯酒，他却钻了牛角尖。早晓得，这点酒就给了大明喝。

米粒至今记得，广庆和尚下葬那天，回来时大明问米粒，我们算不算亲人？米粒说，我们是夫妻，自然就是亲人。大明就说，米粒，你记牢，我这一世就剩你一位亲人了。

现在想起这句闲话，米粒心里刺痛。那一杯酒，自己是寒了他的心了。

米粒晓得自己算不上个好女人。可自己又能怎么办？和尚死后，大明守着一座庙，没一样本事，又不肯出门，自己不去周转，难道坐吃山空吗？做人一世，最重要一件，不就是想办法活下去吗？当年逃荒，自己翻过天台山跑到此地，和尚给自己一碗粥吃，自己就嫁给了大明。现在大明守个空庙，没有饭吃，自己跟豆腐老倌相好，给大明油豆腐吃，新衣裳穿，又有什么过错？

米粒坐在鸭棚里，举着双手，想一阵，难过一阵。想得烦躁了，索性起身走出鸭棚，跑到三岔地方买来一碗油豆腐，去到大明坟前又独自哭了半日。

2

天光见暗，吴师傅出门散步，转一圈，走到鸭棚地方，看见鸭棚里点了一盏煤油灯。灯光昏黄，米粒在鸭棚里吃夜饭。

吴师傅说，米粒，又吃得这样差啊？

米粒说，独自一个随便吃点，烧烧整整麻烦。吴师傅，你坐。

吴师傅坐下，说，总不见你到店里来。

米粒说，忙得四脚朝天，哪有空去。

吴师傅说，你不要太省，独个过日子，吃点穿点，对自己好一些。

米粒说，谢谢你，吴师傅，你真是菩萨一样的人。

吴师傅说，菩萨有什么用，你看山上庙里，泥胎菩萨一大班，大明父子供奉一世，落了难，哪见什么菩萨来帮忙？要我说，靠什么都没用，做人就一条路，靠自己。

米粒不说话。

吴师傅说，米粒，你今后什么打算？

米粒叹口气，说，我哪里有什么打算，混里混沌活过去就行了。

吴师傅说，你怎么好这样消极？你还是好年岁。你莫说，你要是去城里烫个头发，买一通新衣裳，说是上海小娘子都有人信。

米粒说，吴师傅讲笑了，我是什么出身，心里有数。

吴师傅说，我不是诓你，我眼里就独欢喜你这样的女人。

米粒一愣，扫了吴师傅一眼，低头吃饭，不再说话。米粒不说话，吴师傅顿时也觉得尴尬，赶紧打圆场，那你吃饭，我再河边散散步。

吴师傅从鸭棚走出，沿河走了一路。心里懊恼，责怪自己说话冒失。原以为米粒是个风骚的女人，三言两语一搭，就着话题把心思接过去，没想到自己话说了没两句，米粒就打了疙瘩，不接自己闲话，这倒弄得自己有些不上不下。吴师傅不明白，米粒到底什么心思？是嫌弃自己年纪大？可细想起来，豆腐老倌比自己年纪还大。这样讲来，可能还是给的恩惠太小。吴师傅后悔，不就是一瓶雪花膏吗，买了就买了，非得从儿媳妇那里舀。这下好了，定是被米粒看出端倪，嫌自己小气。

吴师傅想，做事不能做半截。这个事情既然开了口，就只能做到底。现在这样，做到一半，不荤不素，落了把柄在米粒那里，将来无脸见人。索性把生米煮成熟饭，才好落到肚里。

改日，吴师傅回家，趁家里没人，四处寻儿媳妇藏的那块布。这布是吴师傅从南货店里拿的，原来是整匹。吴师傅南货店干了多年，虽然也占些小便宜，但偷布是唯一一桩。也是运道尴尬，碰着妖怪。那一日，吴师傅从长亭回家，门没锁，他一推门，不想儿媳妇竟在房间里洗澡，脱了个精光。吴师傅赶紧退出，但儿媳妇却不依不饶，说他故意，定要寻他儿子说理。吴师傅百般辩解，口水讲得滴滴答，最后儿媳妇终于松口不向儿子告状，但要他补偿。儿媳妇会做裁缝，要吴师傅从店里偷出一匹布，她出力给家里每人做一通衣裳。吴师傅没办法，只能答应。夜里，趁众人睡下，吴师傅偷偷从柜台上将布拿到自己房间。用剪刀裁了两段，然后又偷偷摸摸塞进仓库间两个空酒埕里。转日回城时，吴师傅跟马师傅说妥，说自己回城，顺路挑两个空酒埕到城里酒厂换老酒，免得改日特意再去麻烦。随后，吴师傅就将酒埕挑回家，取了布，再送到酒厂。店里盘存，少一匹布，吴师傅表面镇定，肚皮里差点心脏病吓出。幸亏马师傅最后也没有追究。

布拿回家里，儿媳妇给自己做了，给儿子小吴做了，给娘家父母也做了，唯独没有给吴师傅做。儿媳妇说，给你做了，你也没办法穿，这是不打自招。干脆将剩下的布藏起来，等将来寻机会再给你做。今朝吴师傅翻箱倒柜，便是要找剩下的这段布，但寻遍了，却始终不见那块布的踪影。

吃饭辰光，吴师傅故意问起，我记得上次做衣裳还剩下一块布。

儿媳妇警惕，说，你要布做什么?

吴师傅说，天气慢慢热了，没有换洗的衣裳，我想去做一件。

儿媳妇说，你不怕旁人看出?

吴师傅说，我只在家里穿。

儿媳妇眼光狐疑，说，你莫寻了，已经用光了。

吴师傅说，上次你不是说还剩了一些，将来留给我做衣裳吗?

儿媳妇说，我哪里说过这样闲话？真剩落，我藏起来干什么？我不会做个帘子啊，洗澡时还可以挂一挂。

吴师傅听了，嘴上不敢再应声，心里暗暗骂儿媳妇。

儿媳妇转头又问儿子小吴，你今朝帮我雪花膏买来没有？

小吴说，没有。

儿媳妇说，我的事情你怎么总没记性？

小吴说，不是刚买吗，当饭吃也没有这么快啊。

儿媳妇说，你还说我，我一满瓶的雪花膏，好端端少了半瓶。我总怀疑，是不是你偷去送人了？

小吴说，挖坨雪花膏送人？送谁啊，讨饭人都不要。

儿媳妇说，不是你拿，还有谁拿，难道是公爹拿了？

吴师傅面孔发烫，说，行了，一瓶雪花膏闲话一百担。

小吴说，哪里是闲话，你晓得雪花膏多少铜钿一瓶？

吴师傅说，我怎么会晓得。

小吴说，不晓得你还讲那么轻省。干脆你给她买好了，反正你有钱。

吴师傅刚想说话，儿媳妇马上接了一句，你真是全中国最小气男人了，说来说去，还是公爹好，那我先谢谢公爹了。

吴师傅听了，心里不高兴，又不好多讲，怕两人再追究那半瓶雪花膏，只得哑巴吃黄连应下。

吃罢饭，吴师傅躺在床上生闷气。布料没寻着，好端端倒是又赔了一瓶雪花膏，早晓得，偷那一坨做什么，给米粒买一瓶不就行了？吴师傅是一世精打细算的人，当年人家送他一条鱼，他也要将鱼卖给咸货行，等人家将鱼杀了，再将肚里货讨回，回家清洗干净，烧熟过酒。这事情，咸货行的人现在碰着还要说。可他节约死，儿子却讨回来个败家女人。渔民家的囡，弄得却像大城市来的一样，讲究穿，讲究吃，挖空心思把他那点私房铜钿一分一厘挖出。碰着自己那个夭寿儿子，还帮着那个女人，真真气煞人。

吴师傅烦恼，待在家里受气，第二日一早便回了南货店。站在柜台前，心思涣散，想米粒，也想自己，越想越懊恼，越想越委屈。自己真是白白劳碌一世，到现在，竟连个体贴人都没有劳碌上。

吴师傅胡思乱想，门口影子一晃，进来一个人，正是米粒。

米粒将一个空瓶放在柜台上，说，我要打一斤老酒。

吴师傅哆哆嗦嗦用酒提将瓶子装满。米粒拿出钞票，吴师傅周边打眼，见没有人，便将钞票塞回米粒。

吴师傅说，你买老酒给谁人吃？

米粒说，你莫多问，六点钟，你到山上来。

说完，米粒便转身离去。吴师傅不晓得米粒闲话究竟什么意思，呆呆站在柜台里，心思倒是更加恍惚起来。好不容易挨到夜里六点钟，吴师傅匆忙出门，独自上山。进了庙，见米粒早已烧好几个小菜，摆在八仙桌上。老酒也温好，装在锡壶里。桌上两只青花酒盅，一边一个，对放着。

吴师傅看了，心中明白几分，嘴巴却故意问，谁来吃饭？

米粒说，没有别人，只等你来吃。

米粒给吴师傅倒了一盅酒，说，吴师傅平常照顾我，一直想表表心意。今日正好脱空，请你到山上来吃一杯酒。

吴师傅喝完杯中酒，说，你这么客气就见外了。说实话，换了平常日子，我就是想帮你忙也轮不到。

米粒不说话，又将吴师傅酒盅倒满。这样喝了三四盅，吴师傅微微有些上头。看煤油灯下米粒，双颊绯红，一双眼睛眼角上吊，更是妩媚。吴师傅想起那天鸭棚里闲话，喉咙口又发痒。

米粒，今朝就我们两个，我有些肚里话想说，你莫嫌我人老嘴巴松，讲出闲话不中听。

米粒说，吴师傅尽管讲。

吴师傅说，四十岁时，我就死了老婆，一直独个过到现在，过了十七八年。讲心里话，这许多年，也不少人劝我，让我再讨一个。但我一直没有动心，唯独见了你，真心欢喜。

米粒低头不说话。吴师傅灯下看米粒，竟觉得她如同十五六岁小姑娘一般好看。

米粒，实在我是老了，你又正当好年纪。如果我年轻二十岁，定会拎糖包桂圆包上门来提亲，讨你做我老婆。

米粒抬头看吴师傅，说，你今朝说的是真心闲话还是酒话？

吴师傅说，我脑子拎清，红口白牙，哪里是什么酒话？我这个人，平时一直是正派的人，从没跟别的女人这样说话。我要是有你这样一个女人，这一世就是少活十年我也觉得值当。

米粒想了想，说，吴师傅，我如今状况，你也晓得。我也想过了，我要找一个人好，但又不想做露水夫妻。吴师傅，如果你说话算话，能够与我好一世，我就给你养老送终。

吴师傅看着灯下米粒，头脑滚烫发热，说，此地是庙宇，菩萨待的地方，我对着菩萨发誓，要有半句谎话，让邪魔恶鬼都来寻我。

米粒感动，一时竟流下眼泪来。吴师傅见状，将椅子移到米粒旁边，顺势抓住米粒的手，将她拉到了自己怀里。

第十章

1

太阳终于出来了，秋林盼太阳已经盼了许久。他算好，今朝是礼拜日，杜英放假回家。杜英回家，只要日头好，定会去溪边洗衣裳。

秋林端木盆去洗衣裳，果然碰着杜英。但今朝杜英和往常不一样，见到秋林，并没有热情模样，只是弯腰洗衣裳。秋林同她说话，问一句答半句，有时，干脆半天不搭腔，似乎跑了魂灵。秋林疑惑，追问杜英出了什么事情。起初，杜英还不肯说，问了半日终于肯讲，原来是姐姐杜梅的事情。

杜英说，姐姐嫁的那个人，并不是真心。结婚没多少辰光，就开始夜不归宿。姐姐问他，只说是搓麻将。姐姐倒从不怀疑，只是一次，替他洗衣裳，闻见衣裳上有香水味道，才有了猜疑。前一日，那人回家吃完夜饭，又出门。姐姐生了心思，跟出去，最后一路跟到一家旅店。只见他一进去便和柜台上一个女人搂搂抱抱。姐姐顾全面子，当场没有闹，回到家里同他讲道理，没想到他恼羞成怒，竟打了姐姐。姐姐心里难过，跑回家里，但又不敢跟我姆妈讲实话。我姆妈那性格你不晓得，姐姐从小就怕她。姐姐心里苦闷，只是等到我学堂回来，实在熬不住才讲给我听。

杜英说这些，心痛姐姐杜梅，眼眶变红，几乎掉落眼泪。

秋林赶紧安慰，你莫难过，有什么要我帮忙，你尽管说。

杜英摇头，说，这种事情，你能帮什么忙。

秋林搔头，说，我总觉得这事还是应该告诉你姆妈。我想，你姆妈再凶，现在自己囡碰到这样事情，总是心疼亲生血肉。你姐姐只是不好意思讲，觉得自己已经出了门，碰到这样事情再寻父母说不过去。她碍面孔讲不出，你讲倒是合适的。

杜英迟疑，说，你讲得也有道理，但姐姐叮嘱，千万不要跟姆妈讲。要不，我还是再问问姐姐。

秋林说，我觉得莫要问，你姐姐拉不下面子才不告诉母亲。你再去问，她自然是不肯答应的。

杜英点了点头，那我就跟姆妈去说。或许你讲得对，自己姆妈，总还是心痛自己囡的。

杜英匆匆洗完衣裳，抱着洗衣木盆回家。杜家姆妈在厨房烧菜。杜英说，姐姐呢？杜家姆妈说，说是人不大舒服，在房间里躺着。杜英稍稍犹豫一阵，大着胆子说，其实姐姐不是不舒服。杜家姆妈觉得奇怪，疑惑看着杜英。杜英便将实情全部讲给她听。听完了，杜家姆妈脸色铁青，说，这个事情，你谁都不准说，只是装作不晓得。

吃过中饭，杜家姆妈叫杜知义到田里多拔些新鲜蔬菜，说是带给亲家母尝鲜。

杜知义说，这么着急干什么，等走时再去拔好了。

杜家姆妈说，你赶紧去，你拔回来，大囡正好赶回去烧夜饭。

杜梅旁边听见，不敢搭话。

杜英说，姆妈，姐姐今朝不回去。

杜家姆妈脸色拉下来，说，谁说不回去？

杜英还要再讲，杜梅便拉杜英衣角。

杜家姆妈说，你男人在外忙一日，回家要吃要喝，总不能让你婆婆照顾？你做媳妇的，要安心住在婆家，多照顾他。总住娘家，像什么闲话？

杜知义摘来蔬菜，装了满满一篮。杜梅只能提着篮子回婆家，杜英去送，杜家姆妈又拉住她，低声交代，说，你同你姐姐讲，下次碰到这样事情，莫回家诉苦。让丈夫打了，只能怪自己事情没做好，要检讨自己，不要总往娘家跑。这是丢面孔事情，村里人耳朵尖，传出去难听。

杜英觉得姆妈这些话讲得没有道理，她没有将话讲给杜梅听，只是帮着提菜篮子，慢慢地走。一路上，两姊妹都没有讲话，各怀心思。一直到最后走到路廊那里，等过路拖拉机，杜梅才问杜英。

刚才姆妈拉住你，是不是有什么闲话要你嘱托？

杜英摇头。

杜梅笑笑，摸摸杜英头发，说，姆妈什么脾气，我心里有数，就算你不说，我也晓得。

杜英低头不说话。

杜梅说，好了，这里风大，你早些回去吧。

杜英说，我不回去，我陪你去，我要陪你去跟他讲理。

杜梅笑，阿姐晓得你好心，放心吧，我心里有主意，你用不着担心。

两人正说着，一辆拖拉机开过，杜梅拦住。杜英帮着杜梅拎着菜篮子上拖拉机。杜英站在路廊边，看着拖拉机带着滚滚尘土往城里方向开去，心里说不出的难过。

回村路上，杜英一路都在想杜梅回去后，他会怎样骂她，打她。她就这样孤零零一个，嫁到别的村子，一个熟悉的人都没有，连讲讲话都寻不到人。想到这些，杜英就心痛，就出眼泪。姆妈怎么这么狠心，自己的囡，舍得这样赶出去，也不管她去了狼窝还是老虎洞。姆妈不行，爸爸更不行。爸爸胆小，唯唯诺诺，人前都不敢大声说话的人，哪里指望得上。就这样，杜英担心来，担心去，终于想到了一个人。

杜英转身往生产队队长杜毅家去。

杜毅见杜英来，有些意外。两家大人闹翻后，几乎不曾往来。杜毅听了杜英来意，一言不发，只是吃香烟，满面愁容。过了半日，杜毅说，杜英，不是阿哥不管，这是家事，你年岁轻，不晓得，两夫妻的家事，旁人插不了手的。另外一桩，你也晓得，阿婶与我们家关系不好，如果我插手，她到时定要上门来闹。

杜英愣住，没想到杜毅这样态度，一时到不晓得怎么是好，又低头落眼泪。

杜毅见状，赶紧安慰，杜英，你莫心急，你姐姐不过刚结婚，新婚的人没有经验，多相处相处，一定会好。每对夫妻都是这样的，你千万莫担心。

杜英哭一阵，也没有好办法，只能回家。从此，日夜替姐姐担心。

2

杜梅从娘家回去，打落牙齿往肚里咽，继续忍气吞声过日子。让她意外，华飞与往常真有些不一样。讲实话，那天打了杜梅，华飞自己也有些心虚。一方面见杜梅回了娘家，怕娘家人寻上门。另一桩，还怕自己母亲。当初娶了杜梅，都是母亲主意。他不喜欢杜梅，他觉得现在自己赚了钞票，自然要配个漂亮女人。母亲钟意杜梅，自己将她打了，要是被她晓得，定要跟自己闹。华飞心里七上八下，见杜梅回来，却根本没提那件事情，这才心思落到肚皮，反而还觉得有些愧疚。正是因为这股愧疚，华飞早出早归，倒是老实了一段辰光。杜梅看在眼里，以为华飞真的回心转意，便也不再东想西想，安心过起日子。

华飞姆妈对杜梅九十九个满意，杜梅进了门，样样事情都将她照顾得服帖，吃喝穿着，无一不是尽心。唯一一件事不满，便是杜梅的肚皮。原来想杜梅大头大面大屁股，好生养，没想到嫁过来许久，这肚皮始终是没有大起来，倒成了华飞姆妈一桩心结。这一日，正巧村里几个老太太来寻，要她一起结伴去普陀山拜菩萨，她便满口答应。普陀供的是观音，她正好替杜梅去送子观音那里求一求。

去普陀要坐车乘船，需要几日辰光。这一日，杜梅独自在家，觉得身体不舒服，躺在床上休息。华飞不晓得在外面受了什么气，回来见杜梅没有烧饭，竟大发了一通脾气。杜梅解释自己身体不舒服。华飞不体谅，反倒挖苦，说你每日家中嬉，不用赚半块铜钿，还有什么不舒服？我外头忙碌回来，连一顿热饭都没有吃。你又不是嫁到我家来做大小姐。杜梅听了，心里不悦，但还是温顺起床给他烧饭。一顿忙碌，好容易烧好。华飞却又说不要吃了，要赶着去搓麻将。杜梅忙碌一阵，华飞却又不吃，心中难过，就顶了一句。

杜梅说，你叫我烧了，又不吃。这不是存心戏弄我吗？

华飞火冒三丈，说，我出门赚钞票，我不赚钞票，哪有铜钿养你这只肥猪。

华飞言语伤人，杜梅也忍不住，说，你出门赚什么钞票，不过又是去那个旅馆寻女人。

华飞听了，冲过去一把将杜梅推在地上，一阵拳打脚踢。杜梅倒在地上，大声哭叫。华飞打一阵，喘着粗气站立起来，用手指着杜梅骂，你不要这样嚎，没人听你嚎。要嚎，死回你娘家去嚎。

杜梅在地上哭一阵，用手支撑着站了起来。她微微发了一会儿愣，转身往门外走。这时，华飞还在身后喊，你尽管回娘家告状去，有本事你就死在娘家，永远不要回来。

杜梅像是根本没有听见华飞的闲话，只是往外面走。走出房子，又走出村子，上了公路。此时，天色已经暗下来了，四处都是灰蒙蒙一片，看不清楚。杜梅不晓得自己要往哪里去，她浑身疼痛，身上两百多块骨头如同被打散了一般。

杜梅觉得做女人真是命苦。以前在家中，姆妈因为生了两个囡，总觉得村里抬不起头，外头撑场面，回到家里就把气出在自己姊妹身上。那时，她总想着有一日能嫁了人，嫁了人，自己就自由了，不用受姆妈的气。没想到嫁了人，却又是这样变本加厉一番光景。以后怎么办，难道这就是自己一世的下场吗？

杜梅就这样胡思乱想，沿着马路慢慢地走。她想着就这样一直走下去，最好就这样将一世走完。也不晓得走了多久，走到了哪个地方，迎面一阵摩托车灯光射过来，杜梅下意识用手遮挡灯光。那车开过来，竟停在了杜梅眼前。

是杜梅?

杜梅一愣，定住眼睛一看，骑在摩托车上的人竟然是杜尔。

杜尔说，杜梅，你怎么一个人在这里走?

杜梅不说话，赶紧侧过身，低头疾步往前走。杜尔赶紧停好摩托车跟上来，拦住杜梅。

杜尔说，你躲我干什么?我们是堂兄妹，又不是仇人。

杜梅听了，终于站住不动。这时，杜尔看清杜梅面孔，说，怎么脸上青一块，紫一块?

杜梅咬着嘴唇，眼泪却流了出来。

杜尔说，你莫慌，有什么委屈尽管告诉我，我是你兄弟，无论什么事，我替你出气。

听了这番话，杜梅终于忍不住，抱着双臂蹲在地上大哭了起来。哭完，将事情的始末告诉了杜尔。杜尔听了，血脉偾张，他要杜梅坐上摩托车带他去寻华飞，他定要将他打残废，杜英哭着不肯去。

杜尔说，你莫怕，有我在。我们杜家人不能被人这样欺负。

杜梅说，阿哥，你不能打他。你要是打了他，以后我就真做不了人了。

杜尔说，总不能就这样忍了。

杜梅唉声叹气，说，还能有什么办法，只能怪自己命不好。

杜尔看了杜梅一眼，用力压了压火。

那眼下你怎么办?

杜梅摇头，说，我哪里晓得。

杜尔说，干脆这样，既然你逃出来了，阿婶又不让你回，你就跟我走。你在我家住几日，与我老婆做个伴。这桩事情，我帮你想办法，你放心，总会解决的。

杜梅迟疑，杜尔说，难道你不把我当哥吗？我告诉你杜梅，你不把我当哥，但我不能不把你当自家妹妹。

杜梅听了，又感动地流一阵眼泪。

杜梅跟着杜尔回家，杜尔老婆许敏正等着杜尔吃夜饭，见了杜梅，觉得意外。杜尔跟许敏讲了事情来末，许敏听了，眼圈也发红，赶紧热饭菜，让杜梅坐下一起吃。杜尔匆匆吃了几口，便跑出去寻阿哥杜毅。杜毅听了，只是闷闷吃一阵烟。

这个事，杜英来寻过我，要我帮忙。我不敢帮，你也不能帮。你想想，这是夫妻分内事，怎么帮？再说了，阿婶那个人你晓得，看着大头大面却是毛脸和尚。要是被她晓得，那张嘴巴，谁人吃得消？

杜尔听了，勃然大怒，指着杜毅鼻子骂了一顿。

你还是个生产队队长哩，我看你连个孱包都不如。自己阿妹被人欺负，竟说出这种狗屁闲话。你当年不是山上打野兽吗？山上打野兽的人，现在怎么变这副样范？我是做生意人，你算起账来倒比我这个生意人还精明，这个不好弄，那个有后果，什么意思，过了几天好日子，一点血性都没有了？

杜毅说，那你说怎么办？难道我拿把打猎的铳把他打了？

杜尔说，算了算了，你就当你的狗屁队长。你不管，我来管。

说着，杜尔摔门而出，留下杜毅在身后，一脸尴尬。

就这样，杜梅暂时在杜尔家中住了下来，每日不敢出门，生怕母亲晓得。也不敢回家，回了家，如果婆婆普陀山回来了，倒是不怕。如果没回来，不晓得又要挨怎样一顿拳头。幸亏许敏人好，好吃好喝招待，还陪着聊天宽心，否则，杜梅真不晓得这段时间怎样熬过。

杜梅看着许敏，满心羡慕。同样是女人，对比人家，真是天上地下。这样一想，她又更加灰心，不晓得以后还有多少难熬事情等着自己。

3

杜知礼三个儿子，杜尔是最有出息一个，脑子最聪明，卖相也最好。杜知礼老婆死得早，自己又有腰子病，不能干重活，老大杜毅便早早离了学堂，种田打猎当爹当娘，照顾家里。还有个老三杜善，早产，是个药罐子，从小便是病怏怏，极少出门，派不了用场。三兄弟中，也只有杜尔念了高中。

高中毕业，杜尔在家待业。一日，见马师傅在南货店门口炒瓜子花生，觉得有意思，便让马师傅教自己窍门，回家练习。练得差不多了，杜毅拿到县里电影院门口售卖，用报纸卷起来，五分一包，生意竟出奇的好。后来，炒货摊子多，生意差了。他又想出新办法，到海边买来新鲜海螺蛳，自己调配料理炖煮。煮好后，按酒盅售卖，还是一酒盅五分。杜尔煮的海蛳又香又咸，再配上自己调配的糖蔗水当饮料，电影院一带，竟卖出名气来。那时节，有几个小姑娘常来此地看电影，每次都到杜尔摊子上买螺蛳。一来二往，其中一个便跟杜尔相熟了。这个人便是许敏。杜尔生得英俊，人又高大，许敏暗自钟意。许敏生得清爽，脾气也好，讲话轻轻腔，杜尔也欢喜。两人来往多了，渐渐有了感情，便谈起了对象。等到后来，杜尔才晓得许敏竟是县物资局局长的女儿。物资局长掌管县里物资调配，最吃香位置，自然不愿将女儿嫁给杜尔。但许敏坚决，以死相逼，物资局长恼火，也没有办法。后来看看杜尔后生相貌好，人也聪明，只能算数，同意两人婚事。结婚后，丈人帮忙，让杜尔开店做水泥生意。杜尔聪明，又有丈人老倌撑腰，不多久，几乎垄断本地水泥市场。

那时，杜尔是长亭村里顶有名一个。刚结婚没多久，便买了一部日本进口摩托车，每日长亭县城来回，最是风光。但杜尔人好，尽管做了大生意，但在村里从来不低看别人。无论见到村中老人还是后生，都是客客气气拔香烟，讲话也和气。村里人起屋盖房子，想买水泥，他也总是帮忙。

杜尔人好，许敏人也好。杜尔城里开了公司，许敏便留在家里照顾公爹小叔，屋里屋外忙碌，从无怨言。与村里人关系也和睦，逢人都是客客气气，从来不当自己是城里女人。

杜尔将杜梅安置在家中，另一边又托人打听出华飞工程队名字。随后，他放出风声，这个工程队的生活谁都不能接。谁要是接了，以后自己地方一克水泥也不会卖给他。水泥紧俏，谁都不敢得罪杜尔。杜尔讲了闲话，真就没有人敢给华飞的工程队放生活。很快，华飞自己也听到了风声，不晓得怎么得罪杜尔，便买了几条香烟寻上门来讲好话。杜尔看见华飞，没有一点好脸色。

杜尔说，你晓得我是谁？

华飞答，你是活菩萨。我做工程的，全在你手里掌握。

杜尔说，你不要放屁。我只问你，你的老婆是不是长亭村杜家讨去？

华飞一愣，用力点头。

杜尔说，那你晓不晓得你老婆杜梅是我的堂妹？

华飞吓一跳，说，真的吗，结婚时，我怎么没见过你？

杜尔说，你莫管这些，我只告诉你，我这堂妹从小跟我玩到大，性格最好一个人。你娶了她，是你的福气。我听讲你对我妹不好，城里轧姘头不说，还时常打她出气。现在我当面问你，是不是真有这桩事？

华飞听了，怔了半日，突然用力打了自己一个耳光。

阿哥，你莫生气，我就是个活众生。

杜尔说，你莫演苦情戏，只讲以后要怎么办。

华飞说，你说怎么办就怎么办，我全听你阿哥的。

杜尔听了，很反感，说，你莫叫我阿哥，听得我恶心。我跟你讲清爽，今朝你从我这里走出去，第一件事便是跟那个姘头断了关系。回到家里，要对我妹好，再不准打她，要是再打，你打一拳，我定要你还十拳。

华飞赶紧满口答应。

杜尔见状，拿来纸笔，说，口头答应不行，你要白纸黑字写落来。

华飞便听话地写下保证书，递给杜尔。杜尔看了，将纸条折叠，塞进口袋。

杜尔说，纸条放在我这里，你要讲话算话。客客气气，大家都好，如果翻了脸，我也是毛脸和尚，我保证你后悔来不及。

华飞留下保证书，杜尔便骑摩托车回家，将保证书交给杜梅。

杜尔说，杜梅，这份保证书你藏好，有朝一日，华飞要是做不到上面事情，你只顾来寻我。

杜梅眼圈发红，说，谢谢你，阿哥。

杜尔挥手，骑摩托车将杜梅送回家。

从这天起，华飞果然好了许多。虽然进进出出也没有什么好看脸色，但却再不敢跟杜梅动手。杜梅受了这一遭，心也冷透了，只要华飞不欺负自己，便也不再管他，反正过一日是一日，能顾好自己，也便算数。

第十一章

1

夜饭后，吴师傅总要到外面去走一走。照他的讲法，年岁大了，肠胃没了劲道，要这样走一走，好消食。吴师傅出南货店，总是先去溪边，背着手慢吞吞走一圈，走得天色黯了，路上人也稀了，这才一个人偷偷往鸭棚里去。

吴师傅进鸭棚，米粒正独自在油灯下吃饭。吴师傅笑眯眯从怀里掏出一小包东西，递过去。米粒疑惑。吴师傅将纸包打开，说，这叫银耳，南货店里顶好东西，特别是女人，最适合吃。

米粒看着银耳，叹口气，说，这么好的东西，我一世都没吃过。

吴师傅说，这不算什么，以后有了我，日日都是好日子，好东西吃不光。

米粒呆一呆，又叹口气，说，其实，吃什么都不要紧。我唯独担心一件事，你千万莫忘了当初说过的那句闲话。

吴师傅听了，心里打咯噔。每次见面，米粒总要提这一件事。吴师傅暗暗叫苦，后悔自己嘴巴轻率。他原是不信鬼神，为博米粒欢喜，便在菩萨前面发下誓言。没想到菩萨不见怪，米粒却将这话记牢，时时拿这句话敲他警钟。

要说吴师傅不想跟米粒好一世，也是冤枉。吴师傅四十岁时便没了老婆，现在半截身子进土，能寻到米粒这样一个女人陪伴，真是求之不得的事情。在家时，他也尝试在儿子媳妇面前探口风，说长亭村里有个老人，原本孤苦，眼看风中残烛，就要熄了，没想到碰到个女人，续了弦，竟龙滚一样，身体好得不得了。没想到这男女事还能治百病。儿子狼吞虎咽吃饭，没听出吴师傅话底意思。儿媳妇鼻子灵，一下嗅出味道。儿媳妇说，我也听到一桩事，说城里西门有个老头，做了多年鳏夫，临老了，却是熬不牢，讨了个年轻老婆。好了，老头讨老婆，做新人，坍台的是家里儿子儿媳妇。两个小辈进门出门，被人背后指手画脚讲闲话。两人面孔薄，听到后来，实在心里委屈，竟齐齐喝了农药。

儿媳妇薄薄两片嘴唇就像两块刀片，将吴师傅想说的另一半闲话生生切碎，吴师傅哪还敢再讲什么。这媳妇他不敢招惹，当初就因为撞见她洗澡，逼自己铤而走险去偷布，差点晚节不保。现在想起这个事情还觉得后怕。

吴师傅心里有这样一番难处，但这难处又不能同米粒讲。讲了，米粒定会问，早晓得这样结果，当初何必发下誓言？到了那时，他怎么回答？他也不敢同儿子媳妇撕掉脸皮，他晓得自己不是能上梁山的好汉，没那副硬骨头。儿媳妇那边，上次探过一次口风，便时时流露怀疑情绪。吴师傅心虚，只得常拿出私房铜钿，贴补家用，稍稍堵堵儿媳妇那张嘴。米粒这边，也是讨好，搪塞，妄图时日长了，旁敲侧击，米粒的念头总会打消。但没想到，米粒却是时时挂念，丝毫没有忘却的意思。现在境地，唯一办法也只能是两头瞒，走一步算一步。吴师傅懊恼，当初实在不该对米粒迈出这一步，现在掉进地雷阵，竟要过这样提心吊胆日子。

转眼，这一日就到了五月端午。米粒提早跟吴师傅讲好，让他夜里去山上吃饭。吴师傅柜台上忙好，装模作样吃几口，又假装出门散步，上了山。

吴师傅上山时，米粒已经煮好了粥和粽子。吴师傅坐下，米粒将热腾腾的粽子从锅里捞出，一片一片切好，再摆上一碟白砂糖，让吴师傅蘸着吃。米粒又盛上一碗粥，放在吴师傅面前，让他过粽。粽是糯米粽，粥是南瓜粥。粽紧实，沾着白砂糖，又糯又香。粥黏稠，南瓜清香扑鼻。

米粒问吴师傅，粥好吃吗?

吴师傅一怔，今天是端午，米粒不问粽子味道，反倒问起这碗粥。吴师傅点头，说，好吃。

米粒说，你晓得吗，当年大明父子就是给我喂了一口粥，把我救活了。也因为这口粥，我留在了长亭这个地方。今天端午，我煮这碗粥，不为别的，只为讨你一句真心闲话。

吴师傅听出米粒用意，手心出汗，低头不语。米粒看见，拿出酒壶，倒了两杯酒。老酒落肚，米粒眼圈泛红。

米粒说，老吴，我晓得，你是好人。但我想过的不是这样日子。

吴师傅惭愧，说，米粒，我也早就想同你说。这段时间，我也是心里难熬，就好像京剧三岔口，在房间里摸黑，时刻会撞见。今朝既然你提起了，我也不能再瞒你。我是想同你一起，但毕竟还有儿子媳妇。这事情，我也不是没用心，我也跟他们提过，但我那个儿媳妇难弄，如果我同你结婚，她定要喝农药。我那儿子又是个没用的，只听他老婆的，我也实在是没办法。

米粒不说话。吴师傅见状，又说，但你放心，不管怎样，我保证会对你好。

米粒说，老吴，我不要你假好，我要你真好。你没有老婆，我也是独条人，我们要好，就光明正大地好。我当初同你说得明白，我要寻一个人过日子，便是要过一世，我不要做露水夫妻。我不缺手不缺腿，我不想这样畏畏缩缩做一世人。

吴师傅面露难色，说，我何曾不想，实在是儿子媳妇那一关难过。

米粒说，讲到底，你说他们为什么不肯让你同我好？不就是怕我谋你们家里财产吗？我可以跟你拍桌板，如果我们结了婚，我一分一厘都不要，我可以当面写下保证书。如果他们还不放心，我们两个就走，离开此地去台州。当年，我就是台州逃荒过来的。现在我们回去，你会做生意，我会吃苦，我们两个一起，定会有口好饭吃。

吴师傅还是低头犹豫。

米粒说，你今朝如果不答应，我也不为难你。从此以后，我们再不见面。你要是答应这个事情，我米粒服侍你一世，给你养老送终。

吴师傅听了，脑子里打架。沉默许久，突然将拳头重重敲在桌板上。

就这么定了，我做爹的还怕两个夭寿做什么？不与他们一起，我们去台州，不用你吃苦，我这么多年生意做下来，多少有些本事，到台州也开爿店，我就不信养不活你。

米粒听了，高兴掉落眼泪。两人当下便约好时间，等吴师傅回家去摊牌，三日后，来此地，一同去台州。

吴师傅吃完粽子，顺着山路下山。今朝月亮夜，一条山路被照得清清爽爽，树上有鸟叫，草丛里有虫鸣，吴师傅心里高兴，脚步松快，没走多久，身上便发热，沾一层毛汗。快到山脚，转一个弯，突然一阵山风，吹了吴师傅一个满怀，他立住身子，打几个寒战，喝下的老酒全醒了。吴师傅站在路边，这才如梦初醒。恨不得立即抽自己两个嘴刮。自己这张狗嘴，像是油缸里浸过，那本不该讲的话，一到自己嘴边，就打着滑地跑出来。现在怎么办？自己根本做不到允诺的那些事情。米粒会放过自己？想到这些，吴师傅没了力气，垂头丧气回到南货店。

吴师傅在店里心惊胆战熬了两日，到了第三日，便跟马师傅请假，说自己生病，要回城里调养。

吴师傅回到家里，儿子儿媳妇奇怪，问吴师傅不时不节回来做什么？

吴师傅说，我身体不舒服，回来调理几日。

儿媳妇不高兴，说，你面色看着比我还好，怎么会生病？再说，我跟你儿子都上班，你回家调理身体，谁有功夫照顾你？

吴师傅说，你们放心，我有手有脚，要去医院我自己会去，家里饭菜我自己也会烧。

儿媳妇听了，这才作罢。吴师傅看着儿子和儿媳妇，心中烦闷，真想转身跑回长亭寻米粒。但终是想想，两只脚注了铁水一般，动不了。

夜里，躺在房间里，吴师傅半困半醒，他想着米粒此刻定在家里收拾行李，只等明天自己上山寻她。要是自己不去，不晓得她会怎样恨死自己。想到此事，吴师傅心里无比悲凉，这样好的一个女人，自己这一世却再也无缘见面了。

吴师傅醒一阵，困一阵，一夜都没困好，第二日早上醒来，觉得发热头痛，还真是生了病。他从床上费力爬起，去医院灌了瓶葡萄糖。回到家，吴师傅坐在门口的竹椅上，看着风卷着地上的树叶一会儿飞起，一会儿落下，真正感觉自己是老了。吴师傅又感伤，以后日子，已经经不起什么风吹草动。不晓得到那时节，还有哪个人可以依靠。

夜里，媳妇儿不晓得哪根筋搭到，买来一袋肉菜，做了让吴师傅吃，说生病需要好营养，喜欢吃什么，可以让她买，不要心痛钞票，来日方长，身体倒了不划算。吴师傅心里明白，她定是要买什么东西，又来动自己那几块钞票的脑筋了。虽然心里不舒服，但也没有心力再去计较。

三个人在灯下吃饭。吃到一半，有人敲门。儿子起身出去开门，门外有人讲话，好像是个女人声音。儿媳妇奇怪，站起来往外看。眼见着一个女人拎一个大包从门外走进来。站在门口，笑眯眯看着三人。

吴师傅看见女人，几乎将饭碗掉落在地。门口站的是米粒。

媳妇问，你寻谁?

米粒说，我寻老吴。

媳妇发愣，突然看着吴师傅儿子，说，是来寻你吧，难怪我的雪花膏用得那么快，你是拿去给她用了吧?

儿子脸涨红，说，你放屁。

米粒不理两人，只看着吴师傅，说，老吴，你房间在哪里?

吴师傅魂灵出窍一般指了指自己房间，米粒笑笑，拿着行李进了吴师傅房间。屋里几个人都愣住。好一会儿，儿媳妇猛醒过来，说，这人是谁？吴师傅不晓得说什么，将手中饭碗一扔，也进了自己房间，只听见儿子儿媳妇在外面大吵起来。

米粒将袋子里衣服取出，一件件放到衣箱里，扭头看吴师傅进来，依旧笑眯眯的，说，老吴，你尽管去吃好了，我不用帮忙，自己弄就可以。

吴师傅心中羞愧，在床边坐下。

吴师傅说，米粒，我不瞒你，我躲在家里，心中难过要死。不是我心狠，也不是我不愿来，可心里那么想，双脚却是迈不开。

米粒说，没有关系，你双脚迈不开，我这不是自己来了吗？

吴师傅说，你这番来，是做什么打算？

米粒说，我说过，你对我好，我自然会照顾你，替你养老。原本是想你同我一道去台州，既然你不肯去，那只好我来此地照顾你。

吴师傅压低声音说，你也看见，外面两个都是众生面孔。要不，你先回去，容我再跟他们商量。商量好了我再接你来。

米粒说，我来都来了，为什么还要叫我回去？

吴师傅说，我是怕你吃亏。

米粒笑眯眯地说，你放心，我定不会吃亏。我山上一个人待着，野兽都不敢欺负我，难道还怕这两个活人吗？

吴师傅看着米粒，心里犯难。这时，外头又叫嚷，爸爸，你出来一下。吴师傅没办法，又硬着头皮出去。

米粒在房间里收拾东西，外头吵成一片。米粒不觉得烦心，反倒觉得这是世上最动听的声音。

这是活该。大明死了，米粒的心原本也跟着死了，没想到吴师傅却跑上来撩拨，又立下誓言，竟将自己的心弄得活了。米粒打定主意，后半生，就托了吴师傅。吴师傅说回去料理三日，米粒信他。这三日里，她将自己的鸭子全卖了，将山上庙里的东西清理了，只等着吴师傅来接。可左等不来，右等不来，实在等得心慌，跑到南货店里去问，才晓得吴师傅请假回家。那一刻，米粒全然明白，吴师傅逃了。她恨自己，更恨吴师傅。

夜里，米粒便在吴师傅房间住落来。第二日一早，她早早出门买来早饭，白粥馒头油条，放了一桌。儿子小吴起床，拿过油条吃，儿媳妇便骂，说，小心毒死你。米粒见状，拿过油条来，咬一口，笑眯眯地说，放心，没有毒，毒死了，我偿命。她又给吴师傅盛粥，说，你吃些粥，病从口入，肠胃调理好了，身体也好得快些。吴师傅坐在那里，如坐针毡。

早饭吃罢，米粒洗了碗筷，然后又到道地里井边洗衣裳。吴师傅坐在门里，偷偷望着，望着望着，突然就想明白了，这不就是自己幻想的好日子吗？但吴师傅心底清爽，这是假象，儿子儿媳妇定不会轻易饶放。傍晚，落班时间，米粒像个女主人模样，不慌不忙准备饭菜，吴师傅却在旁看得心惊肉跳，他不晓得，儿子媳妇落班回来看见这副样子，又会怎样大闹。但让人意外，两个小辈回家，却是偃旗息鼓，只是坐下吃饭。虽然没有好脸色，但一句难听闲话也没讲。吴师傅肚皮里打鼓，不晓得这两人到底什么意思。

第二日，是吴师傅请的最后一日假。吴师傅跟米粒叮嘱，我夜里就会回来，你一个人在家，莫要与他们搭话，听了闲话也莫要计较，有事只等我回来再说。

米粒说，老吴，你放心，我来此地，早做好千刀万剐准备。

吴师傅一愣，安慰米粒，倒不会那样严重。

吴师傅回南货店。马师傅见吴师傅回来，说了一桩事情。马师傅说，你儿媳妇昨天来过了，说一个女人住到你家里了。她讲了大概相貌，问我是不是此地的，我听不明白，只说不认得。

吴师傅说，没有那样的事，她这是搬弄是非。

马师傅说，你儿媳妇说定要查出那女人底细，要到县供销社去讨个说法。吴师傅，真有事，你赶快回去处理，别到时弄得不好收场。

吴师傅心里慌张，嘴巴依旧讲没事没事。马师傅听了，便不再问。

这一日，吴师傅过得煎熬，又不好提早离开，怕马师傅生疑。好容易等到落班，才匆忙赶回城里。夜里，吴师傅跟米粒说了此事。

米粒说，你最担心什么？

吴师傅说，别的不怕，只是担心她去供销社里闹，事情闹大，单位要处理我。

米粒说，你我都是单身，正大光明，又没有犯法，怎么处理你？

吴师傅说，倒不是犯法，我儿媳妇性格我晓得，只要咬牢，定不会放口。我怕闹得厉害了，领导翻脸，把我工作闹坏了。我一把年岁，只怕没有了退休工资。

米粒说，当初你答应跟我去台州，不也下定决心扔了工作吗？

吴师傅说，我讲实话，那时我是打算提早退休。

米粒说，那你现在照样可以办提早退休，退休了，就没有什么好怕了。

吴师傅想一想，咬咬牙，说，这样，我明天先帮你寻个地方，你暂时住几日。等我稳住她，把退休手续办好就来寻你。

米粒说，你莫要打主意再骗我。

吴师傅说，我不会再骗你了，再骗，我这一世人白做了。我只为稳住他们，你放心。

米粒想想，也只能如此。就这样，第二日，米粒就搬了出去，寻个招待所住下。这边米粒搬出去，另一边，吴师傅又低声下气跟儿子儿媳妇低头认错，最后还拿出自己存折，交给两人。见吴师傅认错态度好，儿媳妇奚落一顿，总算作罢，不再追究。吴师傅赢得喘息机会，私底下偷偷去供销社走动，顺利办了提早退休手续。办好以后，他偷偷搬出去，跟米粒临街租了个房子，开一爿小店做生意。儿子媳妇发现上当，上门来大闹了几次，闹来闹去，木已成舟，也没了办法。最后，要吴师傅亲手写下声明，以后不能打家里房子主意，这才真正了结此桩事情。

2

每年过了立冬，三岔公社就会召开两级干部会议。

公社开会，当地供销社要负责做好后勤保障工作。除了提供会议烟酒，还要准备会议中间一餐中饭。原先每次会餐，都是马师傅同吴师傅去，现在吴师傅走了，要重新选人。马师傅原想让齐师傅去，但齐师傅不愿意，说，我年岁大了，干不了重生活，还是叫小陆去，后生劲道好，正好做生活。于是，今年马师傅便带了秋林去。

会议两三百人参加，几十桌场面在晒谷场上摆开。开会同志辛苦，都等着这一餐，吃不饱吃不好，到时要怪罪到供销社头上。参与会餐服务的同志不敢懈怠，当作政治任务，分出鱼、肉、菜、饭四组，各自精心烹制。马师傅肉烧得好，自然是肉菜小组。

烧肉菜的肉不是市场买的，是现杀现烧。每年的两级大会都要吃掉一头猪。猪是食品公司提供，杀猪人也是食品公司寻来。杀猪人穿长筒雨靴，系皮围裙，握一把明晃晃的杀猪刀，威风凛凛。三四个打下手的人，将猪四脚绑了，穿一根毛竹棍，抬到道地中央一条又阔又长的杀猪凳上。猪在凳上挣扎嘶叫，惨烈无比，杀猪人不动声色按住猪头，拿刀往猪喉管里深捅到底，一旋，随即拔出。猪血从喉管流出，流到凳下木桶里。那猪被捅了喉咙，又惊天动地地挣扎嘶叫一番，这才垂头死去。猪血流干净，只见杀猪人在猪腿上划个口子，用嘴巴将猪皮吹得胀起，再放入倒了滚汤的大木盆里刮毛。没多少工夫，刚才还血淋淋一口猪，就被处理的干净白嫩。最后，几个打下手的人帮忙，用铁钩钩住猪的后腿，挂到架子上，杀猪人拿刀在猪肚子上划开，各种内脏汹涌而出，一股热烫烫的油脂味混杂着粪便味道便在空气中四散弥漫。

这是秋林第一次看杀猪，看得目瞪口呆，荡气回肠。

猪肉分割好，放在大木盆里，接下去，秋林烧火，马师傅炖大骨，炒肉片，就这样，两人打仗一样一直弄到十二点多，终于歇手。马师傅烧完菜，用围裙擦着手，四处张望一番，走回来笑眯眯看着秋林。

小陆，肚皮饿不饿?

秋林说，早就前肚皮贴后背脊了。

马师傅说，莫心急，坚持下，把火再生起来。

秋林愣住，只见马师傅从柴垛后面拎起一大块肉，足有五六斤，在手里抖。

马师傅说，他们前面吃会餐，我们后头吃小灶。

秋林听了高兴，赶紧将火重新生起。马师傅切下肥膘，扔在锅里熬油。随后，又将其他的肉全切成三指宽大小，与蒜薹一起放到油锅里大火翻炒，直炒得肉片滋拉拉地响，香得人要掉落鼻子。肉炒好，盛了满满两大海碗，滋滋冒油。秋林一世都没吃过这么香的肉，都来不及用筷子，只顾伸手去抓。肉塞进嘴巴，来不及咀嚼就吞咽下去。就这样，马师傅和秋林两人低头猛吃，没多少工夫就将这五六斤的炒肉全部吃进肚皮。吃完了，两人靠在柴火垛上，此起彼伏打饱嗝。

秋林说，马师傅，干活时没觉得累，吃了这么一顿肉，倒是累得不行。

马师傅笑眯眯地看着秋林，说，你后生有口福，要是吴师傅在，定轮不到你。

秋林说，马师傅，我听说吴师傅同那个米粒住到了一起，为这事，还同儿子媳妇闹翻。你说他一把年岁，为啥要做这样事情?

马师傅说，你后生年轻，不懂。吴师傅也是可怜人，四十岁死了老婆，一直熬到现在，多少不容易。

秋林皱皱眉，听不懂没有老婆有什么难熬。

秋林说，还是马师傅最好，每日都是笑面孔，没有烦心事。

马师傅说，人怎么会没有烦心事呢?我十几岁时就死了爹，连尸首都没寻着，没多少辰光，娘心痛爹，也跟着去了，剩下我一个。后来，总算结了婚，生了两个女儿，总觉得不甘心。盼来盼去，终于盼来一个儿子，可养了没几岁，却夭折了。人都说年轻时碰到的都是好事情，可我年轻时，却从没有碰过什么好事。到现在这个年岁，更是下坡路。秋林啊，你后生现在正是最好年岁，定要珍惜啊。

马师傅一番闲话讲得真切，秋林听了，认真点头。

两个正说着闲话，听见外头一阵响动，有人进来。秋林心虚，赶紧起身，一看，进来的竟是许同志。许同志看见秋林，也是意外。

原来今年马师傅带来个青壮劳力，难怪上菜都比往年要快。

秋林听了，不好意思地笑。马师傅掏出一包牡丹牌香烟，拔一支给许主任，用火柴点上。

许主任，你来了，我正好有工作向你汇报。

许主任说，什么事情？

马师傅说，我们店里吴师傅办了退休，现在店里只剩下三条人。我向上级部门要求多次，希望早点安排新同志，到现在没有音信。长亭南货店不比其他供销社，事情太多，再拖下去，又要拖到年关。我真怕到时忙不过来。

许同志拍了拍马师傅肩膀，说，我晓得了，这个事我会去关心，争取让新人早些到岗，你们再艰苦几日。

马师傅连连感谢，又替许同志续上了一根烟。许同志转头，看着秋林。

小陆，平时除了柜台上生活，还要多看书，看报纸，动动笔头，说不定什么时候就能派上用场。

秋林用力点头。马师傅看看许同志，又看看秋林，有些意外。

马师傅说，许同志放心，小陆后生好，定会上进的。

许同志说，那我再到其他小组看看。

说着，他拍了拍秋林的肩膀，走了出去。

许同志没有讲乱话，过了一礼拜，新人果然来了。来的是个女同志，叫爱春。爱春生得成熟，二十岁出头，但看样子，却有二十八九岁。面孔像刚蒸出的馒头，大脸大屁股，全身上下只有一双手可以看出骨骼。与秋林站一起，一个仿佛秋林两个人宽。

这一下，南货店里闹热了，要晓得店里还从未来过女同志。马师傅私底下也忍不住发牢骚，怎么来了个女人，这可怎么弄？

秋林看见爱春，有些心惊，不是为身材，而是为她一双眼睛，专盯着自己看。秋林躲着她，她却偏爱寻秋林讲话。这一日，马师傅出门，齐师傅又请假，只剩了两人在店里，爱春靠拢来跟秋林说话。

爱春说，这齐师傅一副落寇卖相，看见齐师傅面孔，人就冷飕飕。

秋林说，齐师傅其实人好，只是不爱说笑。

爱春说，这乡下地方，真没意思，不晓得你怎么熬得牢。

秋林不说话。

爱春又问，你有对象吗？

秋林摇头，爱春说，我也没有。你今年多少年岁？

秋林不情愿回答，二十岁。

爱春说，跟我上下年纪。

爱春想了想，又问，如果你寻对象，会介意对象年岁比你大吗？

秋林说，我不晓得，没考虑过。

爱春说，那你家大人会介意吗？

秋林说，不晓得，我要上厕所去。

秋林匆匆往后面厕所去，听见爱春在柜台上笑声。

爱春烧菜，吃饭时，将秋林的菜和她的菜放一起，说一起吃，热闹些。吃饭时，爱春问，秋林，你相信缘分吗？

秋林说，什么缘分？

爱春说，我名字里有个春，你名字里有个秋，春秋两字总是连在一起讲的。

爱春说着，还给秋林夹菜。一顿饭，吃得秋林心惊肉跳。

夜里，秋林起来上厕所，走到后院。厕所旁边是洗澡的，有一个竹帘遮挡。秋林看见爱春在里面洗澡，洗澡不要紧，竟然开着灯光。竹帘有缝隙，挡不住什么，一张竹帘，人影恍惚，倒像是在放电影。秋林赶紧跑回，吓得尿都不敢撒。

第二日吃饭，秋林坚决不与爱春同吃。爱春不高兴，盆碗弄得叮当响。

秋林没见过爱春这样的女人，命都吓出半条，只在嘴里暗念阿弥陀佛，盼着马师傅齐师傅早些回来。

第十二章

1

齐师傅走进病房时，齐海生正躺在床上吃罐头。齐海生穿着病号服，胡子拉碴，腿上还绑着木板，与之前看到的那个健壮后生全然不同。

齐师傅说，要不是我去搬运工会寻你，还不晓得你住了院。

齐海生说，搬一批货，运道不好，坍了，正好压在腿上。

齐师傅说，伤着骨头没有？

齐海生说，没有，小事情，已经调养一阵了，快好了。

齐师傅晓得齐海生是在瞒自己，上了夹板，定是伤了筋骨。

齐师傅说，搬运工会的生活实在太苦。

齐海生说，苦点算什么，都是我自己寻的。当年我对你们不好，现在苦点，也算是对我惩罚。

齐师傅听了这闲话，没响。

离开医院，齐师傅没有回家，而是走到兴国饭店，点了几个菜。

齐师傅说，你饭店里食盒借我一个，我今朝不在这里吃，要带回去。

方老板应了，将菜炒了，食盒里装好，递给齐师傅。齐师傅付了钞票，拎起食盒要走时，又问，对了，你附近有没有出租的店面，如果有，你帮我留心。

方老板说，你要开店？

齐师傅说，有这个打算。

方老板说，没问题，我定帮你留意。

齐师傅谢了，这才拎着毛竹食盒回家。

齐师傅到家时，秀娟已经将饭菜烧好。齐师傅将秀娟烧的饭菜放到菜橱里，然后将食盒里的菜一个一个摆上饭桌。秀娟诧异看着。

你买这些菜回来做什么？

齐师傅说，这都是兴国饭店里最好下饭，让你尝尝味道。

秀娟说，今天什么日子？

齐师傅说，没什么日子，就是想吃。对了，我记得家里还有瓶宁波大曲，你去拿来。再拿两个酒盅。

秀娟疑惑地将酒和酒盅拿来，齐师傅将两个酒盅倒满。

秀娟，你今朝陪我喝一杯。

秀娟说，我从来不喝酒，你这是做啥？

齐师傅说，莫问，我先敬你一杯。

说着，拿起杯子跟秀娟碰了一下。秀娟迟疑着将酒喝了，齐师傅又倒满。这一杯，秀娟却坚决不肯喝了。

秀娟说，清风，你到底要做什么？我心里慌张，你不说清楚这酒我定不会喝。

齐师傅不作声。

秀娟说，是不是为了海生？

齐师傅愣一愣，将杯中酒一饮而尽。

秀娟，他现在搬运工会里上班，卖力气吃饭。这生活辛苦，也危险。前段辰光，他被倒下的货物压断了脚，我去看他，他躺在病床上，不说断腿事情，只是说当年对我们不好，活该惩罚。你不晓得，我握他双手，才晓得他这些年吃了多少苦。这么轻年岁，掌心都是老茧。

秀娟低头不响。

齐师傅又说，我晓得你不欢喜他。但有什么办法，总归是自家儿子，割不断的。我心里盘算好了，就在城里寻一间店面。乡下地方当伙计辛苦，罗成软弱，独自去了，未必有好前途。现在政策放宽，我想提早退了，把罗成带在身边，开一爿咸货行，我教他咸货手艺。罗成性子温和，守一爿店面合适。

秀娟说，我明白了，你是要让海生去顶你的班。

齐师傅叹口气，说，你莫怪我。

秀娟怔了半日，又给自己倒了一盅酒。

我能怪你什么？我晓得你脾气，你做了主的事情，旁人就算讲上一百担闲话也没有用场。清风，我只想讲一句，我这一世没亏待过你，我讲这闲话，我心里过得去。以前的话，我讲了，你不听，也算了。现在我老了，没别的指望了。我再嘱托你最后一句，我只有罗成这么一个儿子，我就指望你能真心对他。这杯酒，我敬你。

秀娟拿起酒杯，齐师傅惭愧，垂了头，不敢面对。

一个月后，齐师傅将退休手续办好。趁夜里众人困时，他将自己东西打包，悄悄走了。三日后，顶班的齐海生到南货店来报到。

齐海生来时，南货店里的人眼睛都一亮。齐海生相貌跟齐师傅半分不像，生得漂亮，嘴皮薄，鲜红，一双单眼皮，眼角细长。只有身材像齐师傅，一米八高的个子，刮挺。南货店里人多少听齐师傅说过齐海生，以为搬运工会做生活，定是五大三粗的模样，没想到见了面，却是文文气气，像个读书人一般。

齐海生礼貌好，见马师傅，规规矩矩鞠一躬，说，马师傅好。爸爸常说起你，说你最关照他。

马师傅摇手，说，我跟老齐同出山人，怎么谈得上关照他？你这话说得太客气了。

齐海生又跟秋林打招呼，说，秋林哥好。

秋林说，你不要叫我哥，叫我名字就好了。

齐海生说，爸爸说你人品最好，让我多跟你学习。

秋林说，谈不上，相互学习。

最后是爱春，齐海生脆脆叫了声，爱春姐好。

爱春眉目闪烁，说，哎哟，你多少年岁了，开口就叫姐。

齐海生说，我今年 20 岁。

爱春说，你 20 岁，我 19 岁，你怎么好叫姐？

齐海生晓得爱春跟他玩笑，依旧笑眯眯接下她闲话，说，叫姐只为客气。其实爱春姐根本看不出 19 岁，头一眼我还以为 16 岁小姑娘。

爱春听了，受用，笑得一身肉上下起伏。

爱春说，你个后生嘴巴甜得简直招蜜蜂。

秋林在旁边听了，心里古怪，没想到齐海生清清爽爽一个后生，看见爱春，嘴里竟会讲出这么滑头滑脑闲话来。

齐海生来了，住齐师傅房间。新到店里，样样不懂，去问马师傅，马师傅自己不讲，倒是叫来秋林教。秋林推辞，马师傅说，我也快退休了。你们还要长远相处，这个人情给你。秋林听了，心里感激。秋林齐海生上下年纪，也没有拘束，自己会的，都对齐海生毫无保留。齐海生聪明，什么事情都是一学就会。包包裹，裁布，打酒，很快都能上手。人又漂亮，柜台里一站，清清爽爽，那柜台也显得洋气起来。齐海生来了，到南货店来买东西的女人都多了。

马师傅说，齐师傅那样一副面孔，倒生出这么漂亮一个后生。这后生招女人，天生一双桃花眼。

秋林问，什么是桃花眼。

马师傅说，你看他眼角，吊得半天高。

尽管齐海生对秋林客客气气，但秋林总觉得齐海生有些古怪，好像看到的不是真人，而是蒙了一层纱布，纱布后隐藏什么，他讲不清楚。对秋林来说，齐海生来南货店最大好处是将爱春注意力吸引过去，从此再也没有来烦过秋林。

秋林暗自庆幸，这真是谢天谢地一桩功德了。

2

转眼，到了这一年三岔的大集日子。三岔公社也变成了三岔镇。

三岔地方是此地最南端，与三门、天台镇交界。每逢大集，三门、天台的商贩和村民都会汇集到此地，热闹非凡。每年这时，都是供销社最忙碌关节。镇供销社人手不够，就从各个南货店抽人去帮忙。分配给长亭，是两个名额。原本应该是马师傅带队，他是店长。但他却主动把名额让给秋林。

马师傅说，小陆，我年岁大了，再过几个月，就要轮到退休。我走了，你是店里资格最老一个，我能看出，县社许主任看重你，早晚你要当店长。有些事情，你锻炼锻炼。齐海生，爱春，你挑一个搭档。

秋林想了想，说，那就让齐海生跟我去吧。一男一女要安排两个房间，麻烦。

马师傅说，行，你定，我来说。

中饭吃饭，马师傅便说了让齐海生跟秋林去三岔的事情。爱春听了，便发牢骚，说自己每日闷在店里，已经闷出毛病来。齐海生见状，便说，爱春姐，那我让给你去。马师傅听了，用筷子敲碗边，说，我是店长，我定下来的事情，不用让来让去，以后机会多的是。

下午南货店里事情忙完，吃过早夜饭，秋林和海生便走路赶到三岔镇上副食品商店。食品商店店长姓胡，瘦骨伶仃一个人，看面相尖酸刻薄，为人却很是客气。见秋林海生来了，便赶紧让人烧了两碗糖水荷包蛋当脚力。秋林说两人吃过夜饭了，让胡店长不要忙。胡店长却说，长亭离这里不近，走了一路，夜饭早溜到腿肚里了。赶紧吃点，还要忙一夜呢。秋林便不再推辞，两人吃下热烫烫糖水荷包蛋，吃完，又与店里工作人员一起清点货源，再把白糖、荔枝、红枣用牛皮纸包成大大小小包裹。就这样忙忙碌碌，一直忙到半夜。忙完了，店里又准备夜宵，夜粥配肉烤鲞。吃得肚饱，秋林走到外面伸展下手脚。齐海生跟出来，拔香烟给秋林吃。秋林说，我不会吃烟。齐海生将烟点上，自己吃起来。

秋林说，听齐师傅说，你原来搬运工会里做过。

齐海生说，在那里混过几日。

秋林说，搬运工会是吃力生活，看不出，你身上会有那么好劲道。

齐海生说，人都是逼出来的，没有饭吃，别说吃力生活，就是吃尿吃屙生活也要做。

秋林听了，觉得齐海生说话怪腔怪调，有些无趣，便不再言语。突然，齐海生往前面指，说，你看，那是什么。秋林一看，只见远处山上出现许多灯笼火把，就像一条条金色瀑布从山上挂了下来。

应该是台州那边做生意的人。

齐海生说，来得这么早。

秋林说，我们赶紧回去困一会儿，明朝还要起早忙碌。

两人回副食品店里各自躺下困觉。第二日一大早起来，推开门，外面街上已经乱哄哄一片。副食品店门口多了一个花生柿饼的摊子，副食品店门口往西，剃头、镶牙、配眼镜、修钟表、补锅修桶、磨剪刀、打项链，各种摊子摆了一路，闹热得不得了。

秋林站在副食品店的摊子前，手脚麻利地包包裹做生意。起初，齐海生还站在他身边打下手，但没多少辰光，一不注意，就不见了人影。秋林忙碌，也顾不上寻他。今朝来赶集的人太多，个个讲话声大得像吵架，时不时还有牛羊叫声和广播喇叭声，买东西的人站在眼前，唇上几根胡须都数得清爽，但讲话却听不清。没站了多少辰光，秋林便觉得嗓子痛痒。人稍稍少了，才抽空坐下来喝杯水，润润喉咙。正喝着，旁边伸过一只手，手上一把小花生。秋林抬头一看，正是齐海生。秋林不高兴，问，你刚才去哪里了？齐海生说，去买了些东西。

秋林看齐海生一只手拎着柿饼花生，另一只手则拎着一个小笼子，笼子里竟是一只松鼠。

秋林说，这是哪里弄来的？

齐海生说，在最西面牲畜交易市场寻来的。秋林哥，我从小便欢喜动物。我爹没说过吗，我小时玩蟋蟀，城里都有名。

秋林不说话。

齐海生说，你晓得蟋蟀怎样调教才会勇吗？我告诉你，要在斗前喂辣椒。喂了辣椒，再扯下一根头发，系在蟋蟀的脖子上，用力转几圈。正式开斗时，钳门一开，简直是敢死队队员。

秋林将齐海生拿着花生的手荡开，说，我们是来帮忙卖货，不是来买这些杂七杂八东西。

齐海生一听，扫了兴，便不再吭声，只是守在摊位上帮秋林打下手。就这样，一直忙到中午一点多钟，集市才终于结束。秋林和齐海生吃过中饭，返回长亭。走到半路，齐海生递给秋林一包上游牌香烟。

秋林一愣，说，这是做什么。

齐海生说，是胡店长给的，说慰劳我们辛苦。

秋林说，这个怎么能要？

齐海生说，一包香烟也没几角洋钿。我们忙碌一上午，人家也是一分心意。

秋林厉色道，海生，南货店当伙计和搬运工会不同，你帮人家搬东西，卖了力气拿力气钿应当，南货店当伙计，本就有工资，去食品公司帮忙是义务，怎么好再拿东西？

齐海生一愣，说，那我把烟送回去。

秋林想了想，说，算了，我不吃烟，你留着吃吧。下次不准了。

齐海生眼神闪烁，客客气气答应。

回到南货店，马师傅问，一切都顺利吗？

秋林本来想说说齐海生的事情，但话到嘴边又咽下，只说，顺利的。

马师傅说，顺利就好，你第一次带人出门做事情，我心里一直记挂着。这个小齐表现怎么样？

秋林说，蛮好。

马师傅连连点头，那就好，我还担心他是个滑头模子。

夜里，齐海生拿着集市上买的小京生花生和柿饼送到爱春房间。

齐海生说，爱春姐，这趟本该你去，被我顶了名额。买来些吃食，跟你赔罪。

爱春笑，说，你这张嘴巴上世定是泡在蜜缸里，甜得酿人。这事情跟你没有关系，全是马老头安排。

齐海生安慰，爱春姐放心，以后你定有机会再去。

爱春问，集市闹热吧？

齐海生说，闹热的，上百米的摊子排起来，麻将牌一样。也不晓得这些人是哪里钻出来的，造反一样的多，挤来挤去，人都要被挤扁了。

爱春笑，哪有你说得这么夸张。

齐海生说，实话实说。你不晓得，还有些坏坯子专门寻着大姑娘挤，要是爱春姐去了，必定都要挤到你身边来。

爱春听了，脑中浮现场面，咯咯笑个不停。

齐海生将花生和柿饼往爱春面前推，说，爱春姐，你尝尝看，这是小京生花生，比平常花生好吃许多。

爱春说，花生好吃，就是剥剥麻烦。我吃花生最不喜欢花生衣，沾在牙膛上，像生了层皮，舌头舔都舔不下来。

齐海生说，爱春姐，那你先吃柿饼，我帮你剥花生。

说着，齐海生将花生拿出来，将壳剥碎，又用手指捻去花生衣，伸手将一粒粒干干净净白白胖胖的花生肉放在写字台上。

我听说你以前曾在搬运工会里上班？

齐海生说，说上班，是好听闲话，其实就是做苦力。我当你爱春姐是自己阿姐，不瞒你。我那个爹心狠，不肯养我。我不靠卖苦力，早就饿死在街头。

爱春说，这做爹的怎么能这么狠心？不过话讲回来，也不奇怪，齐师傅那个人，看相貌就是硬心肠的。

齐海生说，倒也不是他硬心肠，只因我不是他亲生的，从小捡来当条狗养，又怎么会对我好？

爱春听了，有些难过，说，想不到你也是个苦命人。你放心，以后，我就是你亲人，我来疼你。

齐海生说，那是自然，我见爱春姐第一面便觉得亲人一般。

爱春笑，说，你的闲话比这柿饼还甜。

说着，她就将咬了一半的柿饼递到齐海生嘴边，齐海生顺着咬下一口。

齐海生说，爱春姐，你觉得陆秋林这个人怎么样？

爱春说，陆秋林？我不喜欢他，怪里怪气的，一点没有亲人相。

齐海生说，我也是这样感觉。我跟你说件事情，我们去三岔帮忙时，人家给我一包烟，我好心好意拿给他吃，他非但不要，还将我埋怨一顿，说南货店上班拿工资，不比搬运工会打零工，不能拿人东西。你说这闲话多少难听，说的我像反革命贪污犯一样。

爱春说，这个人不晓得冷热的，你莫理他。以后，有了我，我们姐弟做个伴，不用理会旁人。

齐海生听了高兴，便将桌上花生抓起几颗，递到了爱春的嘴巴边。

齐海生从集市上买来松鼠，每日宝贝一样对待。他做了个大箱子，箱子里头用旧布垫了个窝，说是要让松鼠享受招待所标准。松鼠喜欢吃苹果，齐海生就跑到三岔镇上买来苹果，平常人家，人都不舍得吃苹果，齐海生却仔细切碎，一点一点地喂。也是难为他这番心思，这松鼠简直被他养神了。有一次，秋林看见他竟将松鼠从领口放进去，最后又从袖口钻出来，乖乖地停在他的手掌上，就像通了人性一般。

秋林说，海生，你要是待客人也像对这只松鼠这么好，你就可以评上全供销社的先进工作者了。

秋林讲话的本意是想提醒齐海生将精力多花在工作中，不要玩物丧志。但齐海生就像听不懂，店里个个忙得脚后跟打屁股，他照样还是一天到晚弄那只松鼠。秋林跑去寻马师傅，建议马师傅寻齐海生认真谈次话，让他不要耽误了店里生活。马师傅听了却是不动声色，只说，年轻小鬼嘛，有点玩心也不奇怪，不用着急，慢慢会成熟的。秋林听了很是意外。自己当初到店里时，马师傅可没有这么宽容。但一细想，又想明白了，马师傅快退休，自然是没必要得罪齐师傅的儿子。马师傅不管，秋林就更管不了，他跟齐海生上下年纪，又都是普通店员，讲闲话不响，也只好睁只眼闭只眼，只当看不见。

这一日，马师傅秋林轮休，店里只剩下齐海生和爱春两人值班。吃过夜饭，爱春到齐海生房间聊天。爱春坐骨牌凳，齐海生坐床沿。齐海生一边说话，一边玩着那只松鼠。他将手掌摊开，那松鼠站在掌上，齐海生一反掌，松鼠就从他袖口钻了进去。爱春啊的一声叫，齐海生笑，将领口一拉，只见松鼠又从他领口钻了出来。爱春看得目瞪口呆。

爱春说，这松鼠倒像是你亲生的一般听话。

齐海生说，要生也是你帮我生，我一个男人怎么生得出来。

爱春说，我又不是母老鼠，它跟你亲近，自然是你生的。

齐海生说，这有什么？它能跟我亲近，也能跟你亲近。

爱春说，我不信。

齐海生说，要不要试试？

说着，他将松鼠递到爱春面前。

爱春愣了愣，它不会咬我吧。

齐海生说，不会的，你相信我。

爱春说，怎么试？

齐海生说，你把手掌摊开。

爱春手掌摊开，齐海生就把松鼠放到她的掌心。爱春好奇地盯着松鼠，松鼠也盯着她，眼睛骨碌碌地转。突然，它尾巴一抖，从爱春袖口钻了进去。爱春惊慌，大叫起来。

齐海生说，莫慌莫慌，它在跟你玩呢。

爱春摆了摆身体，说，慌是不慌，只是有点痒。

齐海生笑眯眯地看着爱春，说，那它钻到哪里了？

爱春说，在我肩膀上了。

齐海生笑眯眯地看一会儿，说，现在到哪里了？

爱春说，到我背上了。

再过一会儿，齐海生说，现在呢？

爱春扭了扭身体，说，到我腰上了。

齐海生笑，点一支香烟，吃到一半，说，现在呢，又到哪里了？

爱春脸色一变，突然从骨牌凳上站了起来。

齐海生说，你怎么了？

爱春不说话。齐海生看见她的面孔慢慢地红起来，就像生了火的煤饼一样，一阵一阵的热浪。

爱春盯住齐海生看一阵，突然喉咙底发出一声闷吼，伸出双臂死死抱住齐海生，两个人就像拦腰砍断的大树一样倒在了齐海生的眠床上。

第十三章

1

春节前一个月，长亭杜家出了件天大的事情。出事情的是杜知礼家老二杜尔。杜尔在城里做水泥生意，一部日本进口摩托车每天长亭县城来回。这一日，天气特别冷，寒风冽冽，路上积冰，加上杜尔夜饭时同人喝了许多酒，结果回来路上轮胎打滑，没把住龙头，连人带车飞出，撞上路边一株樟树。送到医院时，人已经救不回了。

杜尔尸体被运回长亭，杜家堂前设了灵堂，一卷竹篾遮挡，外头放八仙桌，桌上点着香烛。里头放一张门板，上面躺着死去的杜尔，白布遮盖。平日里，大家对杜尔印象都好，这么好的家境，这么好的年岁，就这样无故死了，都感到惋惜。无论是村里人还是生意朋友，都纷纷赶来祭奠，上一支香。上香人到堂前，不见杜尔妻子许敏，也不见杜尔兄弟杜毅，只有一人，面无表情坐在一条橱前凳上，瘦，白。这白是农村人难得见的白，因为白，更衬出眼眶外一圈黑。这人便是杜家老三杜善。杜善从不出门，很少有人看见，许多来吊唁的都是第一次见真人。

杜尔出事，最伤心是妻子许敏。许敏每日瘫在床上，哭得几乎不省人事。除了许敏，杜家只有杜毅老婆大女一个女人，但她不善劝慰，陪在许敏身边，劝不了几个字，自己倒先哭了起来。幸亏杜梅及时赶来，陪在床边说些体贴话，让许敏能够稍稍宽慰些。剩下杜毅，来不及伤心。眼下，家里只有他一人担当。寻墓地，刻碑，寻吹唱班子，定出丧日子，样样操心。原先杜尔在时，家中有事，两兄弟商商量量，样样事情都条理清爽。现在杜尔去了，剩了杜毅一人，忙得焦头烂额。但杜毅不怕忙，他怕的是另一桩事。这一年，许敏二十八岁，正是好年纪。这样年纪，如何能甘心在杜家守寡？况且许敏夫妻没有孩子。原本许敏怀过一胎，三个月时，去溪边洗衣裳，鹅卵石上双脚打滑，小产了。如果有个孩子，或许还能牵住许敏，现在许敏单身一个，没有丝毫牵绊，早晚要回城再嫁。杜毅脑子清爽，虽然杜尔能干，但杜家之所以兴旺，靠的还是许敏。许敏要是离开杜家，杜家屋檐就要坍了。想起许敏事情，杜毅发愁，夜里困在眠床上长吁短叹，不晓得此事如何收场。现在是新时代，不作兴老一套，万没有逼她守一世贞洁的道理。这一个活生生的人，拉不住，绑不得，无能无计。

一阵忙碌，杜尔丧事终于落定。死人事办完，又要操心活人事。杜毅还要去城里水泥公司料理。原来杜尔在，公司样样事情做得周全，不用杜毅操心，真正自己上手，才发现做生意远比做村长要难上许多倍。杜毅做得为难，总算还勉强支撑。比起杜毅，许敏要晚恢复几日，但终还是从床上爬起，梳妆打理，里里外外忙碌如初。可杜毅看着许敏这番模样，心里反倒越发没有底气。他总觉得眼前一切都是虚无，也许某日清早起来，许敏已经不辞而别。

这一日，杜毅回家，看见许敏正坐在门口的竹矮椅上熬中药，隔着一道门槛，杜善坐在屋里，正偷偷望着许敏背影，眼神温柔。杜毅看见，心里突然一动。许敏年岁虽大一些，但毕竟城里女人，生得嫩，看上去似乎也是杜善差不多年岁。杜善呢，虽然从未离开过农村，但因为身体不好，长年不出门，养得白白一身皮肤，倒像个读书人一般。许敏杜善坐在一起，倒很是般配。

杜毅回忆以往各种事情，想起来，许敏对杜善倒是一直关照，煮中药，洗衣裳，样样料理。杜善对这二嫂也和别人不同。杜善很少讲话，但跟许敏在一起，倒能讲两句闲话。杜毅看着两人，就动了念头。虽然这念头让他有过一丝羞愧，但很快这羞愧就滑过，反倒越来越觉得这事情可靠。许敏不是大姑娘，杜善身体不好，两相抵消，互不吃亏。而且许敏贤惠，会照顾人，如果成了，杜善以后也能有个依靠。将事情想通，杜毅长长吐出淤在胸内那口气。许敏依旧还能做个杜家人，天下太平。

转眼便是大年三十。

这一日，杜毅早早出门，寻旧时相识猎户弄来半扇獐子，一条野猪腿，又弄来上好番薯烧酒。亲自下厨做了几个野味，摆了一桌。

杜毅说，家中许久没有热闹过，趁着过节，好好团圆一番。

杜毅给许敏杜善都倒上酒。席间，杜毅频频向许敏举杯，每次举杯，都要讲上两句感动闲话。许敏从不喝酒，但听杜毅说得恳切，也是动了真情，杯杯吃净。吃到一半，便吃醉了，头昏，由大女扶着回房沉沉睡去。剩下杜善，杜毅又跟他碰杯。杜善身体不好，酒量又有限，没几杯下肚，也是天晕地眩，靠在椅背犯困。

大女回来，杜毅问，许敏困着没有？

大女说，吃醉了老酒，一倒下便困熟了。

杜毅又转头叫了杜善几声，杜善不应，沉沉睡去。杜毅便起身将他背起，背到许敏房间，脱去他身上衣裳，抱上眠床，起身关门出来。杜毅回来，继续喝酒。

大女说，我怎么看见你将杜善背到了许敏房间？

杜毅说，你看错了。

大女说，怎么会看错？

杜毅说，我说你看错就是看错。

大女被骂，不敢再问，只是坐在一边摆弄衣角，脸上满是愁云。杜毅看她一眼，拿起杯子，给大女也倒了一杯。

今朝大年三十，我们两个也喝一杯。

大女摇头，说，我不想喝。

杜毅白了她一眼，自己喝了。

大女沉默一阵，说，你怪我，我还是要说，你是不是想把杜善和许敏……

杜毅打断，说，你乱讲什么。

大女说，杜毅，这个事不能做，这是罪过事情，这样做要损福报的。

杜毅面色变青，说，什么罪过不罪过，你懂个屁。

大女看一眼杜毅，不敢再响，起身回了自己房间。杜毅独自坐在桌边，也是心烦意乱，一夜未困。直到夜里四五点钟，才伏在桌上打了个瞌睡。正朦朦胧，突然听见有女人叫声，然后叮叮咚咚一阵凌乱。他马上惊醒，跑到道地当中。只见许敏房间门打开，杜善衣衫不整跑出来。杜毅明知故问，说，杜善，你怎么会在这里？杜善不应，一路跑回自己房间，紧关门窗。杜毅装模作样叫来大女，让她进房去看许敏。然后，他又站在窗口问，大女，什么事情？过一会儿，大女出来，杜毅又问她，她却不理睬，似乎有些恼怒，直接回了自己房间。杜毅暗骂，又装腔作势问房间里的许敏，二嫂，你没事吧？许敏在里头有气无力应道，没事。

杜毅这转头去杜善房间，见杜善坐在床沿，失魂落魄一般，脸色变得更加苍白。

杜毅说，老三，究竟发生什么事情？

杜善说，我也不晓得为什么，早上醒来，竟然与阿嫂困在一起。

杜毅问，你怎么会进二嫂房间？

杜善摇头，我真不晓得。

杜善啊，你怎么会出这样事情，要是被别人晓得，真真倒灶。

杜善低头，一脸羞愧。

杜毅说，事情既然出了，也无办法。我只好帮你出一个主意。

杜善说，什么主意？

杜毅说，既然你嫂子对你那么好，干脆让她照顾你。

杜善说，什么意思？

杜毅说，索性你们就做一对夫妻好了。

杜善用力摆手，说，怎么好这样做？

杜毅说，你不钟意你阿嫂？

杜善说，不是这个意思。

杜毅说，那是什么意思？你看你二嫂平常对你最照顾。你二哥没了，我正发愁，要是她随便跟了别的男人我也不放心。现在既然发生这样事情，干脆你去照顾她，莫让她受了别人欺负。再说，男人女人不一样，你们如果好了，倒也无妨。如果不好，今天事情传出去，你二嫂今后怎么做人？

杜善听了，低头不响。

杜毅趁热打铁，说，杜善，你是个后生男子，如果此时你不站出来照顾二嫂，替二嫂考虑，还有谁能做到？

杜善犹豫一阵，说，阿哥，这个事我好说，可我不晓得阿嫂想法。

杜毅说，你落定主意就好，你二嫂那边，我再去主张。

杜善这才勉强点了点头。

杜毅出了杜善的门，转身又去了许敏房间。杜毅在门口敲门，问道，许敏，我可以进来吗？

许敏答应，杜毅进去。只见许敏坐在窗前桌边，低头发愣。

杜毅说，我刚才去杜善那里了，这事情，是他不好，我骂他了。他只说是吃多了老酒，什么都不记得。

许敏不说话。

杜毅说，这事情，讲来讲去要怪我这个哥哥。别看杜善身体虚，毕竟是男子人，要是我早给他寻门亲事就不会有这样事情。

许敏抬起头来，说，阿哥，我想好了，出了这样事情，我也不好再待下去。我这就收整东西回娘家。

杜毅急了，说，许敏，你可走不得。你要是这样走了，杜善定然没命。你不晓得，刚才我去看他，他正自责要寻短见，好容易被我劝下。

许敏说，阿哥，那你说怎么办，杜尔刚刚去世，现在又出这样事情，我怎么有面孔做人？

杜毅说，许敏，我晓得你对我一家最有恩情。以前你照顾杜尔，比自己亲姊妹还用心。现在杜尔没了，你就再帮帮杜家，再照顾照顾杜善。

许敏发愣，说，阿哥你什么意思？

杜毅说，我是说，毕竟杜善是杜尔亲兄弟，你就救他一命，索性跟他好了。

许敏脸上一阵红一阵白，说，阿哥，你讲的是什么闲话？我怎么能做这样事情？这是要遭报应的，以后我死了都没脸见杜尔。

杜毅说，不会的，杜尔定会体谅你一片苦心。

许敏说，阿哥，你莫再说了。

杜毅看着许敏，长长叹出一口气，说，许敏，我晓得，我讲这些闲话，你心里定骂我众生。我也是没有办法，杜尔去了，杜家屋檐已经坍去一半，现在如果你走了，这份人家就彻底倒了。但你走，也有你的道理。你又不姓杜，没道理叫你为我家操一世心。总是杜家福薄，留不住你。

许敏说，阿哥，你干啥这样讲话？你让我听了心里多少难过。

说着，许敏就流出眼泪来。此时，杜毅突然双膝一弯，竟跪在许敏面前。

许敏，你就看在杜尔份上，帮帮阿哥。实在没有办法，你要是不同意，杜善再出事，我们姓杜的就真的完蛋了。

许敏听着杜毅哭腔，没有办法，只能低头默默出眼泪。

唉，我前世这是造了什么孽啊。

就这样，许敏终于还是答应了杜毅。仓仓促促办一桌酒席，谁也没叫，就是家里几个人吃了一餐，算是给杜善和许敏举办婚礼。本以为一切到此结束，能过太平日子，但没想到，出了正月，杜善的身体突然就不行了，日夜咳嗽不断，一咳，还咳出血来。杜毅紧张，赶紧将杜善送到县城医院，治了三日没有治好，杜善一口气上不来，死在了病床上。

杜家人站在医院病房里，个个垂头丧气。大女看见许敏，正要上前安慰她几句。没想到许敏却对她视而不见，径自走到杜毅面前。

阿哥，我听你的，嫁给了杜善。现在杜善也死了，你还要我怎么样，是不是还要我嫁给你？

在场的人听见许敏闲话，无不惊骇。

杜善死后，许敏再也不说要走的事情。平日里，她只做两件事，一是去山上庙里拜菩萨。米粒走后，山上的庙早已是一座空庙。荒山野岭，杜毅不放心，让大女陪去。许敏不肯，说，我有罪孽，我去拜菩萨，是赎罪，没有什么好怕。

另一件事，是到路廊煮水。许敏在长亭的路廊里放了三把长凳，一个水缸。每日烧好水，担到路廊，将水倒进缸内。旁边放两只搪瓷杯，一个竹舀，让过路人喝。

许敏每日一早起床去担水，烧茶。大女要帮忙，同样被她拒绝，她说这是我一个人的罪孽，不能帮忙的。许敏开口闭口罪孽，大女听了，心里难过。夜里，忍不住跟杜毅感叹，说，这哪里是她的罪孽，她是给我们赎罪呢。杜毅听了，心中懊悔，半句话讲不出。

这一日，许敏在山上拜完菩萨下来，在路廊施茶时，路过一个台州客人。台州客人喝着茶，跟许敏聊了几句闲话。听许敏讲路廊施茶的辛苦，有些感慨。

现在改革开放，人人想着赚钞票，像你这样辛苦施茶不求回报，还是第一次碰见。

许敏笑眯眯回答，不说辛苦，我有罪孽，我这是行善积德，赎自己罪孽。

台州客人觉得奇怪，打听原因。也是奇怪，这件事情，平常许敏从不跟陌生人提及，但见了这个台州客人，倒像是见了旧相识一般，一时之间，竟把心底遭遇全部讲给他听。

台州客人听了，沉默半日，问道，你信神吗？

许敏说，我信的，我日日朝拜大慈大悲观世音菩萨。

台州客人说，我说的不是这个，是我们的主，是基督耶稣。

许敏皱眉，摇头。

台州客人说，我要告诉你，这世上是有神的，但这个神不是什么观音什么菩萨，而是耶稣。我们在世上做人，我们的心思情感意志，都是耶稣这个神为我们创造的。

许敏说，这个神和观音菩萨不一样吗？

台州客人说，当然不一样。你每日拜你的那个神赎罪，那你赎了吗？你心里轻松了吗？

许敏微微摇头，说，我罪孽重，时辰还没到。

台州客人笑着说，你错了。赎罪并没有时间长短的讲究，就好比你现在八十岁了，以后日子不多了，那你就不用赎罪了吗？问题不在这里，而在于你信的是哪个神。

许敏有些心动了，说，那我该怎么办，改信耶稣吗？

台州客人说，改当然要改，但只是信还不够。你信了耶稣，你的肉体还是沉重的，无论你信什么，都还是用情感和思考来指导自己的肉身，这都是低层次的相信，根本不能将你救出泥潭。

许敏说，我越听越糊涂，信这个没有用，信那个也没有用，那就没办法，就永世不得翻身了吗？

台州客人说，当然有办法，你要挖掘出自己的灵，你只有挖掘出灵，学会运用自己的灵，你才能从肉体中得到真正的解脱。

台州客人看着许敏，又说，我这样跟你说，一时三刻你也没办法理解。我只教你个简单的办法，只要你按照我说的去做，你一定能寻到你的灵。

许敏赶紧问，什么办法？

客人说，你每日走到山的最高处，对着山谷大声呼喊主的名字，主听到你的呼喊，就会指引你挖掘出自己的灵。

客人从身上掏出一本书递给许敏，说，你好好看这本书，它会指导你找到你自己的灵的。

许敏看了看书的封面，上头写着“李常受”三个字。

从这一日开始，许敏不再去庙里，也不再去路廊施茶，每日一早，便爬到山上，对着山谷大喊。喊完了，又回到房间里看书。有一次，上山打柴的人看见，告诉大女，说，许敏在山上大喊，也不晓得喊什么，就像疯了一般。大女听了，很是担心。让她奇怪的是，许敏回来，却丝毫看不出疯癫样子，反而情绪变好，有时还跟她说笑。这是许久不见的事情，大女便没有去管她，也没有跟杜毅说。许敏当个女人已经够苦了，不管她做什么，只要她觉得高兴，就由着她去做好了。

就这样，又过了差不多两个礼拜。许敏又开始去路廊那里施茶。一早出去，坐在路廊边，呆呆坐着，一直到天黑才回家。第二日，又出去坐着。终于有一日，那个台州客人再次从此地经过。许敏见了，赶紧跑过去。

许敏说，我每日对着山呼喊主的名字。

台州客人说，那你什么感觉?

许敏说，我感觉到了灵，他在指引我。我的身体也轻了，似乎有阵风就能将我吹起来。

台州客人笑眯眯地看着她，轻轻点了点头。那一日，许敏就跟着这个台州客人走了，不晓得去哪里。从此，再也没有音讯。

2

一早，马师傅便站在了柜台里。今朝马师傅看去与往日不同，往日，他总穿那件褪了色的中山装，臂上套两只藏青色袖筒，今朝，他却穿簇新一身青灰长袍，像电影里旧时代的人物。

秋林说，马师傅今朝穿得精神。

马师傅笑眯眯答道，这是我父亲留下的。

秋林说，这衣裳好看。

马师傅说，旧社会做生意，不管是老掌柜还是小伙计，都是这样一身。我那时比你年岁还轻，穿这样衣裳站柜台，总觉得难看。我心底最向往上海红帮裁缝做的西装，穿在身上，多少漂亮。可我父亲不许，说这长袍马褂一般人不敢穿，只有乡绅秀才这样打扮，最体面不过。后来父亲死了，也解放了，长袍马褂不作兴，开始作兴穿中山装，这些衣裳就压了箱底，再没穿过。

马师傅叮叮当当一番闲话，让秋林心生疑惑，不晓得马师傅今朝为什么要翻起这些陈年旧账。在柜台上打了会儿算盘，心中一动，突然想起一件事，马师傅要退休了，今朝是他最后一日站柜台。秋林心里突然难过。自己来店里，三个师傅手把手带着自己，没想到，一转眼，都要各奔东西。秋林借故走到后面仓库，独自抹了一阵眼泪。好容易平复心情，回到前面寻爱春海生商量。按南货店惯例，有人走了，剩下人都要各自口袋摸出一些零用铜钿，买菜买酒，凑一桌下饭。这叫“敲碗边”，不为吃饭，为一份人情。

商量妥当，三个人各自掏出铜钿，齐海生自告奋勇，去三岔地方买菜。爱春听了，也嚷着要跟去。两人出了南货店，往三岔方向走。路上正巧遇见一个村民，打招呼问两人去哪里。齐海生应道，今朝马师傅退休，去买下饭，为马师傅送行。本来只是随口应答，结果听到消息的村民一传十，十传百，家家户户都晓得了马师傅退休的事情。大家都念马师傅的好。每年春节，村民寻马师傅写春联排成队，一两天工夫，要写上近百副对联，马师傅累得手腕痛，却从不推脱。还有，此地离诊所远，村民有头痛脑热这些小毛病也来寻马师傅，马师傅晓得土方，能帮忙医治。像这样的事情，林林总总，举不胜举。马师傅在长亭地方待了将近十五年，落了一副极好的客面。

众人纷纷赶来南货店探望马师傅。有人送来一袋米，有人送来一篮鸡蛋。村中几个老辈走到南货店里，见了马师傅，刚讲半句闲话，便开始落眼泪，感叹与马师傅相处这么长时光，早就当成自家亲眷，此番离别，可能一世都难以见面。不管谁来，马师傅都笑眯眯应答，讲了许多感谢闲话。就这样，一直到夜里营业结束，南货店里才算安静了下来。

关了店门，四人围着一桌下饭坐下。看着一桌丰盛下饭，秋林心里难过，这是散伙饭，他丝毫没有胃口。爱春齐海生与马师傅相处时间短，没有什么感情，今朝下饭丰盛，只是低头吃，都顾不上讲话。

马师傅笑眯眯看秋林，说，小陆，你也吃。秋林点头，心里发酸。要是吴师傅和齐师傅在，定不会是现在这样冷清场面。

吃到一半，有人敲门，来的是杜毅。杜毅说自己刚从外面回来，听到消息，就赶来看看马师傅。

马师傅说，又去寻了？

杜毅点点头。

马师傅说，有消息吗？

杜毅摇头，长叹一口气。

马师傅拍拍杜毅肩膀，说，放宽心，许敏人聪明，定不会有事。

杜毅勉强笑笑，说，马师傅，你在长亭待了这么长，这说走就走了，心里真是难过。

马师傅说，这有什么，做人就是坐汽车，到站了总要下来。

杜毅说，客气闲话我也不讲了，有什么要我帮忙的，你讲一声。

马师傅说，既然你这样说，那我也不客气。别的事情没有，就是大家客气，拿来这许多东西，不好拿回去。

杜毅说，这是小事情，我拉一辆手拉车，将你送到城里。

就这样，吃罢夜饭，马师傅将东西收拾好放杜毅手拉车上，跟南货店里几个人告别。秋林提出要再送一程，马师傅不让，秋林坚持。于是杜毅拉着手拉车，马师傅秋林就跟在后面，夜色里行走。

秋林说，我现在还记得第一日到南货店里报到，就是马师傅你带的我。没想到一转眼，店里几个老人只剩我一个。

马师傅说，小人讲大话，你后生一个，怎么能算老人？

秋林笑，说，只是感慨时间过得快。

马师傅说，是啊，回过头真是一眨眼。我现在还记得第一日上柜台卖东西，我老爹偷偷站在后面盯梢，没想到一晃今朝自己也轮到退休。

秋林说，我还记得刚到南货店，盘存时一匹布把我吓得半死。幸亏后来你们三个师傅本事，将亏空填平，否则我真不晓得怎么办。对了，马师傅，想起这桩事，我还有些疑惑，后来为什么就不追究了？

马师傅没应，朝着前面喊一声，杜毅，听说你城里水泥生意不做了？

杜毅说，不做了，这本就是许敏家挑拨的生意，现在许敏走了，也没办法再做下去。

马师傅说，那你什么打算，回来当村长？

杜毅说，我想搬到城里去，这些年，也多少落些积蓄。现在形势放宽，不做水泥，我想寻着做点别的生意。

马师傅说，你那么能干，没有问题。

马师傅又扭头跟秋林说，其实你说的也没错，我走了，店里你真算老人了。以后做事情，就不能再当自己小鬼了，要老成些。以前有我们几个老家伙站在前头，以后就要你自己去独当一面了。

秋林答应。又走了一段，到了大路边。马师傅说，行了，小陆你就回去吧，有杜毅陪我就行了。

秋林说，我与杜毅哥一起送你到城里。

马师傅说，你不要再送了。我不瞒你，南货店里只剩爱春海生两人，我也不放心。

秋林说，有什么不放心？

马师傅没接闲话，探头看杜毅，说，杜毅，你稍微等一会儿，我跟小陆交代几句。

杜毅应声，马师傅扭头跟秋林说，那匹布的事情以后千万莫要再提。

秋林说，不是有意，只是突然想起，便好奇起来。

马师傅叹口气，说，你后生年岁轻，不晓得以前日子难过。你想想，一家老小，就靠一个人工资，喂得饱几张嘴巴？不想些办法，家里日子怎么过？

秋林说，这样做就不怕别人晓得去告发？

马师傅说，谁会去做这样事情？我们这一辈人各种运动都经历过，其中厉害，都有体会。要是嘴巴不牢靠，将别人的事说出去，那跟杀了人有什么区别？再说了，今朝你说了别人，明朝别人同样也会说你，弄来弄去，一把刀还是横到自己头颈上。

马师傅朝着南货店的方向望了一望，转身和杜毅往城里方向走去。秋林就站在路口，目送着两人消失在茫茫的夜色之中。想起马师傅的闲话，秋林似乎有些明白，又不明白。

秋林回到店里，刚想进房间，突然又想起什么。于是，他便学马师傅，仔细检查店里门窗有没有关好，有无烟火，酒埕盖是否压好，饼干桶有没有拧紧。一切检查妥当，秋林才放心回到自己房间。

秋林躺在床上，又想刚才送马师傅场景。马师傅说他不放心爱春海生，可自己问他，他又不肯明说，到底什么意思？秋林想了一阵，想不明白，又盘算刚才学马师傅样子店里各处检查，总感觉好像遗漏了一样东西。想来想去想不起，有些烦躁，正要关灯困觉，突然脑子里一闪。

秋林从床上爬起，走到楼梯口。听见楼上断断续续传来爱春和海生两人说话的声音。秋林抬头，响亮地喊一句，时辰不早，都好困觉了。

3

秋林起得早，将门板一面一面取下，敞开店门，然后拿块布头，将柜台里里外外擦干净。今朝是马师傅离开第一日，要有新气象。一想到现在自己是店里最老资格，扮演马师傅角色，秋林便有些激动。

秋林擦完柜台，楼上还没有动静。秋林有些不高兴，他往楼梯上走，故意将脚步走得噔噔响。

秋林敲爱春房门，说，该起床做生意了。

爱春里头慌张应一声。随后，秋林又敲齐海生的门，可齐海生屋里却是没有丝毫动静。秋林刚要叫海生名字，突然脑子一闪光，想到件事情。顿时脸上发烫，转身匆匆下楼。

过了六七分钟，齐海生和爱春依次下来，去后面院子洗漱。

秋林站在柜台前，想起刚才敲门场景，觉得头痛。难怪马师傅临走时特意嘱托，他这前脚刚一走，就被自己印证，真是倒灶。虽然都是未婚男女，毕竟此地是公家单位，怎好做这样事情？但自己又能怎么样？自己只是代理店长，说话依旧不响。烦躁一阵，秋林想只要不是太出格，自己也只能糊里糊涂过去，等扶正了再说。

秋林没有猜错，爱春和海生果然没有拿他这个代理店长当笔事情。店里三条人，爱春齐海生走得近，秋林倒成了光杆司令。特别是爱春，秋林跟她讲闲话，她根本不予理睬。齐海生比爱春聪明，秋林哥秋林哥嘴巴应得好，转眼间却不晓得跑到哪里去了，像条鳗一样，根本抓不住。秋林问他做什么去，总有各种理由，不是帮村民做这个生活就是做那个好事。秋林自然不信，但又奈何不得，只是暗暗生闷气。除了两个活宝，秋林最紧张一桩事是店里保险箱。他是代理店长，保险箱钥匙在他手里，店里每日进项都锁进保险箱，秋林时刻担心会出差错。原先节假日还能回城，皮带上吊了这枚钥匙，日日提心吊胆，几乎半步离不开南货店。

秋林心里暗暗叹气，以前看马师傅一日到夜笑呵呵，以为当店长轻松，现在换到自己，才晓得肩上担子沉重。秋林没有办法，只是盼着县社能安排个中用的人过来，帮自己分忧。

盼星星，盼月亮，终于一日调来一个新人。新人名字叫曲大宝，四十多岁年纪，头顶都秃了，看上去很老气。新人来了，秋林店长的正式任命也来了。这下秋林如同领了一把尚方宝剑，心里有了底。很快，他便做了当店长后的第一个安排，让曲大宝与齐海生调房间，曲大宝睡楼上，齐海生搬到楼下。

秋林说，海生年岁轻，睡楼下。万一值班时有人半夜来店里买东西，耳朵灵光，可以听周全些。

齐海生没什么意见，爱春却是一百个不乐意。

爱春说，陆店长莫乱讲乱话，又不是什么医院药店，哪有人半夜来买东西？

秋林说，我们南货店的宗旨就是为周边村民服务，半夜来南货店的人是少，但真来了，到时没有人开门，怎么向群众交代？

爱春听了，没有办法，只是白了秋林一眼，忿忿走开。

秋林当了店长，南货店里总算回到正常轨道。海生爱春安分了许多，但这个新来的曲大宝又是个怪人。平时叫他名字，无论何时何地，脸上总是一副担惊受怕的神情，似乎做坏事被人撞穿一样。平时也不喜欢讲话，但旁人说话，他就会站到旁边听。别人厌烦他，他也像是感觉不到。

这一日落班，曲大宝轮休回家。吃罢夜饭，秋林回房间看书。自从许同志叮嘱过，秋林便养成看书习惯，看完，还会拿出笔记本写上几句感悟。没多少辰光，竟写了满满一本。秋林正看书，有人敲门。

秋林问，谁？

门外爱春应道，是我。

秋林问，有什么事情？

爱春说，你先开门再说。

秋林将门打开，双脚一脚踩在门外一脚踩在门内。爱春要进来，秋林说，有什么事情就这样说好了。

爱春说，我要向你检举。

秋林惊讶，检举？检举什么？

爱春说，检举曲大宝。我在房间里换衣裳，他趴在门缝上偷看。

秋林说，你怎么晓得？

爱春说，我听见他在门口喘粗气。

秋林说，光听见喘气声不能说明问题，还有什么证据？

爱春说，他喘气拉风箱一样响，还不算证据？

秋林说，爱春，这可不是小事情，口说无凭。你想，曲师傅年纪比我们都大，有儿有女，你这样说了，人家受多大影响？

爱春说，他受影响？他有儿有女，偷看我做什么？

秋林皱眉，说，那你说怎么办？

爱春说，好，你说他有儿有女，那我不为难他。但为安全考虑，我要求将海生调回我隔壁。

听到此处，秋林终于明白爱春用意。

你也说了，要为安全考虑，我认为这是合理提议，毕竟你是南货店唯一女同志。我寻几块板，门上有缝，先把门缝钉上。

爱春愣了，说，就这样？钉块板就算数了？

秋林说，调房间事情，我上次就讲清爽了，是为服务村民。现在你说的是门缝的事情，担心安全，那我就帮你处理门缝，我这样做不对吗？

爱春说，对对，你店长说什么都对。算了，不用你费力，钉门板的事情海生会帮我弄好。说完，爱春气呼呼地转身离开。

果然，第二日齐海生就帮爱春钉上了门板，爱春也再没有提过偷窥事情。秋林心中得意，虽然没有什么证据，但男店员偷窥女店员这样的事情传到县社领导耳朵，自己这个新店长难免要吃批评。现在一切平息，虽然晓得爱春不服气，但毕竟没有再闹，说明她还是顾忌自己店长身份。店里几条人，最难弄就是爱春，但总还是女同志，只要自己不退让，她也闹不出什么名堂来。

当了店长，秋林比原先当伙计要忙许多，常要出门去采货。每次采货，秋林都带海生去。海生气力大，可以帮忙搬运。此外，人也活络，跟秋林出过几次门，无论百货公司，五金公司，个个混得熟。最稀奇是糖烟酒公司，每次海生同去，都能搭来一条不用烟票的香烟。香烟金贵，秋林好奇，问海生原因。起初海生不肯说，最后终于讲一句，说那人钟意蟋蟀。海生一开口，秋林就明白了，暗自感叹海生本事。

转眼，到了这一月的盘存。这是秋林当店长后第一次盘存，盘得仔细。秋林和曲大宝对账，爱春海生点货，一阵忙碌，到夜里十点多，终于盘好。盘好后，爱春叫海生同自己去厨房烧夜点心，齐海生不肯去，懒洋洋靠在椅子上，只叫曲大宝跟爱春去。爱春不高兴，气嘟嘟地离开，曲大宝畏畏缩缩跟随。见两人走了。齐海生突然莫名其妙念一句，陆店长，这盘存很容易出差错吧？

秋林说，还好吧，仔细些，也出不了什么错。

齐海生说，哦，我还以为很容易出错。刚才点货时，爱春还跟我念一句，说这红枣盘下来一个月才两百块营业额，可她记得自己一个人就做了三百块生意，我还以为是盘存出错了。这爱春，真是有一句没一句，怎么会差出一百元，难道这钱会自己生脚飞走？

秋林听了，吃惊地看着齐海生。齐海生说完，却不再响，点一根烟，慢慢吃起来。秋林看着齐海生，想了想，说，海生，你跟他们说一声，我有要紧事要出门一趟，夜点心烧好，你们先吃。

随后，秋林将账本和钞票在保险箱里锁好，出了南货店。秋林一路小跑，跑到三岔镇供销社。秋林到时，已经十一点多，此时，供销社宿舍里漆黑一片。秋林没办法，只能厚着脸皮叫醒门卫，讲了一通好话，好容易才让进去。秋林敲开一个副主任的门，将来意说明。副主任一听，也是重视，叫醒财务物价还有一个办公室的人，一行人匆忙赶到长亭，连夜重新盘存。几个人点货，对账，一笔一笔仔细清算，最后终于确认账是平的。

忙完，已是凌晨两点多。秋林赶紧到厨房下面，请他们吃了。吃完，又亲自送出去。

秋林说，实在不好意思，半夜把你们拉到此地，忙碌到现在。我也是没办法，这是我当店长第一次盘存，今朝要是不面对面盘存清爽，以后万一有什么事体，我担当不起。

副主任说，莫说客气闲话。你做得对，就应该这样。你们店里几个老商业退了，现在都是年轻人。供销社是经济单位，东西卖了，钱扔在抽屉里，洋钿是白的，眼珠子是黑的，洋钿落进眼珠里，难保会有什么事情发生。以前一代人，事情见得多，教育得也多，都不敢做出格事情。现在年轻人，不能说他们思想上不对，但管理也要用上新方法。

秋林连连点头称是。

副主任又跟秋林说，另外，我再跟你说件事情，任命店长时，有人在上面讲了你坏话，所以任命才迟迟没有下来。最后还是县社许副主任打了招呼，说你小陆是个人才，才定下来。不是我挑嘴，你店里几个人，都不是顺毛。你刚当店长，有些事情还要多留个心眼。

送完供销社一行人，秋林返回店里。躺在床上，秋林心里还有些后怕。供销社里上班，盘存最可怕，多少人因为此事吃生活。幸亏齐海生说了一句，如果他不说，接下去一段时间，有人浑水摸鱼做了手脚。上面查下来，背靠背寻谈话，此时那人再跳出说，我当时便提出过账目不对。真要到了那番境地，自己就什么都说不清楚了。

齐海生讲那番话是爱春说的，可爱春为什么这么做？又没有什么刻骨仇恨，为啥要下这样的狠手？想来想去，秋林猜测是不是因为调房间的缘故。真的就为这样一件小事？秋林觉得背后一阵阵发凉。

4

齐海生坐在路廊上，看见远远过来一辆手拉车，齐海生叫住。

齐海生说，你帮我拉到三岔镇上，我给你五毛钱。

拉车人应了，车上还放了一捆干茅草，那人将茅草摊开，铺平，让齐海生坐。

拉车人说，以前有个人，也总等在此地，每次回城里，都要搭我的车。也不晓得为什么，最近总是遇不见。

齐海生没搭理他，躺到车上，拗一根茅草叼在嘴里，摇摇晃晃望着天空，脑子里乱七八糟想一些事情。到了三岔，齐海生付了钞票跳下车子，走一段街，在一个打铁铺转弯，又进一个墙弄。墙头尽头是个小院子，是齐海生租落。

刚到长亭时，齐海生几乎日日住在南货店里，时日长了，看见别人调休回家，自己无处可归，心里总有些难过。后来，跟爱春走到那一步。起初，倒也温暖缠绵，但爱春日日黏着，把自己当丈夫，海生很快厌烦。一直来，他都是一个人过，无拘无束早已习惯，不喜欢别人黏着，便打定主意租屋。寻来寻去，最后终于在三岔地方寻了个破落院子。

爱春见海生不住在店里，觉得疑惑，问海生，海生也不隐瞒，说自己另外有个房子。爱春听了，要他带自己去出租房嬉，但每次海生都想出理由拒绝。房子破落，租金便宜。正因为破落，也没有其他人来租，倒是清净。院子里杂草丛生，杂物成堆，成了周边许多野猫的好去处。齐海生初来时，这些猫怕生，纷纷躲避，时日久了，认识了，便不再怕他。每次齐海生回到此地，野猫们便纷纷从墙头墙尾探出头来，眼睛蓝汪汪地望着他。海生自小欢喜动物，每次回来，都从街上买点小鱼小虾，炖一锅，掺着饭拌好，倒在一个个小盆里。野猫们看见，便人一般排队整齐地吃。此时，海生就在院子里支一张小桌，弄点花生，弄点酒，看着这些野猫自酌自饮。

海生对猫好，猫也知恩情。一听到海生回来脚步，就会从角角落落爬出来迎接，远远地看着海生，目光温柔。有时，海生在房间里听见门口猫叫，走出去一看，总看见门口扔着死老鼠。海生明白，这是猫受他恩情，报答他。但它们的亲近只是到此为止。每次海生要更近些，它们就会迅速散开，跳到墙头屋顶，远远地看着。它们似乎也想接近海生，但骨子里某种天性却让它们始终跟他保持一些距离。每每这时，齐海生都会感到有些难过。它们似乎看透了人，人是最不可信的。

齐海生觉得自己跟这些野猫很像。他也不相信人，特别是女人。就像爱春，平时普通一个女人，就为了换房那一点小事，竟然能对陆秋林下狠手，多少可怕。还有那个生了他，又将他扔了的女人。还有秀娟，她怂恿齐清风跟别的女人生下自己，害自己在这世上让人看了十几年的笑话。

第二部

第十四章

1

秋林站在柜台前，远远看见路上过来一辆自行车。骑车的人穿一件蓝色夹克，车头上挂一个黑色提包。这人将自行车在门口停好，走进南货店，问道，哪位是陆秋林同志？

秋林说，我就是。

你好。我是县供销社人事股的，我叫邵兵。

秋林说，你好你好，请问领导有什么事情？

邵兵没接话，只是从随身带的提包里拿出一叠信签一支笔，放在柜台上。

邵兵说，这样，我给你半个钟头时间，你给我写一个供销社送货下乡的事情。

秋林一愣，问原因，但这个邵兵却不再理他，扭过身背靠在柜台，点了香烟吃。此时，正好曲大宝从后面仓库走过来，秋林说，大宝，赶紧给这位邵领导倒一杯茶。

秋林拿起笔，盯着落有县供销社名头的空白信签，脑子有些混乱。秋林不明白，县供销社的人怎么会找到此处，是不是跟上次盘存事情有关？可那次盘存自己寻了镇上供销社同志，盘得清清爽爽，根本没有什么问题，此刻怎么会翻旧账？再说了，就算那次盘存有问题，又为啥叫自己写供销社送货下乡的事情。供货下乡又出了什么状况？

秋林想不明白，怕时间来不及，便平稳心思，在纸上仔细写送货下乡的过程。写好了，秋林看看时间，刚好半个钟头。

邵同志，我写好了。

邵兵顿了顿，转过身，哦，好了啊。他拿过信签，上下浏览一遍，然后折叠起来，放进皮包里。

邵兵说，好了，那我走了。

秋林说，吃了饭再走吧。

邵兵摆摆手，走出南货店，一脚迈上自行车，很快便消失在路尽头。秋林看着他的背影纳闷。这人莫名其妙来，又莫名其妙走，到底搞的什么名堂？

整一日，秋林心里打鼓，七上八下，又无处去问。夜里困觉，困到半夜又醒过来想这桩事情。秋林盯着眼前漆黑的一片，不晓得是不是运道推板，刚当上店长不久，就又要出事情。

就这样，胆战心惊过去三日。三日后中饭时，一个村干部来寻秋林，说有电话打到村委会寻他。秋林赶过去一接，竟是县供销社的许同志打来的。许同志说黄埠区供销社的文书调到县社当秘书，空出一个文书名额。许同志对秋林父亲有印象，是个笔杆子，猜想或许秋林也能写东西，便叫人来测试。结果稿子带回去看了，领导都满意，便开会决定将秋林调到黄埠去当文书。

许同志说，秋林，你准备一下，两天后就到黄埠报到。

秋林有些发懵，说，我如果走了，那南货店里怎么办？

许同志在电话里笑，说，这样吧，你推荐下，寻个人代理一下店长。过几日，上面会调新人过来。

秋林在脑子里迅速盘了盘，说，那就齐海生吧，他是齐清风齐师傅的儿子。

许同志说，哦，齐清风的儿子，我记得的，齐清风鳓鱼腌得好。行，就这么定了，你跟他打声招呼。

挂了电话，秋林从村委会走出来，突然觉得心里空荡，说不出的滋味。他没有回南货店，而是在村里胡乱走了一阵，走来走去，经过杜英家。可惜今朝不是放假日子，杜英不在家。要是能寻杜英讲讲话，或许能好过些。

秋林走出村子，走过水作店，又走到路廊那里。他在路廊坐了坐，还是觉得心里空荡。坐一阵，他又起身往回走，走到了那条溪边。秋林伏下身子，听着汩汩的水响，长久地看着溪流，突然就流出眼泪来。

仿佛哪里传来歌声，歌里唱，倭豆开花黑良心，豌豆开花像银灯，油菜开花赛黄金，草子开花满天星……

2

秋林回家，跟母亲说了去黄埠当文书的事情。家里困了一夜，第二天一早打好行囊包裹，坐车去了黄埠。

黄埠供销社属于区级供销社，供销社分四级，最顶上的是县供销社，下面是区，区下面是镇乡，再下面就是长亭南货店这样的合作商店。黄埠供销社是个大社，杂七杂八人员拢起来，有二百多人。下设五个镇乡供销社和三个商店。一个生产商店，主要是供应化肥农药。一个是采购商店，负责从农户那里采购农副产品。剩下一个便是最吃香的生活商店，供应百货，最时兴的三大件缝纫机、自行车、手表，都归生活商店管。

黄埠供销社的主任姓潘，是个胖子，秃头，五十来岁。他靠在椅子上，一边讲话一边用一把小梳子梳着头上为数不多的头发。

潘主任说，小陆啊，我们黄埠供销社是个大社，是双大式单位，多少眼睛盯着。文书位置很重要，一是要写好单位的材料。供销社人多，材料也多，领导讲话开会材料，你都要准备好。另外，还要搞好对外宣传工作，我们是省市县三级财贸先进单位，宣传工作一定要跟上，要报纸上有名，广播里有声。

秋林认真听，边拿笔记本仔细记录。潘主任谈过话，秋林又跟其他三个副主任见面。其中一个鲁副主任鼎鼎有名。鲁副主任叫鲁一贵，是全国工会系统劳动模范。秋林读书时，他便是全县的红人，《人民日报》《浙江日报》都刊登过他的光荣事迹。秋林上学时，他还到秋林学校来做过报告，学生们坐在台下，都是一双双崇拜眼光。

鲁一贵勉励了秋林几句，秋林起身告辞。离开时，鲁一贵还同秋林握了下手。鲁一贵的手又粗又大，握手的那一刻，秋林有些恍惚。当年他来自己学校时，春华就坐在自己旁边。春华看着几个优秀学生代表跟鲁一贵握手，多少羡慕。春华说，真不晓得跟全国劳动模范握一下手会是什么感觉。

握着鲁一贵的手，秋林有些难过，他已经很久没有见过春华了。

秋林到黄埠，屁股还没坐暖，第二日便要下乡去熟悉情况。因为接下去黄埠供销社便要召开全社大会，秋林需要掌握一手资料，给潘主任写总结报告。原本，下乡的事应该由上一任文书陪同，可县社要人要得急，那个文书已经早早去县里报到了。社里便安排了办公室的龚知秋同志陪秋林下去。龚知秋是供销社里总务，三十岁左右年纪，面目可亲。秋林到黄埠的宿舍便是他安排，他叫秋林小陆，秋林叫他龚师傅。

黄埠分社下面五个乡镇供销社分布东南西北，靠两只脚板，走上一个月也走不遍，需要跟社里申请公车。公车就是社里两辆叮当响的永久牌自行车，秋林和龚知秋一人一辆，骑着下乡。第一站是谷岭，离黄埠最近，道路平坦，秋林跟着龚知秋下去，没费什么周折。乡里还专门安排一位同志，提早将汇报材料准备好，半日辰光就完成任务，赶往白桥。白桥宿一夜，第二日又去三水。三水地方近海，出海产。为了欢迎两人，当地供销社还安排一餐丰盛海货。几个地方下来，都是早就准备好材料，翻开看看，里面内容都是大同小异。秋林有些犯愁，虽然下乡顺利，但就这些材料，恐怕写不成总结，便跟知秋商量。知秋说，附近山上有个收购站，工作辛苦，可能有好材料。只是交通不便。秋林听了，便要龚知秋带自己上山。山路崎岖，没走多久便骑不了车子，两人便又将车扛在肩上，翻山越岗，走了大半日，终于赶到收购站。收购站同志见两人来，热情接待，又是煮芋艿饭，又是蒸鱼鲞，正忙碌时，有村民送来一条菜花蛇，收购站同志便取了蛇胆和蛇皮，将蛇肉切段，放葱姜蒜，放锅里蒸。蒸熟了，白白一盆。秋林见几个人吃得津津有味，几次想伸筷去尝尝味道，但最终还是不敢。

就这样，秋林和龚知秋下乡转了一个礼拜，终于回到黄埠。一回单位，秋林便埋头伏案写总结。第一次下乡，经历各种新鲜事情，又是第一次写材料，秋林用尽气力，将脑子里储存的好词语全部用上。写了三日，终于将总结写好。秋林拿在手中，读了几遍，越读越满意，便兴冲冲拿去交给潘主任。原以为自己第一次写，能写这么好，潘主任定会表扬。可潘主任看了不到一页，脸上神情就由晴转阴。

潘主任说，小陆，写材料不同于写漂亮文章，用不了那许多形容词。你看这一段，说谷岭乡今年又是一个丰收年，社员们看着茁壮成长的农作物，脸上的笑容就像开了花一样。你再看这一段，收购站里同志长年守在山上，没有肉吃，没有菜吃，只能吃蛇肉，日子过得比黄连还苦。这哪里是总结，简直是中学生作文。写材料，一定要干货，要实际内容，要数据。

说到此处，潘主任不再梳头，神情也严肃起来。

小陆啊，你是县供销社许副主任推荐来的。许副主任说你脑子活，笔头快，因此将你调来。黄埠是个大社，多少人想来，你要爱惜啊。

秋林听了潘主任的话，字字刺耳，站在那里，脸红耳赤，半日不说话。

灰溜溜回到办公室，知秋询问情况，秋林没有隐瞒，一五一十将潘主任原话告知。知秋意外，叫秋林把材料给他看。看完了，知秋说，第一次材料能写成这样不容易，但潘主任也是刚刚调到此地当主任，对文书工作要求高。不要说你一个新人，换个老手，他也这样说，你不要太有压力。我虽然不会写东西，但我晓得写材料有写材料套路，不是你写得不好，而是不懂窍门。

知秋给秋林出了个主意，可以去寻刚调走的那个文书想想办法。那文书原来跟知秋一个办公室，平常关系蛮好，知秋可以带秋林去寻他。秋林感激。刚好第二日放假，秋林便到生活商店称了两斤蛋糕，让知秋带自己去那文书家。秋林去时，文书正在写材料，他刚调到县社当秘书，也是忙得一脑门官司。听说两人是为材料事情来寻他，一口拒绝。最后还是知秋好话说了一百担，他才不情愿地将材料拿去，在上面左圈右划改了一通。秋林千恩万谢，顾不得回家看姆妈，匆忙赶回黄埠，按照文书的意见修改。一写写到天漆黑，用煤油炉烧了碗面，吃完又伏案写。夜里，实在写得困了，就到宿舍道地的水井打一桶冰凉的井水，搁在办公桌边，一犯困，就将头浸到井水里，毛巾擦一把，继续写。就这样，熬了一个通宵，终于将总结材料完成。星期一上班，秋林胆战心惊将稿子交给潘主任。这次，潘主任倒是基本满意，最后又拿起红笔在上面修改一番，让秋林按照他修改的意思抄好，刻蜡纸，油墨印二十份，开会时用。

好容易材料过关，秋林又开始操心外宣任务。潘主任说了十个字，报纸上有名，广播里有声，听上去简单，秋林却根本不晓得该从何下手。平日里，他也是四处打听，希望找到好题材好故事。听来一点东西，便伏在办公桌上写，写完，就往报纸广播站投，可投来投去，却像石头打水漂，从来没有回音。秋林很想去找老文书再讨教经验，但细想又不好意思。这种忙只能帮一次。上次也是因为知秋的面子开恩，此时再去，定要吃闭门羹。而且，总是求人，也是心里不甘。

外宣工作没搞好，秋林压力大。单位里碰到潘主任，总是笑眯眯打听，小陆，稿子有没有见报啊？秋林尴尬回答不出。潘主任便大度地笑，别着急，慢慢来，总能发表出来的。隔一次碰面，潘主任又问，问了又照样笑眯眯安慰。潘主任客气，秋林反而压力更大。还有县社里的许主任。自己是许主任推荐的，他真怕自己不争气，倒了许主任的牌子。

转日回城，秋林去寻卫国，许久没见，想约他一道吃个饭，讲讲心烦事情。见了面，秋林发现卫国与以前有些不同，烫了头发，衣裳也穿得时髦，那衣裳样式，秋林见都没见过。卫国还带来一个姑娘，但这姑娘并不是之前见过的云芝，说是医院里上班，姓顾。两人亲密，秋林看着，觉得疑惑。不晓得卫国为什么换了人，又不好开口问。

秋林说，真不如在南货店里当伙计，现在当小文书，每日烦恼稿子，没有一夜困得好。

卫国说，难道你愿意一世都当小伙计啊？总是文书有前途。

卫国说着，从口袋里掏出两包烟扔给秋林，一包上游，一包古松。

秋林说，我又不吃烟。

卫国说，不要白不要，都是别人送的。现在私营企业多，都需要外加工。大模具别的机床都吃不消，只有寻我那台捷克机床。你莫看他塞我几包烟，还要看我心情。我欢喜给他加工就给他加工，不欢喜，就叫他千秋万年等着。

秋林羡慕，说，香烟你还是藏回去，我又不会吃。

卫国说，你说你稿子写不好，就是不会抽烟缘故。你看鲁迅先生，手里夹一根香烟，文章才写得这么好。你拿去，抽了就肯定会写了。

秋林笑。再吃一会儿，卫国跟顾医师走了，说是要去看电影。两人走了，秋林又独自坐着吃了一会儿，心里还是烦恼。

3

秋林坐在桌边发呆，保卫科童小军门口跑过来。

童小军说，龚师傅，厕所的屙缸又满了，该掏了。

知秋没理睬他，童小军又转头看秋林。

笔杆子，是不是写不出材料啊？你一天到晚在办公室里，怎么写得出，要亲身投入到轰轰烈烈的基层工作里去。

秋林说，怎么投入？

童小军说，给你个好素材，你去厕所给屙缸加水。

龚知秋说，你莫捉弄人家后生。

童小军说，哪里是捉弄呢，这个生活谁都做过，他为什么搞特殊？

秋林赶紧说，做生活可以，但我不晓得怎么做。

童小军说，简单，只要会倒水就行。

秋林没听明白，知秋起身，又白了童小军一眼，对秋林说，我同你一道去。

两人一起下楼，去仓库拿来扁担与木桶，又到外面水井打水。水桶抬到公厕后面粪缸边，秋林就要倒，知秋制止，让他等自己一会儿。随后，知秋走开，不知从哪里寻来一把稻草，均匀散在粪缸上面，这才慢慢往里倒水。

知秋说，童小军这人不上路，专欺负新人，故意叫你来。你没有经验，着急将水倒进去，溅一身，他们好看你洋相。

秋林心中感激，说，为啥要往粪缸里倒水？

知秋说，估计保卫科那几个人嘴巴又馋痨了。

秋林不懂。

知秋说，你不晓得，黄埠附近村庄菜地多，肥料不够。村里就派人到城里来收粪。收粪按担数付钱，童小军便打坏主意，说机关里十几条人，这些粪卖了不够吃。加些水，就多卖些数量。当然，我们也莫多加，加这一桶算数。农民种地不容易，加那么多水，人家花钱买去，肥料劲道不够种不出好菜。

两人将水倒好，空气里满是粪便的臭味。为了不让农民看出，还要将倒进去的水和粪便用木棍搅一遍。棍子一搅动，四周更是气味难闻，秋林熏得几乎要吐出来。两人匆忙离开，走到围墙边。秋林突然想起口袋里装着卫国送他的香烟，赶紧拿出一包送给知秋。知秋拆开，拔一支，又将剩余香烟还给秋林。

知秋点了香烟，说，你莫觉得臭，农民看见这肥料，欢喜得不得了。长年累月，地里庄稼就靠这些东西。我考考你后生，你晓得粪缸里最好一层肥料是什么？

秋林摇头。

粪师傅说，就是缸底那一层，农民叫作屙缸砂，最有营养。刮出来，浇在西瓜地里，长出的西瓜全是沙瓤，又甜又脆，再好吃不过。

两人说了会闲话，回办公室。到了下午，果然有两个农民拉着一辆粪车到供销社里来。农民一勺一勺将粪水舀出，整个道地又是一阵恶臭。唯独童小军，像是鼻子失灵，站在粪缸边，一担一担仔细清点桶数，生怕吃了亏。

卖了粪，夜里便聚餐。除了几个主任，供销社里坐班的共有十一人。饭店里坐下点人数，秋林发现少了一个，是杨会计。秋林便念一声，哎呀，杨会计忘记叫了。童小军听了，鼻孔里出气。

她不会来的，她是上海女人，清爽交关，嫌这饭菜有味道。

不晓得是不是听了童小军这句闲话缘故，菜端上来，秋林果然觉得味道有点不同，脑中不由又浮现他和知秋在厕所加水的场景。这样一想，再吃，就全不是滋味了。

夜里，秋林照例坐在写字台前憋稿子。脑子糊里糊涂，半日写不出。突然想起卫国送的烟，点起来抽一口，又是流眼泪，又是咳嗽，再难过不过。不过，这一难过，人倒有了精神，困意全无。秋林继续写，还是写不出，突然看见旁边柜子上叠了几本书，不晓得是谁落下的。拿下来看，其中一本是俄国作家克雷洛夫的寓言集。秋林翻了翻，没想到竟看进去了。看着看着，他就有了写稿子的劲头。拿起钢笔，在书桌上一口气写出一篇《也谈克雷洛夫的马》。

第二日，到了单位，秋林就想把昨夜写的那篇东西投到县里报纸。走到邮筒边，又改变主意。给县里报纸投稿，总是没回音，索性到别处再投投看。便回到办公室，从报架上取下报纸，翻出一张供销社系统的《城乡市场报》。秋林寻来信封，抄了市场报地址，将稿子投了出去。

第十五章

1

云芝说，卫国，你不要总穿军装，我都看厌烦了。

卫国说，那穿什么？我从小到大都穿军装。

云芝说，我不喜欢，一点都不时髦，你应该穿牛仔裤，再配列宁装。

秋林说，可我没有牛仔裤，也没有列宁装。

云芝说，牛仔裤你可以去百货公司买，列宁装不用买，把做生活的工作服改一改。

卫国说，工作服改了，上班穿什么？

云芝说，工厂不是发了两套吗？你改一套，穿一套。

卫国听云芝的闲话，寻了个裁缝，将工作服样式改成列宁装。工作服是白色帆布，云芝说不好看，卫国又跑到五金商店买来染料，将工作服染成蓝色。有了衣裳，云芝又陪卫国去百货商店买来一条牛仔裤。卫国一个月工资三十九块，一条牛仔裤廿五块，卫国觉得心痛。云芝挽着卫国的手，站到大衣镜前，云芝说，这样多好看。卫国看着镜子里的自己，看不出哪里好看，可云芝说好看，那就一定好看。

卫国在精工车间里操作捷克机床，云芝在上头开行车。卫国抬抬头，就能看见云芝。卫国喜欢云芝，他说不出自己喜欢她什么，就是喜欢。他心里最美妙的辰光便是休息时，坐在行车里同云芝一起吃绿豆棒冰，吃荸荠。车间里没有人，他就将头靠在她膝盖上，让她摸一摸自己的头发。他喜欢她摸自己的头发，这让他感到安全，温暖。

云芝看过许多书，晓得许多东西。一日，卫国说，云芝，以后我有了钞票，我要带你去上海，去看上海外滩十里洋场。

云芝说，上海算什么，以后我要去巴黎，去看埃菲尔铁塔。

卫国不晓得什么叫埃菲尔铁塔，心里记住名字，四处寻找，最后终于在父亲的一本画报上看见。卫国去武装部打枪的靶场捡弹壳，整整捡了一袋子，每日在台灯下加工，最后赶在云芝生日的时候，将弹壳做成埃菲尔铁塔送给她。那一日，云芝很感动，两人坐在行车里，云芝在卫国的脸上亲了一口。那一刻，卫国几乎掉落眼泪，认定她是自己一世的女人。

这一日，卫国洗完澡，浴室里光溜溜出来，擦干，换上那条牛仔裤。牛仔裤太贵，卫国当宝贝一样，总怕弄脏弄旧，极少穿。只是跟云芝去外面荡马路看电影，才会在浴室里将自己洗得干干净净，小心换上。

穿衣裳时，旁边有人搭话，说，你这条牛仔裤不错。

卫国扭头看，是个白净男人，头发梳得溜滑，光着上身坐在旁边。

不过，你没有穿好，穿得太仔细。

卫国发愣，说，什么意思？

那人说，你晓得牛仔裤什么来历？

卫国摇头。

对方说，这牛仔裤，最早都是做生活人穿，意大利水手，美国矿工，他们才穿牛仔裤。你穿得太干净，颜色太均匀，太新，牛仔裤要旧一些才有味道。要洗，洗得蓝颜色快掉了，露一些白露一些筋才好看。我晓得这裤子贵，但你不要因为花了钱就心疼不敢穿，否则你就不是穿牛仔裤，而是穿西装西裤。

卫国有些露怯，解释说，我以前一直穿军装，这些都不懂。

穿军装也好看，关键看你怎么搭配。我以前也喜欢穿军装，比如六四式六五式，带些土黄色，都耐看。当然，最好看的还是五十年代苏联军装样式。

卫国说，对对，我也觉得军装好看，穿整通，带顶帽子，最精神不过。

你又说错了，军装不能配帽子，配帽子就土了。

卫国听了，想一想，似乎真是这个道理，对这个人有些肃然起敬。伸出手，说，我是精工车间的，我叫金卫国。

那个人伸手跟卫国握了握，说，我姓毛，我叫毛一夫。翻砂车间。

几日后，有人来卫国车间。卫国见了，有些面熟，想了想，正是浴室里碰见的毛一夫。毛一夫穿着衣裳，又将头发烫了，和浴室里样子有些不一样。毛一夫说自己有点小生活，想要卫国帮忙加工一下。活是小活，半个小时弄完。弄完后，毛一夫塞给卫国一包香烟。卫国不肯要，说是小事情。毛一夫想了想说，那行，那我请你吃碗面。

毛一夫带着卫国走了很远，最后寻到一条墙弄。有户人家门口支起个小棚，棚下有两张小桌子。毛一夫要了两碗碱水面，卫国一尝，又韧又香。毛一夫说，这里的碱水面好吃。一般人炒碱水面，都过热水，过了热水，面软，好翻炒。这个老板不过热水，过冷水，面条偏硬。虽然不好炒，但他舍得放油，翻炒时间又长，所以特别香。卫国听了，对毛一夫又多了些佩服，他似乎什么都懂。

从这一日起，卫国和毛一夫便常有来往。卫国的车间主要开大模具，比如电视机壳、洗衣机壳，不做小生活。但毛一夫拿来的，卫国定会帮忙。毛一夫做台灯，翻砂车间里翻出底座，卫国用下班时间耐心帮他车出一节一节台灯柄。毛一夫做哑铃，翻砂车间里翻出哑铃片，卫国又用机床帮他车出哑铃杠。每次做完生活，毛一夫都会扔给卫国一包蓝色的宁波牌香烟，但卫国从不拿。卫国晓得这烟花的不是毛一夫铜钿，但他不能要。不拿烟，卫国感觉自己做私活就不是做坏事，要是拿了，就变成假公济私。最后，香烟全让毛一夫拿了。但毛一夫也不吃烟，后来卫国才晓得，他是拿去把烟卖了，买好看衣裳穿。

对卫国来说，能交到毛一夫这样一个朋友，他是高兴的。他似乎就是一本百科全书，什么都懂一些，几乎没有他不晓得的事情。相貌也好，生得白净，将近一米八身高。唯一缺陷，就是两只脚有些不好，走路一高一低。毛一夫城里没有房，住工厂宿舍。平日里，他总是在宿舍楼道里反复地练习走路，他绷着劲，尽量让两只脚脚步均匀。他下了苦工，竟把走路给练出来了。平常不注意，倒真看不出他的脚有什么缺陷。

卫国跟毛一夫熟了，常去他的宿舍玩。毛一夫有个小木箱，平时上着锁。里头放着各种杂志，都是繁体字，句子是竖着的，杂志上的照片，都是穿着漂亮衣裳的男人女人。毛一夫讲究穿着，卫国猜测，他的穿着便是这书上学来的。除了杂志，箱子里还藏了一些衬衫领子。卫国奇怪，问他为什么弄这么多衬衫领子？毛一夫说，这是从原先厂里一个上海工程师那里学来。那时，他给上海工程师打下手，只觉得他三日两头换衬衫，而且不重样。心里迷惑，上海人再有钞票，也买不起这么多衬衫。后来才晓得，他穿的是这种假领。

我们总说外套最重要，其实不是。要是没有一件好衬衫搭配，再好看的外套也穿不出来。所以一定要有好衬衫，上海人就懂这个道理。衬衫好看，无非就好看一个领子，假领撑场面，又省布料，落位。当然，做假领也有讲究，最好长一些，像猪口舌一样，容易服帖。还有，自己做的领子，不够挺，软塌塌的，也有办法。家里有拍 X 光的片子，剪一剪，放进去，就会挺刮。另外，还有个小诀窍，一个领子，可以用两种颜色的布，正反都可以穿，又省下许多布料。

卫国听了，觉得毛一夫讲得太有道理。佩服之余，他又实在没办法理解，毛一夫这样一个男人，怎么会对穿着这么讲究。

2

卫国机械厂里没什么朋友，云芝是一个，现在，毛一夫便是另外一个。

卫国介绍毛一夫与云芝相熟。

卫国说，这是我女朋友，这是我好朋友，我们三个以后就是这里最好搭档。

毛一夫看了云芝一眼，说，那是自然。

三个人去吃饭。

机械厂旁边新搭了个油毡房，三间门面大小，打一个土灶，土灶边叠着高高的柴，灶膛里炉火兴旺，一只鼓风机嗡嗡吹个不停。老板老板娘，还有一个儿子，一个洗，一个炒，一个端，忙得不可开交。摊子上吃的东西不多，炒面，汤包，最醒目是炒鸡块。三个人第一次聚餐，卫国客气，点了炒鸡。毛一夫却问，你们晓不晓得怎么偷鸡？两个人摇头。毛一夫说，鸡是要打鸣的，要叫的，要是不内行，到人家家里去偷，鸡一叫，一下就被抓住了。夜里的鸡都钻在鸡窝里，手伸进去，将手放到鸡的胸脯下，它就不会叫。然后再慢慢将手抽出来，手要稳，像端水豆腐一样，抓出鸡窝，将鸡头一折，塞到翅膀下，就再也没有动静了。云芝听得出神。毛一夫夹了筷鸡肉，嚼了两口，说，这鸡块太柴，不好吃，浪费钞票。改日我带你们去吃野货。

几日后，毛一夫果然拿着一把气枪来寻卫国云芝，让他们带脸盆带调料，跟他去山上打野货。几个人上了山，寻了片野树林。月黑风高，云芝又害怕又兴奋，紧紧攥住卫国的手。卫国心里温暖，觉得自己是男子汉，是云芝依靠。毛一夫四下探看，最后在一棵树前停住，将手电往树冠里照，抬枪，只听啪的一声。卫国好奇，站在树下，见什么东西掉下来，在自己肩上扑腾。卫国吓一跳，一边掸，一边倒退。毛一夫大笑，说，卫国，你还武装部里长大呢，这有什么害怕？麻雀而已。卫国一看，果然是一只麻雀。云芝也白眼说卫国胆小，再也不牵卫国的手，只是靠拢毛一夫，帮着打手电，见麻雀掉下，兴高采烈。

一晚上下来，竟打了满满一脸盆。毛一夫寻一块空地，脸盆里放水，烧滚，麻雀放在滚水里烫一烫，将毛皮扯下，然后用树枝一只只穿起，在火上翻烤。烤熟了一吃，又香又嫩。毛一夫问，这麻雀肉是不是比鸡肉嫩许多？卫国和云芝都用力点头。毛一夫说，这还不是最嫩的，最嫩的是青蛙肉。夏天耕了稻田，第一场雨下了，青蛙最多，不用抓，拿几根竹梢，沿着田岸一路抽过去，很快就能捡起一脸盆。都说青蛙肉像鸡肉，鸡肉吃起来一丝一丝，怎么比？

毛一夫说话的时候，云芝就托着下巴看他。卫国看见云芝看毛一夫的时候，眼睛上有一层蒙蒙的光亮，他心里有些不舒服。但转念一想，又觉得没什么，自己看毛一夫时，肯定也是这个样子。

毛一夫说，你们晓得黄岩地方吗？

卫国和云芝摇头。毛一夫说，黄岩这个地方，家家户户开布料厂，什么布料都有，不用票证，价格便宜。我们三个人寻时间一起去，一起买价格便宜一些。

卫国听了，有些犹豫，云芝却应道，我正好想做一身换季衣裳，我母亲会做裁缝，买来布，可以让她做。

卫国听了，赶紧说，那我也去。

三个人吃着麻雀肉，将去黄岩的事情敲定。定了礼拜六下午去，黄岩住一夜，礼拜日早起买布，当日赶回来。

就这样，很快便到了礼拜六，三个人早早地寻个理由，溜出工厂，坐长途车去黄岩。

到了黄岩，天已经快黑了。毛一夫也是第一次到黄岩，出了车站便四处跟人打听卖布的市场在哪个方位。正打听着，只见一个孩子骑着自行车过来。孩子很矮，双手扶着把手，一只腿伸进自行车的三角档里，熟练地在毛一夫几个人身边转一圈。最后刹车，单脚站在地上。

你们要去哪里?

毛一夫说，我们要寻卖布料的市场。

天都黑了，你们寻市场有什么用?

毛一夫说，我们寻一个市场边的招待所，明天一早去逛。

你们三个人有没有介绍信?

三人一愣，都没有想到这一层。

毛一夫说，工会证行不行?

毛一夫掏出工会证，指着上面一行“工人阶级领导一切”的字，说，你看，我们都是工人。

孩子看都不看一眼，只说，一人一块，给我三块钱。我带你们去。

毛一夫跟卫国云芝商量一下，说，最多给你一块五。

孩子说，不行。

卫国说，不行就算了。

孩子听了，便不再理睬他们，只是骑着自行车在他们身边绕圈。云芝看天那么黑，三个人又饿又累，有些不高兴，埋怨卫国，给他三块就三块好了。人生地不熟，这可怎么办?

毛一夫说，你们莫急，我去寻他谈一谈。

毛一夫走过去，将孩子的自行车拦下，跟他说了些什么。过了一会儿，毛一夫回来，笑眯眯地说，谈好了，给他两块。随后，三个人便跟着那辆自行车往前走，走来走去，最后到了一家小旅社。旅社没要介绍信，也没要工会证，但却只剩一个大房间，里头三个床铺。卫国说，这怎么行?云芝怎么办?三人想让那个孩子再带他们去另外寻一个旅社，一转头，人却早已不见。毛一夫低声说，我估计这里做布料生意人多，旅社不好寻。要不还是住下来吧?卫国为难，扭头看云芝，云芝有些难为情，嘴上却说，有什么办法，总比睡街上去好。

云芝开了口，三人便办了入住。先到房间里放好行李，再出门寻个摊子吃夜饭。三个人打了三碗蛋汤，又点了炒面，豆腐结。味道虽然一般，但热烫烫吃了，心情都平稳了下来。

毛一夫问卫国，卫国，你要买什么布料？

卫国说，我想做一件青年装。

毛一夫又问云芝，云芝呢？

云芝说，我想买块红布料，做什么，还没想好。

毛一夫说，我问你们的意思，是想我们三个最好一起买，不要各买各的，一起买最省布料，也最省钱。这样，卫国想做青年装，我要做西装，我们两个就合起来买一块烟灰色的布料。云芝想要红的布料，那我们也买一块红的布料，我和卫国合一股，再各做一件红色的衬衫。

卫国说，红色衬衫怎么穿？

毛一夫说，红色衬衫配烟灰色外套，一定好看。你相信我。

卫国还想说什么，云芝却说，一夫哥说好看，就一定好看，就这样定了。

三个人边吃喝边商量明天买布事情，吃好讲好，已经九点。三个人赶紧回旅社，去盥洗间揩把面，回房睡觉。云芝困最里一张床，卫国困中间，毛一夫困最外头。许是赶路累了，卫国一躺下就困了，困得昏昏沉沉，半夜，似乎听到沉重呼吸声，有人影在自己眼前动来动去，还有很细锁的说话声音。卫国觉得那似乎是个梦，眼皮睁不开，只是沉沉睡觉。

第二天一早，三个人吃过早饭，便赶去市场。市场离旅社就几百米路，大得无边无沿，四处都搭着卖衣裳的摊子，摊子简陋，两把长凳，上面搁一个竹架子，上面堆满各种布料。来买布的人潮水一样，操着各种口音，相互挤来挤去。

卫国挤在人群中，毛一夫和云芝在他前面走，卫国看见两人的身体时不时地也会碰在一起，不晓得是有意的，还是被人群给挤的。看着看着，卫国突然就想起了昨天半夜里的那些声音，他有些纳闷，此时想起，那竟又不像个梦了。

3

这日夜里，机械厂里搞中秋联欢会，据说还请来了几个文化馆的演员。卫国毛一夫云芝约好去看。毛一夫叮嘱，翻砂车间今天生活多，可能要晚一些来，让卫国和云芝先去，帮他留个位置。吃了夜饭，云芝突然又说自己忘记一件事情，着急赶回家一趟，叫卫国先去，多抢个位置。卫国听了，只好拿上两个饭盒，跑到会场，将饭盒搁在两个空位置上，独自等着。等了半日，只听舞台上音乐声响起，联欢会马上要开始，云芝和毛一夫都还没出现。卫国着急，跟旁边人打招呼，让他帮忙看一下位置，便跑出去寻人。

卫国赶到翻砂车间，车间里果然热热闹闹在做生活，但寻来寻去，却寻不到毛一夫。卫国打听，说是出去上厕所了。卫国跑去厕所，叫了一通，没人答应，只觉得奇怪，猜想毛一夫会不会是回宿舍上厕所，便又往宿舍走。走到宿舍门口，只见门上司别灵紧锁，不像有人样子。卫国转身要走，却听见屋内传出声音。卫国疑惑，趴在门缝上探看，借着月光，只见毛一夫那张高低床大半条床单垂落地上，一个男人背对着房门，一条腿踩住地面，另一条腿则蜷跪在床上，不停在动。在他身下，是一个女人的身体，女人平躺着，两条腿高举着，脚尖顶着上铺的木板。

卫国脑门充血，捏着拳头用力砸门。房间里一阵忙乱，吱吱嘎嘎一阵床板晃动声音。过了好一阵，门打开，开门的是毛一夫。灯亮了云芝则坐在床沿上，侧着身，手里拿一本杂志，两人看上去像是什么都没发生。

卫国说，你们两个在这里干什么？

毛一夫笑笑，说，云芝想寻本杂志，我便带她来。

卫国没说话，往里走，站在云芝面前。云芝依旧低着头在看杂志。

卫国说，云芝，我来了，你为什么理也不理？

云芝说，我在看杂志。

毛一夫走过来，说，卫国，坐。刚才我还跟云芝商量夜里去哪里吃点夜宵，两人都没主意，正好你来了，你也出出主意，哪里有好馆子。

卫国没理他，又问云芝，云芝，你为什么都不看我一眼？

云芝没说话，将杂志又翻过一面。

卫国扭头看毛一夫，问，一夫，我们两个算是朋友吗？

毛一夫一愣，有些尴尬，说，当然是了，你这个问题问得真是奇怪。

卫国看了看毛一夫，又看了看云芝，有些吃力地站起身，转身往门口走，走到一半，转过身。

卫国说，我问你们两个一个问题，你们在黄岩的时候，是不是就困过了？

毛一夫愣住，张大眼睛，不晓得怎么回答。云芝稍稍一怔，突然将手里的杂志朝着卫国扔过来。卫国躲开，伤心地看了云芝一眼，转身离开。

卫国走出宿舍，一个人走到了厂后的山坡上。山上有梨树，梨树开花时节，卫国和云芝坐在梨树下。风一吹，梨花纷扬落下，卫国幻想自己和云芝的婚礼便是这个场景。但现在，卫国心里的一切美好都破裂了。他做梦都想不到，云芝居然会跟毛一夫这个拐脚做那样的事情。卫国为自己感到可怜，他对云芝那样好，她欢喜吃绿豆棒冰，自己就给她买绿豆棒冰。她欢喜吃荸荠，他就给她买荸荠。荸荠皮难剥，他特意留指甲，给她剥皮。买衣裳买杂志，每个月三十九块工资，有三十块用在她身上。两个人谈对象，他亲过嘴，摸过奶，但最后一步，云芝总不肯，说是留到结婚。他听她闲话，拼命忍。有时，实在忍不住，就走到外面，用自来水冷水往裤裆里浇。可最后呢，留来留去却留给了毛一夫这个拐脚。

夜里，卫国回家，想起这桩事，又难过得不行。但难过后，却不再恨云芝，而是觉得她可怜。猜想她定是被毛一夫哄骗。云芝年轻，毛一夫又是个拐脚，她怎么可能钟意他？定是花言巧语用了手段。毛一夫是个活众生，自己跟他这么要好，他也晓得云芝是自己对象，可他还是把她困了。卫国想起毛一夫，心里气不过，随后拿纸拿笔写检举信。卫国一边写，一边脑子里翻转毛一夫与云芝在床上的场面，一边心里委屈，一边身体燥热。一气之下，竟写了十几页。第二日起床，他便骑自行车去寄信。可站在邮筒前，又犹豫了，这样的信写了，派出所到厂里调查，一调查，大家都晓得了。云芝以后怎么办？

卫国最终还是没有寄出那封检举信，肚里这口气咽不落，夜里又拿板刷红漆在厂门口的围墙上涂写“毛一夫是个大流氓”。写完转身就跑，生怕人家看见。第二日上班，厂里传开，说有人在围墙外写反动标语，派出所的人已经到厂里展开调查。卫国心里慌张，买一包香烟，溜到保卫科打听。

卫国问，这反动标语到底是厂里人写的还是外面人写的？

保卫科同志说，你打听什么，现在哪有结论。

卫国说，照我看，应该是外面人，我们厂里工人素质高，不会做这样事情。

保卫科同志奇怪地看着卫国，卫国赶紧掏出香烟，拔一支递过去。

卫国说，不管是谁，保卫科同志火眼金睛，谁瞒得过？

对方接过香烟，点起来，受用地笑。

卫国说，话讲回来，不管谁干的，此事就应该推到外人身上，万一是厂里人，传出去多少倒第一机械厂牌子？这是政治问题。

保卫科同志听了这话，用力拍一下卫国大腿，说，对啊，你提醒得及时，这个情况要跟厂领导反应，不能因小失大。

卫国笑眯眯，又递上一根烟。

过了几日，标语事情逐渐平息。卫国觉得自家冤枉，原是毛一夫的罪孽，自己却莫名其妙过了几日心惊肉跳的日子。越想越委屈，跑去买来零食，哄几个小鬼等在工厂门口。卫国吩咐，等下有个人出来，我给你们打手势，你们就跟在他身后，一只脚高，一只脚低，学拐脚走路。几个小鬼答应，站在厂门口等。终于毛一夫出来，卫国便给小鬼打手势，几个小鬼排队，跟在毛一夫身后，学他一高一低走路。原本毛一夫高低脚练得好，不容易看出来，可被几个小鬼一衬托，马上就露出了马脚。周边人看了，都哈哈大笑。毛一夫红了脸，转头追赶，几个孩子四下跑走，边跑还边喊他烂拐脚。

卫国站在一角，不晓得为什么，看着毛一夫出丑，心里却开心不起来，反而觉得有些难过。

转日落班，在厂门口，卫国被云芝叫住。

云芝说，金卫国，你是不是再也不跟我联系了？

卫国心里应承，嘴巴却说，没有。

云芝说，那为什么做生活时，你再也不朝行车上看？

卫国还是说，没有。

云芝有点不大高兴，她朝旁边看了看，说，围墙上的字是不是你写的？

卫国说，不是。

云芝鼻孔里出气，说，看样子也不是什么好汉，敢做不敢当。

卫国发怒，说，就算是我写的，怎么样？拉去枪毙吗？

云芝盯着卫国看，看了一阵，突然笑了，说，你怎么跟三岁小鬼一样？说着，她伸手想摸一下卫国的头，卫国将头侧过去，说，你别摸我的头。

云芝说，我晓得，你心里恨我。但我们都是八十年代新青年，这是正常恋爱，我有选择，你恨我没道理。

卫国说，这是正常恋爱吗？这是挖墙脚，轧姘头。

云芝听了生气，说，卫国，你乱讲什么？

卫国晓得说错闲话，低了头，心里还是不服气，嘟囔一句，还说是朋友，居然做这样的事情。

云芝说，我晓得，这事情瞒了你，是我不对，我今朝来寻你，就是想跟你说清楚，以前的事，就让它过去，我们还是朋友。这是我的意思，也是一夫的意思。

卫国说，去他妈的毛一夫，他现在做好人了。我也是奇怪了，我哪一点比不上毛一夫？你为什么就看上他？

云芝说，这个不是比得上比不上的事情，跟谁好，不跟谁好，不是自己能够掌握的。

卫国听了，赶紧问，是不是他强迫你？

云芝一愣，说，我说的不是这个意思。好了，我说完了，如果你想做朋友，那大家就一起玩，如果不想，那就算了。我回去了。

云芝转身走，卫国想留她，又不晓得留了干啥，脱口而出，他是个拐脚，他怎么配得上你？

云芝扭头，奇怪地看了看卫国，突然露出个复杂的笑容，走下了山坡。

卫国看云芝背影，想着她那个笑容，虽然她没有讲出来，但能看出答案，她就是认为自己比不上毛一夫，甚至都没有资格跟毛一夫比。这个拐脚有什么本事，不就是会穿衣裳会打扮吗，有什么了不起？

礼拜日放工，卫国第一件事便是去城隍庙边东风理发店烫头发。东风理发店二楼，整一排，都是烫头发的机器，县城里最先进，套在头上，几个钟头工夫，就又卷又蓬松。烫了头发，卫国又去百货大楼，用三个月工资买了一双皮鞋，火箭式，又窄又尖，一双鞋子穿在脚上，蛇口舌一样长。卫国还去裁缝店做了最时髦喇叭裤，他叮嘱裁缝师傅，裤裆要做紧，裤脚要宽，平常人的裤腿宽七八分，他要一尺。裤子做好，卫国穿上，裤裆紧得夹卵子，裤脚大得能扫地。可卫国觉得威风，工厂里进出，别人看他眼神都不一样。

卫国父亲看到卫国这副模样，愤怒得出奇，几乎要拔出枪来打。幸亏母亲死活拦住。父亲骂，你一点都不像山东人的种，整日穿得鬼一样，早晚拉去枪毙。卫国不理睬他，上楼回自己房间。卫国站在镜子前，看着镜子里那个穿着古怪衣裳的自己，突然感觉是在看一个陌生人。

恍惚间卫国又想起自己穿绿军装的样子，但只是一闪念他便不想了。他晓得，已经再回不去那个时光了。

第十六章

1

黄埠供销社里上班时间是上午七点钟，但秋林总会提前一个钟头到办公室。秋林就像当年第一日到南货店上班一样，牢记着父亲那句闲话。

每日到了办公室，秋林第一件事便是打扫房间卫生。先打扫主任的，再打扫三个副主任的。完了，才接着打扫自己办公室。打扫完毕，秋林就提着热水瓶到楼下去打水。供销社办公楼临大街东首有家开水铺，里面一只大锅炉一日到夜烧开水，开水铺里蒸气腾腾，像长亭豆腐老倌的水作店。

开水铺里的开水卖给附近单位和居民，一分一瓶。供销社里用的是 3.6 升大热水瓶，一个热水瓶装满水，有七斤重量。秋林每日要打五六个热水瓶的水，一起拿太沉，拎不动，每次就只拎两个空瓶，打满了，拎回去，再拿空瓶来打。

这一日，秋林排队灌开水的时候，前头站一个女人，二十五六岁样子，生得好看。看见秋林，主动招呼，你是哪里的？秋林说，我是社里新来的文书，我叫陆秋林。那女人说，哦，我晓得，龚知秋跟我说过。我是生活商店的，我叫于楚珺。于楚珺打量秋林，说，你下次来，把空瓶全部拿来，都打满了，我帮你看着。免得这样一次次来回反复排队。秋林感谢，觉得于楚珺人蛮好。

扫完地，打完水，大家都陆陆续续上班。秋林又坐到办公桌前忙碌，文书除了写材料，写宣传稿子，还要负责写标语。标语都是用毛笔写在红纸上，为了写标语，秋林还专门去新华书店买来许多字帖，每日夜里在宿舍练大字。标语一写就几十张，写好了，一卷一卷分好，让各个商店和分社来人拿去张贴。

中午休息，吃过饭，秋林喜欢到街上去走一走。街两旁种着法国梧桐，树叶硕大。有一次，秋林走过时，看见巷弄里有个熟悉的身影在抽烟。秋林看见，竟然是单位里杨会计。秋林是第一次见到女人抽烟，莫名紧张，匆匆走回办公室。

下午上班时，秋林偷偷跟知秋问起杨会计。知秋说，杨会计原是上海知青。三十多岁，还是单身一个人。她爸爸很有名，是上海青云胶鞋厂的创始人。旧时是个资本家。

知秋又说，杨会计性格孤僻，你千万不要得罪她。我就是因为不晓得什么原因得罪她，看见我从没有好脸色。

这一日，秋林打开水时，撞见杨会计，见她拎开水拎得吃力，就上前帮忙。秋林将热水瓶放到会计室门口，说，我叫陆秋林，是新来的文书。杨会计不搭理他。秋林又说，以后你就不要自己打热水了，那么重，我帮你打好。杨会计还是没理睬他，打开门，提着热水瓶进去了。秋林尴尬，但没有往心里去。自己是新人，多做生活理所应当。会计是重要岗位，他应该为她搞好服务工作。从这日起，就每天又多拎一个热水瓶。

杨会计长得不算好看，也不难看，看着很顺眼。打扮也是清清爽爽，说话慢条斯理，极少笑。秋林不晓得这样一个人，为什么一直不结婚，难道真是看不起别人？最让秋林印象深刻的是，每次去她办公室送开水，总能闻见一股淡淡的香味，很好闻。有一次，杨会计不在，门正好开着，秋林便用鼻子查找香味的来源，最后寻到办公室窗下边，看见面盆架子上搁着一块乳白色的肥皂。那淡淡的香味就是香皂里散发出来的。秋林欢喜那味道，他从来没闻过这么好的香味。

当了文书，别样事情都还算顺利，唯独外宣工作始终没有眉目。每日一早，秋林都仔细听广播，仔细看报纸，寻上面有没有黄埠供销社的新闻，但每日都失望。投出的稿子石沉大海，没有半点回音。每次经过潘主任办公室，秋林总是快步走，似乎犯了什么错误，怕被潘主任抓住。夜里，一个人躺在宿舍里，长吁短叹，感到日子难熬。秋林想，再这样下去，自己可能就要被扫地出门了。

这一日，秋林正在办公室里打扫卫生，知秋突然跑进来，拉住秋林就往外面跑，跑到道地里，停住。秋林奇怪，问，站这里做什么？龚知秋说，你听。秋林一愣，突然听见门口电线柱上的广播正在播放黄埠供销社的新闻。秋林顿时眼眶湿润。

知秋说，你赶紧去潘主任办公室打扫。热水瓶我去灌。潘主任来了，你跟他汇报。

秋林听知秋闲话，赶紧跑到潘主任办公室打扫。潘主任一进来，秋林便问，潘主任，你有没有听早上的广播？潘主任摇头，秋林有些失落，想了想，又说，早上，广播里放我们黄埠供销社新闻了。潘主任说，哦，对对，你不说我还忘记了。我出去锻炼，回来丈人跟我说，广播里在放我们单位的事迹。你一提，我倒想起来了。潘主任拍了拍秋林肩膀，说，后生有前途，继续努力。

秋林听了，高兴得不得了，似乎身上千斤重担卸下，蹦蹦跳跳跑回办公室。路过杨会计办公室时，突然看见杨会计坐在办公桌后奇怪看着他，秋林一愣，赶紧收拾动作，安安分分走过去。

2

黄埠供销社有传统，每逢三、六、九集市，都要在店门口摆摊。这样，既为方便群众购买，也有利于宣传店里商品。

集市时，生活商店最是忙碌，乡下人都会赶到城里来买东西。每每这一日，知秋总会去楼下摊子帮忙。办公室窗子对出去，就是生活商店摊子。秋林看见知秋站在于楚珺旁边，一边吆喝一边做生意，干得热火朝天。那么多商品摊子，又没有指派，知秋唯独站到于楚珺那个摊子，秋林再笨，也能晓得里头奥妙。秋林为知秋高兴，他对于楚珺印象不错，知秋能寻这样的对象，再合适不过。

这一日，知秋对秋林说，你每日给杨会计打开水，跟杨会计关系好，能不能帮我个忙？

秋林问，什么事？

知秋说，杨会计办公室用一种香皂，是美国进口的力士牌。我到处问，都问不到哪里卖。你能不能帮我打听，哪里能买到？

秋林说，你干什么用？

知秋说，自己用。

秋林不怀好意地笑，说，我才不信。

知秋说，你莫管我什么用，帮帮我忙。

秋林应了，转日去杨会计办公室打水时，便大着胆子问，杨会计，你这个香皂这么好闻，哪里买来的？

杨会计奇怪地看秋林一眼，说，你问这个做啥？

秋林便撒了个谎，说，我送对象。

杨会计说，哦，没想到你这么年轻便寻了对象。随后，她走到办公桌旁，从抽屉里取出一个盒子递给秋林。

杨会计说，这香皂我上海带来，这里买不着。

秋林拿了香皂，回办公室交给知秋。知秋高兴，千恩万谢。

又一日，秋林打水时，碰到于楚珺，秋林闻到她身上一股香味正是杨会计的力士香皂味道。秋林便说，知秋哥还哄我香皂是他自己用，我一早就猜到是送你的。秋林是打趣，没想到于楚珺的脸色却马上倒了下来。

什么香皂？

秋林一愣，说，就是力士牌香皂啊。

于楚珺说，你年岁轻轻，莫乱话，哪有龚知秋的事情，这香皂是我上海亲眷给我带来的。

秋林一愣，不敢再说。他不晓得自己哪里说错，竟惹来于楚珺这样反应。让秋林更奇怪的是，接下去几日，自己去打水，再见于楚珺，她竟像没有看见他一样避开。

这头，因为香皂，于楚珺躲避秋林。那一头，杨会计又寻上门来。

杨会计问，香皂你送给对象没有？

秋林心虚，说，送了。

杨会计说，那你对象叫什么名字，哪里上班的？

秋林没想到杨会计这么问，一时回答不出。

杨会计说，难道你对象是于楚珺，生活商店里上班？

秋林一愣，不说话。

杨会计说，食堂吃饭，我闻见她身上味道还奇怪，此地没有这香皂卖，后来我才醒悟，就是我送你那块。

秋林低头，说，杨会计，对不起，我不是有意骗你，多少钱，我来赔。

杨会计冷笑，说，我要你赔什么钱？我晓得这香皂不是你送的，你是帮龚知秋。但你晓不晓得这样帮忙会害人。

秋林发愣，听不懂杨会计话里意思。杨会计平复一下情绪，将事情始末告诉秋林。原来两年前，单位组织旅游去普陀山。一日傍晚，吃过夜饭，一群年轻人便约了去游泳。游着游着，于楚珺突然腿抽筋，只往水里沉。此时，供销社里四五个后生在岸上看，都不敢下去救人，唯独知秋，毫不犹豫跳下去，将于楚珺救起。知秋救了于楚珺的命，于楚珺便让要好的小姊妹传话，说自己以后定要嫁给救命恩人龚知秋。

杨会计说，你看看，都几年过去了，于楚珺有没有嫁给龚知秋？唯独龚知秋一人蒙在鼓里。于楚珺眼睛生在额头上，怎么会跟他？她只是利用他。你是知秋朋友，你倒好，不但不劝他擦亮眼睛，还要糊里糊涂去做红娘。

秋林听了杨会计一番话，虽然没有反驳，但心里却不认同。按他理解，只要知秋对于楚珺一片真心，定有回报。再说了，寻对象事情，谁能讲得清爽？杨会计也未必内行，否则怎么现在还是单身？

3

秋林回城，过桃源街上一条墙弄时，突然听见有人叫他，转过头，看见一家裁缝店窗口探出一张熟悉面孔，竟然是杜英的姐姐杜梅。

阿姐，这是你的店吗？

杜梅点头，秋林说，你这么好手艺，早就应该到城里开店。

杜梅说，也是没有办法，你晓得那个人。杜尔去世，他没有制约，更是变本加厉，就索性跟他离了婚。姆妈见我离婚，大闹了一番，说我倒了她的牌子，不要我这个女儿。她这样说，我只能离开家，到城里租房子开了这爿裁缝店。

秋林说，你开裁缝店定是生意红火。

杜梅说，红火不红火都不要紧，只要能养活自己。对了秋林，你离开长亭去哪里上班了？

秋林说，现在黄埠供销社当文书。

杜梅说，你有出息的。

秋林笑笑，说，哪有什么出息，也是混口饭吃。杜英现在做什么，还读书吗？

杜梅说，杜英也来城里了。她高中毕业没有工作。正好杜毅在城里开了一个加工厂，让杜英帮他当会计。对了，等下杜英就回来了，你没有要紧事的话，就坐一坐，等等她。你们也多少日子没见了。

秋林有些犹豫，感觉这样等杜英有些不好意思，但又舍不得走。正犹豫，杜梅拿出些瓜子花生，放在一条骨牌凳上，让秋林自己剥。秋林便顺势坐了下来。秋林剥着花生，看着杜梅忙碌。杜梅用粉饼在一块布上画出线，然后拿起厚重锋利的裁缝剪，咔嚓几声便剪出一个衣服形状。

秋林问，阿姐，你会做什么衣服？

杜梅说，长袍短套夹袄背心，中山装列宁装青年装，我都会做。

秋林说，那阿姐什么时候给我也做一件吧。

杜梅说，行啊，你要做什么样式的。

秋林说，做件对襟布衫，厚一些，入秋了可以穿。

杜梅说，你后生穿对襟布衫，老气了。我给你做件列宁装吧，洋气。

秋林摇头，说，不是给我做，是给我爸爸做。

杜梅一愣，说，你爸爸？

秋林说，他关在牢里，天气凉了，我想给他送件秋衣。

杜梅听了，眼圈突然红了。

杜梅说，你告诉我，你爸爸多高。

秋林说，跟我一样高，比我壮一些。

杜梅便拿卷尺量了秋林身高肩宽胸围还有手臂长短，问，急着要吗？

秋林说，不急的，你先做别人的。等天气凉了再送去来得及。

两人说着话，有人走进来，秋林抬头一看，正是杜英回来了。杜英看见秋林，吓一跳，说，你怎么在这里。秋林说，我路过，碰见阿姐。杜梅说，秋林听说你在城里，特意等你回来。杜英一听，面孔红了起来。

杜梅说，好了，你来了，就陪秋林外头转转，店里坐一下午了。我去烧夜饭，你们转好回来，正好吃。

两个人都有些迟疑，都难为情。杜梅说，你们两个怎么陌生人一样？以前为了见面，都快把家里衣裳洗薄了。

杜梅说了这话，杜英面孔更红了，似乎还有些恼怒地看了杜梅一眼。秋林赶紧说，杜英，那我们出去吧。

两人出了店，默默走着。秋林偷偷打量，只见杜英双手绞着衣角，很是紧张。秋林想寻个话题，但是又不晓得怎么开头。正在这时，看见街边一家五交化商店，秋林突然想到话题。

我请你喝汽水吧。

杜英说，什么汽水？

秋林笑着不响，带杜英进了五交化商店，买一小包汽水粉，又借了个大海碗。秋林将汽水粉倒进大海碗里。

你准备好，我一倒进水，你就马上喝。

杜英也来了兴趣，用力点头。秋林拿过凉水壶，倒进大海碗，只见碗里药粉迅速沸腾了起来。

秋林说，赶紧喝，汽要跑掉了。

杜英慌忙拿起碗，仰头大口喝下去。秋林看着杜英喝完，问，甜吗？杜英点头，秋林说，好喝吗，杜英愣了愣，突然从喉咙里打出一个饱嗝。她脸红了红，有些不好意思地笑。秋林说，喝汽水最舒服就是这个饱嗝。所以要喝得快，如果不快，一会儿就变糖水了。

两个人走出五交化商店。

杜英说，你怎么晓得这个方法？

秋林说，以前我念书时，每到夏天，爸爸早上就把盐水瓶装满开水，浸到水井里。下班回家，他就会带回一包汽水粉。水壶从井里捞出，里头的水冰凉。爸爸拿一个碗，把药粉倒在里面，然后就让我调整好呼吸，最快速度喝掉。喝得越快，汽水的汽就越足。每次倒水时，爸爸还会念，准备好了吗，准备好了吗？弄得我紧张，一见水倒下来，赶紧端起碗来喝，抢火一样。那味道，真是一辈子都不忘记。

杜英愣了愣，说，秋林，你想你爸爸吗？

秋林说，自已的爸爸自然要想的。

杜英说，那你去那里看过他吗？

秋林摇头，不说话。两个人逛了一会，秋林说，我还是不去吃饭了，出来也没跟姆妈说，我怕她等。

杜英说，那就随你吧。

秋林说，我现在在黄埠，你有空来黄埠玩。

杜英说，好。

4

秋林回城待一日，又匆忙赶回黄埠。这一关，要忙双抢，抢收抢种。双抢本是村里事情，但供销社是服务单位，每年此时，黄埠区供销社都会派一部分年轻人去田间帮忙，免得农民兄弟耽误一年最重要的收种季节。

今年供销社去帮忙的地方是谷岭。谷岭是县里粮仓，抢收抢种任务重。带领一帮后生的，是副主任鲁一贵。到了谷岭，青山绿水，望也望不穿的稻田里金光摇曳。来帮忙的都是后生，见了眼前场面，个个心潮澎湃，迫不及待卷裤腿撸袖子，下田割稻。一开始，个个劳动激情高涨，田野里欢声笑语。等没多久，因为弯身时间长了，便腰酸背痛，开始有了抱怨声。秋林观察，一行人中，唯独鲁一贵主任从头到尾都在弯腰割稻，几乎都没站起来透口气。割了一上午稻，终于熬到吃饭时间，村里送来包子和绿豆汤。众人像看见救命稻草，一拥而上。大家吃得闹热，却独独缺了鲁一贵主任。秋林四处寻，终于看见他一个人坐在旁边树下阴凉处。他吃的是自己带的馒头和白开水。秋林看了，心里暗暗佩服。

收割，打稻，颗粒归仓。忙完抢割，又忙抢种。日里干活，夜里就打地铺困在谷岭祠堂。一日劳碌，众人呼呼大睡。唯独鲁主任，半夜起来，打手电筒，一丘丘田检查过去，该放水的放水，该进水的进水，最认真不过。

双抢完毕，便是台风季节。每年台风季节，供销社都有一样不能外宣的工作，就是要将各处发霉的东西收集一起，然后统一放到三水供销社。黄埠地方，北面高，南面低，三水是此地地势最低一处。天台山脉下来一支水，经城里南门溪流，一路下来，最后在三水地方汇聚，流进大海。每年台风季，海里涨潮，溪水流不出，便会将三水地方淹没。长年累月，当地人早已习惯，洪水来前，提早将一楼东西搬到二楼。大水一来，家家备有竹排，将二楼当一楼，照常在墙弄里穿梭来往。

供销社是供应物资部门，那么多物资，长年累月难免损坏发霉，是很大一笔损失。因此，每年都会趁作大水时机，将这些发霉损坏物资堆积到三水，洪水一过，便可以到保险公司求赔偿，最大程度减少损失。

秋林跟着供销社几个同志一道运送货去三水。货物堆放完毕，秋林看见当地供销社里正在售卖海鲜。此处海水与淡水交汇，螃蟹淡水鳗都是个大体肥。供销社收购的青蟹两角四分一斤，其中最肥的红膏青蟹，都挑选出来卖给店里职工。还有只只跳的梭子蟹，只要八分钱一斤，都是最便宜不过，还不用水产票。秋林看见，也买了几斤。

三水回来，秋林拿着蟹，一份拿回家，一份送去杜梅裁缝铺。杜梅一看见秋林便责怪，说上次等你回来吃饭，你却偷偷走了，害我白白忙碌一阵。秋林听了，赶紧说，阿姐，前几天去三水，见蟹新鲜，便带来些给你和杜英尝鲜。

杜梅用手挑拣一番，说，这蟹只只肥得生膏。你不晓得，杜英最喜欢吃蟹。这一份多少铜钿？

秋林说，便宜的，贵了我也买不起。

杜梅笑，说，那就随你，等会儿就在这里吃晚饭。

秋林推辞，说，家里姆妈也烧了蟹等我回去，下次我再来尝阿姐手艺。

杜梅说，真有事情也随了你。你等一等。

只见杜梅从桌上堆积的衣裳里翻出一件藏青色的秋衣，平整摊在案板上。杜梅用搪瓷杯含了口水，均匀地喷洒在衣裳上，再盖块旧布，从炭火中取出滚滚烙铁，整压在旧布上推，衣服发出吱吱的响声，水汽弥漫。反复几次，一件衣裳被熨烫得服服帖帖。

杜梅说，这是上次你托我做的衣裳，带回去。

秋林说，这么快？

杜梅说，早些给你爸爸带去，也是你的一片孝心，让他宽慰些。

秋林说，多少钞票？

杜梅说，莫话钞票，手头生活不值铜钿，只怕你不钟意。你拿回去，下次要做冬衣时再来寻我。你只把我当自己阿姐。

秋林感动，感谢一番，将衣裳拿回家。秋林姆妈看到杜梅做的衣裳，突然就红了眼圈，一句不响地摸着衣裳针脚，半日放不下手。

5

这一日，秋林坐供销社里上班，收到一封来信，打开了，里头有一张报纸，报纸里还夹着一封信。信是一个姓冯的编辑写来，信上说，看了你的来稿，我很欣慰，又发现了一个写作的好苗子。你看，这个克雷洛夫寓言中写到了马，他说这个马，你要让它四肢放开跑，但是，又不能让它乱跑，要配一根缰绳，如果没有缰绳，马就要从悬崖上掉下去。你呢，看到了克雷洛夫写的马，你不单看到一个故事，而且看到了很好的道理。你在文章中写了人与自由的关系，还将他引申到计划经济和市场经济的一个事情。这个关系复杂，多少人都讲不清楚。唯独你，用了一匹马，讲得清清楚楚。克雷洛夫是俄罗斯的寓言家，他名字里有个洛，你也姓陆，读音差不多，我相信，你只要努力下去，将来你就是中国的克雷陆夫。

秋林捏着信，反复看了三四遍，看得激动，尤其信里“中国的克雷陆夫”这句闲话，看得他面孔都烫了起来。

秋林把信和报纸给知秋看，知秋也为秋林高兴。

知秋说，我早说过，你后生只要好好写东西定有出息，会写东西的人总是有好前途。还有，这封信和这张报纸你暂时不要宣扬出去，先藏住，等明天一早上班，想办法让潘主任看见，给他放个大卫星。

秋林听了，觉得知秋说得有道理，便按捺兴奋等到第二日一早。早上送热水瓶，秋林故意最后一个送到潘主任办公室。秋林去时，潘主任也刚到。秋林将热水瓶放好，将那报纸和信掏出，整齐摊到潘主任桌面上。秋林有些得意地说，潘主任，我的稿子发表了，还有一封报社领导鼓励我的来信。

潘主任愣一愣，说，这是大好消息啊。随后，他就拿起报纸看，看了，又将信看一遍。看着看着，潘主任倒把眼眉蹙了起来。许久，他才放下报纸和信，又拿那把小梳子梳起头发来。

潘主任说，小陆啊，这个发表文章是好事情，但你要多讲讲供销社的工作，写一写先进事迹，好人好事。这个市场经济计划经济的事情，莫要乱发表意见。你后生，政治上还不成熟，报纸上白字黑字的，一定要慎言。

秋林听了潘主任闲话，心中热情顿时浇灭大半。回到办公室，反复琢磨潘主任闲话，越琢磨越丧气。自己还是高兴得太早了，看来要成为那个冯编辑说的中国克雷陆夫并不是那么容易的事。

改日，秋林到印刷间印开会文件。不晓得为什么，今日的蜡纸不好，不是印破了，就是印皱了。秋林生活做得不顺心，不时将作废的印纸卷团扔在地上。正这时，望见地上角落斜搁一幅印刷画，画得密密麻麻。秋林烦心，索性放下生活，坐在地上看那幅印刷画。画上正是《清明上河图》。看着看着，秋林灵机一动，潘主任要求自己多讲和供销社有关的东西，这不正是一个现成的好题材吗？

秋林起身，飞快将印刷材料的生活做完。夜里躲在宿舍，又一口气写出一篇稿子，说的就是《清明上河图》里广告的事。秋林写道，《清明上河图》里有吆喝，有旗帜，这都是典型商业广告形式。酒香也怕巷子深，古人就有如此敏锐的广告意识，特别值得现代人学习。

秋林又将稿子投给那个冯编辑。没多少日子，稿子便在报纸上刊登了出来。秋林将这个报纸拿去给潘主任看，可潘主任却去了宁波开会。秋林连着去了几日，始终没有见到人，心灰意冷，也不再惦记这个事情。

这一日，潘主任终于回来，一回来就叫秋林去他办公室。秋林紧张，不晓得又出了什么问题，一进办公室，只见潘主任眉开眼笑。秋林有些摸不着头脑。

潘主任说，小陆啊，你这篇文章写得好啊。

秋林一愣，说，哪一篇文章？

潘主任说，就是你刊登在《城乡市场报》上那篇《从清明上河图里的广告谈起》。这次市里开供销系统会议，市领导在大会上都提了这篇文章，还说大家回去，要好好看看这篇文章，思考新形势下如何更好地开展供销社工作。县社几个同去开会的领导都很重视这个事情，接下去要在全县供销系统开展学习。另外，我跟你透露个消息，县社领导可能会对你的工作作出调整，你要提早有个心理准备。

听了潘主任一番闲话，秋林又惊又喜，几乎不晓得怎么张口。

果然，没多少日子，县社下发批文，将秋林破格提拔为黄埠供销社团委书记。潘主任跟秋林谈话时透露，这件事主要是县社许主任的大力支持。秋林这才晓得，许主任此时已经提拔为县社主任，破格提拔事情正是他一手力抓。

秋林回到家里，跟母亲说了自己提拔的事情，母亲也很是高兴。母亲说，喝水莫忘挖井人，你要好好感谢人家。正好人家送母亲一袋黄岩蜜橘，母亲便让秋林拿着这袋橘子去看许同志。

秋林费一番周折，打听来许同志家地址，将一袋子橘子背去，没想到许同志却坚决不肯要。

小陆，我跟你讲心里话，我和你父亲算不上什么深交，我们之前在城关镇时同事过，但也没有走得很近。但我看得出，他是个好人。我觉得他现在这样，罪过了。你是他的儿子，你很争气。我最欢喜争气的后生。

秋林说，许主任，你说的我都晓得。我也没有别的意思，我要是有别的意思，也不会只拿一袋橘子来。你对我的恩情，我就算卖地卖屋也报答不过。只是一份心意。

许同志想了想，说，那这橘子我收了，替我谢谢侬姆妈。

送完橘子，第二日秋林就回了供销社。再过一礼拜回家时，母亲告诉秋林，上几天，有人来家里问这是不是陆秋林家，母亲说是，那人就放下一袋糯米，说是许主任送来。

秋林听了，心里感动。他觉得自己运道好，竟能碰上许主任这样好的人。

第十七章

1

这一日，三岔镇团委书记葛梅成给秋林打电话，邀请他带队去三岔搞联欢。秋林笑着答应，最近正好空，搞一搞这样的青年联谊活动，既可以丰富单位职工文化生活，又能给供销社系统青年男女创造恋爱平台，很有意义。秋林跟领导汇报，几日后，便带队去了三岔。

到了三岔供销社，葛梅成早已站在门口迎接。葛梅成英俊，背头，穿一身漂亮西服，很有些明星的派头。让秋林意外的是，于楚珺与葛梅成早就相识，两人握着手，讲了许多闲话。

夜饭在供销社食堂吃，吃完，大家动手整理一番，将食堂改造成联欢会舞台。联欢会开始，葛梅成先上台唱了一首港台歌曲。葛梅成声音好听，台风也好，抢了个头彩。唱完，葛梅成下来让秋林代表黄埠上去唱一首，秋林摆手，说自己不会唱歌，推荐知秋上去唱，没想到知秋死活不肯上去，最后还是于楚珺主动上台，替黄埠表演了个节目。于楚珺唱完，似乎不尽兴，又在台上主动提出两个单位合作一个节目，台下起哄，要葛梅成重新上去，葛梅成丝毫不推让，上去和于楚珺深情款款合唱了一首《鼓浪屿之波》。

唱完歌，葛梅成下台，跟秋林说，这个于楚珺同志很有才华，你们黄埠供销社藏龙卧虎啊。

秋林说，哪里能和你们三岔比。

葛梅成说，我们三岔就缺这样有才华的同志，你不介意，我就把她调过来了。

秋林笑。葛梅成喝一口茶，突然问到，陆书记长亭工作过，齐海生你晓得吗？

秋林说，晓得的，他的父亲齐清风也是我原来同事。

葛梅成说，这齐海生最近出了一桩大事体，被抓起来了。

秋林惊诧，出什么事体？

葛梅成点一根香烟，说，你晓不晓得他们店里有个姑娘叫毛毛？

秋林摇头。

葛梅成说，这个毛毛，是县社刘副股长的对象，分配到长亭锻炼。也不晓得怎么回事，被这个齐海生盯上。一日，毛毛到河边洗衣裳，那个海生也转到这里。齐海生说，听说你有男朋友了？毛毛说，你怎么晓得。齐海生说，我是特务，我什么都晓得。毛毛不说话。齐海生又说，你男朋友生得好吗？他生得好，还是我生得好？

秋林跟葛梅成正说着话，于楚珺走过来，拉过葛梅成手臂，邀请他过去跳舞。葛梅成说，我跟陆书记讲些话，讲完就来。于楚珺才有些不大愿意地松开手离开。葛梅成眼睛看着于楚珺的背影。过了一会儿，突然回神般扭过头。

讲到哪里了？

秋林说，海生和毛毛讲话。

葛梅成说，对对，齐海生和毛毛讲话。两个人有一搭没一搭说，也不知怎么就说到毛毛父亲出差，夜里就毛毛一个人在家。齐海生就说，那你一个人不害怕？毛毛说，害怕啊。齐海生说，那我来陪你。毛毛说，你敢来吗？我家里有条大狼狗。齐海生说，天气凉了，正好炖狗肉吃，我狗肉烧得好，你想吃吗？这个毛毛就骂他，端着洗衣盆走了。这个齐海生，真是色胆包天，当天夜里，果真就带了一段粗铅丝去了。他将毛毛家的木头窗栓挑开，从窗口爬了进去。他寻到床边，爬上去四处乱摸。毛毛用力推他的手，说，你是谁？齐海生说，我是海生啊，不是你让我来的吗？毛毛说，要死，谁要你来了，哎，你手往哪里放，快挪开。齐海生说，往哪里挪啊。毛毛伸手将他手拉开，齐海生又往别处乱摸。毛毛说，你别乱来，我要叫人了。齐海生说，你爸爸不是出差了吗？毛毛说，我已经有对象了。齐海生说，你对象又不在，谁晓得啊？毛毛不说话，只是用手遮挡。齐海生说，对了，你家的黄狗呢，怎么不叫了啊？毛毛就笑，说，等下来咬你。齐海生说，那我先咬你。说着，就俯下身去亲毛毛。

说到此处，葛梅成两眼放光，突然掩嘴笑了起来。

葛梅成说，那个齐海生真是活宝，弄的时候，他伏在毛毛身上，一边动，一边问，你跟你对象弄过了吧？毛毛不肯说，齐海生一定要她说。毛毛还是不肯说，齐海生就停下来不动，毛毛抱他的腰都不管用。最后没办法，毛毛说，两次。海生说，我才不信。你那个男朋友我晓得的，生了一双桃花眼，一只老鹰鼻，肯定不止两次。毛毛说，真的就两次。他不是桃花眼，老鹰鼻。齐海生说，我说是就是。他花头很多吧？毛毛说，我怎么晓得，你别问了。海生说，我偏要问。

听到此处，秋林感到有些奇怪，说，你怎么晓得这么仔细？

葛梅成说，事情暴露了，镇社便派人下去调查，做笔录的同志问来，一字一句都写在白纸上呢。这齐海生，真是什么都敢说。调查的人下去，他竟然嬉皮笑脸地说，你想听哪一段，我仔细说给你听。最后，竟连怎么放避孕膜都仔细说了。镇社的同志说，他四十多岁的人，听了这些都脸红，真不晓得这个齐海生怎么还能说得出口。

秋林说，供销社怎么晓得这件事情？

葛梅成说，也是巧合。这个县社的刘副股长也不知怎么晓得毛毛父亲不在家，这一日正好在附近吃喜酒，闹完洞房，就想起到毛毛家过夜。一来就撞上两人在弄那个事情。那个齐海生拔脚就从窗户跑了。刘副股长将毛毛打一顿，最后毛毛说出是齐海生。最后，齐海生不晓得谁帮忙，供销社里上上下下托了关系，还跑到毛毛家里将她父亲思想工作做通，陪了他一笔钱才算了结。

秋林说，那不是了结了吗？你怎么还说他被抓起来了？

葛梅成说，这个事情了结，另一桩事体又冒出来了。那个齐海生是店长，出了事情，就不能让他再当店长了。结果新店长上台，盘存时盘出来账目不对。就向镇社反映，镇社又向县社反应。县社派了财务、物价、统计，办公室一大班人，盘来盘去，竟发现亏空了几千元。最后查出，是这个齐海生贪污了。要死的是，这个时候，那个毛毛又重新跳出来，说齐海生强奸她。

秋林说，她这边不是摆平了吗？

葛梅成说，你以为那刘副股长会甘心啊？这是存心要把齐海生搞死。

秋林问，那要判几年啊。

葛梅成摇了摇头，说，这个事恐怕不是判几年这么简单。你没听到消息吗？最近好像风声很紧，听说上面下达了指标，每个单位都要抓一些人。供销社也分了指标。如果这事是真的，那这齐海生就难说了。

两人正说着，于楚珺又摇摆着过来了，拉住葛梅成的手，有些撒娇口气，葛书记，到底还跳不跳了。

葛梅成说，跳跳。陆书记，走吧，一起跳。

秋林摆手，说，我不会。

葛梅成说，跳舞都不会啊，这个怎么上排场？改日我教你。说完，和于楚珺两人进入舞池。秋林看着两人，皱起眉头。扭头再寻知秋，却不知哪里去了。

2

齐海生现在还记牢那一天批斗会上场景。他站在台上，将心底怨恨彻头彻尾地发泄一番。齐清风在他面前低着头，显得那样可怜，但这可怜没有让他软弱。台下人头攒动，台上红卫兵小将精神抖擞，反倒让他亢奋。

这是齐海生第二次参加齐清风的批判会。上一次，是在齐海生学校。他坐在礼堂里，看见台上一个人，穿着长衫，又高又瘦，头几乎弯到脚尖。虽然看不到脸，但齐海生一眼便晓得那是自己父亲。齐清风在台上被批判的时候，齐海生身边正站着一个女教师，她笑眯眯地一边看台上批判，一边跟旁边人指指点点，就像是在看西洋镜。

齐海生回家时，齐清风正洗好澡换了衣裳要出门。

齐海生低声说，我今朝学校里看见你了。

齐清风说，怎么样，我台上那个样子是不是很滑稽？

齐海生不说话，低着头。

齐清风说，今天白颜料不够，没有涂脸，否则效果还要好。

齐清风故作轻松地说着，说着说着，他就听见呜咽声音。他看见齐海生低着头抽泣了起来。齐清风惊讶，从小到大齐海生都很少哭，即便哭，也只是出眼泪，从没有发出过这样的哭声。

齐清风摸了摸齐海生的头，轻声说，是不是担心爸爸了？

齐海生不答，依旧只是哭。

齐清风又说，你看爸爸经历那么多次批斗，回来却一点事没有。你晓不晓得什么原因？我告诉你一个秘密，爸爸口袋里藏着老山参，只要拿出来咬一口，就什么苦都不算苦了。所以，你以后一点都不用再为爸爸担心。

齐海生听了，却还是哭。齐清风心疼，就破例带了齐海生去兴国饭店。

那一日，齐清风点了许多的菜，但齐海生一点都记不起自己吃了什么，他只记得自己问了齐清风一句话，你有没有带罗成来过？齐清风看着他，愣了愣，然后摇了摇头。齐海生记忆里，那是这世吃过的最美好的一餐饭。只有他和齐清风两个人，在那一刻，齐清风是独属于他的。

第二日去学校。齐海生坐在教室里，看见窗外有个女老师慌慌张张往厕所跑去。他认出她，她就是齐清风批判时站在自己身边笑眯眯的那个女人。齐海生偷偷跑出教室，从学校花坛搬起一块大石头，走到男厕所，将那颗石头用力扔了下去。

万人批斗会结束，偌大的操场上，人群散场，喧嚣殆尽，只剩下齐海生一个，抱着双膝坐在批判台上。他晓得，从这一刻开始，他在世上无家可归。

齐海生坐在那里，想了许久，想齐清风，想齐罗成，想秀娟，最后又想到了自己。自己的名字叫海生，这名字就是齐清风出的。海生就是海里生，干脆自己去海里死了，也算是将这名字还给他了。这样想着，齐海生便去了海边。但坐在礁石上，望着黑森森的海水，他却害怕了，他想起那些鱼虾啃噬自己身体的场面，浑身颤抖。

后来，远处就走来一个人，近了，看出是一个老头。老头看见齐海生，便问道，小后生，天都黑了，你坐在这里做什么？

齐海生说，我爹娘没了，家也没了，想跳到这海里寻死。

老头说，那你为什么还没有跳？

齐海生说，我不敢，怕海水里鱼虾咬我。

老头便笑，说，既然不敢就先不要寻死了，干脆你跟我学钓蟹，等哪日你敢了，再来跳也来得及。

齐海生想了想，觉得他说得有道理，点头答应。

从这一日开始，齐海生便跟着老头钓蟹。钓蟹需站立在滩涂上，滩涂上没有遮挡，红猛日头彻头彻尾照落下来，将人晒得发红，反复脱皮。滩涂上还有海蚊虫，海蚊虫芝麻大，咬起人来最凶不过。起初海生也没办法忍受，站在滩涂上，如同人间地狱。时间久了，慢慢适应。他想起齐清风万人批斗会上的场景。他将自己当作齐清风，将滩涂上密密麻麻爬行的小蟹当成台下人。他体会齐清风在台上的模样，这样一想，身上的痛痒竟变得不那么难熬。

老头几乎每日都与齐海生一起钓蟹，但钓来的蟹，他自己不要，全给齐海生，让他去市集上卖。齐海生不要，说这是你钓的，我不能拿。老头却说，我有退休工资，还有儿子养老，不靠这点铜钿。齐海生说，你为什么对我这么好？老头说，我当年去上海，也是你这样年纪，无爹无娘，我能体会你的难处。齐海生说，你去过上海，上海好吗？老头说，上海当然好了，黄浦江边，外国轮船山一样大。只是我现在老了，如果还是你小鬼年岁，定要再回去闯一闯。

就这样，齐海生和老头相处了几年，某一日，老头没有来，接下去一段辰光，始终都没有再出现。齐海生心急，便去城里寻他。老头跟他说过，他家住在城关西门，西门有一株遮天蔽日大杏树，杏树脚边第一份就是他家。

齐海生去了城里，寻到他家。一进门，就看见堂前一口黑漆棺材，悬搁在两条长板凳上。棺材前一张八仙桌，搁老头照片，点香焚烛，香烟缭绕。齐海生看了，心里晓得状况。进院子，什么都没说，就在八仙桌前跪拜了一番。老头儿子奇怪，问他是谁。海生说，你不认识我，我常跟他去钓蟹。老头儿子一听，便明白了。海生说，能不能把他的钓蟹工具送给我。儿子答应，将钓蟹工具，连同老头戴的草帽一起送给了他。齐海生说，他是我碰见的第一个好人。

3

齐海生打听了。去上海，要先到宁波，宁波有轮船，那个轮船到上海。

齐海生沿着砂石路走，腰上别着蟹篓，捉蟹那根竹竿当作拐杖。走了一日，太阳落山时，终于走不动，便靠着路边一株大树坐下，从蟹篓里取出馒头，旁边水沟舀水，吃了半饱便不敢再吃。怕东西吃完，到不了上海。

休息一阵，天色黑了。远处有高高低低鸟鸣，草丛中有虫子亮晶晶飞过。海生仰头靠在树干上，抬头看天上星辰，不多时，倦意渐沉，就睡了过去。一夜，海生做了些乱七八糟的梦。他梦见自己躺在海面上，海水温暖，此起彼伏，托着身体在海水里漂，也不知漂了多久，只听一个声音在耳边轻声叫道，醒醒了，到上海了。海生睁开眼睛，看见天光已亮。他起身到水沟里洗面，刚伸出双手，魂灵吓出，只见两臂上叮了几十只蚂蟥，再看腿上，也有十几只。海生手忙脚乱将这些蚂蟥滑落地上，用石头磕碎，地上血印一片。

海生不敢再在水沟边停留，拿起竹篓竹竿，往大路上走。太阳渐渐红猛起来，海生走了一阵，觉得有些头晕，担心是那些蚂蟥吸了自己血的缘故。再走一阵，看见路边停了一辆手拉车，侧翻着，旁边散乱一地大大小小麦秆堆。一个后生正在旁边愁眉苦脸捡拾。

海生上前问，你怎么了？

后生说，刚刚避一辆汽车，翻了车。

海生放下东西，帮后生将散乱麦秆捆扎好，重新叠到手拉车上。

海生问，这是哪里？

后生说，这里是奉化，蒋光头老家。

海生说，此地离宁波还有多远？

后生说，走路还要走一日。你要去宁波？

海生点头，说，我要去宁波坐轮船，想去上海。

后生说，我也去宁波，我们路上正好做伴。

后生从包里拿出一卷麦饼，再取出一个搪瓷杯，搪瓷杯里装着海苔花生。后生将海苔花生用麦饼卷好，递给海生。

来，吃点东西再上路。

海生接过来，麦饼劲道，卷着海苔，越嚼越香。海生说，我很久没有吃到这样好吃的东西了。后生说，我姆妈做的，我姆妈手艺好，以后有机会，去我家里吃。

讲了番闲话，海生晓得，这后生和自己同地方人，姓徐，叫徐为止。海生没听清爽，他就解释。

为止，就是到此为止的为止。

海生说，为啥要取这个名字？

徐为止说，我妈妈生了四个儿子，到我这里，我父亲就说，再生下去，卖田卖地都填不饱嘴巴，到此为止吧，就给我取名叫徐为止。

两人便笑。

徐为止说，我在搬运工会里上班，这次是要拉一车麦秆到宁波造纸厂，你去上海做什么？

海生便将自己事情跟他说了。

徐为止说，那这样，你陪我到造纸厂，我再用手拉车送你去轮船码头。

海生点头，两人重新上路。路上，手拉车碰到斜坡，海生就帮着推。徐为止累了，海生就换手帮他拉一段，两人互相帮忙，竟提早到了造纸厂。此时，造纸厂还没开门，两人便在手拉车上依靠着困了一觉。天亮造纸厂开门，将麦秆清点收下，付给徐为止二十块运费。除去上交工会的，徐为止能赚五块。徐为止拿出两块，交给海生。海生坚决不肯要。

我留了路费，只要到了上海，处处有洋钿赚。

徐为止便不再勉强，请海生吃了一大碗宁波猪油汤圆，然后用手拉车送他去轮船码头。到了轮船码头才晓得，已经没有当天的票了，最早的票是三日后。海生有些沮丧，说，为止，你回去吧，我再转一转，看看有没有人不要票的，我跟他买。徐为止说，那好吧，我走了，你自己保重。两人告别。

徐为止走了，齐海生又附近问了一圈，还是没有票。他站在轮船码头上，有些茫然，不晓得接下去该往哪里走。正发愁，只见徐为止拉着手拉车又回来了。

徐为止说，海生，你说你去上海做什么？

海生说，赚钞票啊。

徐为止说，你上海有认识的人，有合适的工作？

海生愣了愣，摇头。

徐为止说，那就不要去上海了，我介绍你去搬运工会。都是赚钞票，不是一样？

海生想了想，觉得徐为止讲得有道理，点头同意。两个人拉着空手拉车回家。从此，海生便到搬运工会上班。虽然辛苦，但能解决温饱，海生不惜力，脚步勤，主顾也愿意寻他。

这一日，到了八月十五。徐为止来寻海生，叫海生去他家里吃饭。海生到街上买一盒月饼，赶去徐为止家。徐为止家四兄弟，老大老二跟着父亲山里务农，老三和徐为止城里寻生活，母亲照顾。海生去时，徐为止母亲正在灶台上忙碌，灶上热气腾腾，蒸着馒头。徐为止进去跟母亲打招呼，母亲转头，海生目瞪口呆。蒸汽中一张脸，竟和自己如此相像。徐为止母亲看见海生，也是一脸惊诧。

徐为止介绍，这就是我搬运工会最要好朋友海生。

母亲让徐为止招待海生坐下吃饭。吃的是馒头过馏，馏是番薯粉与水搅拌，里面放青菜花生虾仁牡蛎肉丁，馒头是豆沙馅。徐为止母亲好手艺，馏鲜，馒头甜，都是好滋味。但海生始终吃得不安心，时常偷眼去看徐为止母亲，徐为止母亲也偷偷看他。

徐为止母亲说，没有菜，都是主食。叫你朋友不要客气，多吃些。

海生说，味道好，都是我欢喜吃的。

徐为止母亲说，对了，你这位朋友姓什么？

徐为止说，我始终叫海生，倒是忘了问你姓什么？

海生说，我姓齐，齐天大圣的齐。

徐为止母亲听了，顿了一下，一只筷子滑落，掉在碗沿上，哨的一声脆响。虽然她很快就将筷子捡起，但齐海生记住了这个举动，心里生疑。

吃完饭，齐海生与徐为止回搬运工会。

齐海生问，你母亲只生下你们四兄弟吗？

徐为止说，是啊，所以我的名字才叫为止，到此为止嘛。

齐海生心里纳闷，问，会不会生了，送了人？

徐为止说，不可能，我们一家人一直住在一起，如果母亲再生阿弟，我怎么会不晓得？再说了，家里那么困难，哪还有米喂一张嘴巴？我记得家里日子难过，有一次我母亲还去舟山，帮人晒了一年鱼鲞，才算赚来钞票帮家里渡过难关。

齐海生皱眉，或许只是巧合，天下生得像的人总是有的。但齐海生想起自己与徐为止母亲见面细节，又觉得事情蹊跷。

转日，齐海生又去徐为止家。徐为止母亲看见齐海生来，有些慌乱。齐海生解释，说自己路过，正好口渴就进来讨碗水吃。

徐为止母亲给齐海生舀了一碗水。齐海生喝完水，说，阿姨看见我，有没有觉得面熟?

徐为止母亲说，你上次到家里吃饭，是见面第一次，怎么会觉得面熟?

齐海生说，那我跟阿姨打听个人，齐清风你熟悉吗?

徐为止母亲脸色突然变了变，说，不熟悉。

齐海生说，那吕秀娟呢?

徐为止母亲说，不熟，你问我这些做什么?

齐海生说，这个倒是奇怪了，你跟他们不熟，他们倒是跟你熟悉。我那天在你这里吃了饭，后来碰见齐清风，是他说跟你相熟的。

徐为止母亲说，你乱讲。

齐海生说，怎么会乱讲。你要是不相信，我现在就将他叫来这里。

徐为止母亲说，你莫叫来。

齐海生盯牢徐为止母亲眼睛，说，你分明是认得他们的。你告诉我，我是不是你生了送给他们的。

徐为止母亲看着秋林，你莫乱想，你怎么会是我生的呢。

齐海生说，你不认也没关系，那我就将齐清风吕秀娟叫来对质。

徐为止母亲神色黯淡，沉默好一阵，眼泪跌落来。

你莫叫了，我是。

齐海生说，那我爹呢，我爹在哪里?

徐为止母亲支吾，说，他在山里种田。

齐海生说，我要见他，你同我一起去，你们说清爽，为什么将我丢弃。

徐为止母亲说，海生，你莫见了，当初是我们不对，现在你也长大成人，就原谅我们吧。

齐海生说，你们生了我，却将我扔到别人家里，怎么可能原谅？我要当面问问他这个当爹的。

徐为止母亲迟疑一阵，突然就跪在齐海生面前，哭着说，海生啊，我求你了，你就当可怜可怜我这个娘好不好。

齐海生说，你不用这样，你跪也没有用。我是你们生下的种，你们心狠扔了我，我也能心狠做出无良心事情。你相不相信，齐清风养我十几年，可我照样能在批判大会批判他。

徐为止母亲抬头看着齐海生，怔了许久，擦干眼泪站起来。

都是命啊，自己造的孽果然早晚要报应。海生，那我索性就告诉你。当年吕秀娟不能生养，就寻到我，让我替她生养。我家里困难，贪她的铜钿，就答应了，跟齐清风生下了你。生完了，我就走了，他们只说你是捡来的。这些年，我也一直想你，想来看你，却始终不敢。我是夜夜做梦，梦到你吃苦受罪，眼泪不晓得流了多少。但我没办法，海生，这样的事要是败露了，不但我做不了人，两份人家全都做不了人，我没办法啊。

齐海生听了，真是觉得天崩地裂。他这时才终于明白自己真正生世。此刻，虽然他晓得了齐清风是他亲生父亲，反而却更加恨之入骨。他恨齐清风，也恨秀娟，齐罗成，他恨他们全家。

齐海生冲出道地，在路上狂奔。他跑到海边，靠在礁石旁大哭了一场。哭完了，他就发下誓愿，他要回去，他是齐清风的儿子，他要去争了齐罗成顶班的名额，这是自己的名分，自己不是野种，这是正大光明属于自己的东西。

第十八章

1

爱春坐在柜台里，打着呵欠，望着门口。原来，齐海生每日都会坐在门口那把毛竹椅上，旁边放一条骨牌凳，凳上一包烟，一杯茶，还有几只砸开的核桃。那只松鼠在他脚下盘旋，他将核桃剥开，核桃肉扔地上，松鼠就用双手捧着吃。

可现在，这个场景却再也看不到了。

爱春有些后悔，她不应该对齐海生那么残忍。这只松鼠是他最心爱的一样东西，她不应该那样做。她也不晓得那一刻她是怎么想的，脑子里似乎总有声音在怂恿，只想着做一件什么事让齐海生难过。但齐海生真的难过了，她又心痛。

仿佛就是昨天，她刚来长亭辰光，齐海生对自己多少热络，就像一块热烫烫的狗皮膏药，一天到晚黏着自己。自己也喜欢他，她对他是掏了心的，好吃的东西买给他吃，时兴的衣裳买给他穿，宁可自己苦一些，也是心里愿意。虽然在家时，阿姐跟自己叮嘱过，对男人不能掏心掏肺。她也记牢这闲话，但面对齐海生，她就乱了分寸。她跟他说以后她来疼他。这不是嘴巴讲讲，红口白牙，都是心底最真心闲话。马师傅刚退休，店长位置空出，她就去寻一个当官的长辈，去供销社里走动，让齐海生当店长。但陆秋林供销社里有靠山，没有成功。后来秋林被调到黄埠当文书，供销社要派个新人来当店长，她又去托关系，这次终于被她争取下来。齐海生当了店长，却不争气，总是柜台上拿钱，货物才卖三百元，他就能拿走一百元。为了遮掩，他还想出新办法，立下盘存规矩，不用三堂六案对账，全由他一个人来。一个人盘存，亏损盈余别人都不晓得。起先，店里是曲大宝，曲大宝软弱，百样事情不管，任由他摆布。后来，曲大宝走了，来个徐本常，徐本常与曲大宝不同，样样事情顶真，主动提出要参与盘存。爱春晓得利害，这一盘，定要盘出事情来，她只好出面去寻徐本常，做他思想工作。徐本常快四十岁的人，还没寻过对象，平时看爱春的眼睛都是碧绿的。爱春本不愿意去招惹他，可为了海生，她只能对他好，给他烧菜，帮他洗衣裳，徐本常高兴，将爱春对他的好当作一片真心，让爱春叫苦不迭。这边安抚徐本常，另一边爱春又去寻齐海生，将自己存下的五百元私房钱给他，让他去填补亏空，齐海生却怎么也不肯要。爱春没有办法，她晓得这是自己的命，齐海生就是自己前世落下的讨债鬼，自己愈对他好，他愈是不当人情。反过来，人都是犯贱坯，海生越对自己冷落，自己却越是一厢情愿想对他好。

齐海生这样不好，那样不好，爱春都能忍受。唯一不能忍受，自己对他这样真心，他却将心思放到别的女人身上。

那个毛毛，第一眼看到，爱春便不欢喜。她第一日报到，站在门口跟齐海生讲闲话，眉飞色舞，眼里没有旁人。最引人注目的是她十只白嫩嫩的手指，指甲涂得血红，一看就不是正经女人。齐海生与她握手，半日都不肯放下。更让爱春难过的是，安排宿舍，齐海生将自己和徐本常安排到楼上，将毛毛安排在楼下，与他隔壁。爱春心里委屈，齐海生不能这样，自己对他掏心掏肺，可新来了一个涂红指甲的女人，他就马上变了心。

那一日是三岔市集，照例，他都是带自己去。可来了个毛毛，他却带着她去三岔。那一日，是爱春人生中最难过的一天，脑子里胡思乱想，根本站不了柜台。徐本常关心她，让她回房间休息，她却鬼使神差走进齐海生房间，她倒在齐海生的床上，闻着他被子上的气息，难过得透不过气来。

就是那一天，她去寻来那只猫，放进装松鼠的那只木箱里。

爱春原本认为齐海生回来，看见箱子里头的松鼠死了会大发雷霆，但没想到他却出乎意料的平静，只将松鼠埋了，回到自己的房间，整一日都没有出门。爱春担心，煮一碗葱油面送进去。齐海生躺在床上，脸上盖一张报纸，纹丝不动。爱春心痛，拿筷子夹面喂齐海生。

多少吃一点，碰到野猫也没有办法，再买一只好了。

齐海生吹掉脸上的报纸。露出一双眼睛，怪怪地看着爱春。

齐海生说，你看见了吗？

爱春说，看见什么？

齐海生说，你说奇不奇怪，那松鼠肚皮被抓开，肠子都扯出来了，那猫却不吃。你不吃，掏肠子做什么？

爱春心虚，不敢应话。齐海生又说，有一次，我去收购站。看见他们在收蛇。就像这面一样，长长的一条。你晓得蛇怎么杀吗？杀蛇人捏起它的尾巴，一抖，骨头抖散，那蛇就盘不起来了，软绵绵一条。用钉子将蛇头钉在墙板上，刀子一划，捞出蛇胆，再一划，剥下蛇皮。一刀砍在蛇头上，砍断蛇头，将红粉粉的蛇肉扔到缸里。那缸，就像这碗的样子，有那么大，三个人都抱不过来。

爱春说，你别说了。

齐海生笑眯眯看着爱春，接过筷子搅动着碗里的面。

为什么不说？你晓不晓得，那蛇剥皮取胆，还砍了头，但那粉红色的蛇肉却照样能动，能卷，能钻。那么大一个缸里，那么多没有头没有皮的蛇肉，就那么钻来钻去，扭来扭去。

爱春直愣愣地看着齐海生用筷子搅动碗里的面，突然一股酸味从喉咙口涌了上来，她俯下身，忍不住干呕起来。

那一日起，齐海生就不再理睬爱春。店里看见，眼睛是直的，像是根本看不见她一个大活人。转过头见了毛毛，海生的面道又全变了，热情洋溢，问寒问暖。爱春晓得，海生是故意做给自己看的。

爱春问齐海生，说，你为什么要这样对我？

海生说，我怎么对你了？

爱春说，松鼠被野猫拖了，总不能怪我头上？

海生说，爱春，你这闲话讲得奇怪，松鼠的事情我有一句话说你了吗？

爱春一愣，说，那你为什么不跟我讲话？

海生不应。

爱春说，海生，你莫跟毛毛走得那么近，她有男朋友。

海生说，怎么，我跟她走近，你心里难过？

爱春说，我难过什么，戏里唱的，男人都是陈世美，我晓得的。

海生就笑，说，好，既然我是陈世美，那我现在就去找她。今朝夜里，我就困她家中去。说着，齐海生真的下床开门走了。

整一夜，齐海生都没有回来，第二日天亮，还是不见人影。爱春搬了把小椅子，坐在门口。坐了一会儿，突然发现一只白色的猫走过来，在店门口盘旋，爱春看见，像是看见了最恐怖的东西，赶紧跑回店里躲进房间。爱春躺在床上，心里恐慌。外面传来猫的温柔叫声，但爱春听上去，就像撕心裂肺一样。

爱春房间里待不住，寻徐本常帮忙。徐本常就将猫抓住，关进那只木箱。

爱春说，我们去把它扔掉吧。

徐本常说，猫扔了，会寻回来的。

爱春说，那怎么办？

徐本常说，杀掉？

爱春说，不行。

她想了想，说，扔到山上去吧。如果有人发现，救了就救了。如果没有人发现，那也是它的命。

徐本常看着爱春，笑眯眯地说，你良心真好。就陪着爱春上山，将箱子扔在山上。几日后，爱春熬不住，想去山上看那只猫，一个人又不敢，又叫徐本常一起。两人上山，打开那只箱子，看见猫已经死了。

爱春说，埋了吧。

徐本常说，猫不能埋，要在树上挂起来。

徐本常动手在猫脖上缚了一根绳，将它挂在树枝上。

徐本常说，其实那天你放进去的是只黑猫，不是这只。话讲回来，如果你不把那只猫放进去，我也会这么做的。

爱春沉默，看着树上那只猫，风一吹，那只猫微微摇动。

2

这一日，有个女人来家里寻齐师傅。齐师傅看着这人有些面熟，但又想不起来在哪里见过。

女人站在门口说，齐师傅，我叫爱春，在长亭时你见过我，可能你已经忘记了。我到南货店，你很快就退休了。

齐师傅皱了皱眉，似乎有了些印象。

爱春说，齐师傅，今朝来，我是要跟你说件事，是海生的事。

齐师傅心里打咯噔，表情依旧平静。

那你进来坐。

齐师傅让爱春进来，给她倒了杯水。爱春喝了水，平稳了气息，将事情详详细细地说给齐师傅听。齐师傅听完，表面依旧平心静气。

齐师傅说，谢谢你帮忙，要不是你当说客，那个什么毛毛的姑娘定不能饶放齐海生。

爱春说，我现在担心的并不是这一桩事情，而是另一桩。事情虽然平息，但海生的店长是不能再当了，接替他的叫徐本常。徐本常上任，第一件事便是盘存。

齐师傅说，海生盘存做了手脚？

爱春说，你是南货店里老人，我不瞒你。海生当店长，总在柜上拿钱。盘存也就他一个人盘，数目上总报些虚账。自己盘，别人不晓得，现在换了徐本常，肯定漏洞百出。

齐师傅说，能不能想办法把钱补上？

爱春说，我也这么想过，我让他把亏空数目告诉我，我帮他想办法，可海生却不肯，只说你的钱你自己留着，我自己的事我自己会解决。还说也就是坐几年牢的事，倒是省了房租。

齐师傅说，那个徐本常是什么样的人？

爱春摇头，说，我说不好。齐师傅，你有空去寻海生说说吧，这不是小事，要闯大祸的。

齐师傅看着爱春，想说些什么，却又不晓得怎么说，嘴唇动了半天，只说，谢谢你。

爱春神情哀伤，说，谢什么，我晓得自己是个傻囡，但我也没有办法。行了，我也走了，店里还有事，我是搭了拖拉机赶来寻你的。

说完，爱春就离开了。齐师傅怔了半日。青天白日，他却感觉做梦一样。

秀娟从里屋走出来，看了看齐师傅，在八仙桌边坐下。

秀娟说，你打算怎么办？

齐师傅说，我能怎么办，由着他了。他要坐牢，就尽管去坐。自家作孽，自家承受。

秀娟呆呆看着门外，问，你讲的都是真心闲话？

齐师傅说，那是当然，我早说过了，这个儿子我就当没有生过。

秀娟看着齐师傅，嘴角冷笑。

齐清风师傅，你这话要是有用，南货店里顶班的就是罗成了。算了，你就将房子卖了吧。我不怕，等我老了，至少还有罗成给我养老。

齐师傅愣住，说，我为啥要卖房子？我不会卖的，尽管让他去坐牢。

秀娟看一眼齐师傅，不再讲话，嘴角冷笑。

3

齐师傅搭拖拉机，赶到长亭。长亭路口跳下，望着长长路廊，齐师傅恍然隔世。这地方，他曾经无数次来去，这一次，站在路口却感觉是去探龙潭虎穴。

齐师傅往南货店走，路上熟人碰见，感到惊奇，都问齐师傅今朝怎么回来。齐师傅面无表情，微微点头算是回应，心里恨不得能变成隐身人，谁也看不见。

齐师傅走进南货店，柜台上不见齐海生，只有一个陌生男人。男人看见齐师傅，笑脸迎接。

男人说，阿伯，要买什么？

齐师傅左右打量，问男人，你是哪一个？

男人说，我是这里店长，我叫徐本常。

齐师傅盯着徐本常看了一会，见他眼大，鼻阔，方脸，两片腮骨外撇，一副正派模样。齐师傅心里叹气，齐海生怎么能得罪这样的人，被这种人盯牢，苦头有的吃饱。

齐师傅说，我来寻人。

徐本常说，你寻谁？

正此时，爱春从后面走出，看见齐师傅，说，是来寻我的。

徐本常听是寻爱春的，以为是爱春亲眷，赶紧重新布置笑脸，说，我还以为是谁，原来是你的熟人。阿伯，赶紧坐，我给你倒杯茶。

爱春说，不用了，我们两个外头讲些闲话。

爱春和齐师傅走到南货店门口。

齐师傅说，他人呢？

爱春说，在房间里困觉。

齐师傅说，青天白日困什么？

爱春摇头，说，我也劝他，现在风头更要表现好些，但他根本不理睬我。

齐师傅说，我去寻他。

爱春说，你去楼上。徐本常当店长，把我调到楼下，只把他独自扔到楼上。

爱春带齐师傅回南货店，徐本常对着齐师傅笑，齐师傅没有理睬他，往楼梯上走去。徐本常刚想说什么，爱春却走过去，说，中午吃些什么？徐本常愣一愣，便扭头跟爱春说下饭事情。

齐师傅上了楼，弯起手指敲门。里面闷声闷气问道，又做什么事情？齐师傅没有应答，继续敲。屋里一阵响动，门用力被打开。齐海生蓬头垢面站在门里，看见齐师傅，有些意外，但很快便恢复平静，转身又躺回到床上。

齐师傅走进房间，闻见房间里一股陈旧烟味。他将窗户打开，透了会儿风。然后将门关上，拖过骨牌凳，坐在床前。

齐师傅说，你不该得罪楼下那个徐本常。你看他耳后见腮，是风字面相。这种人报复心最强，反目无情，一旦得罪，定要报仇。

齐海生笑说，怎么，你现在还会看相了？

齐师傅说，做人做一世，怎么做？无非一双眼睛，识得了人，才能平安过一世。

齐海生说，我没你那么大本事，再说，平安一世做什么，又不当庙里泥菩萨。

齐师傅说，你告诉我，究竟欠下多少钱？

齐海生说，欠钱？欠什么钱？

齐师傅说，你别瞒我，爱春全部告诉我了。

齐海生从床上坐起来，点一根香烟。

你什么意思，要替我还债吗？

齐师傅说，你先告诉我个数目。

齐海生说，用不着，我与你没有关系，我不过是你捡来的，我的债不用你还。

齐师傅说，你莫要说这些，我今朝来，与你母亲商量好，你欠下钱，我们卖屋替你偿还。

齐海生说，你莫要瞎讲，秀娟是你老婆，不是我母亲。我说了，我的钱不要你管。我从小被人扔了，孤魂野鬼一个，正好警察抓去，关在牢里，也算个去处。

齐师傅说，你莫讲气话。我来与你好好谈，你也好好说话。

齐海生说，齐师傅，你莫要这样。你不要对我好，我是别人的儿子，你捡了我，就是捡了条狗，你应该骂应该打。你对我那么好干什么？我求你了，莫要这样对我，你不是我的亲爹，你要好对齐罗成好去，他才是你骨血。

齐师傅说，我愿意对你好，是我自己事情。

齐海生说，你凭什么对我好，难道你是我亲爹？

齐海生盯着齐师傅，又追问一句，你敢不敢讲，你是我亲爹？

看着齐海生的眼神，齐师傅心里翻江倒海，他的眼神似乎在期待什么。他也很想应下齐海生这句闲话，但他不敢，他晓得这件事捅破会有怎样后果。

齐师傅咽下口气，说，就算是收养的，也是十几年感情，这跟亲儿子有什么区别？

齐海生脸色僵了僵，很快又笑了。

齐海生说，齐师傅啊齐师傅，都说你以前当过落寇，我却不相信。你看你，胆子这样小，连亲生儿子都不敢应，你就算说句假话也好啊。行了，你还是走吧，我的事与你无关，你莫要再操心了。以后对齐罗成好一点，总是亲生儿子贴肉，你待他好，他以后会替你养老送终的。

齐师傅愣了半日，终于开口，海生，我问你一句话，你要同我讲真话。

齐海生说，你问。

齐师傅说，你离开家那么多年，为什么又给我写信？

齐海生说，这有什么奇怪，搬运工会太苦了，我想寻个舒服点的工作，所以寻你，让你看苦肉计，把罗成工作让给我。

齐师傅说，你只是为了工作？

齐海生说，当然，你又不是我亲生父亲，难道我还来寻你认亲啊？

齐师傅叹口气，说，你真想坐牢，你就去坐吧。我做爹的，还能怎么样？

齐师傅慢慢起身，走到门口。

齐海生突然叫了一声，齐师傅。

齐师傅转头看齐海生。

齐海生笑眯眯地说，天凉，帮我带上门。

齐海生看着齐海生，半日才吐出一句，你这个夭寿啊。

齐海生看着齐师傅关上门，怔了怔，突然眼泪就流了下来。

齐海生想起，那时，齐师傅常出去挨批，每次回来，都是照常嘻嘻哈哈跟他和罗成说笑，丝毫看不出半点挨批的狼狈。有一次，齐海生出门去玩，正碰上齐师傅批斗回来。他靠在路口的电线杆下，正用衣袖抹眼泪。这是齐海生唯一一次见齐师傅哭，他不晓得他受了怎样的委屈，他从未看过如此疲惫孤独的齐师傅，那一刻，他就远远地站在那里，一动不敢动，生怕打扰到他。

齐师傅沿着马路往城里走。他死心了，他终于问了齐海生那个他一直想问的问题，他也听到了他最怕听到的那个答案。他熟悉这种感觉，那一日，他也是这样灰心，一路走，就想走到海边去。那一次，他发下誓言再也不认这个儿子，但一看到他的来信，他就将那誓言忘得一干二净。齐师傅苦笑，这是做爹的命，逃不掉的。

齐师傅慢吞吞走着。平时，他两条腿像柴爿一样，走得飞快，但今天，他却觉得双腿无力，难以抬起。也不晓得走到哪里，听见身后有人叫他，齐师傅转过头，只见一个人拉着手拉车跑过来。

拉车人问，齐师傅，你还记得我吗？

齐师傅说，我记得的，你姓王，王师傅。

拉车人说，好久没见你了。

齐师傅说，我退休了。

拉车人说，哦，难怪呢。你要回城吗？

齐师傅点头，拉车人便说，那你坐上来吧，我拉你回去。

拉车人将车头低下，齐师傅没有拒绝，抬腿上了手拉车。手拉车晃晃悠悠往前走，齐师傅坐在手拉车上，看着远处的长亭村越来越远，越来越远，直到上了岭，拐过那个埡口，长亭村终于在视野里消失不见。

手拉车到了城里，齐师傅下车，从兜里掏钱，拉车人却不肯要，说，我给你拉了那么多次，也算是朋友了。现在你退休了，就算朋友送你一程。

齐师傅说，那谢谢你了。

拉车人说，谢什么。我现在也安家在城里了，草龙巷七十九号。你有空过来，到我那里坐坐，吃杯老酒。

齐师傅应了。拉车人走了，齐师傅抬头，这才发现他将他如以前一样放在了兴国饭店门口。以往，拉车人每次将他拉到这里，他都会进去吃一餐。但今天，齐师傅没有进去，他一点胃口都没有。

齐师傅踱回家，在八仙桌边的太师椅上坐下，低着头，一言不发。

你去寻他了？秀娟问道。

齐师傅没应声。

秀娟说，你瞒不了我。你几根肋排骨，我还不清爽？他怎么说？

齐师傅叹口气，说，他说他不是我亲生儿子，这窟窿不肯让我帮他填。

秀娟面露哀色，说，算了，清风，你对他总是尽心了。

齐师傅说，这夭寿，一世不落直。如果这次真的坐了牢监，也未必是坏事。有人管着，总比将来捅出天大窟窿来好。

秀娟站一边，不再说话。

从长亭回来，齐师傅便没有再去咸货行，每日坐在家里等消息。离开长亭时，他跟爱春叮嘱过，有什么事情，定要到家里来寻他。

过了几日，爱春果然来了，说三岔供销社来人了，来了一大班，与店里人一道日夜盘存，终于盘出数目，账面上亏了四千块。齐师傅听了数目，心里一沉，晓得海生的牢监是铁稳了。

又隔了几日，爱春又来，这次显得比上次慌张。爱春告诉齐师傅，这一次，县社的人也来了，是县社监委会主任带队。先是开会，上政治课。那个监委会主任凶得很，说供销社是商业服务机构，应该老实做人。现在出现这么大的亏空，定是出现了不老实的人。这个人一定要查出来，这是贪污分子，是阶级敌人。主任开完会，还寻店里几个人背靠背谈了话。

爱春说，齐师傅你放心，寻到我时，我是一句海生的坏话都没有讲，只是说他工作认真负责，出现差错是日常物资损耗，定不是有意的。县社的人听了，都冲我发火了，说我胡说八道，再损耗也不可能出现四千元亏空。我不理，只是坚持，他们也拿我没办法。还有徐本常，我也叮嘱了，让他多说好话。齐师傅你放心，徐本常这个人虽然跟海生关系不好，但他听我闲话，应该不会说海生坏话。

齐师傅听了，感谢爱春。但他心里明白，这个徐本常定不会讲海生好话。眼下到了这个地步，什么办法都没有了，只能等着看结果。

最后一日，爱春来了，眼泡是肿的。爱春告诉齐师傅，供销社报了案，齐海生被公安局的人给带走了。

爱春走后，齐师傅换一身清爽衣裳，去咸货行挑拣了最好黄鱼鲞，用粗纸仔细包了几份。齐师傅先去了毛毛家里。齐师傅见了毛毛爹，将黄鱼鲞放下，开门见山，将心思袒露。

齐师傅说，我儿子对不起你女儿，受任何惩罚都是应当。我今朝落下这句闲话，如果以后你的囡受这个事影响，我两个儿子随便挑，任何一个当女婿，我都拍板。

毛毛爹听了齐师傅闲话，也有些感动，说，都是当爹的，我也晓得此时心理。这种事，也不能全怪你的儿子。我那个女儿，从小跟她娘，没学好。

齐师傅说，谢谢老兄弟，你也给我出出主意，如果这件事追究下去，还有什么我要提防？

毛毛爹愣一愣，说，齐师傅，你是好人，我就给你提个醒，我囡跟那个刘副股长虽然解除了婚约，但还在联系，我晓得的。那个刘副股长，怎么说呢，我怕他到时会来捣乱，你要提防。

齐师傅听了，千恩万谢，又着着急急赶到县社寻那个刘副股长。见到刘副股长，齐清风主动介绍自己，说自己叫齐清风，在供销社里干了多年。

刘副股长听得有些不耐烦，说，你讲这些做什么，有什么事？

齐师傅说，我有个儿子，叫齐海生。这夭寿，不听闲话。平时工作上不努力，结果出现了亏空。我想寻你商量，他少的钱，我想办法给他补上，看看县社里能不能给他个宽待。

刘副股长面色放缓，说，哦，原来你是那个齐海生的爹。不过，这事情你寻我做什么，你应该去寻公安机关。

齐海生笑笑，说，刘副股长，我晓得，那个女孩子，是海生这个众生做得不对。但是他毕竟不晓得那人与你在谈对象，发生那样事情，都是误会。我替他向你道歉，如果刘副股长能原谅，有什么要求，我都愿意补偿。

刘副股长点了根香烟，眯着眼睛看齐海生，说，你准备怎么补偿？

齐师傅说，你说个数目，我卖房卖屋补偿你。你是大人，抬手放过他。他做了错事，法院要判，坐几年牢监，我无条件服从。但你这里，我还托你能帮忙，只盼着尽量罪能轻一些。他年岁还轻，罪轻还有机会。如果罪重了，关长远了，他这一世就抛脱了。

刘副股长突然笑了起来，说，齐师傅啊，你真是年岁大了，你不看报纸不听广播吗？你想得也太简单了，坐几年牢监？恐怕现在不是做几年牢监的事情了，我告诉你，现在全国上下要“严打”，齐海生这次恐怕是要把牢底坐穿了。

齐师傅说，刘副股长，国家政策我也不懂，我只希望到时这事麻烦到刘股长，刘股长能抬抬手。

齐师傅殷切眼神看着刘副股长，但刘副股长只是笑，一句话不响。齐师傅突然想起自己带的鱼鲞，给刘副股长递过去，说，刘副股长，这是我自己腌的咸鱼，你尝尝味道，要是滋味还好，以后我长年供应。

刘副股长做了个躲闪的动作，说，你莫给我，我最不爱吃这腥臭的东西。

齐师傅只好将鱼鲞拿开。刘副股长冲齐师傅招手，齐师傅，你靠过来，我跟你说两句私底闲话。齐师傅赶紧凑过去。刘副股长轻声说，齐师傅，其实我是晓得你的。你家以前跟石浦港海落寇勾结，做了多少坏事。当年你运道好，躲过去了。但这世上有报应，你躲过去了，现在就要落在你儿子头上。我跟你明说了吧，这个事本来毛毛家已经不管了，是我定要追究的。

齐师傅听了，一阵火气上涌，他握紧拳头，关节握得勒勒响。

刘副股长看着齐清风，哑然失笑。

你做什么，要打我一顿？好啊，你打啊，或者把我绑去扔到海里。正好趁“严打”机会，把你父子都打进去算了，到时看还有没有人来帮你们两个收尸。

齐师傅握了一阵拳头，突然，胸口那口气就泄了下来。他搞不懂自己为什么会突然松了气，害怕了？他不晓得。他只晓得齐海生的事情，他已经没有能力再做些什么了。

齐师傅慢慢走出了供销社。从供销社出来，齐师傅去了趟看守所，看守所门口站了武警。齐师傅说，我儿子关在里面，能不能让我进去看他一眼。武警不肯，将他赶开。齐师傅想了想，又走到法院去。到了法院门口，只要看见穿制服的人进出，他就拉住问自己儿子的事情。没有一个人理睬他，只当他是个神经病。最后，法院看门的老倌看他可怜，偷偷告诉他，说，你到车站去，只要是重罪，都会有告示在那里贴出来。齐师傅感谢，又往汽车站走。走到汽车站，他的两条腿几乎一点气力都没有了。齐师傅站在一面墙前，看见上面密密麻麻贴满了告示。他寻到法院那张，写着一堆名字，其中最下面一排，都勾着红勾，要判死刑的。齐师傅上上下下仔细看了，没有齐海生的名字。齐师傅长出一口气。

从这日起，齐师傅每日一早都赶到车站去看告示。去的次数多了，看的告示也多了，齐师傅的心反倒越来越平静。齐师傅想，当年秀娟不能生育，为了让自己有个儿子，寻那个美姑借肚生下齐海生。刚生下个齐海生吧，秀娟却自己也怀了孕，又生下个罗成。现在想来，要是早晓得秀娟能怀孕，又何必要借肚呢，等两年不就好了？可这天下的事情哪有道理可讲，一个人如果真想讲道理，那他不是呆了，就是疯了。

4

夜里七八点钟，突然有人敲门。齐师傅出去开门，与来人在门口问答几句，又一起走了出去。过了大概半个小时，齐师傅回来。回来时，还带回一包香烟，坐在八仙桌边闷闷抽了起来。事实上，退休后，他就戒了烟，从未再吃。这一切都让秀娟感到奇怪，问齐师傅出什么事，齐师傅却一句不响。

天没亮，齐师傅便起了床。他在卧室里装被子的大樟木箱子里取出钞票，拿五十块，用红纸包了，出门。他穿过大半个城区，来到城区边缘的草龙巷，寻到七十九号。齐师傅敲开门，门内站着的正是拉车的王师傅。王师傅披着一件布衫，将齐师傅迎进家里坐下。

王师傅问，齐师傅，这么早寻我有什么事？

齐师傅没说话，只是取出袋里的红包递给王师傅。王师傅吓一跳，将齐师傅手推开。

齐师傅，你这是做什么？

齐师傅说，你先收下我才肯讲。

王师傅想了想，将红包接过，放在桌子上。

什么事，你尽管说。

齐师傅说，我想让你今天帮我跑趟路。

王师傅说，去哪里？

齐师傅便将来意仔细与他说了。王师傅听了，低头想了一阵，点头答应。

齐师傅在大门口等，过了一会儿，王师傅出来，拉着那辆手拉车，只见车把上已经挂上了一块红布。两人离开草龙巷，寻个地方吃了早饭，然后又去商店买白布，脸盆，热水瓶，棉花，还有一套干净衣裳。热水瓶里灌好热水，上路。王师傅让齐师傅坐手拉车上，齐师傅不肯，不想让王师傅辛苦。王师傅说，齐师傅，你尽管坐着，等下还要办大事情，你要准备好体力。齐师傅听了，便不再坚持，只是低头坐上手拉车。

车子摇晃一路，终于到了野梅岭山脚。山脚路口停着几辆解放车，有武警站岗，不让进。齐师傅说自己是家属。武警依旧不放行，只让齐师傅在这里等待。齐师傅没有办法，只得和王师傅两个人并排坐在手拉车的车帮上等着。王师傅将一根烟点燃，递给齐师傅，说，先抽根烟。齐师傅愣了一下，将烟接过来。他抽一口，往旁边看，看见附近三三两两站着人，个个神情肃穆。再往山上看，什么都看不到，只有绿油油的树，还有从树的缝隙中透过来的轻巧日光。

突然，山上传来了一阵声响，噼里啪啦，像是放爆竹。齐师傅身子一抖，站起身子，眼巴巴盯着山路。又过了十几二十分钟，只见山路上跑出一队武警，喊着口号，整整齐齐。他们跑到山脚，动作麻利登上解放车。解放车扬尘而去。

齐师傅站在那里发愣，仿佛灵魂出窍。王师傅赶紧叫他，齐师傅，快上山，等看热闹的人来了，就办不了事了。齐师傅这才反应过来，赶紧和王师傅拿着东西往山上跑。两人跑到山腰处，那里有一块平地，横七竖八地倒着一排人。齐师傅屏着呼吸，仔细辨认一番，终于寻着齐海生。齐海生倒在黄泥地上，身上流出的鲜血浸透身底下黄泥地，那泥土已经成了黑色。

王师傅从旁边手脚麻利地砍来几根竹竿，插在齐海生周围，再用那卷白布将竹竿绕起来，隔出一个封闭空间。随后，他将热水瓶里的水倒进脸盆，将毛巾打湿，递给齐师傅。王师傅说，齐师傅，来吧。齐师傅有些麻木地接过热气腾腾的毛巾，开始擦拭齐海生的身体。因为身上的血几乎流光，齐海生的身体变得异常苍白。特别是擦净血迹后，胸前的弹孔显得特别醒目，黑森森的吓人。齐师傅仔细看了，看见海生中枪的部位是胸口，从身后打入，打入的地方伤口要大一些，射出的伤口小一些。齐师傅将棉花搓成团，仔细将海生身上的弹孔填好。擦干净身体，填好弹孔，齐师傅又给海生换上干净衣裳。齐师傅全部收拾完毕，王师傅手脚麻利地再将周围白布取下卷起。

齐师傅看见有些家属已经收拾完了，正背着尸体往山下走，有的还在收拾。那些没有家属认领的尸体，依旧孤零零地倒在血泊里。此时，几个附近村庄的小孩已经跑上来了，正探头探脑四处寻空弹壳。胆大的，还用小树枝在无人认领的尸体上挖着弹头。齐师傅看了难过，急步走过去，冲着几个小孩骂了两句。小孩抬头看，见齐师傅相貌凶恶，就骂骂咧咧地四散跑开。齐师傅将那卷白布散开，扯成块，盖在那些无人认领的尸体上。

齐师傅说，王师傅，你帮帮忙，帮他弄到我背脊上，我背他下山。

王师傅应了，齐师傅弯下腰，王师傅用力将海生的尸体架到了他的背上。齐师傅咬着牙站起，背着海生往山下走。山道上，涌过一阵又一阵的山风，呜呜地响。不晓得是不是风吹的，齐师傅突然感觉齐海生在他背上微微颤抖。齐师傅的喉咙一阵阵地发紧，他晓得，这一世，他真的没有这个叫齐海生的儿子了。

5

一早，齐师傅就去城南的棺材铺联系棺材事宜。铺子里刚好有口新打的棺材，杉木，刚上好了漆。齐师傅与老板谈好价格，转身回家。走到半路，齐师傅听见有人叫他，扭头看，只见一个三十几岁的男人，站在一家早点摊子门口冲他笑着。齐师傅奇怪，他并不认识他。

男人说，我叫阿毛，以前城里挑挑子，卖酒酿。我挑子上还有一串铜板，走起来叮叮当当响，你记起来了吗？

齐师傅皱了皱眉，还是没想起来。

阿毛说，你当年吃过我一碗酒酿，我还说我认得你，因为你光面吃得最好。

齐师傅还是没有记起来，他抬头看看阿毛身后的店，说，这是你的店？

阿毛说，是啊，是我开的店。进来吃碗酒酿？

齐师傅愣了愣，忙了一日一夜，真还没有吃什么东西。此刻想起，的确有些肚饿。

齐师傅进了店坐下，阿毛给他舀了满满一碗酒酿，上头撒着甜桂花，喷香。齐师傅伏下头吃起来。吃了半碗，胃里慢慢暖了，脑子也慢慢开始清晰起来。齐师傅坐在那里，终于想起来了，多年前，他去海边路上遇见了这个阿毛。因为他讲的那个吃猪油的故事，自己把吃的酒酿全部吐到南门河里面去了。

齐师傅低头继续吃，吃着吃着，他捏着汤勺，就情不自禁抽泣起来。阿毛见状，有些发慌。

你怎么了，是酒酿味道不好吗？

齐师傅摇了摇头，泪眼婆娑。

阿毛啊阿毛，你晓不晓得，你把我害苦了。要不是你当年那碗酒酿，现在我又何必再受这这人世上最大的苦啊。

阿毛看着齐师傅，觉得莫名其妙。

第十九章

1

每次回城，秋林总要往桃源街边上的那条墙弄里走一走。有时杜英在，有时杜英不在。杜英在时，两人便附近荡一荡，讲几句闲话。杜英不在，秋林裁缝店里坐一坐，吃一杯茶，跟杜梅讲讲自己在黄埠的情况。秋林讲得仔细，他晓得，跟杜梅说的这些闲话，杜梅定会讲给杜英听。杜梅做衣裳时，也会讲些杜英事情给秋林听。就这样，日子久了，秋林杜英就越走越近，近得都将对方视作了自己最重要的人。秋林带杜英见过母亲，母亲也欢喜。起初，秋林还担心，杜英农村户口，粮食食油燃料都没有计划指标，母亲会计较，不想母亲却开明。

都是苦人家，莫要挑拣别人。难不难的，都不是紧要事情。以前日子难过，也是件件熬过来，再苦总不会比以前更苦。最重要是人好，你钟意。

秋林听了高兴，说，父亲一直不让我去牢监看他，现在我寻了对象，总应该带去让他看看，要他认定。

母亲说，你莫担心，你的事，上一次去便已经说过，你父亲同意。

秋林说，还是要见见的，天下没有这样道理，儿子结婚，父亲都没见过儿媳妇。退一步讲，父亲现在不见，总有一日要见。我已经打算了，现在政策宽松，我也多少混出点名堂，我想寻律师想想办法，让父亲出来。父亲本就不是大罪名，坐那么多年牢，也应该出来，一家人团圆。

母亲愣一愣，说，我晓得的，你莫要急。

2

定婚礼，最重要一件便是邀请媒人。无媒不成婚，男女双方各种事都需要媒人在中间传递。秋林跟母亲商量，最后都想到同一个人，便是原来南货店里马师傅。一桩，秋林是马师傅手把手带出的学徒，是秋林的师傅，长辈。另一桩，马师傅长亭待了多年，一直与杜英家交往，知根知底。两厢考虑，没有比马师傅更合适的人选。定了人选，母亲去百货商店里买来一斤白糖，一包茶叶，只等到礼拜日放假，让秋林去马师傅家邀请。

秋林寻到马师傅家时，马师傅家正在家里染头发，刚洗干净，头皮上还留着蓝莹莹的颜料。虽然几年没见，但马师傅看上去丝毫不见老。秋林来，马师傅也高兴，热情将秋林迎进去，在客厅里坐落，泡茶拿瓜子，当作贵客。马师傅说自己开了一爿小店，做些旧货生意，又打听秋林现状，秋林简单介绍自己黄埠供销社里工作情况。马师傅听了高兴，说，当年南货店里便觉得你后生能干，我一双眼睛从不看错人。讲了几句闲话，马师傅说，小陆，你难得来，今朝寻我是不是有事情？

秋林有些难为情，说，马师傅，是这样，我寻了个对象。想定婚，但眼下还缺一个媒人，我和母亲商量，都认为此事马师傅最合适，所以就来麻烦。

马师傅说，这有什么麻烦？是桩好事。你放心，我定会帮忙。只是不晓得是哪里的姑娘？

秋林脸红，说，是长亭村的。

马师傅一愣，长亭村？哪一家？

秋林说，说起来马师傅也认识，是杜家的姑娘。

马师傅恍然大悟，哦，我晓得了，是杜家的小囡杜英吧？你后生眼光好的，那可是杜家姆妈心头肉。这样，既然你寻我，我就按老辈方法替你们张罗。你回去，先把你和杜英的生辰八字问来告诉我，我去算命先生地方，根据你们两人年庚八字定下结婚日脚。日子选定后，我再去给你跑腿，去送日子，送聘礼。如果杜家对日子没别的讲法，就可以正式定下。

秋林应下，说，那这桩事就辛苦马师傅了。

马师傅说，辛苦什么，你小陆能想到我做媒人，也是一番体贴，我真心高兴。

再坐一坐，讲一番闲话，秋林起身告辞。夜里，他便问来自己和杜英的生辰八字，隔日早上，又去马师傅家，将生辰交与他。马师傅请算命先生算了，定在正月初八，再去杜家打听，杜家没有异议，双方将日子定下。定了日子，秋林再办一桌酒席，请媒人长辈还有单位领导吃饭。

杜英结婚，杜家张罗嫁妆，被子、被单、热水瓶、脸盆，零零碎碎一大堆，此外，还要准备新郎官穿戴的帽子、衣裤、鞋袜。杜梅将这些穿戴大包大揽，杜梅说，我定要寻好料子，置办一身最时兴衣裳，让你们风风光光拜堂。杜梅手头生活好，自然不用担心。另外，借了杜英婚事，也能改善与杜家姆妈关系。

秋林这边，则是准备婚房、婚床，采办婚宴原料。最难是婚床，婚床需大料，特别是床前那根木杠，需要大料作。木材紧张，要短暂时间寻到好木料不易。秋林正为此事烦恼，不想，母亲却说此事早已准备好。

母亲打开自己房间，让秋林从自己床底拉出一样东西。拉出来，正是两米长一根刮挺木荷料。母亲告诉秋林，他出生时，父亲便上心帮他准备木料。父亲一生正直，从不求人。唯独一次，帮了一个山里人大忙，帮忙后求对方一件事，让他留心寻一块床前木杠子料作。这山里人有心，不久后，便将木料寻好送来。就这样，这根料在床下放了二十几年。

母亲说，秋林，你要结婚，要做大人了。今朝，我就将事情底细告诉你。

秋林觉得母亲讲话奇怪，问什么事情底细？母亲不回答，转身走到橱柜边，打开橱门。秋林跟过去看，只见里面搁着一件衣裳，衣裳眼熟，竟是自己托杜梅给父亲做的那件藏青色秋衣。秋衣下还压着什么东西，母亲慢慢掀开，竟是一个四四方方的盒子。母亲转过头来看着秋林，眼眶里泪水晶莹。

母亲说，秋林，这里面便是你父亲，你父亲已经没有了。

秋林双腿发软，天旋地转，几乎晕厥。

母亲说，当年，你父亲进了监狱，没多少辰光，人便脱了相。瘦得像根鱼鲞，又干又黄，连面孔都没了肉，就像用手碰一碰，都是脆的。你父亲说，这么副相貌，怎么好让你见他？怕你担心，说要等胖回去，水色好一些时，再让你去。结果没想到，就是那年冬天，说是半夜起来拉尿，站在马桶前，人突然就歪倒了。等别人发现，已经没了气。

母亲停下来看一眼秋林，只见他呆呆看着那个骨灰盒子，一声不响。

母亲又说，秋林，你莫要怪娘。这么多年，我一直瞒着你，不是我狠心，实在是担心你。你父亲出了事情，害你分配到南货店，你本就情绪低落，要是那时再告诉你这事，真担心你嫩肩膀承受不起，就消沉了下去。现在你结婚了，要做大人了，我也不好再瞒你。我晓得你心里难过，你真要怪，你就怪娘。

秋林摇了摇头，说，姆妈，我怎么会怪你？我也不晓得怎么说，这么多年了，爸爸在牢监里，我其实也总是猜测，心里也总有奇奇怪怪念头。担心他看不上我的工作，担心这个，担心那个。现在看见爸爸了，反而落定了一些。

母亲说，你能这样想，那是最好，我最怕就是你会承受不住。

秋林说，不会的，你说了，我要做大人了，家里许多事情以后都是我担当，我一定会做好的。

母亲听了，点点头，又落一阵眼泪。随后，秋林帮着母亲将骨灰盒从橱里取出，放在外面八仙桌上，上面挂相片，前面摆香炉水果糕点供奉。夜里，等母亲困了，秋林一个人偷偷出来，给父亲点上一支香，然后拖一把骨牌凳坐在桌前看父亲的遗像。看着父亲，秋林很想哭，但他却哭不出来。这是奇怪的事情，他晓得自己心里有多难过，可此时，他的眼眶却一滴眼泪也流不下来，似乎有一团什么东西淤积在眼眶里，将这些眼泪给堵住了。

秋林跑进房间，取出一个饼干箱，又拿出个面盆。秋林坐在地上，将饼干箱里的信取出，一张一张在面盆里烧了。火光忽隐忽灭，一阵阵热浪从秋林脸孔上滚过。秋林看着盆里燃烧的信纸，纸上的字随着火光变得清晰，又迅速消失，变成灰烬。秋林心思迷茫，他不晓得父亲在天之灵，能不能读到这些信。这么多年来，无论是在长亭南货店，还是到了黄埠，做任何事，他都是生着一股劲，要为牢监里父亲争口气。但现在，父亲没有了，秋林觉得身体里的那股劲也松掉了。今后自己还能怎么做，还能做给谁看呢?

3

这一日，供销社里开会，讨论的是保障春节物资供应事情。

会议放在小会议室里开，参加的是供销社里几个领导。会议的缘由是潘主任一个东北战友，这个战友电话里说，今年齐齐哈尔甜菜大丰收，甜菜可以做成白糖，如果这边有需要，可以去齐齐哈尔采购白糖。

潘主任说，眼看就要过年了，供销社要做好人民群众的物资供应保障。本来，我想自己去，但年底各项会议那么多，我做一把手的实在走不出，所以我考虑派你们中间一个去，联系一下白糖事宜。你们看看，谁愿意接这个任务，跑一趟东北。

听了潘主任闲话，房间里几个人都面露难色，就要过年，谁也不愿意抛家舍业跑到天寒地冻的东北去。窃窃私语一阵，无人响应。秋林坐在角落，没搭话，只是一声不吭地抽烟。

潘主任眼睛扫了扫众人，有些不高兴，怎么，都不愿意去？难道一定要我这个当主任的去啊？

此时，秋林香烟吃完，扔到地上，站起来说，潘主任，我去吧。

潘主任一愣，说，小陆，你不是过年要办婚礼吗，怎么走得出？

秋林说，应该耽误不了。

会议结束，潘主任又单独问秋林，小陆，这个关节去东北，真的没事？家里人不会有埋怨啊？

秋林说，主任放心，工作事情要紧。

潘主任便拍了拍秋林肩膀，说，后生人就是不一样。

事情定了，供销社里便给秋林订火车票。车票紧张，订在三日后，需从宁波坐轮船到上海，再从上海坐火车到东北。订好票，潘主任便让秋林这几日在家里休息，专心安排出门事宜。

秋林回城，跟母亲说了去东北的事情。母亲担心，眼看就是春节了，你为什么要去东北？秋林说，单位里都忙，抽不出人。母亲不说话，沉默许久，说，你去杜英那里说一声，莫让人家挂心。秋林应了。

秋林出门，去杜梅的裁缝店。秋林去时，杜梅正在做衣裳，杜英还在工厂上班，没回来。秋林坐骨牌凳上，看着杜梅做衣裳，看了一会，秋林说，阿姐，我马上要去齐齐哈尔出差了。

杜梅抬起头来，问，齐齐哈尔很远吧？

秋林说，嗯，要坐好久的火车。

杜梅说，过年赶得回来吗？

秋林说，不晓得，看事情顺利不顺利。

杜梅就不说话了，手底下忙碌，房间里只有烙铁碰水发出的嗞嗞声响。再坐一会儿，杜英还没回来，秋林便起身告辞。他晓得，杜梅会将此事告诉杜英的。心底里，他也怕当面跟杜英说这件事。

第二日，秋林在家里收拾行李。母亲一早就跑出去寻到过东北的熟人，打听去东北注意的事情。回来，母亲就用瓶瓶罐罐装了许多咸菜，说东北吃馒头，带这些咸菜好下饭。虽然瓶瓶罐罐带着麻烦，但都是母亲心思，秋林只好全部塞进袋里。

整理好了，秋林便坐在房间里闷闷吃烟。昨天去杜梅那里说了去东北的事情，不晓得杜梅如何跟杜英讲，杜英又会是怎样反应。秋林不晓得自己为什么要争这项去东北的差事。供销社里那么多人，就算没有人主动领命，最终也轮不到自己。可那一刻，他就那样站起来，就那样主动地将此事揽了过来。他晓得去东北的后果，马上就是春节，春节里他要跟杜英举办婚礼。如果齐齐哈尔事情不顺利，或许他就会留在东北过年，甚至耽误婚礼。但他就是想去，他似乎盼着什么。秋林想不清爽，想得烦心，竟将燃着的烟头戳在了自己的掌心。

夜里，秋林和母亲坐在昏暗灯下吃饭。明朝就要出门，要坐客车去宁波，再从宁波坐轮船到上海，再从上海坐火车去齐齐哈尔。吃完饭，母亲洗碗，有人敲门，秋林去开，见门口站的竟是杜英。秋林觉得有些难堪，面对杜英，不晓得如何开口。杜英望了秋林一眼，只将手里东西递过来，是件棉袄。杜英说，东北地方冷。秋林接了棉袄，心里过意不去，刚想跟杜英解释。杜英又说，路上注意安全。说完，她就迅速转身走了，消失在了弄堂口。

秋林拿着棉衣，呆呆站在门口。

4

火车从上海出发，叮叮当当开了两日一夜，秋林坐得腰酸背痛。到了齐齐哈尔，已是深夜。秋林出火车站，寻了辆小面包，摇摇晃晃赶到招待所。安顿下来，揩面洗脚，躺到床上，秋林却毫无困意。火车上日困夜困，倒将睡眠时间打乱了。加上屋里烧了暖气，热烘烘让人透不过气。秋林翻来覆去困不着，觉得心窝都烫，又将身上脱得只剩短裤背心，才稍稍平静了些。最后终于困了一会，天不亮又醒过来，再也睡不着。眼睁睁看着天花板，终于熬到第二日一早，才拿着介绍信去当地粮食局打听白糖事宜。

粮食局里接待秋林的是一个分管副局长，听了秋林来意，连连摇头。

我们自己春节里的白糖供应都不够，怎么好给你们？

秋林赶紧拔烟，说，帮帮忙，我是从南方千里迢迢赶过来。

对方将烟放在桌上，说，你就是从月亮上赶过来也没有办法，没有就是没有，我总不能给你变戏法一样变出白糖来吧？

秋林又耐着性子恳求一番，对方始终不松口。秋林没办法，只得先告辞出来。回宾馆，给家里打了个长途电话。潘主任听了情况，也是意外，说，这样，小陆，你现在赶紧去部队寻我的战友武志广，他是当地独立团里干部。消息是他告诉我的。我马上给他打电话，让他想想办法。秋林记了地址，赶紧叫了辆小面的过去。到了部队，却说武志广不在，出门了。问几时回来，只说不清楚。秋林没办法，只能留下电话，又坐车回招待所。秋林再次给潘主任打电话，潘主任说自己也联系了，联系不上，让秋林先耐心等几日。没办法，秋林只能在宾馆里等待。他在宾馆边的一个旧书摊上买了几本武侠小说，天天躲在房间里看。饿了，出去买几个馒头，茶杯里倒热水，把母亲让他带的咸菜拿出来过馒头。困了，就闭眼睡觉。渐渐地，秋林就感觉自己是躲到了世界尽头，就自己一个人，谁都不熟，谁都不用讲话，只一个人吃饱喝足活下去，这让他感觉日子似乎没那么难熬。

这一日下午，秋林正迷迷糊糊入觉，突然有人敲门，秋林开门，看见门口站着一个陌生女人，三十几岁年纪，穿一件滑雪衫，拉链敞开，里面露一件鲜红的毛衣，裹得丰满。

你是陆秋林吧？

秋林点头。

女人说，我叫胡妙，是武政委托我来的。说着便伸出手，秋林赶紧握住。胡妙的手臂很粗，像个男人，手倒是小小一只，很有力。胡妙说，武政委让我带你去吃饭。秋林推辞，胡妙说，你不去，武政委要怪罪我。秋林听了，犹豫一下，便跟着她出了门。门外停着一辆吉普车，胡妙介绍这是武政委特地安排的部队车子，方便秋林出行。秋林感谢，两个人便坐上吉普车。

天气冷，地上有冰，车子开得慢。一路上，胡妙边开车，边向秋林热情地介绍齐齐哈尔乡土人情，秋林全无兴趣，有一搭没一搭应着，眼睛无聊地往窗外打量。路上少有人，偶尔走过去的人都裹着粽子一样的棉衣，缩着头颈，圆圆一团，踮着脚尖走路。路边堆着化不了的脏兮兮的残雪，家家户户房门关闭，显得冷清萧瑟。

最后，吉普车开到了一个叫卜奎老店的地方。胡妙带秋林进一个包间，只见里头已经坐得满满当当，秋林不晓得这么多人，有些吃惊。房间里热气腾腾，水雾中，一堆人都扭头看秋林。秋林看见主位上一个人站起来，说，你是陆老板吧，我是武政委的朋友，我叫李大奎。秋林赶紧握手。秋林坐下，李大奎便仔细给他介绍在座的人，听上去都是当地的一些头面人物。秋林又一一握手。

一圈下来，最后介绍胡妙。李大奎说，这个小胡我还要隆重介绍一下，她是我们齐齐哈尔马戏团的台柱子，最擅长凳技。随后，李大奎便向后靠在椅子上，做了个动作，说，喏，就是这样，小胡躺在最下面，那些男人全部压在她上面，动啊动啊。说完，桌上人都笑。胡妙朝着李大奎白了一眼，却丝毫不见羞涩。李大奎拍一拍桌子，说，好了，介绍完了，整酒。

酒是白酒，叫北大仓。酒倒满，李大奎第一个敬的便是秋林，秋林有些惶恐。

该我先敬领导。

李大奎说，不行不行，今天你是贵宾，要先敬你。

秋林没办法，只能站起来，看着满满一杯的白酒，眉头蹙紧。秋林酒量一般，平时很少饮酒，也不懂酒桌上的规矩，不晓得怎么喝。正犹豫着，李大奎仰脖一口喝光。秋林见状，也只得满满一杯喝下去。喉咙似乎拉过一条荆棘，火辣辣地疼。秋林喝光，满桌人喝彩，说没想到南方人酒量也这么好。秋林坐下，还没还魂，这边又有人站起来敬酒。秋林没办法，自己初来乍到，人家客气，自己不能不领情。索性下狠心，反正天南地北一条人，喝醉就喝醉，大不了回去好好困一觉。就这样，秋林便来者不拒，也不晓得喝了几杯，只记得桌上一条鱼，鱼头冲着自己，自己得喝，鱼尾冲着自己，自己也得喝。直喝得天昏地暗，最后也不晓得饭局怎么结束，怎么回的招待所。

秋林在房间里昏沉大睡，睡到半夜里，糊里糊涂醒来，只觉得口渴异常，踉跄起来，拿热水瓶倒了杯温水，一口喝下，又躺回床上。没想到，这一躺下却再也睡不着，也不晓得是房间里的暖气太热还是酒劲发作，只觉浑身燥热，翻来覆去难受。最后，实在躺不住，干脆起了床，穿件外套到外面散散步。走到外面，四处一片黑，只几盏路灯昏黄。秋林往前走一阵，只觉刚才一身汗此刻冷风一吹，很快就收了。秋林不再觉得闷热，有些舒服。又走一阵，竟又觉得冷了。打几个寒战，赶紧转身往招待所走回去。许是身体被冷风吹透了，此刻回了房间倒不觉得热，躺在床上裹着被，很快便酣睡过去。就这样一直睡到了第二日，醒过来，秋林也不晓得几点光景，只觉得浑身无力，喉咙干痛刺痒，像里头生了刺。脑袋也一阵阵发紧，如同有绳子在用力勒一般。秋林暗念一声糟糕，晓得自己是生病了，强撑着身体从床上坐起来。

秋林走到外面，跟招待所服务员打听哪里有药店。服务员给他指了方向，秋林便坚持着出门买了些感冒药回来。吃了药躺下，却似乎没什么效果，只是全身酸痛。秋林想着或许应该上医院看看，但躺在床上，却一点力气都没有。房间里热气烧得烫，可秋林却觉得冷，虽然他用被子将身体裹紧，但还是冷得打哆嗦。难受一阵，秋林便昏睡了过去。他开始做梦，梦里，他看见有人推开了房间的门，看不清是谁，想睁眼，眼皮却重得像两扇石阀门，根本开不动。那人走近了，站在床边跟他讲话，他听不清他在讲什么。随后，那个人伸手将他从床上拎起来，自己向后躺倒床上，将秋林的身体折叠，然后伸出双脚，将他往高处蹬。瞬间，秋林感觉自己的身体飞了起来，一直往上飞。飞到高处的时候，又往下跌回去。一直快跌到床上时，只见床上那人又伸脚用力一蹬，又将他蹬起。就这样，周而复始，秋林不停地升起又跌落，跌落又升起。最后，升到空中，秋林看见空中竟站着一个人，仔细看了，原来是自己的父亲。他看上去胖了，红光满面，身上穿着那件簇新的藏青色秋衣，背着手，笑眯眯地看着自己。

秋林疲乏地睁开眼睛，只见自己躺在一个陌生房间里，一个女人坐在床边，正担心地看着自己。在短暂的迟钝后，他认出是胡妙。

谢天谢地，你终于醒过来了，可把我吓坏了。

秋林挣扎着坐起来，朝着四周打量。

这是哪里？

胡妙说，是医院。

秋林纳闷，我怎么会到医院里来？

胡妙说，武政委给我打电话，说他暂时回不来，给你粮食局局长那里打好电话，让你再去寻他。结果我一到招待所，却发现你的门锁着，怎么敲也敲不开。问服务员，说你之前去过药店。我就担心，就让服务员把门开。结果看见你就躺在床上，烧得跟块炭一样。我就赶紧将你送到医院。你可把我吓得够呛，你是武政委的朋友，你要是出了事情，我真不知道该怎么跟武政委交代。

秋林听了，说了番感激的闲话。烧退了，人也舒服了，秋林说自己不想再待在医院浪费时间，想去粮食局联系白糖事情。

胡妙说，这怎么行，你刚退了烧。

秋林说，要去的，武政委打了电话，人家肯定等着，我要不去，错失机会。这是眼下最重要事情。

胡妙听了，便去寻医院熟人，熟人也说没什么大碍，这才办了手续，陪秋林去粮食局。

到了粮食局，两人直接去了局长的办公室。局长姓徐，听了秋林的来意，显得为难，说，武政委给我打电话了，可我们没有骗你，今年的白糖特别紧张。

秋林说，不是甜菜大丰收吗，怎么白糖还会紧张？

徐局长说，今年甜菜的确是丰收了，出的糖也比往年多。可你晓得，白糖供应一直都是紧张的，今年好容易多收了些甜菜，每个人的眼睛都盯着。这眼看就是春节，你说我这糖要是给了你们，自己地方春节里供应不上，我这个局长也交不了差啊。

听到此处，秋林也听出这徐局长没有说瞎话。这可怎么办，难道自己千里迢迢赶来，真要空手回去？这时，旁边胡妙说，徐局长，这快春节了，人家陆同志大老远从南方赶过来，你难道就让他空着手回去？再说了，他是武政委朋友，这样回去，武政委也没面子啊。

徐局长想了想，说，今年甘南的瓜子倒是丰收，虽然我们春节年货供应也紧张，但武政委的面子我不能不给，我想办法匀出一些给陆同志。

胡妙说，行，瓜子就瓜子，总比空手好，你给整上几车皮。

徐局长说，哎呦，哪有那么多？这样，你别为难我，我也作主拍个胸脯，一车皮，怎么样？

胡妙扭头看秋林，说，小陆，你看怎么样？

秋林赶紧点头答应。事情落定，秋林请徐局长吃夜饭表示感谢，徐局长推脱，说自己晚上有另外安排。秋林只能作罢，从随身包里拿出一条中华烟，塞给徐局长，徐局长推脱一番，收下了。

出了粮食局，两人回了招待所。秋林给胡妙倒了水，坐下讲闲话。

秋林说，你以前真是练杂技的吗？一点看不出。

胡妙说，是啊，我父亲便是杂技团的，从小跟着他练。那个李大奎没说错，我是最下面顶椅子的，椅子一把一把往上叠，另一个演员就爬到椅子最上面表演。

秋林说，很费气力吧？我感觉这种事情应该男同志做比较好。

胡妙说，道理是这样的，但那时练凳技的人多，都是男的在下面用力，大家觉得不稀奇。我们团里为了吸引观众，就想用个女演员做噱头。

秋林说，那观众来得多吗？

胡妙眼睛里放出光来，说，多的，每日坐满，都是来看女演员蹬凳子的。我年轻时，是我们团里最风光的演员。

秋林说，和你搭档的那个男演员肯定轻松，吃力全在你身上。

胡妙说，也苦的。和我跟我搭档表演的是个南方人，跟你说话声音有点像。但比你还要瘦许多。他平时不敢多吃，吃胖了，我下面就顶不住了。他东西吃得少，爬上爬下那么费力，你想，他苦不苦？

秋林说，吃杂技饭真不容易。我要是早几年来齐齐哈尔就好了，还能看到胡妙姐的技艺。

胡妙笑笑，扭头看见写字台边一张椅子。胡妙起身，躺到写字台上，双脚朝天。

小陆，你把椅子放到我脚上。

秋林赶紧将椅子拿起，搁到胡妙脚上，用手扶着。胡妙说，你把手松开。秋林将手松开，只见胡妙两只脚就像手一样灵巧，轻轻蹬几下，便将椅子调整到舒服位置，然后开始加快速度，两只脚次第上下，椅子就在她的脚板上球一样翻滚起来。秋林站在旁边，看得惊奇。蹬了一会，胡妙双腿一收，用手接住凳子，停了下来。秋林接过凳子，放回写字台下。只见胡妙从写字台上跳下来，一个劲地喘粗气。秋林竖大拇指，说，这可是真本事。胡妙说，这算什么，你没看过我以前表演，那才叫本事，十几条凳子我都竖得起来。现在基本算是废了，演不动了。胡妙拍了拍自己的手臂，说，你看，什么都没留下，只留下一身废掉的肌肉。

秋林说，为什么不练了呢?

胡妙怔了怔，说，练杂技是青春饭，吃不了一辈子。再说，当时配合的那个人死了。有一次，我在下面没顶住，他摔了下来，正好撞到脑，就死了。后来，再寻不到那样合适的人。就不演了。

秋林愣一愣，看了看外面天色，说，胡妙姐，我们出去吃夜饭吧。

胡妙说，别出去了。你刚生病，也吃不了太荤腥的东西。你等等我。说着，胡妙走出房间，不一会儿，拿回一堆东西，有面有鸡蛋，还有个电热炉。胡妙将面烫熟，两人凑头吃了。热烫烫一碗面吃下去，再发些汗，秋林觉得浑身舒畅。吃完，胡妙将电热炉还给招待所服务员，两人又点了香烟，坐下聊天。

胡妙说，这大年底的，你一个人跑到东北来，你家里人也放心?

秋林愣了下，说，工作嘛，有什么办法。

胡妙用力吃了口烟，又用力吐出来，说，赶紧把事情办好，早点回家吧。不管有什么事，过年总是要回家的。

秋林低着头，没响。

5

接下去的几日，胡妙陪着秋林去粮食局对接瓜子，去火车站联系车皮。胡妙很有门道，似乎每一个关节都有她的熟人，就这样，三天后，顺利将瓜子装车。瓜子装了车，秋林也该回去了。秋林对胡妙说，走之前，他一定要请她吃顿饭。地点让胡妙自己定，胡妙没有推辞，痛快应下。

第二天早上，胡妙开着吉普车来招待所接秋林。车子在城里开了一会儿，渐渐地，路越来越差，车子开始不停摇晃，秋林回过神来，这才发现车子早已开出城市，到了一个水库。

秋林跟着胡妙下车，风一迎，忍不住打个寒战，狐疑地朝四周看着。

来这里做什么?

胡妙说，这里的铁锅炖鱼最好吃。

秋林说，可这里也没有饭店啊?

胡妙笑笑，说，反正今天听我安排就是。

说着，她就带着秋林往水库边几间房子走去，敲开一间屋子的门。有人出来，胡妙跟他说了几句话，那人应道，原来是武政委的朋友，没问题没问题。说着，又转身往隔壁一间屋走了进去。过一会儿，拿一袋东西又带着另一个人走出来。两个人往水库的坝上走去。

胡妙扭头看着秋林，说，走，带你捉鱼去。说着，胡妙便带着秋林往水库大坝走上去，翻过大坝，又跟着往冰上走。秋林愣住，站在坝底，不敢再动脚步。胡妙走了几步，发现秋林没跟上，扭头向秋林招手，胡妙说，放心，不会破的。秋林还是犹豫，胡妙便笑，在冰上跳了几下，说，我比你胖那么多都不怕，你怕什么? 秋林听了，笑笑，便也大着胆子往冰上走。

几个人走到水库中央，那两人从袋子里拿出冰凿，在水面上凿出一个洞，然后将一根细绳子放进去。秋林和胡妙蹲在旁边看，只见绳子慢慢潜入水中，纹丝不动。看着看着，秋林突然看见冰后面有个自己，两个人就这样四目对望着。秋林看了一阵，有些出神。都说人有灵魂，这水下的会不会是自己的灵魂？秋林想，如果人死了，人的灵魂会不会就跟着死了？如果不死，他又会去哪里？是不是就像气球一样。人活着，气球上的绳子捏在人手里，人死了，手就松了，那气球就随着风飘走了。

秋林这样想着，忍不住又抬头往天上看了看。此时，不知怎么回事，天突然暗了，看不见太阳，灰蒙蒙一片，远处，有一个长长的烟囱，缓缓地冒着黑烟。

两个捉鱼的人似乎感觉到了什么，突然起身往外拉绳子。秋林看着那绳子从水中拉出来，上面的水就迅速结出冰花。绳子全部拉出来，最下面果真钩了一条鱼，那鱼出了水，用力折腾。捕鱼人将它从钩子上取下，扔到冰面上。鱼的嘴角流着血，蹦了几下，血都溅开来。但很快，它的动作就慢了下来，最后，就被冻住，白白一条，在冰面上一动不动。

秋林扭头看着冰面，水底下，他的影子依然在看着他。

秋林坐在火车上，胡妙站在窗外。

秋林说，胡妙姐，你回去吧，这么冷。

胡妙说，没事，我不怕冻。

秋林说，姐，以后来南方，一定来寻我。

胡妙说，我会的。

两人说着话，火车一声长笛，慢慢开动起来。

秋林说，赶紧回去吧。

胡妙点点头，突然想起什么似的，将一袋东西往车窗里送。

胡妙说，差点忘了给你了，这袋枣子路上吃。

秋林接过枣子，说，谢谢你，阿姐。

胡妙说，小陆，发烧时，你一直趴在我背上叫爸爸。

秋林愣住。

火车慢慢开得快起来，秋林坐在座位上，看见窗外的景色在向后退，越来越快，越来越快。秋林闭上眼睛，听见单调的车轮在铁轨上滚动的声音，感觉有东西从自己的眼眶里涌出，从两颊滑落下去，然后又顺着车厢的缝隙渗透，滴落在铁轨上。秋林心里那些很重的东西终于慢慢流淌了出来，他觉得自己不是在火车上，而是在胡妙的脚上。她一脚一脚地蹬着，自己不停地往空中飞起，变得越来越轻，越来越轻。

秋林站在杜英家敲门，敲了半天，屋子里灯光亮了。杜梅出来开门，看见秋林，吓了一跳。

秋林，你什么时候回来的?

秋林说，刚回来，下了车，就跑过来了。

杜梅说，赶紧进来坐吧，外面这么冷。

秋林说，我就在这里站会儿。杜英在吗?

杜梅说，在的。

说着，她就进了屋，没一会儿，杜英走了出来，她站在门口，看着秋林。

杜英说，回来了。

秋林说，嗯，回来了。

杜英说，东北冷吧?

秋林说，冷。

杜英说，还出去吗?

秋林说，不出去了。

杜英听了，便低着头，只是用手搓着衣角，不再说话。秋林想了想，伸手把杜英的手拉过来，杜英有些害羞，想躲，但又没躲。

秋林从口袋里掏出了一把红枣，放在了杜英的手心。

第二十章

1

正月里，秋林办了婚礼。总算一场闹热，让家里有了些喜气。过了个把月，杜梅也结了婚。杜梅开裁缝店时，认识了个男人，叫何天林，是橡胶厂跑供销的业务员。原来结过婚，有孩子。杜英不支持，但杜梅愿意嫁给他，说人老实。对方有孩子也不是什么坏处，自己不能生育，不用担什么压力。杜家姆妈对杜梅已经死心，并没有多干预，随便她了。只是杜英还跟秋林抱怨，我从不看错人，你看着，这个人以后不会对我姐姐好的。

就这样，日子匆匆忙忙地过，很快到了这一年的端午。端午节，又是一场婚礼，结婚的是于楚珺。但结婚对象不是龚知秋，而是三岔镇的团委书记葛梅成。于楚珺结交很广，黄埠供销社机关柜台几乎都收到请帖。结婚酒定在周日中午县城里一家饭店。秋林想起龚知秋，心里倒着胃口，没有去吃喜酒。只说自己值班走不出，买了两只红双喜的铁皮热水瓶，用红纸包了，托人带去。

整一日，供销社里除了门卫，只留了秋林一人。秋林坐在办公室里，看着窗外冷冷清清，觉得心里烦躁。他说不清，似乎是为了龚知秋，又似乎是为了自己，或者又什么都不是，只是坐在办公室里吃了许多香烟。

下午三四点钟，有人敲门。秋林说了声请进，只见推门进来的竟是知秋。知秋进门，伸手用力扇着空气，说，你抽这么多烟，着火一样。

秋林说，你今天不值班，怎么还来？

知秋说，正好看个人，顺路走过，就回单位转转。

秋林招呼知秋坐下，到旁边拿竹壳热水瓶，给他倒一杯热茶。知秋捧起茶杯，嘬了一口，不说话，只是盯着地板看了好一会。

你今天怎么不去？

秋林一怔，说，去做什么？

龚知秋说，去吃喜酒啊。

秋林指着桌上文件，说，你看，这一摊事情，哪有工夫去？

知秋感激地看了秋林一眼，说，我晓得什么原因。我在此地，总算交下了你这样一个朋友。

秋林说，你这闲话讲得我面孔烫，我真是值班。

知秋笑笑，沉默一阵，又说，对了，我上礼拜跟潘主任打了辞职报告。

秋林惊讶，说，什么意思？

知秋说，我一直待在供销社里做杂务，觉得没意思，现在搞改革开放，我就亲眷朋友处借了点钱，想去做生意。

秋林说，辞职做生意？这可不是开玩笑事情，知秋，你要考虑清楚。

知秋说，我想好了，地方都看落定了，只等付租金。

秋林犹豫一下，问道，是不是为于楚珺？

知秋说，怎么会，完全自己念头。这机关里我已经待了十年了，再待上五年十年，照样还不是现在这样？总有些不甘心。报纸广播每日说开放说搞活市场，听得我心动，我真是想出去搏一搏。男人嘛，事业上总要有点花头的，否则被人看不起。

秋林没响，他心里晓得，就是于楚珺原因。当初知秋救了于楚珺，于楚珺说要嫁给他，龚知秋心里是当了真的。于楚珺心思活，到了现在，讲好的闲话反悔，嫁给了葛梅成，知秋心里定是过不去。到了现在，秋林也不好多劝什么，默默坐着吃一会儿茶，秋林便拉知秋到旁边一家小饭店吃饭。炒了几盆小炒，吃了一斤多黄酒，吃完，龚知秋搭顺路的拖拉机回城，秋林则回办公室。坐一阵，黄酒后劲发作，秋林竟在办公室里昏昏沉沉睡去。这一觉睡得天昏地黑，醒来天已漆黑。秋林坐在昏黑的办公室里，看着窗外景物剪影一般，脑中想起许多人来，父亲，知秋，还有马师傅，齐师傅，吴师傅，豆腐老倌，长长一串名字，秋林突然明白一桩道理，人这一世，无非就是一个人一个人地认识，又一个人一个人地离开。做人真是空空一场，丝毫没有意思。想到这一层，一时之间，秋林心中孤独竟难以抑制。

2

到了这一年下半年，供销社里最忙一件大事便是办罐头厂。

宁波市供销社系统要办罐头厂的传闻从旧年开始便已经有了。罐头厂厂房需建在柑橘产地，宁波大市内产柑橘的只有此地和隔壁一个县城。为了争这个罐头厂的归属，两个县都费了好一番周折，最后还是本地一位省里工作的老同志发挥余热，四处联络，终于将罐头厂争了过来。

罐头厂厂址落定，接下去一桩事情便是去农业部申请相关批文，只要办来批文，罐头厂便可开工建造。为了将此事办成，县社特地成立一个罐头厂筹备小组，筹备小组里最重要两个角色，一个是临时厂长，一个是供销科长。临时厂长定的是县社一个姓曹的股长。曹股长是大学生，而且还是县里组织部李常务的女婿，当这个临时厂长，别人没有闲话。让人惊讶的是供销科长位置，定的竟是黄埠供销社里保卫科长童小军。

事实上，一开始供销科长人选传得最热是秋林。许主任还给秋林打电话问过此事。许主任说，如果让你当这个供销科长，你愿不愿意？秋林说，我无条件服从组织安排。许主任说，我晓得了，我没有别的意思，只是了解下情况。你莫多想，也莫传出去。说完，许主任便将电话挂了。

虽然许主任说只是了解情况，但意思却已经说得蛮明确。秋林也满心以为自己真要调去当这个供销科长，没想到等了一圈，最后却落到童小军头上。秋林晓得，这件事童小军定是用了什么歪门邪道，他花头最透，真要争，自己争不过他。就比如旧年的那一车瓜子，秋林从东北千里迢迢运来，本来跟童小军没有半点关系，可童小军却私下寻到潘主任，建议给县社每个主任副主任都送上十斤，让领导们都晓得黄埠供销社做出成绩。潘主任当场同意，还把这个送瓜子的生活交给童小军去办。就这样，秋林辛苦弄来的瓜子，却莫名其妙被童小军做了人情。

罐头厂落户此地的消息一传来，童小军便打定主意，定要去争一个肥缺。他买来十斤青蟹，去许主任家。别人上门，都是拣许主任在家辰光，唯独童小军，一早守在许主任家门口，只等接许主任的小车离开，他才拎着青蟹寻上门去。

许主任不在，许主任老婆在。许主任老婆将家里道地搭了个顶，开辟出一爿小店。徐主任老婆站在柜台里，见童小军拎来十斤青蟹，晓得是来送礼。打过招呼，平静地说，你自己把青蟹拿到卫生间浴缸里好了。童小军将青蟹拎到卫生间，卫生间里一股泥腥味道，童小军看一眼浴缸，倒吸一口冷气，只见满满一缸都是青蟹。童小军将自己十斤青蟹倒在里头，就像是施了隐身术，再也看不见。

青蟹放好，童小军走回前面小店。许主任老婆说，你把姓名说一下，我会同许主任讲的。童小军说，说名字做什么？我今朝来，只是这几只青蟹难得，只只壮，便拿过来让你们尝尝鲜。没有别的用意，不用留名。

许主任老婆听了童小军闲话，有些吃惊，来她这里讲这闲话的少见。

童小军又说，阿姨，正好你开店，我顺便买点东西。

许主任老婆说，你要买什么？

童小军说，我要五条中华牌，两瓶茅台酒。

许主任老婆说，我这小店哪有这些东西？

童小军说，不急，我先付钱。等你进来货再给我也是一样。

说着，童小军就从袋里拿出一千元钱放在柜台上。许主任老婆见厚厚一叠钱，又一阵吃惊，说，你拿这些钱做什么，我又不晓得中华牌香烟茅台酒的价格。

童小军说，莫关系，先放着，多退少补。

许主任老婆想一想，问，那你什么时候要？

童小军说，眼看就是中秋节。我买烟酒，就是想节日来看许主任。什么时候有货都不要紧，反正是送给许主任吃的。

许主任老婆一愣，说，这怎么行？送东西归送东西，我不能拿你钞票。

童小军说，阿姨，外头买和这里买不是一样？如果我跑到外头去，照样还是要拔出钞票，直接给了你，倒省去我许多麻烦，我还要谢谢你。

许主任老婆又想了一想，说，好像真是这个道理。对了，你是哪个部门的？

童小军说，我是黄埠供销社的，我叫童小军，跟陆秋林同单位。

许主任老婆说，哦，原来是小陆的同事。

童小军说，我跟陆秋林最要好，我常听他讲，许主任对他顶关照。

许主任老婆说，我家老许与小陆爸爸早年是同事。小军，你今朝来，是特地来寻老许的吧？你来得不巧。

童小军说，一样的，碰不到许主任，碰到阿姨更好，不用面对领导紧张。

许主任老婆说，我家老许人蛮好，你见了也不用紧张。

童小军说，我晓得的。秋林也常来吧？

许主任老婆说，他？只来过一次，老许提拔他当黄埠团委书记，拿了一箱黄岩橘子来感谢。

童小军一愣，许主任老婆见了，赶紧解释，不是白拿，老许还拿了一袋糯米还礼。

童小军说，许主任最清廉，供销社上下都晓得。

许主任老婆说，话是这样说，总归有些不是滋味。倒不是贪人家东西，当一个黄埠团委书记只拿一袋橘子来，也是搪塞。

童小军说，你这样一说，我更加敬佩许主任，人家只送一袋橘，不但当团委书记，还要当罐头厂供销科长。

许主任老婆一愣，你什么意思？

童小军说，我也是听陆秋林提起，说许主任已经将这个位置许诺给他。

许主任老婆不高兴，说，乱讲乱话，罐头厂牌子半只字没写，怎么好说将供销科长许给他？

童小军说，我也这么说，让陆秋林低调些，他跟许主任关系越好越要注意，也是为许主任着想。

许主任老婆说，小军，你讲的这才是正道。话倒回去讲，陆秋林跟老许也没有什么特殊关系，那个小陆老爹坐了牢监，老许只是同情才对他好。

童小军说，原来是这样。

许主任老婆说，小军，你讲实话，你今朝来，是不是想当这个供销科长？

童小军说，我不瞒阿姨，眼下是改革开放的大好时机，我真想大干一番，就是缺一个平台，缺一个伯乐。

许主任老婆说，我欢喜你这性格。其他人来，都是躲躲闪闪，心里是冲着那个位置来的，嘴巴上又撇得一干二净。

童小军说，我就是这样直来直去性格。阿姨，你这小店生意好不好？

许主任老婆说，一般，只是打发时间。

童小军说，我给你出个主意，你让许主任多弄些白糖来。罐头厂开工，做罐头定需要白糖。到时，就让罐头厂到你店里来买。

再坐一会儿，童小军起身告别。许主任老婆送了他两步，突然问，小军，如果你当了罐头厂供销科长，是不是只买我店里的白糖？

童小军拍胸脯，说，如果是我当，不但白糖，厂里香烟老酒都到你这里来买。

许主任老婆听了，脸上笑开花。

3

罐头厂配好厂长供销科长，便由许主任带队，去北京弄批文。童小军本事，他随行，许主任秘书几乎样样事情脱空，坐车吃饭困觉，童小军都办得妥妥当当。

到了北京，安顿下来，最重要一件事便是安排曹厂长去农业部汇报罐头厂筹办事宜。原本汇报材料准备得妥当，可不想曹厂长去了农业部，面对要汇报的处长时，竟怯了场，变得笨口拙舌，最后事情没讲清爽就被打发了回来。许主任晓得实情，对曹厂长狠发了一顿火。幸亏童小军活络，主动将此事揽过来。此后，童小军每日出门，守在农业部门口跟踪那个处长，跟来跟去，最后摸清他家位置。童小军寻上门去，当着处长的面编了一套山区农民种柑橘的辛苦故事，又拿去些茶叶香榧特产，最后感动那个处长，这才顺利将批文搞到手。

批文拿到手，罐头厂工程正式上马。本来大家都以为曹厂长转正是板上钉钉，没想到北京回来后不久，许主任却召开党委会，在会上几乎一人做主将曹厂长免掉，而是提拔童小军正式当罐头厂厂长。

转年的一月份，筹备许久的罐头厂终于奠基，许主任陪同县里主要领导拿着铁锹给奠基石培土。两月份，许主任带队去上海与日本客商协商罐头厂合资事宜。没想到这一去不要紧，竟感染上黄疸肝炎，一回来便住进了奉化溪口肝炎病院。这一住，竟住了三个月。更让人意外的是，许主任出院时，没有回供销社，而是直接调到了文化局当局长。

秋林去文化局看许主任时，许主任感动，说，我调离供销社，你是第一个来看我的。

秋林说，没想到这个黄疸肝炎这么厉害，据说上海三十万人都感染这种毛病。

许主任说，上海回来，我小便特别黄，脚也酸得厉害，没气力。一开始我还以为是吃了黄链霉素的缘故，去医院一查，才晓得是得了这种毛病，第二日就被送到奉化医院隔离治疗了。这病来得凶，吃了几日药，丝毫都不见好，那时医生还告诉我，如果这病医不好就会变成肝硬化肝腹水，严重的还会演变成肝癌，真真把我吓死。最后用了一种叫“504”的特效药，才算见效。但这药厉害，一针打下去，眼睛都起雾，报纸上字都看不清。也是我身体底子好，熬了过去。这次真是苦头吃饱。

秋林说，许主任是有福气的人，定能转危为安。

许主任说，屁的福气，我现在都后悔，不应该去奉化。关在奉化医院里，外头什么情况都不晓得，你看，一出来，连老窝都被人给端了。

秋林说，这次调整岗位的确有点仓促。

许主任说，仓促？不仓促就见鬼了。你晓不晓得那个罐头厂厂长事情？

秋林说，童小军？

许主任说，不是童小军这个众生，我说的是原先的那个书呆子，姓曹的。原来罐头厂筹办，定的是那个书呆子当厂长。但这个书呆子脑子不灵，不是做生意的料作。我见那个童小军人活络，办事不拘泥，就一手提了他做厂长。那姓曹的，丈人是组织部里常务，这次干部调整，他就趁人之危，跟我算起了这笔老账。本来这事也没这么方便，可我在医院里，什么消息都没有。一出来，木已成舟，只能到文化局来了。娘希匹，我一心为公提拔人才，没想到被人背后放了冷枪。

秋林安慰，文化局也算个好位置，也是要紧部门。

许主任说，要紧个屁。

许主任指了指烟灰缸里的烟屁股，说，你看看，我现在吃的是什么烟？上游牌。我在供销社吃的什么烟？我再跟你说一桩，你听起来莫要发笑。以前供销社里掌管着物资，请客吃饭，从来不愁。现在到这清水衙门，请客吃饭竟靠单位卖点旧报纸，卖旧报纸能卖几角洋钿？只是几碗不荤不素的羹卤，我这个局长，都不好意思上桌面。

许主任说这事情的时候，秋林突然想起当年童小军卖单位粪便打秋风的事情。

许主任说，吃得差些，我倒不在意，当年苦日子不是没有过过，现在再苦，也苦不过以前时光。心里最过不去的是童小军这只众生。我此时的遭遇，就是因为当时提拔了他。你不晓得，我当年提拔他时，县社党委六个人五个不同意，是我一个人力挺，把他放上罐头厂厂长那把交椅。当然，我这么做不是为什么私心。国家搞改革开放，我觉得他活络，是能干企业的人。罐头厂需要这样的人才。但这个人没良心，上树拔梯。你不晓得，我调离供销社，我老婆小店想卖点糖给罐头厂他都不同意，这个活众生。

说到此处，许主任突然发现秋林一直低头不讲话，他察觉到自己有些失态。

许主任说，秋林，我讲这些闲话，你莫有什么想法。我当你自己人，讲话没有顾忌。人就是这样，当供销社主任，最吃香位置。过惯好日子，现在过清苦日子，多少总有点不适应。

秋林说，许主任，我都理解的。

推着自行车走出许主任单位大门时，秋林觉得心里有点难过。他描述不出来这种感觉，在他心目中，许主任这个人，那样清廉，那样正直。当年只为对自己的爹有点好印象，就用力帮自己，从不索要什么，自己送去一袋橘子，他就还回来一袋糯米。可此时的这个许主任却变得有些不熟悉了。

秋林抬起面孔，对着天上的太阳照着，觉得人真是不值铜钿。正在这时，身后有人叫了一声。

秋林。

秋林扭过头去，看见太阳光里站着一个人，正愣愣地看着他。

4

秋林和春华坐在一个小饭店里。

秋林说，这里的下饭很滋味，你多尝一尝。

春华就用筷子夹菜，吃了一口。

春华说，我前几日碰到一个熟人来百货商店买东西，竟是当年给我们上劳动课的董老师。你还记得她吗？

秋林说，我当然记得，那时劳动票最重要，期末打分，一半靠它。董老师发劳动票，像是掌握我们生死，每个人都拍她马屁，讨好她。当年她是学校里最胖的老师，那时那么胖的人少见。

春华说，她现在瘦了，像是生了病。我看见她，一开始都没认出来。我跟她打招呼，她似乎还有些难为情，应一声，匆匆就走了。

秋林说，这么多年了，总会有些变化。

春华说，当年我们学校里的那个兔场养了几十只安哥拉兔，学校学生都有拔草任务，每日家里出来，都要带上篮子镰刀，四处割来草喂兔子。

秋林说，是啊，我贪玩，每次拔草，我总跑去溪坑游水，每次都是你把你的草分我，让我去换劳动票。

春华说，割草倒还好，最怕就是去砖瓦厂担砖，上百斤重的砖头，当时人吃都吃不饱，真不晓得还有哪来的力气担砖头。你跟我一组，那根竹扁担上的绳子每次你都移到你那一头，要不是这样，我根本抬不动。尽管这样，还是吃饱苦头，两只肩头换着抬，都磨了皮，起了茧。一步一步，也不晓得怎么把砖头从砖瓦厂抬到工地。好几次，我都苦得出眼泪，我总是想，要是人一辈子都这么苦，还有什么意思？

说到此处，春华突然低下头，说，可现在呢，日子好了，不再苦了，我却想，要是能回到以前吃那些苦该有多么好。

春华的闲话里似乎藏了什么情绪，秋林听得心动，很想问一问。但他忍住了。他有些后悔今朝将春华约出来。

秋林说，春华，我们回去吧。

春华应了，两人离开。春华家不近，秋林不好意思让她走着回去，便骑自行车送她。路上颠簸，春华坐在秋林的自行车后面，伸手搂住了秋林的腰。一开始，秋林慌张，总怕某处走出个熟人来。但慢慢地，心里也安稳了。曾经他也很多次想过有一日，他有辆自行车，春华就坐在他后头。没有想到，却是今时今日这样一个场合。

第二十一章

1

卫国斜躺在客厅藤椅上，试着将眼睛张开一条缝，还是觉得脑袋有些晕眩。客厅里没有开灯，漆黑一片。卫国眼神涣散，望着前方，似乎感觉一群狐朋狗友还坐在黑暗里推杯换盏。

卫国在藤椅上稳了神，起身摸着黑寻到电灯线的位置，一拉，灯却没有亮，卫国又用力拉几下，灯线竟被拉断。他骂一句，凭感觉寻着楼梯，往二楼走。

走到二楼，迎面是父亲的书房，只见书房玻璃格子门透出一些白色月亮光。卫国突然一阵心慌，想加紧脚步，往三楼自己房间走。但一转念，突然想到父亲已经去了山东，又站住，转身盯着书房门。看一阵，卫国心底又开始慌张起来。他站在书房门口，感觉父亲就坐在里头的沙发上，朝着门口瞪着眼睛。两人就这样门里门外站着。

卫国在门口站了许久，终于伸手将门推开。他拉亮电灯，看着迎面空空荡荡一把沙发，这才确认父亲是真的走了。

父母是一个月前走的，回山东老家。这次回家，是因为父亲的婶婶身体不好。

父亲从小父母双亡，一直都是跟着叔叔婶婶过日子。家里穷，父亲十几岁便跟叔叔到田里做生活。叔叔婶婶没有小鬼，叔叔常念，要是卫国父亲是他亲生儿子该有多好。每次叔叔这样念，婶婶总会挑错打父亲一顿，严重时，甚至还要饿他几餐。少壮身体，打几下倒是垮不了，只是饿起来没办法做人。叔叔虽然看不惯，但家里婶婶当家，叔叔也没办法，只是睁一只眼闭一只眼，暗自出眼泪。

一日，婶婶打得凶，父亲实在受不了，便拔脚跑出了家门。

那是卫国父亲第一次跑出村庄，他也不晓得往哪里去，只是一路跑，一路跑，最后跑到一条铁路旁边，终于没有气力。他坐在铁轨上，望着一眼望不到头的两根铁轨，回想自己身世，不由悲从中来，最后躺到铁轨上，只等着奔跑的火车将自己轧死。

可躺了半天，火车没有来，倒是从远处走来一支长长的部队。后来，卫国的父亲便跟着这支部队走，到处行军，到处打仗，一直到最后，打进了南京总统府。

五十年代，卫国父亲当了部队里的一名营长。全国解放，他做的第一件事情便是挎着枪带着勤务兵，回到山东老家。到家后，才晓得自己的叔叔已经病故了，家中只剩下婶婶一人。

婶婶见卫国父亲挎着枪回来，吓得半死，想起当年曾经打他饿他的事情，腿一软，就想跪下求饶。没想到她没跪下，卫国父亲却扑通一声，一膝盖跪在婶婶面前，磕了三个头。磕完后，父亲说，叔叔走了，现在这人世上，我就只剩下婶婶一个亲人了，以后，我来孝敬你，我给你养老送终。听了这闲话，在场的人无不动容，婶婶更是无地自容，痛哭流涕。

回家后，父亲在老家住了半个月，帮婶婶修了房子，理了田地。临走时，他将全村人召集起来，留下闲话，说，我没有娘，婶婶就是我的娘。今后如果谁敢欺负她就是欺负我，到时莫怪我对他不起。

后来，父亲便留在宁波地区工作。有一阵，他到四明山打坑道，搞军备。有人见这山东后生好，便给他拉媒，介绍一个军医，是杭州女人，温柔美丽。但卫国父亲却丝毫不动心，一口拒绝。半年后，又回到山东，让婶婶做主给自己寻了一个山东媳妇，在老家拜堂成亲。再后来，卫国父亲又当了此地的武装部长，定居下来。本来他想接婶婶过来住，但她山东住惯，不肯来南方。每年，卫国父亲都要回去一趟，看望婶婶。

父亲跟他婶婶感情好，可这次离休回山东，说是为婶婶，其实还是他自己想叶落归根。这是他心底想法，只是一直寻不到好理由，毕竟在此地工作了几十年。卫国也晓得，父亲内心最想让自己跟他回去。他事事听他，唯独这件事。卫国跟父亲说，工厂培养了我那么多年，把最好一台机器交给我，我就这样走了，对不起工厂。卫国这样说，父亲就没闲话了。他吃这一套。

卫国坐在父亲的沙发上，觉得嘴巴干。

今朝吃的是鸡肉。白日里，卫国去城里四处踩点。看到一户人家，墙矮，里头有只鸡窝。鸡窝不小，旁边有几只鸡在地上啄着什么。卫国记牢地方，夜里，便约几个人同班。其他人等在墙外，卫国一人翻墙进去。进了院子，黑灯瞎火，卫国心虚，生怕主人家会听见动静，冲将出来。他走到鸡窝旁边，小心翼翼将手掌平摊，贴着鸡窝下面将手递进去，摸到鸡肚皮，暖烘烘一捧，卫国吓得呼吸停止，生怕鸡会鸣叫起来。鸡在他手上微微抖了抖，喉咙口咕咕两声。卫国抖着手，托着鸡，慢慢端出来，将鸡头折了，塞到鸡翅膀下裹住，匆匆跑出去。就这样，卫国进进出出，将鸡窝里的三只鸡全部偷出。

墙外的人见了，纷纷称赞卫国本事。卫国脸红，这都是以前毛一夫教的。想起毛一夫，卫国有些佩服，又有些怨恨，暗暗骂一句众生。

将鸡拿回家，众人来不及烧水便将鸡杀了拔毛，毛孔没有张开，只拔得一只只鸡伤痕累累。拔了毛，开膛，将内脏取了。卫国想起鸡胗可以吃，没有扔，放到锅里与鸡一起煮。烧了几捧柴，感觉熟了，打开锅盖一看，却不想一阵热烘烘臭味，只见浮在水上全是鸡屎。众人埋怨卫国，说他外行，连鸡胗要取鸡屎都不晓得。卫国只好洗干净重新上锅。烧熟了，就着卫国父亲留下的糯米酒吃。不晓得是不是鸡胗的缘故，鸡肉总有股怪味道，那糯米酒也不对味，上面浮着米，像虫子一样。

头还是晕眩，卫国不晓得是鸡肉的缘故，还是酒的缘故，嘴巴里一阵阵地发干。但他不想去喝水，陷在父亲的沙发上，嗅着上面父亲留下的味道，他感觉很好，他不想动，不想破坏这种感觉。

这个房间，从小到大，卫国每次进来都没有好印象。他的印象里，自己永远都是站着，对面的父亲则翘着二郎腿，总是一副审问的姿态。虽然他坐沙发上比自己矮许多，但感觉他才是居高临下的那个人。

父母在家时，除了秋林，家里少有人来。父亲当过军人，举手投足威严。同学来过一次，都不敢来第二次，说是被他父亲眼光看过，就像鞭子抽过一样。多少年，卫国都幻想自己能够像主人一样，在这房子里招待自己朋友。父母走后第二日，他便摆下擂台，将厂里要好同事全部召集过来，闹了一夜，将家里弄得乱七八糟才觉得尽兴。这样吃喝了几日，卫国的那点工资不经用，酒菜就慢慢差了。朋友来了，虽然没有什么闲话，但明显有了意见，再叫，就推三阻四。卫国动脑筋，弄来山奈，骑自行车去乡下，将山奈包在肉里，放在路边。有狗过来吃，咬一口，身体笔直朝天一窜，呜呜叫几声便死了。卫国趁没人发现，赶紧用蛇皮袋装了，用自行车驮回家。剥皮掏内脏，放到锅里炖。卫国召集人马来吃，热烫烫狗肉很快便一扫而光，肉吃光了，又吃狗头，将陷在骨头里的核桃肉吃得干干净净，还不尽兴，又把水萝卜切大段，用骨头汤炖着吃。

狗肉好吃，但也不能日日吃，乡下人用狗看家，要是偷狗被看到，定拿锄头来敲你脑袋。卫国便又去收购站买蛇，去农民家偷毛兔，各种心思用尽，只为维持闹热场面。

卫国忙忙碌碌，只盼望看到大家聚在一起热闹场面，但聚会过后又最难过，人去楼空，空空荡荡，独自冷落。

卫国陷在沙发里想，或许自己应该落定个人，过正经日子。

2

工厂落班，工人从厂门口拥出。卫国站在角落，眼巴巴望着，等一个人。等了半日，终于看见那个熟悉身影。

云芝。卫国叫一声。

云芝穿着工装，正低头走。听见有人叫她，转过头来。看见卫国，一脸慌张。这么长时间，他们几乎天天遇上，可从来都没讲过一句闲话。

卫国说，云芝，你夜里有没有空，我请你吃饭。

云芝说，为什么？

卫国说，没为什么，就是想请你吃饭。

云芝愣一愣，摇摇头，说，对不起，家里还有丈夫孩子等着，谢谢侬。

卫国失望，赌气说道，那算了。转身离去。

卫国回到家，独自坐着生闷气。他怪自己没有出息，当初发了誓不再理睬云芝，可熬来熬去终于还是没熬住。最倒牌子，厚脸皮请吃饭还被人家拒绝。

这些年，云芝怎么过的，卫国都清爽。虽然云芝换了车间，但两人还是常在工厂里碰见，卫国心底里愿意原谅云芝，他希望她能够跟自己道个歉，自己居高临下显一显肚量，再不追究。可云芝就是不开口，他不理睬她，她也不理睬他。卫国觉得云芝的态度不端正，她犯错在先，应该有个姿态。

云芝最后也没有跟那个拐脚毛一夫在一起，据说毛一夫后来认识了一个台州写诗的女人，离开工厂去了台州。毛一夫走了，卫国心想云芝心底没有依靠，定会回来寻自己。他日日等着，没想她不但不来寻自己，一转身，又嫁给了一个法院里上班的人，请去厂里许多人吃喜酒，唯独没有自己。卫国心里一遍遍地骂，骂云芝没有良心，瞎了眼睛，自己这么好一个男人在她面前，她却一点都不晓得珍惜。

卫国发誓，自己以后定不会再去寻云芝，就算她回来跪在面前求他，他也再不理睬。他写了纸条，贴在床头，从此以后，再理睬云芝我金卫国就是狗。第二日上班，午休辰光，云芝却来到卫国车间，将他叫出。卫国摆出一副吊儿郎当模样，不拿正眼看云芝。

云芝说，你还要请我吃饭吗？

卫国不应。

云芝说，今朝我丈夫带孩子去乡下看他母亲，他母亲生病。如果要吃饭，我就说厂里加班，不去乡下。

卫国一听，赶紧答应，吃的，下班了我们一起走。

云芝说，下班了我要回家换通衣裳，总不能这样去你家。

云芝将吃饭事情考虑得隆重，卫国高兴。

下午，卫国提早回家。这几日，每日一堆人聚会，家里乱得像打过仗。卫国手忙脚乱将房间打扫清爽，打扫完毕，又去买来面包香肠，烤鸭熟牛肉，还有几瓶啤酒，琳琅满目摆了一桌。卫国晓得云芝欢喜外国生活方式，今朝特地弄一桌西餐招待。看来看去，觉得饭桌不好看，不够洋气。又将东西搬到二楼书房，书房里有一张百灵台，民国红木制作，母亲爱惜，平时总用一块丝巾铺在上面。卫国将饭菜在百灵台上摆出个样子，再点上蜡烛，这才满意。天刚暗，云芝来了。穿一件暗红小西装，配一条萝卜裤，头发倒边梳着，生过小鬼的女人，清清爽爽像个男孩子。卫国心跳，他从未见过云芝这个模样，现在看去，云芝倒比当年年轻时还要好看。

卫国将云芝带到二楼书房，云芝看见满书架的书，书架前一张百灵台，百灵台上大大小小乳白色盘子放着香肠、牛肉片、烤鸭，两个高脚玻璃杯子上烛光摇曳。云芝看了，有些感动。卫国招呼云芝坐下，高脚杯里倒上啤酒。

云芝说，卫国，你带我来，不怕你爸爸妈妈吗？

卫国说，他们回山东了，以后这里只我一人。

云芝说，难怪，以前多少次让你带我来，你都不敢。

卫国有些难为情，低头给云芝夹菜，卫国说，只要你欢喜，以后你日日来。

云芝一愣，笑笑，没响。

不晓得为什么，今朝卫国特别紧张，云芝来之前，他想了许多闲话，云芝一来，那些闲话全部烟消云散。不要说寻什么话头，就是云芝讲出的闲话，他都不晓得怎么接。云芝讲一阵，见卫国不接话题，也有些无趣，只是吃菜，不再讲闲话。吃到一半，卫国终于想起一个事情。

云芝，你第一次来，我带你看看我家房子吧。

云芝答应，两人下了楼。走到厨房间，卫国说，那个厨房，灶头是寻县城里最好师傅打的。火旺，我姆妈下饭烧得好，可我不会烧。如果你愿意，你烧，你不愿意，你教给我，我来烧。

又走到吃饭间，卫国说，本来今朝在这里吃饭，但这张桌子不好看，就搬到二楼。你以后来，如果不想上二楼，我就把楼上百灵台搬下来，放这里吃。如果再不满意，我去车间里，用机床给你做一张铁桌。

云芝笑，说，哪有人用铁桌吃饭。

卫国说，那我就寻木匠做张好看的。

最后，两人走到了三楼。三楼三个房间，一个房间是母亲做衣裳用，放着母亲的铁车。一个房间用来堆放杂物，剩下一个便是卫国卧室。卫国打开卧室房门，看着云芝从门口走进去，心里竟然一阵委屈，这场景不知在他脑海盘旋多少次。

云芝房间里转一转，突然看到床头上那张纸条。卫国想去撕下，已经来不及。云芝凑上去看一阵，突然笑了。

云芝说，卫国，你发了誓，还要理我做什么？你想做狗啊？

卫国不讲话，走过去，一把抱住了云芝。

云芝挣扎，说，卫国，你做什么，我现在是别人老婆。

卫国不理睬，只是抱得紧。

卫国说，只要你理我，我做狗，做猪，做众生，做什么我都心甘情愿。

云芝说，卫国，你不要这样，你不听我的闲话了吗？

卫国愣一愣，这才不情愿地将手松开。

卫国说，一年三百六十五日，三百六十天我都在想，如果你能和我一起住在这房间里多好。

云芝说，那剩下五日你想什么？

卫国说，剩下五日，我就骂毛一夫，骂那个拐脚把你给拐跑了。

云芝又笑，说，卫国，你这个年岁怎么还是一副小人脾气？

卫国至诚盯着云芝双眼，卫国说，云芝，你跟他离婚，嫁给我好不好？

云芝愣了愣，伸手摸摸卫国的脸，说，卫国，房间里太闷了，你带我出去走一走好不好。

两人沿着石子路往山上走。走着走着，最后就走到了老头子念诗的那棵树旁停下。

云芝说，卫国，你看，这里能看到我们第一机械厂。

卫国说，云芝，你说，我和毛一夫比，我哪点不如他？

云芝说，不要讲以前事情了，你安静陪我看一看，我还从未看见过完整县城样子。

卫国说，你欢喜看，以后我天天陪你看。云芝，就算我比不上毛一夫，为什么他走了，你还是没来寻我？你为什么要嫁给别人？

云芝说，卫国，你再说这些，我就走了。

云芝作势要走，卫国将她拦住。

卫国说，云芝，为什么，你就不能老实告诉我吗？

云芝说，好，金卫国，我告诉你，这么多年，你为什么一直不理我，工厂里碰着，你为什么从来不跟我打招呼？

卫国说，那你为什么不跟我打招呼？我一直等你跟我说话，只要你说话，我就原谅你，我就一定会跟你在一起。

云芝说，我为什么要你原谅我？我从来不觉得我做错了事情，到现在都是这样。卫国，我对你没感觉，你就是个阿弟，我不能寻个阿弟当自己丈夫。

卫国说，那你一开始为什么不跟我说，你跟我亲了，让我摸了，为什么那时不说？

云芝说，卫国，人是会变的，你晓不晓得？

卫国说，我就不会变，我从头钟意你，到现在我也钟意你，这么多年，我从来就没钟意过别的女人。

云芝说，你心里不是当我坏女人吗？你还要钟意我做什么？

卫国说，我怎么晓得，我也不想钟意你，但我有什么办法？云芝，你去离婚吧，你离婚了嫁给我，我会对你好一世。没有人会比我对你更好，我给你买绿豆棒冰，我给你剥荸荠。

云芝看着卫国，一双眼睛有些模糊。

云芝说，卫国，你真的愿意娶我？

卫国说，真的愿意。

云芝说，你真的愿意给我买绿豆棒冰，给我剥荸荠？

卫国说，愿意，我十年前就愿意了。

云芝侧过身，将长裤的拉链从侧边拉开了。

卫国有些心慌，说，云芝，你做什么？

云芝说，你不是想要吗？我今天就给你。

卫国愣住，他没想到云芝会有这样举动。

云芝看着卫国，说，你不想？

卫国心里一阵乱，嘴上说，当然想，在这里啊，不怕蚊虫？

云芝突然笑了，说，你要我离婚嫁给你都不怕，还怕几只蚊虫？

卫国说，当然不怕了。他装模作样伸手在云芝胸上摸了一下，但很快便又触电一样缩回来。云芝走近了，将卫国抱住，云芝在卫国耳边说，虽然你那么多年不理我，但我心里晓得，这一世对我最好的便是你金卫国。以后，也不会再有比你对我好的男人了。你不嫌弃，我就把我给你。但我不能跟你结婚，跟你结婚了，总有一日你会恨我的。

听了这句闲话，卫国的心肠突然软得不行了。但他很快又有些讨厌自己心软，他在脑中强迫自己想着当年从宿舍门缝里看到的那一幕。卫国将云芝转过身，从身后进入了她的身体。他用力地碰撞着她的身体，云芝在他身前，将手抓在树干上，一声不吭。

让卫国奇怪的是，此刻，虽然他看着身前的云芝，但脑中反复出现的却是父亲站在这里念毛主席诗词的画面。

第二日一早，上班前，卫国特意跑到菜市场去买来荸荠，一个一个剥干净送到云芝车间。云芝不在，同车间的人说她请了假。隔天，卫国又去菜市场买来新鲜荸荠，同样剥好，可云芝还是不在。卫国心慌，按捺不住，只能跑去云芝家去寻她。房子门紧锁，家里依旧没有人。

从这一日起，卫国便在云芝家门口等，等了一日两日三日四日，等到第五日，云芝终于来了。她从路的那头走过来，穿一身黑衣裳，头上戴着一朵白花。她的爱人也是一身黑衣，推着自行车，车上坐着个小人，面孔被风吹得通红。

他们从卫国身边走过，云芝没有看卫国一眼，笑眯眯地跟丈夫说话，像是陌生人一样。

3

卫国和秋林坐在他父亲的书房里。

卫国说，秋林，你莫要劝，我已经下了决心，我要从厂里辞职，去湖南，去湖南开矿去。

卫国拿着酒瓶，身上披着一张斑斓虎皮。这虎皮秋林认识，当年它和两张金钱豹的皮子一起装在樟木箱子里，都是卫国父亲当年在四明山打坑道时亲手打的。

秋林说，我不劝你。你既然要走，为什么不去山东，也好照顾你爹。

卫国说，我被他们管了一世，好容易摆脱，怎么还会送回虎口去？

秋林说，我觉得你爹人蛮好，对我总是客客气气。

卫国说，只是对你。从小到大，我被他硬生生打出一身钢筋铁骨。

秋林说，那是你太皮。那时城关里，哪一户人家道地里有什么果树，什么时候成熟，你都清清爽爽，都逃不过你的手心。

那才是好时光呢，不像现在，什么好玩的东西都没有了。卫国吃一口烟，怔一怔，说，秋林，告诉你一桩事，春华离婚了。

秋林一愣，说，为啥？

卫国说，她那个丈夫就是个活众生。将春华管得牢，平时跟男人搭个腔他都嫉妒。春华放在家里的裙子全被他用剪刀剪破，不让穿，说是怕别人看她的腿。即便这样，只要有人在街上多看春华一眼，回去就被他按在地上打，还追问为什么人家要看她。你说这样的人不离婚，春华还怎么做人？

秋林听了，这才明白那天见面时春华跟自己讲那些闲话的意思，心里难过，低头不响。

卫国叹口气，说，春华这个人我看过了，没有福气。

秋林说，你几时走？

卫国说，下个礼拜。

秋林说，我到时来送你。

卫国意味深长看了秋林一眼，伸手摸着身上盖着的那张虎皮。

卫国说，老头子最欢喜这张老虎皮，平时都不舍得让人摸一下，这次回去，不晓得为什么，带走几张豹皮，倒将这老虎皮落下了。

第三部

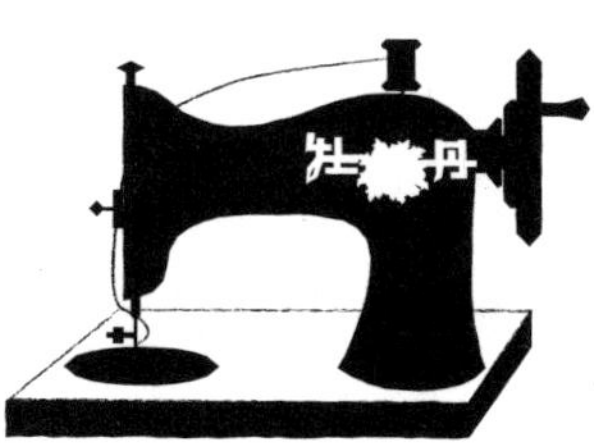

第二十二章

1

知秋打来一只电话，约秋林到城里吃夜饭。秋林在黄埠值班，觉得上上落落麻烦，不想去。知秋却特意叮嘱，这餐饭很重要，秋林定要来吃。秋林疑惑，问还有谁一起。知秋却卖关子，不肯讲。

落了班，秋林便骑着自行车往城里赶，骑出一身毛汗。一进包厢，只见里面坐了两个人，一个知秋，另一个面熟，但一时想不起来。知秋一介绍，秋林吓一大跳。原来这人便是县里供销社新上任的一把手，鲍一鸣。秋林想起来，自己去县社办事情，曾匆匆见过一面。

饭局上，知秋很隆重地把秋林介绍给了鲍主任，说这是自己最要好的朋友。

秋林说，没想到今天和领导一起吃饭，一点思想准备都没有。

鲍主任说，什么领导不领导，都一样。我年轻时还不如你，就是个围卵的。

秋林发愣，不晓得鲍主任说的什么意思。

鲍主任解释，我以前供销社人民浴室上班，人家洗好澡，赤卵走过来，都是我给他用毛巾围上。

鲍主任说完，自己先大笑起来。笑完，鲍主任有些感慨，对知秋说，我来了，你倒走了。我这个人没有那么多讲究，我对你知根知底，你要是还在供销社，我定重用你。

龚知秋说，我是烂泥扶不上墙。

鲍主任说，怎么说得这么消极？你现在做什么？

龚知秋说，办了个马铁厂。

鲍主任说，自己做生意，好事情啊。

龚知秋说，生意难做。

鲍主任说，为什么难做，给我讲讲？

龚知秋说，主要还是身份低。虽然改革开放好几年，但民营企业地位还是低，别人都不欢喜跟民营企业打交道。

鲍主任想了想，说，这个我能帮忙，不就是身份问题吗？我给你出个主意，我将你吸收到供销社系统，厂还是你自己的厂，但我给你戴顶红帽子，算是供销社系统企业，这样出门去，生意必定好做些。

龚知秋一愣，说，真要是这样，那你帮我大忙了。

鲍主任说，小事情，你等我消息。

随后鲍主任又打听秋林情况，秋林简单介绍了下自己，但没多讲，更多的是说些黄埠供销社领导的好话。

饭席散了，告别时，鲍主任对秋林说，你是知秋的朋友，也就是我的朋友，有事可来寻我。

鲍主任走了，知秋才告诉秋林底细。原来他和鲍主任是年轻时的友谊。那时他们同在供销社系统的饮服公司上班，龚知秋在食堂，鲍主任在浴室，平时要好。当时，两人都是普通职工，后来鲍主任发迹，也是阴差阳错。一日，生活忙落，鲍主任和食堂里一个炒菜阿江一道喝酒。当日，两人喝的是阿江拿来的高度番薯烧，喝得上头，也不知由什么话题引起，鲍主任跟阿江比谁的胆子大，谁都不服气。最后鲍主任讲了句闲话，说，我敢贴大字报，攻击县里最大一位领导，你敢不敢？阿江说，你如果敢贴这张大字报，我就承认你胆大。鲍主任便叫阿江拿来纸笔，写了一番豪言壮语，批判当时县革委书记，最后落款，饮服公司革命职工。写好后，用米饭制成浆糊，借着酒劲，贴到县政府门口的橱窗里，回家昏睡。第二日一早，橱窗里的大字报被人发现，顿时轰动县城。因为落款，公安局便到饮服公司一个一个调查，最后问到炒菜阿江，阿江胆小，当场便将鲍主任供了出来。鲍主任就被公安人员带走，关押起来，要对他进行重大政治审查处理。最巧不过，正关押期间，“四人帮”被打倒，县革委书记也被打倒。阴差阳错，鲍主任因祸得福，不但无罪，反而揭发有功，最后当了新的县委书记秘书。秘书当满，几个单位转一圈，这才转到供销社当主任。

知秋说，秋林，我们两个是真心朋友，本来你的忙我也帮不上。但天轮地轮，竟轮到一鸣来供销社当主任，这条线你一定要搭上。秋林点头，感谢知秋，但心里疙瘩，许主任刚刚调走，自己就去巴结新领导，那跟童小军还有什么区别？

过了一个月，秋林到县社里开会。会议结束，秋林被留下，说鲍主任寻他有话要讲。秋林不晓得什么事，忐忑来到鲍主任办公室。鲍主任招呼秋林坐下，第一句话便问，陆秋林，我当县社主任，为什么你一次都不来看我？

秋林愣住，不晓得怎么回答。

鲍主任又问，你在黄埠多少辰光了？

秋林回答，我当了三年文书，三年团委书记，算起来有六年，快七年光景了。

鲍主任说，那时间也不算短了，孩子几岁了？

秋林说，还在老婆肚皮里，十个月了。

鲍主任说，哦，老婆哪里工作？

秋林说，在亲眷厂里当会计。

鲍主任低头想了想，说，你也快当爹了，你总在乡下，以后妻子小鬼都是不方便。那天你们潘主任到县社里来汇报工作，我还特意问了问，潘主任讲得蛮好，说你这个人政治上可靠，工作也踏实。特别是有一次，临春节去东北组织货源，全单位无人去，只有你跳出来。

秋林说，那都是应该的。

鲍主任说，这样，我把你调到县社里来，你愿不愿意？

秋林愣住，几乎没端牢茶杯。

鲍主任笑眯眯看着秋林，说，怎么，不欢喜到城里？

秋林赶紧说，欢喜的，这是顶盼望事情。

鲍主任说，我讲实话，你这个人，我蛮中意。你跟知秋关系那么好，知秋又是我少年朋友。你看这么长时间，你从来没有跟我提过要求，也没有托知秋到我这里提过什么。你是个厚道人，我也是爽直的性格。你当我是官，每日我面前讨饭一样讨，我不会给你。你当我是朋友，一句话不讲，我硬塞也要塞给你。做人一世，朋友最难得，话说穿了，当官能当几年，权力这东西，过期作废，不帮自己朋友帮谁？

鲍主任一番闲话讲得秋林眼眶有些发热。

鲍主任说，这样，我先摸摸底，看看县社里有什么合适位置。来了，总要弄个好一些的位置，光是调上来当个普通科员，就没意思了。

秋林又是一番感激。

鲍主任没有信口，没两日，县委组织部便来黄埠供销社考察秋林，只半个月时间，秋林便调到县社担任秘书股股长一职。

秋林到了县社，一来就忙得焦头烂额。虽然以前他也当过文书，但那只是案头工作，秘书股工作不同，上管天上落雨，下管鸡毛蒜皮。摸清领导思路，搞好机关后勤，把握机关文字，样样事情都要操心。秋林新来，人员事情都陌生，只是局促应付，勉为其难将场面稳住。

这一日半夜，杜英肚皮痛，要生产。秋林爬起来，让母亲帮忙，用自行车载着杜英去医院。杜英医院里住一夜，第二日早上八点钟，生下一个七斤一两男小鬼。杜英生了小鬼，家里更是忙得一塌糊涂。秋林赶紧跑到供销社请假，这一头请假条打好，那一头鲍主任打来电话，说自己身体不舒服，让秋林去他家里一趟。秋林没办法，又赶紧骑自行车往鲍主任家赶。赶到了才晓得，鲍主任已经病了几日，一直瞒着，今朝实在难过，才打秋林电话。鲍主任得的是前庭神经炎，恶心呕吐出冷汗，躺在家里沙发上，额头搭一条热毛巾，面色难看。

秋林说，鲍主任，你这病应该去医院。

鲍主任摇头，说，我的上任便是住院期间被调走，我刚到此地开展工作，怎么好住院？这事我独告诉你一个，你帮我隐瞒。平常辛苦些，帮着买药打饭，照顾一阵就好了。

秋林赶紧答应。

杜英生产，秋林本就忙碌。这一下又多出个鲍主任，秋林简直逼成三头六臂哪吒，家里单位鲍主任家医院四头跑，脚踩风火轮，简直不晓得怎么收场。

这一日，秋林正去医院给鲍主任买药，突然有人叫他。秋林转头，见是个护士，面孔有点圆，头发自然卷着，卖相很好。秋林认不得她，她便自我介绍，说，我姓顾，有一次，我们一起吃过饭，我是同金卫国一起来的。秋林脑子里电光火石，想起有一次吃饭，卫国带着她来，自己当时心里还打咯噔，为什么来的不是那个云芝。

秋林赶紧说，顾医师你好。

顾医师问，你来这里做什么，看病吗？

秋林说，不是我，是一个朋友，得了前庭神经炎，我来替他买药。

顾医师说，那应该安排住院。

秋林说，他不肯住院，说是有住院恐惧症，闻到医院里的药水味就吃不消。

顾医师说，还有这么奇怪的毛病。他这病光吃药片不行，药效不够。这样，你替他买些药水，我落班时上门帮他打针。

秋林说，那太麻烦你了。

顾医师说，都是朋友，客气什么。

秋林听了，感谢一番，便回去跟鲍主任商量，鲍主任满口答应，称赞秋林会办事。第二日，秋林便去医院买了药水，带顾医师到鲍主任家来打针。鲍主任见了顾医师，很是高兴。

秋林，你把那雀巢咖啡和伴侣拿来，给顾医师泡一杯咖啡喝。

秋林赶紧拿了咖啡和伴侣，泡了一杯咖啡递给顾医师。

顾医师说，你莫担心，这前庭神经炎要治好，并不是什么难事。平时要注意静卧，不要急躁，吃食清淡一些。要注意劳逸结合，不要进行剧烈运动。

鲍主任听了，突然露出个笑容，问，顾医师结婚了没有？

顾医师说，结了。

鲍主任说，那我就可以细问了，这个夫妻生活算不算剧烈运动？

秋林一愣，顾医师面孔也红一红，没响。

鲍主任说，哈哈，我们都是过来人，用不着害羞，我也是实话实讲。我老婆在宁波照顾儿子读书，平时少回来。久别胜新婚，回来了，难免要过夫妻生活，所以问得仔细些。

顾医师说，这个不妨，只是要适度，莫劳累身体。

秋林在旁边听了，觉得心里古怪。这个鲍主任，怎么好跟女同志这样讲话？就算顾医师结了婚，毕竟男女有别。不过，这顾医师显然也是见过世面的，稍稍红了下脸，也就过去了。

打好针，鲍主任说，既然有顾医师帮忙，小陆也就不用往我这里跑来跑去了，安心忙自己事情。顾医师，只是要劳烦你。

顾医师说，鲍主任，莫客气，这是小事情，顺手的。

秋林一旁听了，长出一口气，有了顾医师，自己终于可以脱空照顾家里。毕竟杜英刚刚生了孩子，正是虚弱辰光。要是有事寻自己，人影都看不见，怎么说得过去？

又过一个月，鲍主任恢复健康。这一日夜里，知秋做东，为鲍主任庆祝。吃了饭，最后鲍主任却将单子签了。鲍主任说，我当主任，可以签单。你们两个用的都是自己袋里钞票。何必？尽管鲍主任讲得有道理，但知秋还是觉得难为情，定要安排鲍主任去舞厅跳舞。三人去了舞厅，知秋却不会跳，秋林也不会跳，两人只是坐在旁边喝饮料。

鲍主任扫兴，说，知秋，你带我来舞厅，自己不会跳舞，你带我来做什么？

知秋说，我以为秋林会跳。

秋林尴尬地笑。

鲍主任又说，秋林，你这样可不行，舞不会跳，酒不会喝，以后怎么提拔？这样，我给你一个礼拜时间，你去把跳舞给我学起来。这不是我个人的意思，是组织对你的要求。

鲍主任命令，秋林没办法，只能回家让杜英帮忙。杜英也不会跳舞，两人抱着，不是秋林踩杜英的脚，便是杜英踩秋林的脚，跳了没几步，那边孩子又啼哭，要吃奶，只得匆匆作罢。

一礼拜后，鲍主任果然叫知秋和秋林夜里去舞厅跳舞。可秋林早已将练习跳舞事情忘记，没想到鲍主任又提起，没办法拒绝，只能硬着头皮去舞厅，等着挨批。

秋林到了舞厅，看见知秋，鲍主任，竟然还有一个顾医师。顾医师跟秋林大大方方打招呼，秋林和知秋坐在旁边卡座上，只见鲍主任和顾医师双双滑入舞池，翩翩起舞。秋林看见鲍主任顾医师跳舞，面孔凑得很近，几乎贴在一起。秋林突然觉得这个场景有些诡异。

正犯疑，有人叫他名字。秋林回头，竟是春华。

春华说，秋林，你也来跳舞啊？

秋林指着知秋说，陪朋友来。

春华和知秋打过招呼，说，你们为什么不下去跳？

秋林说，我不会跳。

春华说，那我教你。

秋林说，我太笨，学不会。

春华说，这有什么关系。

秋林还是推托，正这时，一曲终了，鲍主任和顾医师回来，看见春华。鲍主任有些惊讶，说，秋林，这个大美女是谁，怎么不给我介绍下。

秋林说，哦，鲍主任，这是春华，也是我们系统的，百货公司里上班。春华，这是我们供销社鲍主任。

春华微笑着与鲍主任握手，说，鲍主任好，我现在不能算供销系统的，已经出来了。

秋林一愣，鲍主任说，看来我到供销社太晚了。秋林，那你赶紧陪春华跳舞啊。

春华扭头看着秋林，说，鲍主任命令了，你赏脸吗？

秋林没办法，只好跟着春华进了舞池。春华舞跳得好，指引着秋林。秋林虽然不会跳，但春华一带，脚步似乎也不那么慌乱，有模有样地跳了起来。跳舞的时候，秋林想，春华说她现在已经不在百货公司上班了，她为什么要离开？会不会跟卫国说的剪裙子的事情有关。他很想问，又不敢问。

秋林轻轻抱着春华的身体，感觉春华手臂上的肉很松，就像豆腐一样，软绵绵的。中医书上讲，肉特别软的人，内脏都不大好。想到此处，秋林忽然心里悲伤了起来，将春华又稍稍抱紧了些。

2

鲍主任坐在办公室，有人向他汇报工作。鲍主任叼着根烟，认真听着。突然电话响了，鲍主任接起电话，是顾医师打来。

鲍主任对着电话，说，嗯，你说。

随后，他捂住话筒，示意面前的人继续汇报。那个人就继续说话。

顾医师说，我今天调休，在家里待着无聊，想吃西瓜，就跑到外面打公用电话，想让你送个西瓜来。

鲍主任不动声色，说，哦，西瓜的问题啊，这个事情你寻下面的人办一下就行了嘛。

顾医师说，你办公室是不是有人啊？那你还接我电话，不怕别人听去？

鲍主任说，不要怕，做事情这也怕那也怕，那还做什么事情啊？

顾医师在电话那头笑，说，我真想看看你现在什么表情。告诉你个事情，卖肉人不在，我一个人在家。

鲍主任说，行了行了，你的情况我都了解了，改革开放，胆子要大一些，步子要快一些。

鲍主任把电话挂了，看着对面的人说，你看看，什么事情都寻我。说今年西瓜供应不上，难道买西瓜的事情也要我这个县社主任出面吗？行了，你继续汇报。

对面的人将事情汇报完毕，鲍主任看了看表，说，我还要到县政府去一趟，有什么新情况，等回来再讨论。

鲍主任坐着单位的轿车，去顾医师家。路上，买了一个黑皮瓜。

轿车在一个弄堂口停下，鲍主任对驾驶员说，你先回去，我看完老领导，自己走回去就行。

鲍主任看着车子离开，托着瓜，转身晃晃悠悠走进弄堂。走到最里头一户人家前，伸手推开木门，进了院子。鲍主任没有进房，而是熟门熟路地走到一旁的水井边，用铅桶打上一桶冰凉的井水，将黑皮瓜浸在铅桶里。

鲍主任推开房门，只见顾医师穿件无袖丝绸睡衣床上躺着。鲍主任走过去，拍了一下她的屁股。

鲍主任说，快爬起来，叫我来，自己又睡。

顾医师侧过身子，鲍主任看见丝绸衣服在她身上水一样地滑了滑。

顾医师说，你胆子还挺大，居然一边听汇报，一边接我电话。

鲍主任说，那是，天大的事也不能耽误接你顾医师的电话。

说着，鲍主任就顺势躺到旁边，从身后抱住顾医师。

鲍主任说，昨天跳完舞回去，我长夜睡不着，脑子里全是你。

顾医师说，我不信。

鲍主任说，真的，我还连夜给你做了一首诗。

顾医师说，做诗，你还会写诗啊?

鲍主任说，当然，还是首长诗呢。

顾医师说，长诗，有多长?

鲍主任靠近顾医师耳朵低声说了些什么。顾医师低低骂了一句，你个流氓。鲍主任的手便滑到顾医师的丝绸衣服前，将丝绸睡衣的带子拉掉，说，我就是个流氓。顾医师转过身，脸又红又烫，迎着鲍主任嗯了一声，两人便紧紧搂在一起。

可能是太激烈的缘故，两人很快便结束，瘫在床上喘粗气。过了一会儿，顾医师突然想起了什么，问道，我的西瓜呢？

鲍主任说，刚刚进来时，沉在井水里了。没凉得那么快，稍微等会儿，再凉一些再吃。

顾医师噗嗤一声笑了。

鲍主任说，你笑什么？

顾医师说，你看你，连一只西瓜都凉不透。

鲍主任一愣，听懂顾医师话里的意思，又翻过身，压在顾医师身上。

鲍主任说，让你看看我有多久，一定让那只西瓜比放冰箱里还凉。

两人正闹着，突然听见院子大门吱嘎一声响。鲍主任吓了一大跳，顾医师迅速跑下床，将房门内锁关上。她侧身躲在门后，冲着鲍主任做了一个不要发声的动作。

随后，外面有脚步声走到房门前，推了推。

大白天关门做什么？

是卖肉人的声音。

顾医师说，我在困觉，你此时回来做什么？

卖肉人说，零钱没有了，我回家翻点零钱。

顾医师说，家里哪来零钱？要零钱应该去银行里头换。

卖肉人说，你把门开开，我进来找找，我记得有的。

顾医师说，我躺在床上，不想动。

卖肉人说，你今天怎么这么奇怪，开个门有什么要紧？

顾医师怔了怔，说，我房间里藏了个男人，不想让你进来，你有本事一脚把门踢破。

鲍主任躲在床沿边，背脊心发凉，这两人赤条条在房里，卖肉人真要进来，定要完蛋。想着，身体就不由自主往床沿后面缩。

卖肉人一阵沉默，许久才忿忿地说，你好坏也是吃公家饭的人，怎么好说这种难听闲话？

说着，卖肉人推门出了院子。鲍主任听着，长长出一口气，仰面瘫在地板上。

顾医师走过来看着，又噗嗤一声笑，说，看你亮晶晶一身汗。

鲍主任稍稍躺一下，马上站起来，慌张地穿裤子穿衣裳。

顾医师说，你做什么，要走啊？他去银行了。

鲍主任说，万一等下又回来呢？

顾医师说，莫走，西瓜还没吃呢，今朝立秋。

鲍主任说，还敢吃西瓜，血都吓冷了。

顾医师鼻孔里哼一声，冷冷地看着鲍主任，说，你也就床上勇些。你一个男人，又不是猪，你怕一个杀猪人做啥？我都不怕，难道你还不如我？

鲍主任一愣，继续将衣服穿好，开门出去。顾医师看着他走出，憋一肚子气，坐在床沿边，又气又伤心。没一会儿，那房门却又开了，只见鲍主任从房门口大摇大摆进来，手里捧着水淋淋一只黑皮瓜。

鲍主任眉毛一挑，说，我怕他个卵。

3

鲍主任回到家里，将公文包一扔，坐到沙发上，向后躺倒，这才感到双腿有些发软。

鲍主任靠沙发上，脑子里还在回味下午在顾医师那里的滋味。一想起里头几个细节，身体某些地方就暖烘烘的，似乎也不那么疲累了。鲍主任想起她对卖肉人说屋里藏了个男人，骂自己怕个杀猪的做啥，想起这些话，就觉得有劲。这性格跟自己倒是像，当年自己贴大字报，便是这份天不怕地不怕的脾性。他就喜欢这种有性格的女人，他不喜欢软绵绵贴上来的。说到底，他倒不是怕那个杀猪人，有什么好怕的，真的跟杀猪刀拼一下，他也是敢的。可终归还是心虚，毕竟顾医师是他的老婆。可惜卖肉人夜里不卖肉，如果夜里也卖肉，那他和顾医师就能日夜在一起。

鲍主任躺在沙发上，胡思乱想。突然听见有滋滋的油水声音，扭过头来，吓了一跳，只见厨房门掩着，有人在里头烧菜。他起身走到厨房间，打开门，竟看见老婆许红妆。

鲍主任说，你怎么来了？

许红妆说，学校里组织学生去上海，你儿子也去了。我没事情，回来住几日。

鲍主任说，那你应该给我打个电话，我让驾驶员去接你。

许红妆说，下午打过你办公室电话，没人接。

鲍主任说，下午县政府里开会。

鲍主任走进厨房，闲话几句，走出来，突然有些心神不宁，心里好像有什么事情不落定。屁股一搭沙发，突然一惊，想起昨夜给顾医师写的那首长诗。夜里跳舞回来，也不晓得哪根筋搭牢，整夜困不着。起床来，拿出纸笔，坐在书桌前，写了长长几页纸。年轻时，也算看过《回延安》《周总理，你在哪里》这样的诗歌，有些记忆，飞快落笔。说是诗，也不算诗，想起自己和顾医师的那些活色生香细节，情思泛滥，添油加醋写到纸上。反正长句短句，写到哪里算哪里。

鲍主任皱眉，自己写完好像就去困了。那首诗放哪里，他倒想不起来了。他起身，到书房里翻，没翻到。边回忆边寻，奇怪的是，这诗倒像特务一样隐藏起来了，怎么寻都寻不着。

许红妆餐厅里叫吃饭。鲍主任只得先出去，饭桌边坐下。鲍主任看见许红妆，突然有个想法，心惊肉跳。会不会是她拿了？鲍主任脑子里盘旋，挑了口菜塞到嘴里，差点一口吐出来，竟说不出的腥气。

鲍主任吐在桌上，用筷子翻翻，血糊糊一团。

这是什么，怎么这么腥气？

许红妆说，想着你这阵子辛苦了，特地市场买了只羊腰回来，给你补一补。

鲍主任听了，心里咯噔，天下补品千百样，许红妆单单买只羊腰来什么意思？

鲍主任小心翼翼问，这种腻心东西能补什么？

许红妆说，当然吃什么补什么。

说完，许红妆便不理鲍主任，只是挑菜吃饭，一口一口双面颊咬得用力。

鲍主任看着许红妆，心中确定了，那张纸定是落在她手里了。但他又不能问，不能讨。许红妆的性格他晓得，看着平常一个人，心里却有生意，有样值钱东西，定要卖出黄金价格。鲍一鸣当了这个主任，她心里早有担心，担心管不住自己。眼下拿了这个把柄，以后自己难做人。

夜里困觉，鲍主任想在床上利用夫妻温存，跟许红妆套一套近乎，没想到许红妆一躺下，便鼾声渐起。鲍主任不晓得她真困假困，暗自着急无从着手。想了半夜，终于想出一招棋子，心底才逐渐放宽，渐渐睡去。

第二日一早，鲍主任平静地吃过早饭，与许红妆招呼一声，出门上班。到了弄堂口，驾驶员车子早就停好。鲍主任上车，叫驾驶员莫开去单位，去一趟乡下许家村。许家村是许红妆老家。鲍主任想一夜，要想摆平许红妆，不能硬来，只能智取。许红妆母亲早逝，老家只是父亲许运道一人住着。鲍主任小时无父无母，是一个干爹养大。这干爹最好的一个朋友就是许运道。十六岁，干爹死了，临死托付于许运道，许运道便将鲍主任当半个儿子，后来还将唯一女儿许红妆许配给鲍主任。

到了许家村，鲍主任猜测此时许运道应该在菜地里，便跑去菜地，果然看见许运道在摘菜，鲍主任上前帮忙。

许运道说，今朝不是礼拜日，你来此地做什么？

鲍主任不好意思地笑，说，碰到一桩为难事情，要寻老爹帮忙。

许运道问什么事情，鲍主任说，我单位里有个后生，跟人谈对象，写了一首露骨的诗，投给报纸。结果报纸认为有伤风化，寄回单位领导，批评教育。我不小心将信带回家里，结果许红妆看见，误会是我写的，将信捏在手里，不肯归还。你晓得，红妆性格大，我怕她误会，将事情捅出去，到时满城风雨，讲都讲不清。

许运道看了看鲍主任，说，那你什么意思？

鲍主任说，红妆现在不跟我谈这事，我也没法解释，怕越描越黑，希望老爹讲讲好话，把此事了了。

许运道愣了愣，说，行吧，你都跑到家门口了，我总要帮你跑一趟。正好收了这些新鲜蔬菜，带到城里去。

就这样，鲍主任将许运道载到城里，车子停在外面，许运道独自拎着菜去鲍主任家中。许红妆见了老爹，有些意外，说，阿爹怎么来了？

许运道说，医院里看个老朋友，正好带点蔬菜来。你们常也不来，只有我自己上门。

许红妆听了这话，有些过意不去，说，让你老人家来，这热烘烘的天，真是罪过。

许红妆将许运道迎进去，将电风扇对着他吹。

许运道问，一鸣上班去了啊？

许红妆咬着牙，说，鬼晓得这活众生死哪里去了。

许运道一听，故作惊讶，说，你怎么讲这样闲话？你们吵架了？

许红妆赶紧说，没有没有，我随口玩笑。

许红妆从冰箱里跟许运道拿饮料。许运道接过饮料，看着许红妆，说，你好像瘦了，遇到什么事情了？

许红妆不说话。

许运道说，今朝来，怎么觉得你怪怪的？怎么了，这么好的日子你还不知足啊。你看你，多少有福气，嫁了那么出色一个人。一鸣这小鬼，我是从小看大，老实，讲义气。这点年岁就当县社主任，多少了不起。

许运道一边用力讲一鸣好话，一边偷偷观察许红妆，只见她脸色由白转红，又转紫，越来越难看。

许运道说，你能嫁给一鸣，是你几世修来的福气。他在前头忙，你顾大后方，帮他照顾小鬼。你要任劳任怨才行，你嫁了全世界顶好的男人了，你还有什么不知足？你要是跟他吵架，也定是你不对。一鸣这个人我晓得，素质顶好。

许红妆终于忍不住，用力拍一拍桌板，阿爹，我今朝定要你看看这鲍一鸣到底什么角色。

说着，许红妆走进厕所，出来时，手里捏了几张纸，递给许运道。

阿爹，你自己看。

许运道接过，仔细看了两遍，问道，这是谁写的？

许红妆说，除了鲍一鸣那个下流坯，还有哪个？

许运道勃然大怒，骂道，这个一鸣，真是个众生，怎么能做这样的事体。

他站起来，用力拍沙发，拍了几下，气得咳嗽。

许运道说，我要拿这信去供销社寻他，此事我一定替你做主。

许红妆没应，只是看老爹手里的信。

许运道说，我拿着信，我定要字字句句骂他，看他怎么反驳。

许运道将信折叠，放进口袋，说，红妆，我现在就去寻他。

许红妆说，你莫在供销社里同他吵，真要单位里传开了，对他有影响。

许运道说，你看看你看看，我真是眼瞎了，还说你嫁一鸣是你福气，这话全倒了，他娶了你，才是他的福气。这众生，真是身在福中不知福。

许运道气呼呼走出门，转个弯，点一支烟，慢吞吞走了一段，让自己平心静气一番，这才转过墙角，看见鲍主任的轿车正等在那里。

鲍主任见许运道出来，赶紧迎上来问，老爹，怎么样了？

许运道没响，只是从口袋里掏出那几张信纸，递给鲍主任。鲍主任接过，打开一看，这才如释重负。

许运道说，我真真没见过你这么蠢的人，做这种事还会白纸黑字留下证据。

鲍主任说，不是我写的，真是我单位后生写的。

许运道说，哄鬼呢？我还不认得你那两只字？你也真是好本事，这样的事情都写得出，我老倌都看得脸红。

鲍主任尴尬地笑。

许运道说，以后千万莫这样了，再这样，我也不能再帮你。我帮你这一次，也是为老不尊。当然，我也不是全怪你，现在外面什么情形，我也晓得。有些事情，一番假戏，我也理解。但你千万莫一条路走到黑，老婆儿子不能辜负。

鲍主任连连称是。

夜里，鲍主任回家，将一个信封递给许红妆，里头放着两百块钞票。许红妆诧异，问这是什么钞票。

鲍主任慢条斯理说道，你在宁波陪儿子，留我一个人在家。你晓得，我这个人不爱出门，朋友也少，无事可做，就写些诗歌陶冶情操，打发时间。日积月累，竟有了这一堆稿费。

许红妆听了，想起昨天那几页纸，恨不得将这钞票扔到他面孔上。但最后，还是忍住装进自己口袋。许红妆根本不相信鲍一鸣的鬼话，那根本不是什么诗，而是他跟哪个女人做的下流事。她不明白他怎么能这么下流，自己看的时候，都害怕眼睛会生偷针。他说他的肚皮上有块胎记，像一只毛兔，那女人属兔，这是他们前世的缘分，前世打上的印章。她见过他肚皮上的胎记，他写的就是自己。但现在，她不能发火，因为那几张纸被自己老爹拿去了，她没有凭证。

许红妆看着鲍主任得意的神情，有些不解。老爹说要拿信去供销社寻他算账，可他看上去根本不像刚被算过账的样子。许红妆心里有种不祥预感。老爹将信拿走，她心里就不踏实。现在看到鲍一鸣得意扬扬的样子，更是七上八落。

第二日一早，许红妆坐车回许家村寻许运道。许运道骂骂咧咧，说这鲍一鸣好运道，自己名字叫运道，碰见他，运道都没了。一出门，就碰见扒手。连皮夹子带信，全部被偷了，连回来车钿都没有，最后还是厚着脸皮搭别人的拖拉机回到家中。

许红妆听了，晓得自己上当，恨得牙齿痒，她实在没料到自己老爹竟会帮着鲍一鸣来骗自己。

4

许红妆吃了哑巴亏，但她不会这样作罢。虽然那首诗被骗走，但她还是记住了里头一句闲话，献给最亲爱的顾医师。从那天开始，许红妆就用最原始最愚蠢的方式，县城里一个医院一个医院寻过去，只为寻一个属兔的顾姓女医师。最后，功夫不负有心人，终于被她在人民医院寻到。看见这个姓顾的女人，许红妆确定，她就是跟鲍一鸣一起的那个女人。她站在那里给病人打针，奇怪的是，看着她，许红妆竟能体会到鲍一鸣对她写诗的那种感觉。许红妆走过去，跟她打听药房在哪里。那女人耐心告诉她，声音温柔得像只羊。

许红妆没有跟她闹翻，她在她的周边观察她。等她下班，她又偷偷摸摸跟着去了她家。晓得了住址，又跟旁边邻居打听，确认她的丈夫是在市场里卖肉，许红妆便又去了市场。

顾医师的男人站在一张摆满猪肉的条案后面，精瘦，高，骨节粗大，有络腮胡子，胡子刮得干净，脸上青幽幽的。

卖肉人问，你要买什么？

许红妆说，我不买东西，你的女人跟别的男人困觉，我特地来告诉你。

卖肉人变了脸色，骂道，你是什么货色，敢跑到我摊子上来发神经？

许红妆说，你女人是不是属毛兔？

卖肉人一愣。

许红妆说，你可以回家问问你的女人，那个男人肚皮上是不是有一块胎记，那胎记就生得像只毛兔。

许红妆这么说，卖肉人的身体突然颤抖起来，一板斧用力砍在肉案上。许红妆吓一跳，转身匆匆离开。

回到家，没一会，鲍主任也落班回来。许红妆告诉鲍主任，自己要回宁波了，只是身体不大舒服，回宁波前想让鲍主任陪她去趟医院。鲍主任推说自己忙，让许红妆自己去。许红妆一副可怜兮兮的模样，说，你不陪我，我一个人去医院都不晓得怎么挂号。你帮帮忙，陪我去，我早点检查好，也好早点回宁波。许红妆这么说，鲍主任也于心不忍，又盼望许红妆早点检查好回宁波，只好答应。

第二日一早，鲍主任陪着许红妆去医院。挂完号，许红妆让鲍主任去外面等，妇女病陪着不方便，鲍主任便跑到外头吃香烟。等鲍主任走了，许红妆特意寻到顾医师，说自己丈夫有难言之隐，不肯治疗，希望顾医师能出去跟他讲两句，做做思想工作。顾医师不愿意，说，我只是个护士，你应该去寻医生。许红妆说，我是你爱人介绍来的，我是他多年熟客。他人最厚道，平时去砍肉，总是会多给一些，他说你也是最会帮忙的人。见许红妆这样说，顾医师也没有办法，只好跟着她往外头走。

两人走出来，正好鲍主任等得不耐烦，朝里头去寻许红妆，和顾医师撞了个正面。两人尴尬，许红妆站在一旁，说，这就是我丈夫。鲍主任此刻终于明白许红妆意图，一声不响。顾医师还算镇定，将双手插在白大褂的袋子里，依旧是不相识的样子。

你丈夫什么毛病？

许红妆说，倒是没什么大病，只是跟别的女人乱搞，我怕他得了什么梅毒猪瘟病。

鲍主任说，许红妆，你胡说八道什么，我有什么病？分明是你要来医院看病的。你到底看好没有，看好了我还要回单位上班。

许红妆看看鲍主任，又看看顾医师，说，你看，他这个人就是好面子，在家里写肉麻闲话给别的女人，到此地了，又不敢讲了。我同你说，男人就是这样，特别是当官的男人，别看他说得头头是道，没有用场，你不信，试一试让他为女人舍了官位，根本不舍得的。

顾医师一声不响，面孔涨得通红。

鲍主任全看在眼里，厉声道，许红妆，你到底走不走，你不走我走了。

许红妆说，行了，走了。

鲍主任转身走，许红妆跟了两步，又转过身对顾医师说，对不起了，顾医师，害你跑进跑出。

顾医师看她这么说，勉强笑笑，说，不要紧。

许红妆又笑，说，说起来你跟我家老鲍还蛮有缘分，你属兔，他肚皮上有个毛兔胎记，你说巧不巧？

许红妆边说边笑，跟着鲍主任离开。顾医师站在门诊门口，全身冰凉。

离开医院，鲍主任坐在车上一声不吭。车子开到三岔路口，鲍主任说，你下去走两步吧，我要回单位。

许红妆说，我不回去，我跟你去单位。

鲍主任急了，许红妆，你戏法还没变爽快？你还跟我到单位做什么？

许红妆说，反正我也没事，干脆去你那里等你回家吃饭。

鲍主任想发火，但又怕驾驶员听出什么，一口气咽回肚皮，低低骂了一句，铁青着脸，再也不吭声。

让鲍主任恼火的是，不止这一日，接下去，许红妆日日跟着他，开会跟着他，下乡跟着他，弄得他哭笑不得，几乎前庭神经炎复发。

终于一日，儿子学校打来电话，要开家长会，许红妆才匆匆回了趟宁波。趁着这当口，鲍主任去医院寻顾医师。鲍主任一团热火，仔细解释许红妆的事情，可顾医师却是漠不关心，一副冷冰冰面孔。鲍主任说得口干，见顾医师冷淡，也有些着急起来。

我今朝是趁许红妆回宁波，冒风险来寻你，你这样对我算什么意思？

顾医师看着鲍主任，冷笑，说，你冒什么风险？再这样下去，你依旧升官发财，我早晚一日被卖肉人当猪杀了。

鲍主任说，你莫吓我，他怎么敢。

顾医师说，你怎么晓得他不敢？

鲍主任尴尬，说，你放心，小顾，事情还没有到那一步。真到了那一步，我不会抛下你不管。

顾医师说，那我就告诉你事情到了哪一步。前几日，他跟我说要带我去他乡下朋友那里玩，让我穿漂亮点，还特意借了一辆雅马哈摩托车。我坐着摩托车，风尘仆仆坐了一路。最后却不是去他朋友家，而是到了一个屠宰场，让我看杀猪。我闻不得里头那股血腥和猪粪的味道，要走，可他却将我的手腕捏紧。你晓得他跟我怎么说吗？他说，你要是跟那个生了毛兔胎记的人做了什么事情，我就把你们都拉到这屠宰场里，一刀一刀地割了。

顾医师盯着鲍主任眼睛。

顾医师说，鲍一鸣，我现在不想听漂亮闲话。我只问你，你敢跟你老婆离婚吗？你敢不当这个县社主任吗？如果你敢，我现在就跟你走，再不管那卖肉人。

鲍主任低头，不再说话。他心里晓得，他跟顾医师完蛋了。许红妆抓到了他的软肋，她晓得他扔不掉眼前这一切，只为一个女人。

第二十三章

1

秋林坐在副驾驶室，今朝是陪鲍主任去罐头厂视察工作。鲍主任坐在后座，一声不响，秋林心里有些不踏实。鲍主任这状态不是一日两日了，最近一段时间，总是这一副神情，定是碰到什么事情了。但秋林识相，鲍主任不主动说，他也不主动打听。

红猛日头，罐头厂厂长童小军站在太阳下等鲍主任，几乎被晒出金光来。秋林看见童小军比以前胖许多，都有了双下巴。鲍主任下车时，他用双手捧住鲍主任的手，握手的时候，抬起胳膊，两腋下都是湿的。

天气热，童小军领着众人在厂里各车间走了一圈，每个人身上都汗津津。秋林看见鲍主任皱着眉，不停拉扯被汗液黏到皮肤上的衬衫。他本就情绪不好，天气这么热，走了一圈下来，更是烦躁。秋林偷偷跟童小军打招呼，天气太热，车间不要多看了，还是安排到会议室开会。童小军听了，赶紧领大家去会议室。

会议室在二楼，上楼梯，推开两扇玻璃门，竟是别有洞天，像走进了电冰箱里，清凉无比。秋林感到诧异，尽管会议室屋顶风扇在转，但也扇不出这么清凉的风来。

秋林问，童厂长，你这里怎么这么风凉？安了空调了？

童小军说，我跟各位领导汇报一下，空调那么贵，定是买不起。办厂不易，每分铜钿都精打细算，不能用在个人享乐上。平时，我们自己吹风扇，没问题。今朝鲍主任这么热天气来检查工作，我们不能苦了领导。所以，鲍主任来之前，我就做了准备，跟附近冷冻厂联系好，让他们从仓库里拉来四块冰。

这时，大家才注意到，房子四个角放了四块石板一样大小的冰，底下用一个塑料盒子盛着。众人啧啧赞叹，都说童小军是有心人。

众人坐下开会，刚讲了没两句，会议室门被轻轻推开，走进来两个五官端正的年轻女工人，端着铝盘子，盘子上放着一只只白瓷碗。女工在每人面前放下一碗，秋林一看，碗里盛着冰镇黄桃罐头。

童小军说，为了不让领导误会，我先解释下，这不是拍领导马屁，是汇报工作。这是我们最新的罐头产品，我怕光口头汇报，没有说服力，所以就让领导亲自尝一尝，好给我们把把关。

开会吃罐头，本来是件不妥当的事情，被童小军一解释，却成了顺理成章的好事。秋林心里暗自佩服，这个童小军真是个人才。大家用勺子舀着碗里的黄桃入肚，冰冰凉凉的，都吃得舒服。秋林注意到鲍主任一直紧皱的眉目也终于舒展了一些。

开完会，差不多五点钟，众人留下来吃工作餐。罐头厂靠海，一桌下饭都是周边农民赶小海赶来的新鲜小海鲜，配冰啤酒，杨梅烧，都是好滋味。大家个个吃得满意。工作餐吃罢，童小军偷偷说，鲍主任难得来，你看这时间还早，要不我们陪鲍主任娱乐娱乐？

鲍主任说，娱乐什么？

童小军说，别人送我一副麻将牌，簇簇新，还没开封，正好鲍主任贵人来，开张开张。

鲍主任微微愣了愣，说，这一大帮人，影响不好。

童小军说，让他们先回去，只留鲍主任和陆股长，我再寻一个亲近人陪。童小军又扭头看秋林，陆股长，你晚点回去有没有事？

秋林说，没事，但我不大会打麻将。

童小军说，我也不大会，主要为陪鲍主任。

鲍主任说，行，回去也没什么事情。既然小军这么有心，我们就玩一下。

鲍主任发话，秋林也就不好说什么。等其他陪同人员回去，童小军便叫来一个办公室主任，安排个小房间打麻将。

众人坐下，童小军在每人面前放下两百元钱。

鲍主任问，这是什么意思？

童小军说，陆股长不是不会打嘛，这就算学习费了。鲍主任尽管放心，这不是公家的钱。

鲍主任看看童小军，看看秋林。

鲍主任说，小军用心，那就暂时放着吧。

四个人开始打麻将。办公室主任扔骰子，定四人方位。秋林发现这人手很软，像是没有骨头一样。骰子扔好，办公室主任坐秋林上家，童小军则坐鲍主任上家。打麻将时间过得快，不知不觉三四个钟头便过去了。秋林打得头昏脑胀，总算支撑到最后。牌局结束一清点，秋林生手，却只是输了五块钱。鲍主任其实并不怎么会打，但手风却好，坐在童小军下家，有碰有吃，最后竟赢了两百元。鲍主任点一根烟，将钱推到童小军面前。

鲍主任说，结束了，钱还你。

童小军将鲍主任的钱拿过去，点出两百，又将剩下的推回给鲍主任。

童小军说，这是本钱，要还给我。剩下的是鲍主任赢的，我不能收，我要收了，我就犯错误了。

秋林听了，赶紧从口袋里掏出五块钱补上。

童小军看着秋林，说，陆股长，你这什么意思，五块钱还要算这么清爽？

秋林说，应该的，说话要算话，说好了本钱要还的。

童小军愣一下，笑眯眯将钱接去，说，那就不好意思了，还让陆股长破费。

秋林说，应该的，应该的。

秋林坐鲍主任车子回家。与来时不同，一路上，鲍主任心情不错，闲话也明显多起来。这是他最近最高兴一次。

回了城，驾驶员先把鲍主任送回家，再绕道回单位停车。秋林下车，刚想去取自行车。驾驶员将他叫住，打开后备箱，从里面拿出两箱黄桃罐头。秋林纳闷，问，这是做什么？驾驶员说，你们在里面的时候，童厂长安排人搬了六箱罐头，说好一人两箱，带回去尝尝，到时给他们提提意见。

秋林将罐头放到后座上。罐头重，怕摔了，不敢骑车，就一路推着回了家。夜里困觉，秋林跟杜英说起了打麻将的事情。

秋林说，今天幸亏是鲍主任赢，最近他心情就没好过。

杜英说，鲍主任怎么可能不赢？那罐头厂厂长分明就是要讨好他，不可能会让他输钞票的。

秋林说，难道他想让鲍主任赢他就能赢？我才不信。

杜英说，这有什么奇怪的，你说的另一个人定是个麻将高手，有手法的。我告诉你，麻将场上，输赢都能安排。比如你，你官小，他就用不着输给你。但你毕竟跟着鲍主任去，又不能让你输得难看，就让你落个平手。

秋林想了想，突然想起了那个办公室主任的动作。这样想想，杜英倒是说得有些道理。

秋林说，你又不会打麻将，怎么会晓得这么多？

杜英说，这样的事情不稀奇，杜毅哥就常叫些公家里上班的人到厂里吃饭打麻将，这叫联络感情。联络感情就不能让别人输，所以每次也是先发本钱，赢了，抽回本钱，让人将赢头拿走。输了，无论多少，都算数。这样场面好看，来的人也都高兴。

秋林说，原来还有这么多奥妙。

杜英说，你以后莫要再去打，麻将桌上没几个好人，你弄不过他们。

秋林说，不会，我只是偶尔凑个人数。

两人睡觉。秋林侧过身，又想夜里的事情。如果真如杜英说的，自己今天又被童小军当了道具，心里很是不舒服。想着想着，脑子里又回想杜英刚才说的那番话。他忽然觉得杜英说这些话的时候，似乎透露出一种陌生感。不晓得从什么时候开始，杜英再也不是当年长亭的那个小姑娘了。秋林又想自己，长亭时，尽管半夜饿得眼冒金星，但还是半块饼干都没拿过。可今朝罐头厂回来，却能明晃晃载着别人送的两箱罐头回家。

秋林想一阵，想得心烦，终于倦意上头，这才侧身沉沉睡去。

2

下午下了场雨，天气凉快起来。临下班时，鲍主任打秋林办公室电话，说天气凉爽，让他约一下知秋，一道去小花园吃夜饭。小花园是最近城里最红一只饭店，老板最擅长烧猪鱼番薯面，据说这手艺来自他父亲，他父亲曾经给汤恩伯做过厨师。猪鱼越大越好吃，但越大越难烧出滋味。小花园这老板戴副眼镜，斯斯文文，不像厨师，倒像个读书人。饭店就开在家里，院子里放一只煤饼炉，一只铁锅，绣花一样，将一条尺把的猪鱼烧得丝丝入扣。

知秋说秋林会算命，自己刚从广东谈生意回来，就打电话约自己吃饭。秋林说不是自己会算命，是鲍主任会算命。说了些闲话，鲍主任问知秋，你会不会打麻将？知秋说，会一点。做生意，有时也陪一陪。鲍主任说，那我们夜里玩一下。秋林听了，心里不大情愿，但又不好明推，只说，三个人也打不了啊。鲍主任说，知秋，你再去约一个来。龚知秋想来想去，起身说，倒是有个人，我出去打个电话，问问看。

知秋出去，鲍主任点一根香烟，说，也不晓得为什么，最近总想打麻将。麻将真是个好东西，说说笑笑，来来去去，多少闹热，一夜时间飞快就过去了。真是何以解忧，麻将上手。

秋林点头附和，心里却不情愿。他一点都不钟意打麻将，杜英也不欢喜他打，但鲍主任都说了这样闲话，不陪是肯定不行。只能在心里指望知秋寻不到人。

正想着，知秋推门进来，说，约好了。

鲍主任说，约了谁，我熟悉吗？

知秋说，你不熟悉，秋林熟悉。

秋林一愣，哪一个？

知秋却卖个关子，说，等下见了就晓得。

麻将在知秋厂里打，是个小仓库，叠了一堆包装箱。点了蚊香，一只吊扇在头顶哗哗响。知秋泡茶，鲍主任不要喝，说，太热，有没有什么凉的东西。知秋便从冰箱里拿出几瓶冰啤酒，让大家当饮料喝。

三个人喝着冰啤酒，等了一会儿，听见外面有人上楼，是皮鞋后跟的声音。秋林一愣，似乎来的是个女人。门推开，秋林一愣，竟是黄埠供销社的杨会计。鲍主任看见杨会计，也一愣。鲍主任说，原来是个美女啊，难怪知秋卖关子。

知秋介绍，这是杨会计，黄埠供销社上班。

鲍主任说，这样啊，我竟没有见过，我这个供销社主任失职了。

鲍主任问杨会计会不会喝酒，杨会计说会喝一点，鲍主任赶紧让知秋给杨会计也拿一瓶冰啤酒来。杨会计见三个人都对着瓶子吹，对知秋说，你再给我拿个杯子。

四个人坐下扔骰子。杨会计坐鲍主任下家。许是杨会计在场缘故，鲍主任闲话特别多，心思全不在麻将上，常给杨会计吃碰。杨会计手气本身就不差，鲍主任牌打得松，更是手红得着火，几乎一直在赢。麻局结束，三家输，杨会计独赢。鲍主任输得最多，情绪却最高。

鲍主任说，杨会计，今天的牌局真是应了一句老话。

杨会计问，什么老话？

鲍主任说，三仙归洞啊。

杨会计听了，稍稍愣了愣，明白意思，脸突然就红了起来。

麻将打完，鲍主任提议再去吃夜宵。杨会计说自己夜里不吃东西，怕胖。说完，便告别骑自行车走了。知秋提议三个人去吃，鲍主任却兴趣索然，说，不吃了不吃了，三条光棍有什么好吃？还是早点回家安稳，家里还有个许红妆，每日里盯贼一样，也是烦的。

三人便散了。秋林骑车回家，站在门口清点，输了一百多，袋里还剩下三十元零钱。秋林将三十元零钱整理得平直，折叠起来，放进表袋，轻轻推门进房间。床上只有杜英一个。

秋林说，禾禾跟姆妈去睡了啊？

杜英说，我怕你夜里回来晚，吵醒他。

秋林说，鲍主任一定要打麻将，只好陪着。

秋林将三十元零钱取出来，放在床头。

这是今朝打麻将赢的，明天你下班，路上带点烤麸牛肉回来，你钟意吃。

杜英没响。秋林躺到床上，又解释，我晓得你不欢喜我打麻将。我也是真不想打，可鲍主任他们三缺一，实在没办法。

杜英说，也不是一点不让你打，只是要少打。你一个月赚多少工资，怎么输得起？再说了，打麻将太伤身体，打一夜牌，还要熏一夜烟，对身体不好。

秋林连连应了，躺下睡觉。第二天起来，杜英已经早早走了。秋林穿上裤子，一摸裤袋，却发现杜英把那三十元又给装回去了。秋林心里有些惭愧，暗暗发誓，以后再也不打麻将。

发誓声音刚落，第二日夜里，鲍主任又安排麻局，照样是秋林知秋，还有那个杨会计。秋林晓得，鲍主任醉翁之意不在酒，他不是欢喜打麻将，而是欢喜跟杨会计打麻将。一来二去，杨会计跟鲍主任也熟了起来。起初，杨会计多少有些装扮，显得拘谨。熟了，也是放开了。一手打牌，一手夹一根摩尔香烟，风情万种，弄得鲍主任都不看牌，只看着杨会计吃烟，看得入迷，好几次都做了相公。秋林心里暗暗叫苦，鲍主任欢喜杨会计没错，只是连累自己吃这冤枉官司。

麻将散了，鲍主任用车子送杨会计回去。现在，杨会计已经不会推却了。鲍主任倒是客气，问秋林要不要搭车，秋林也不是憨头，晓得鲍主任假客气，便说自己要留下来跟知秋说点私密闲话。

只剩两人，秋林便跟知秋诉苦，说，我赚这几块工资，家里开销都紧张，哪里打得起麻将？可鲍主任叫，又不好不来，真是头痛煞。

龚知秋说，只要你家杜英不计较，钞票是小事情，我现在做生意，手头总比你吃公家饭宽松些，你那几块麻将铟，尽管跟我拿。

秋林摇头，说，这倒不用。这算怎么回事？唉，也是怪，怎么现在人突然作兴打麻将了。不是说麻将是旧社会糟粕吗？

龚知秋说，这谁说得清？你想想，我们小辰光，家家户户饿肚皮，饿死人的事情都常见。这才过了多少年，你看现在的人每日大鱼大肉。小时看连环画，地主家才吃得好，依我看，现在倒比那时地主都吃得好。

秋林说，我是没办法，打麻将我是真提不起什么兴趣。这一阵，不晓得鲍主任怎么回事，这么迷麻将。

知秋笑笑，说，你不晓得，最近他老婆宁波回来了，管得紧，样样事情不让他碰。唯独麻将不管，只要求鲍主任回去，将赢来的钱上交，她就没有闲话。

秋林失笑，说，还有这样事情。

知秋说，你别看你不欢喜麻将，当性命一样的大有人在。我一个朋友，欢喜麻将，但平时老婆不让打，饿煞。终于等到老婆回娘家，赶紧叫了人来家里打。但我这朋友胆小，麻将打起来有声响，怕别人听了举报，公安会来抓。又将家里唯一一条毛毯拿出来，铺在桌子上。打麻将的人，香烟瘾头都大，结果一场麻将下来，好好一条毛毯烫成一张破渔网，最后老婆回来，硬让他顶着毛毯床前跪了一夜。

秋林说，我也听过这样故事，桌子铺毯子还不够，还不敢开灯，怕人窗缝里看见举报。说是有一种台湾来的夜光麻将，关了灯，筒子条子还能看得清清爽爽。想起来倒是好笑，黑灯瞎火，四个人看不清面目，只是一桌的筒子条子闪着绿光，倒是进了坟场一样。我真是想不明白，这麻将有什么意思，受这样大的罪，还要挖空心思去打？

知秋说，人嘛，就是活那么一点痴迷，否则还有什么劲道？

秋林想想，也有道理。就这样，两人坐着说了一阵闲话，也散了，各自回家。

3

转眼，到了这一年的年底。年底，供销社里本就要忙各种春节物资供应，再加上今年单位里几个重要岗位要调整，显得比往年更忙。忙成这样，鲍主任依旧不忘组织麻局，而且这次麻局，还要去宁波打。鲍主任说，正好我去宁波开全市系统会议，顺便大家一起去宁波玩一玩。秋林晓得，鲍主任建议无非为了杨会计，但他不明白的是，既然鲍主任欢喜杨会计，何必非拉上自己和知秋？自己两人陪着，点两盏明晃晃电灯泡，有什么劲道？

鲍主任下命令，不但要秋林去，还提出让秋林把上次跳舞的人叫来。秋林起初还没听懂，后来才明白他说的是春华。鲍主任说，一辆车子五个人位置，坐四个人，浪费汽油。人多，也热闹些。秋林心里不乐意，无端端将春华带去宁波做什么？而且她现在又是离婚女人，太敏感。但鲍主任将话说死，说，如果春华不去，那我市里大会也不去开了。秋林觉得莫名其妙，市里开大会跟春华去不去宁波有什么关系？秋林心里委屈，私底下将这事说给知秋听。

知秋说，鲍这个人，一直都是这样脾气，他想好的事情，谁也不要去顶。反正让你叫，你就叫，只要对方不计较，又有什么关系？

知秋这样说，秋林也没有别的退路，只好去寻春华。没想到春华倒是乐意，一口答应。夜里困觉，秋林又跟杜英汇报礼拜日去宁波事情，但把话吃了一半，只说陪鲍主任去市供销社出差。杜英疑惑，说，礼拜日怎么还要出差？秋林心慌，只是含糊应道，领导的事情自己也说不清。

礼拜日一早，众人便在知秋厂门口集合。开的是鲍主任的车子，知秋当驾驶员，鲍主任坐副驾驶，将秋林三人放到后座。秋林觉得尴尬，说哪有让领导坐前头的道理，可鲍主任却说这是组织意图，秋林必须要遵守，秋林只好坐到后面。春华坐中间，秋林杨会计坐两边。

一路上，路不平，摇摇晃晃，秋林努力绷住身体，不往春华身上靠。他不靠，也没什么用，春华中间没办法固定身体，车一摇，难免身体触碰。秋林紧张，面孔发烫，像是做了什么见不得人的事情。他偷偷看春华，春华倒是坦然，只是眼光往前看着。秋林暗骂自己心里肮脏，坐车碰着是自然事情，自己倒想出这么多道理。

秋林扭头往窗外看，转移注意力。此时车子正开过奉化，远远的田野上，一只白塔矗立，几只长脚鹭鸶从塔前飞过。

到了宁波，时间还早，众人便先去轮船码头逛一逛。甬江边停了许多的轮船还有机帆船。江面上不时有水泥船开过，水泥船上载满沙子，那船帮几乎与水面齐平，让人看着心惊肉跳。

杨会计说，我每次都是从这里坐船回上海。我最欢喜夜里一班轮船，睡一觉，到上海十六铺刚好是凌晨，外国轮船进港，整个船亮着灯，让人看了做梦一样。

鲍主任说，杨会计，你说得这么美好，什么时候我跟你两个单独去上海？

杨会计说，行啊，哪天你离婚了，我就同你去。

鲍主任一愣，随后应道，好，在场这么多人，到时不要说话不算数。

逛了一阵，众人去城隍庙吃中饭，吃的是缸鸭狗。吃完了，知秋说他要先离开一趟，见个生意朋友，晚饭前回来。剩下四个人，看了会天封塔，四周转一圈，杨会计说，外面风太大，吹得面孔不舒服，想去宾馆。于是四个人便又去了宾馆。

到了宾馆，办好入住，鲍主任寻来麻将牌，四个人坐下打麻将。春华不会打，教了一阵没教会，便又换扑克牌，打争上游，打了几副，杨会计打着呵欠，说有些犯困，四人便各自回房间去休息。

房间定了三只，春华杨会计一只，知秋秋林一只。秋林回房间，也觉得有些困。但躺下了，又一点困意没有，心里似乎有什么东西吊着，放不落去。秋林便打开电视胡乱看着。看一阵，听见有人敲门，还以为是知秋回来，开了门，却是鲍主任。

鲍主任进来，点一支香烟，说，你困过了？

秋林说，眯了一下，困不着。

鲍主任说，我也困不着。

秋林说，那我陪你去哪里转转。

鲍主任摇头，说，懒得出门，再说两个男人出去有什么意思？

秋林笑。鲍主任看了看表，说，都一个钟头了，杨会计应该也休息得差不多了吧？

秋林不晓得怎么答应。

鲍主任说，你去敲门，将春华邀请到你房间里来坐坐，讲讲闲话。

秋林说，一男一女叫房间里来不好意思吧。

鲍主任说，这有什么不好意思的？男人女人，不就那么回事。春华到你这里坐坐，我正好也去寻杨会计讲讲闲话。你不肯去，那我一个人去，杨会计也不好意思啊。

秋林明白了鲍主任的意思，鲍主任是想单独跟杨会计说说话。秋林没办法，便与鲍主任一道出门，鲍主任躲开，秋林敲春华房间的门。门开了，是春华。

秋林说，没吵醒你们吧？

春华说，没有，刚洗了个澡。觉得闷，可能要下雨。进来坐坐。

秋林这才看见春华头发是湿的，还散发着洗发香波的味道。

秋林犹豫一下，说，要不，还是你到我那里坐坐吧。

春华愣了一下，说，好啊。

她进去跟杨会计说了一声，两人便去秋林房间。两人进门，各在一张床沿边坐下。秋林用手抓着席梦思，感到房间里的空气突然像冻住了一般，让人呼吸吃力。秋林起身，走到窗边将窗打开，风一鼓，觉得浑身舒畅。

春华说，杨会计怕风，我就不好意思开窗，坐房间里，真是闷煞。

秋林笑笑，说，其实是鲍主任让我请你来的，他想跟杨会计说点事情。

春华笑，说，那你跟我说话，也是领导命令？

秋林说，这个不算的，只是，我也说不好。

秋林吞吞吐吐，春华不讲话，只是看着秋林笑。春华笑，秋林反倒更加紧张。尽管开了窗，但秋林觉得房间里的空气还是闷，角角落落都是春华头发上散发出的香波味道，让他觉得呼吸困难。

春华说，你是不是很紧张？

秋林说，紧张？怎么会，我怎么会紧张？

春华说，我头发还没干，你拿条毛巾给我。

秋林赶紧去卫生间拿来一条毛巾，春华就坐在秋林对面搓着头发。搓了一阵，春华又将手指插进头发向旁边散了散。

春华说，秋林，我是不是老了？

秋林一愣，说，怎么会？

春华眼睛斜了斜，叹口气。

怎么会不老，小时候听到别人上了三十岁，觉得是多少老的年纪。现在一晃，自己竟也到了这个年岁。

秋林说，你没什么变，真的，我印象里，读书时你便是这个模样。

春华说，你的意思，我读书时看上去就有三十岁？

秋林慌忙解释，我不是这个意思。

春华恍然一笑，说，我那天说的，真不是假话。那时，真是一生最好时光，苦是苦一些，但总是觉得前头有好生活等着你。唉，以后再也没有那样的时光了。

秋林听了，低头怔了半日。

那个人是不是对你不好？

春华一愣，卫国说的？我这个人，命不好。

秋林说，你不要太悲观。你还这么年轻，总能碰着好人的。

春华说，谁会看得上一个离婚女人？

秋林说，这有什么要紧，都快到九十年代了。

春华盯着秋林，说，那你会看得上我吗？

秋林一愣，说，我结了婚的。

春华说，那如果你没结婚呢？

秋林说，可我真是结了婚，这是现实。

春华的脸色倒下来，说，你还是嫌弃我。

秋林说，我没有嫌弃你。

秋林平稳一下情绪，说，我结了婚，我妻子对我特别好，我还有个孩子。春华，你晓得的，我这个人，性情软，没办法的。

春华长长吐口气，说，对不起，是我激动了。

春华说，秋林，虽然我晓得不该问。此时此地，我怕以后就不晓得有没有这样机会，我问你一句心里闲话，你老实告诉我。

秋林点了点头。

春华问，你是不是喜欢过我？

秋林想了想，点了点头。

春华说，那为什么高中毕业后，你一直要避着我？

秋林说，不是避，只是觉得自己配不上你，你晓得，我家里出了事情，一切都不好。我去百货公司买东西，碰到你，你问，为什么电影院门口见了你不打招呼，当时我说我没见到你。现在我老实告诉你，其实我是见到了，但我看见那个人跟你在一起，他穿着那么好看的一件军装，我一下子就明白了，我是没资格喜欢你的。

春华低着头，说，是我没有福气。

秋林不响。

春华抬头看秋林，那你现在还是喜欢我吗？

秋林说，我不晓得怎么回答，我说不喜欢，那是背着良心。可喜欢两个字，我没办法说出口，我如果这样说了，我对不起妻子小孩。

春华不响，只是用毛巾擦头。

秋林又坐了坐，说，你就在这里休息吧，杨会计可能睡着了，莫去打扰她，我出去抽根烟透透气。

秋林开门往外走。走到门口，打开门，手扶把手，秋林突然又舍不得关了。他晓得自己心里是乱的，他想转身回去，他晓得这样会发生什么，他也期待能发生什么。但他又不敢，刚才他不是跟春华讲漂亮话，这是他心底的想法。这一关，他不敢闯。

就这样，秋林两只脚，一只站在门里，一只站在门外，心底纠结，不晓得该如何选择。

突然，秋林看见鲍主任就坐在转角的椅子上，他拿着一瓶汽水，正笑眯眯地看着秋林。

结束了？看你一副神清气爽的样子。

秋林想回答，但又不晓得怎么回答，似乎怎么回答都不对。

鲍主任说，秋林，还是你本事大。我就没你这样福气，碰到杨门女将了，白白浪费一身汗。

秋林笑了笑，迈出一步，反手一带，将房门轻轻合上。

过年前，县社一位分管人事的姚副主任寻秋林谈话。姚副主任说，供销社土特产公司经理春节后退休，县社班子经过讨论，考虑让秋林去担任这个位置。秋林听了，吃惊不小。他刚到秘书股股长这个位置没多久，就又要调动。关键是去的地方又是县社几个部门里最吃香的一个。秋林晓得，这定是鲍主任关照，但鲍主任关照力度这么大，他真没想到。

秋林高兴，回家跟杜英和母亲报喜。一阵闹热过后，夜里躺在床上困觉，迷迷糊糊中，秋林突然想起之前的宁波之行，又想到鲍主任点名要春华同去的反常要求。这样一想，秋林似乎明白了些什么，顿时身上一阵凉意，困意全无。

第二十四章

1

腊月里，陆秋林正式被任命为土特产公司经理，还新分了一个八十平方套间。杜英高兴，家里四口人，原来的老房子的确显得拥挤。正月里，杜英便忙碌搬房事宜，但母亲不肯搬。

房子是我和你爸爸一起盖的，现在我们两个留在此地蛮好。

秋林说，你不搬那我们也不搬，不能让你一个人住。

母亲说，你莫小人脾气。我照顾了你那么多年，现在你自己有了孩子，做大人了，就让我享享清福。

秋林说不动母亲，没有办法，夜里困着，显得闷闷不乐。

杜英说，是不是还在为姆妈的事情难过？

秋林摇头，说，也不全是。过完春节，就要到新地方上班，压力大。

杜英说，是不是有事情瞒我？你压力大，不是这个样子的。你刚到县社秘书股，忙得天昏地黑，也不是这个模样。

秋林摇了摇头，问杜英，你有没有这样感觉，有时候镜子里看自己，感觉有点奇怪。

杜英说，奇怪什么？

秋林说，看着自己，却又觉得这个人好像是陌生的。

杜英皱眉，看见自己是陌生的？什么意思，我听不懂？

秋林愣一愣，说，我也说不清楚。算了，我也只是有讲没讲。

杜英听了，一脸困惑。

春节结束，正月初八正式上班。第一日上班，鲍主任用自己的小车送着秋林去单位。车上，鲍主任叮嘱，土特产公司几个老家伙资格很老，你那么年轻，没什么资历，他们会爬到你头上去。我陪你去，你一定要装得老三,千万不能让他们欺生。

来了新领导，公司自然要召开全体大会欢迎。按程序，秋林要先上台讲几句。秋林准备得认真，站在台上，从县社对公司的要求一直讲到如何做大做强本地的土特产事业，一共讲了五点。秋林讲得很不错，台下掌声热烈。秋林讲完，轮到公司里的副经理邱福茂讲。邱副经理讲话口气，像大领导，这个那个地讲一大堆，听上去头头是道，但言语里几乎没提多少公司具体业务的事情，全是一番空话。邱副经理讲完，秋林带头鼓掌，可他发现鲍主任没有鼓掌，坐在主席台中间，脸色铁青。秋林有些尴尬，不晓得发生什么事情。

两个经理讲完，本来没有安排鲍主任讲，秘书也没有准备讲话稿。开完这个短会，鲍主任还要赶到县政府去开另一个重要会议。但让大家没想到的是，邱副经理讲完，鲍主任却主动提出来要讲两句。

鲍主任将包着红布头的话筒挪到自己前面，轻轻拍了拍，开始讲话。

鲍主任说，陆秋林同志到这里当经理，这是县社党委的意思。有人不禁要问，为什么他这么年轻可以当经理。那么我告诉你，这叫破旧立新。年龄大有什么用，资格老有什么用？年龄大资格老，无非意味着你离退休又进了一步。拿我打个比方，我出道时，比现在的陆秋林还年轻，那时改革开放还没到现在地步，领导就敢用我。难道现在还不如以前？我提醒在座的某些同志，不要在背后对县社的任命说三道四，也不要有摆老资格的心理，要全力以赴支持陆秋林同志的工作。现在全国上下讲改革，什么叫改革，让陆秋林这样的年轻同志担任重要职务，就是改革。没有年轻血液，就谈不上改革。我希望大家都能支持陆秋林同志。不支持陆秋林同志，就是不支持县社的改革方向，不支持全县大好的改革局面。

不晓得是话筒靠得太近，还是鲍主任底气足，秋林耳朵被震得嗡嗡响，心惊肉跳。秋林注意到，鲍主任讲话的时候，旁边几个老同志的脸色都不好看。秋林有些担心，今天是自己第一天报到，鲍主任将开场白讲得那么重，以后怎么相处？

鲍主任讲完，马上要去县政府开会，秋林送出门。

你注意到没有，那个老邱，你讲了五点，他竟讲六点，这是给你下马威。究竟你是经理，还是他是经理？老三老四。今朝还是我来了，如果我不来，你陆秋林还不被他踩到脚底下去？

秋林解释，或许他也没有这样意思。

鲍主任盯了秋林一眼，说，没这样意思？你晓不晓得，这个老邱一直在动关系，要争这个土特产公司经理？秋林啊，你可千万不要心软。你现在身份不一样，你当了一把手，一定要有点杀手。你要晓得，你这个经理位置是我一个人硬推推上去的，你现在是我的人。

听到最后一句话，让秋林脑子又想到去宁波的事情，他心里一沉，应道，我晓得的，鲍主任放心。

秋林回到经理室，脑子里还在想上午开会事情。有人敲门进来，秋林看了来人，吓一跳，眼前的竟是当年黄埠供销社的鲁一贵。鲁一贵穿藏青色中山装，套一副袖筒，拿着一个讲义夹。

秋林说，鲁主任，你怎么在这里？

鲁一贵说，我黄埠调到此地当办公室主任已经两三年了。

秋林说，按你的资格，怎么会到这里当办公室主任？

鲁一贵说，我那是老黄历了，早跟不上改革形式。办公室主任蛮好，对我最合适不过。

鲁一贵将手里的讲义夹递给秋林，说，陆经理，这是公司的基本情况，我拿过来，让你参考参考。

秋林说，鲁主任，你莫要这么叫，你叫我小陆或者秋林都可以。

鲁一贵用力摆手，说，这怎么行，不能乱了规矩。那陆经理慢慢看，没事我就先回去了。

鲁一贵转身要走，秋林又想到一件事情，说，鲁主任，麻烦你帮我叫一下邱经理，我跟他对接一下业务上事情。

鲁一贵说，邱经理开完会就回杭州了，说是家里有要紧事情。

秋林一皱眉，说，回杭州？

鲁一贵说，你不晓得吧？邱经理是杭州人。

秋林摇头，说，鲁主任，你自家人，我问你，这邱经理春节后上班第一日便回杭州，不是因为我上任的关系吧？

鲁一贵说，不会不会，他家里事情多，常回去的。

说完，鲁一贵关门走了。秋林坐在办公室里，半日没有还魂。少年时，鲁一贵便是秋林的偶像，黄埠上班，秋林敬畏，跟他少有交道。没想到到了如今，他竟成了自己手下。秋林觉得做人真如同做梦一样。

秋林打开讲义夹，里头都是这几年土特产公司的总结资料，鲁一贵打理得井井有条。秋林看了半日，却一个字都没看进去。资料看不进，秋林索性放下，给龚知秋打了个电话。可龚知秋却不在本地，说是在外省出差。

秋林放下电话，有点失落。一时之间，他竟寻不到分享喜悦的人。心底里最想寻的人，一个是卫国，可惜卫国出了门就杳无音讯。还有一个便是春华。但是，给春华打电话是什么意思呢？自己要跟她分享什么呢？

想到此处，秋林有些惭愧，第一天上班，竟然想到春华，不想杜英。他赶紧拿起电话，打到杜毅厂里寻杜英。

2

到土特产公司上任的第一个礼拜，秋林也是提心吊胆。鲍主任叮嘱过，这里的人难弄，秋林不得不时刻提高警惕。但待了几日，觉得风平浪静，并没有发现有什么难弄事情，即便是那些老同志，见了秋林，也都是客客气气，一口一个陆经理，摘茶叶一样。

秋林猜想，这应该与鲍主任第一日送自己来上任有关。这就清清爽爽说明，他陆秋林是鲍主任的人。哪有人愿意跟县社里第一把手作对的？

唯一不落直只是那位邱副经理。这邱副经理原是当兵人出生，人倒是一表人才，一米八身高，背脊刮挺，常年穿一件黄军装，配一条蓝裤子，煞煞清爽。邱副经理原是省城里上班，因为跟单位里一个女同志打乒乓，打着打着，打成了生活腐化，罚落到此地。因是杭州下来的干部，到了此地，身上带着股省城领导的派头。宿舍里一个煤气钢瓶，都要叫个职工给他送家里去。因为当过兵，平时嘴上常挂“他妈的”三个字，同人讲话，没讲两句，就他妈的长他妈的短。初次接触不习惯，听多了，只是口头语，也无人计较。秋林到此地当经理，抢了他的位置，邱副经理心底不服气，破罐子破摔，极少来单位，高兴来就来，不高兴来就不来。来了，也什么事不干，背着手在单位里转一转，像戏台唱戏一样，晃晃荡荡，“他妈的他妈的”说几句就走了。见了秋林，从不主动招呼，倒是秋林，笑眯眯模样，主动与他亲近。秋林打招呼，邱副经理只是鼻孔里出气，胡乱应一声，又晃荡着走过去。平日里，不分时节，总回杭州，每次都叫单位那辆波罗乃兹送去，用车从不跟秋林打招呼。秋林倒不计较，反而经常交代驾驶员，路途遥远，要小心开车，不要让邱经理有什么差错。秋林肚皮里想得清爽，不管他怎么样，毕竟比自己大那么多，是长辈。自己谦让一些，吃不了什么亏。

就这样，秋林在新单位忙了一阵局面，寻个机会，这一天便到县社跟鲍主任汇报工作。鲍主任仔细问有没有人欺他新人，秋林摇头。鲍主任说，我想也应该没有，就算不顾你的面子，也要顾我这个县社主任的面子。

两人谈一阵工作，鲍主任突然想起知秋。

鲍主任说，不晓得知秋出差回来没有。

秋林拿起电话打到知秋厂里，一问，原来昨天夜里就已经回来了。于是便约了夜里吃饭。

鲍主任说，秋林，这知秋这么大年岁了也不结婚，平常也没女人，是不是身体上面有什么问题？

秋林听了，一时嘴快，便跟鲍主任说了知秋跟于楚珺的事情，说知秋是因此受了伤。

鲍主任听了，一愣。

三岔供销社？谁，葛梅成？

秋林说，对，就是葛梅成。

鲍主任说，原来是这样，那这女人也是没福气。这葛梅成跟人合伙倒卖电冰箱，赔了钱。后来又挪用公款，现在还坐在牢监里呢。

鲍主任想了想，要不今天把那个什么珺的也叫出来，让他们老情人见见面。

秋林一愣，说，这样行吗？

鲍主任说，有什么关系？我来约。

鲍主任随手打了县百货公司的电话。电话打好，鲍主任又问，对了，你那个什么春华呢？

秋林说，不晓得，长久没有联系。

鲍主任说，叫她来一起吃夜饭，闹热些。

秋林说，还是算了。

鲍主任说，为啥？

秋林有些吞吐，说，都有家庭，不方便。

鲍主任愣了愣，突然笑起来，说，小陆，还是你厉害，不声不响，倒是辣手，说好就好，说断就断。

秋林听出鲍主任话里意思，晓得他误会，想说两句解释下，又觉得没必要，将话咽下去。

大约半个钟头，于楚珺真的风风火火赶过来。她一个小小售货员，县社主任叫她来，倒是把她吓得不轻。一进办公室，猛一见秋林，真是云里雾里。鲍主任跟于楚珺介绍秋林，说这是新任土特产公司经理，跟你是旧相识。今朝我们要请个企业家吃饭，这企业家生意做得不得了，特地寻你来作陪。于楚珺听了，终于明白来意，才稍微平静下。

秋林打电话安排好饭店，一下班，三人便早早过去，进了饭店，鲍主任碰见个熟人，在外头讲闲话，秋林和于楚珺便先坐了个包厢。

于楚珺羡慕地看着秋林，说，陆经理，在黄埠时，就看出你能干。

秋林说，哪有，都是运道好。

于楚珺叹口气，说，运道好也是本事，像我，就没有运道。

秋林想到她丈夫事情，担心她要说这事，便朝外张望，说，我去问问有没有鲍主任爱喝的酒。

秋林溜出来，走到厕所，点一根香烟，慢慢吃了。再回到包厢，只见鲍主任已经进来了，正跟于楚珺在聊百货公司的事情。此时，于楚珺面对县社最大领导，已经没有了开始的慌张，应答如流。

过了一阵，门突然推开，知秋进来，一眼便看见于楚珺，两人都是吓了一大跳。鲍主任笑眯眯看着知秋。

知秋你终于来了，先给你介绍位新朋友，这是百货公司的柜台台长于楚珺。

知秋依然不知所措，于楚珺在短暂慌张后，倒是显得落落大方，说，不用介绍，我跟知秋以前在黄埠同事过。

鲍主任说，这样啊，原来还是老搭子。

知秋面一红。

于楚珺说，鲍主任说介绍一个大老板，没想到就是知秋你。

知秋尴尬笑笑，坐下。

这一餐饭吃得古怪，一桌人，知秋坐在那里，像尊木雕菩萨，几乎一言不发。鲍主任则是鲜明对比，高谈阔论，几乎句句闲话寻知秋于楚珺玩笑，还时不时挑唆于楚珺给知秋敬酒。秋林坐在旁边，能体会知秋此时尴尬，心底有些后悔安排这一场饭局。

终于熬到饭局结束，知秋要结账，秋林赶紧抢过来。知秋还要抢，鲍主任说，让秋林来，他现在土特产公司经理，请得起。

秋林签了单，鲍主任又提议夜里去哪里跳舞。知秋说，厂里新来了一单业务，夜里要加班。鲍主任便让知秋送于楚珺回去，知秋没有开车送，而是帮于楚珺叫了一辆人力三轮车。三人站在门口，看着于楚珺的三轮车骑远，鲍主任突然偷偷跟秋林讲，这个女的，眼睛飘的，幸亏没有嫁给知秋，否则知秋管不住。

秋林笑笑，看一眼知秋，没响。

3

土特产公司最重要的一样工作便是废品收购。土特产下属收购站，收日常废旧物品，收牛羊猪狗家畜皮毛骨头，还收猎户打来角麂山兔黄鼠狼这些动物皮张。其中最重要一样，是废铜烂铁。废铜烂铁收来，车间里压成球，压成方块，用大卡车送到杭州钢铁厂卖钞票，是公司里顶大一笔收入。作为鼓励，钢铁厂还会送土特产公司三百吨钢筋的指标。眼下，到处都在搞建设，钢筋指标最紧张不过。秋林上任，第一次拿来钢筋指标，心里七上八落，像犯了天大的错误，跑到鲍主任地方，询问这吨钢筋指标是否要上交县社。

鲍主任笑，说，钢筋指标最珍贵不过，为啥要上交？

秋林说，不上交，放在手里，倒像烫手山芋。

鲍主任说，小陆，你还是太老实。要是换作别个，定不会来问我这个问题。说穿了，这就是给你这个土特产公司经理的人情。我问你，当领导最重要是什么？是权。什么是权？这钢筋指标拿在手里，你想给谁就给谁，这就是权。你现在是公司经理，是重要岗位领导，你不会用权，你当这个经理做什么？

秋林说，道理我是懂，只是这么一大堆东西放在我手里，心惊肉跳。

鲍主任说，秋林啊，你还是太嫩。我可以把话放在这里，你现在觉得这指标烫手，过不了一年，你就会嫌这指标太小。

秋林说，这样吧，鲍主任，这三百吨指标还是给你吧。你供销社里交际的人多，用场大。

鲍主任笑笑，你这样说，是你一分心意。你是自家人，我也不瞒你。往常这钢筋指标，都会给我两百吨，经理留一百吨。但你不一样，我只拿一百吨。秋林，你记住，这可是天大的人情，千万不能乱送。

秋林点头，便将这两百吨钢筋指标留下。没多久，秋林便理解了鲍主任的闲话，上任后，常有领导打来条子要批钢筋，但秋林记牢鲍主任叮嘱，将手指缝夹紧，除了要害部门，一律推托。

这一日上午，秋林去城关收购站检查工作。收购站经理叫孔一品，副经理叫春梅。秋林视察工作，两个人一左一右紧跟身后，嘴巴里陆经理长陆经理短，全是马屁闲话，一刻没有停过。秋林第一次来收购站，对收购站业务不熟悉，本该虚心下问，但他记牢鲍主任提醒，当领导不能让自己看上去像生手，便背了背材料上看的去年收购站总结，又对今年的业绩做一些新要求。最后，秋林强调，抓业务要紧，但不能为了提高业务去走歪门邪道。特别是把控好废品收购来路，千万不能收贼偷货。秋林红口白牙讲了一通，孔一品和春梅脸上都露出夸张表情，直夸秋林对收购站情况内行。

几个人说着，正走到一个收蛇的棚子。秋林怕蛇，看见那黑黢黢的蛇在网袋里扭来扭去，觉得别扭，正想快步走过，孔一品却将他叫住，陆经理留步。秋林停下，只见春梅快步走到棚前叫了一声。随后，棚子里走出一个人，春梅凑到他面前，说了几句什么闲话，那人便又走回棚子。

孔一品站在秋林旁边赔着笑脸，说，陆经理，请你稍等一会儿。

秋林没应声，脑子里在想刚才棚子里走出的那个人，只觉得此人面熟，但一时脑子堵住，又想不起来在哪里见过。

过了一会儿，里头那个人又出来了，出来时，手里还捏了一只瓢羹。他小心翼翼地将瓢羹递给等在棚口的春梅，又回棚子里去。春梅笑眯眯地将瓢羹递给秋林。只见瓢羹里盛着白酒，一阵酒味冲鼻。瓢羹中间有个蝌蚪状的东西，蓝莹莹，又滑又亮，在白酒里微微抖动。

秋林诧异，问，这是什么？

旁边孔一品抢着说，陆经理先莫问，只管整瓢羹吞下去。

秋林看着瓢羹，有些迟疑，不晓得该吞还是不该吞。

春梅说，陆经理放心，这是好东西，我们不会害你。你吞了，我们再告诉你这是什么。

秋林好奇心勾起，接过瓢羹，皱着眉将那东西大口吞了下去。只觉得喉间散出一股烧酒味，随后，又是一股腥味。

孔一品一脸讨好地问道，怎么样？

秋林说，一股怪味道，究竟什么东西？

孔一品低声说，是蛇胆。昨天刚收上来的一条蕲蛇，春梅同志有心，晓得陆经理今天要来，特意留着，刚活取出来的。

秋林吓一跳，蛇胆？有没有毒？

春梅赶紧解释，不会不会，放在白酒里，解腥气，也杀毒。

秋林心里有股气，感觉被这两人愚弄，有些发牢骚，你们两个怎么让我吃这奇怪东西？

春梅说，陆经理莫怪罪，这是我一片心意。陆经理当领导，天天看文件，最伤眼睛，吃蛇胆顶好，清心明目。陆经理眼睛亮了，做重大决策时，自然就更准了，土特产公司的事业也一定能做得红红火火。

秋林听了，又好气又好笑。

孔一品又说，蛇胆是这里收购站特色，用来做药，都出口卖给外国人，需求量很大。今年是大年，来收购站卖蛇的人特别多，定能创造好业绩为陆经理脸上增光添彩。

秋林听了，不好再责怪什么。本来中饭收购站安排，吃完饭下午还要检查收购站其他工作。但秋林被一颗蛇胆弄得没了心情，只说公司事情多，转一圈，便回了公司。秋林没有去食堂吃中饭，只觉得胃里一阵阵翻动，总有点想吐的感觉，真的吐，又吐不出来。怀疑是吃了那蛇胆的缘故，躲在办公室里困觉。刚有些瞌睡，又有人来敲门。秋林有些不高兴，起身开门，正要发牢骚，看见门口站的竟是许久没联系的许主任。

许主任说，陆经理，打扰你中午休息了吧？

秋林赶紧将许主任迎进来，说，许主任哪里闲话，老领导来了怎么也不提早打声招呼，我也好准备准备。

许主任摆了下手，说，还要准备什么？我们之间不讲这些客套闲话。

秋林让许主任坐沙发上，倒茶拔烟，热情招呼。许主任吃一口烟，眼神绕办公室转一圈，感慨道，小陆，我没看错你。果然还是你最有出息。

秋林说，都是许主任以前照顾。

许主任说，我照顾什么，是你自己努力。

秋林说，许主任，我们不是外人，今朝上门是不是有什么事情吩咐我办？

许主任将烟咬在嘴上，慢吞吞将手提皮包打开，拿出几张纸，秋林接过来，仔细看了，原来是几张吃饭的发票。

许主任说，小陆，到你这里出洋相来了。上次我跟你说过，文化局是清水衙门。可你晓得，现在就是这么个风气，就算公家单位办事，也要请客吃饭。外头看着风光，一日到夜吃吃喝喝，只有自家晓得，吃喝时潇洒，回来报销头痛。你看，这个月就落下这几张发票，解决不了。听说你在土特产公司当一把手，我供销社干过，晓得土特产公司腰包最鼓，所以就来寻你化缘。

秋林看着发票，心里打疙瘩，嘴巴却接得快。

秋林说，许主任，你这闲话讲得太客气。你放心，你就把发票放在这里，这个事情我来处理。

秋林将发票收好，又说，许主任，下次你早些来，也好到我食堂里吃个便饭，顺便给我指导指导工作。

许主任说，我都被赶到文化局了，我还给你指导什么工作啊？

秋林便笑。

许主任说，行了，事情办好了，那我也回去了，有空再来寻你。

许主任起身，秋林突然想起自己包里有两包硬壳中华，前几日吃饭时，人家饭桌上给他的。秋林赶紧将烟取出，塞到许主任包里。许主任也没有推脱，伸手拍了拍秋林肩膀，说，我就晓得你陆秋林是实在人，不像有些白眼狼。秋林一愣，晓得许主任说的是童小军，笑笑，没接闲话。

秋林送许主任出门，走到大门口，许主任突然伸手拍了下额头。

许主任说，哎呀，你瞧我这记性，还有桩小事情要你帮忙。

秋林心里一紧，不晓得又是什么为难生活。

秋林说，许主任，什么事，你尽管说。

许主任说，我老婆小店里常有些包装箱废纸，我平时忙，她一个女人家也不方便送到收购站。你能不能帮个忙，跟下面收购站里的人说一声，以后都能上门去收一下。

秋林听原来是这样一桩事，暗暗松一口气。

秋林说，许主任，这哪里是我帮你，是你帮我收购站创收啊。这样，你把地址告诉我，我下午就派人去。

许主任拿出笔记本和笔，写了个地址，撕下来交给秋林。

许主任走了，秋林便叫来财务，让她处理发票的事情。随后，又给收购站的孔一品打电话，把许主任地址告诉他，让他叫人下午上门去收废品。

这样，一直到下午临落班时，孔一品跑到了公司来寻秋林。

孔一品说，陆经理，中午你一给我打电话，我就叫人上门去收了。

秋林心里好笑，这么个事情，孔一品竟然还上门来邀功。

秋林说，辛苦你了，老孔。

孔一品说，陆经理莫这么客气。

说完，他搓着手，没什么话讲，却也不提走的事情。秋林觉得有些怪异，又问，老孔，你还有什么事情？

孔一品说，陆经理，我想打听打听，那卖废纸的人同你什么关系？

秋林说，你问这个做什么？

孔一品说，我不瞒陆经理，接了你的电话，我就马上安排了人。我还特意叮嘱，让他不要计较零头，多算些重量。那人去时，对方已经把报纸纸箱都用绳子缚好，弄得整整齐齐。当时还挺高兴，省了不少气力。但东西拿回来，就出了事情。负责打包的人打开绳子一看，只见纸里面裹了石块，纸张上还撒了水。打包的人寻上门收购的人理论，那人有苦难言，又来寻我。我让他们不要多讲，就来寻陆经理讨主意。

秋林听了孔一品这一番闲话，真不晓得心里什么滋味。怎么会碰上这样事情？关键是这种事情又没办法跟孔一品解释，真是有苦难言。

孔一品说，陆经理，本来这事不该寻你。但那人说了，下个礼拜，还要叫我们去收。这废纸本也没几块钞票，收了就收了。我只是担心陆经理被蒙在鼓里，最后帮了人家，还惹许多闲话。

秋林皱眉，想了想，说，这样，下次再去收，你叫个新人去，当场拆看，检验纸张有没有问题。

孔一品说，这样会不会得罪人？

秋林说，你不要管，只按我的吩咐做。还有，这个事情，不要再跟旁人提。

孔一品说，陆经理，你真是个好领导，敢作敢为。

说到此处，孔一品口气一变，叹口气，说，我老孔运道不好，你这么好的领导来了，我却到了退休年龄。

秋林听出孔一品话里有话，说，是嘛，没想到孔经理已经到退休年龄了，看你相貌看不出。

孔一品说，谢谢陆经理夸奖。我今朝来，还有一桩事，想向组织推荐一个合适的人选，就是收购站的春梅同志。春梅同志虽然是个女同志，但是业务能力非常强，肯钻研，重活苦活都是抢着干。如果她能接上我的班，收购站工作定能做出更大局面。

秋林说，你说过，我有数了，我会考虑的。

孔一品点头感谢，这时，秋林突然也想起一件事情，说，孔经理，你收购站那个杀蛇的人是谁？

孔一品说，哦，那人叫章耘耕。怎么，陆经理熟悉？

秋林摇了摇头，说，没有，就是随便问问。

孔一品走了，秋林坐在办公桌前，五味杂陈。脑子里又开始想许主任家收废纸的事情。他不晓得这事是他老婆心思，还是许主任自己晓得真相。秋林叹口气，自己现在也算个领导，真不晓得再过几年，又会变成什么样子。

第二十五章

1

杜毅家办喜酒。

结婚的是杜毅的小姨子，名叫小女。杜毅老婆叫大女，小女与大女相差十几岁，生得漂亮，眉毛弯弯，嘴角也弯弯，边上还有两只酒窝，像个洋娃娃。小女从小一直跟在父母身边，当心头肉养，多少后生上门提亲都不舍得。最后是杜毅做主，替她选的这门婚姻。小女爹娘都是农村里老实人，杜毅是家里最有本事的人，家里样样事情都由他做主。

酒席放在县城里最气派的一家酒店，场面大，办了四十桌。杜毅送来请帖，叫了杜梅，也叫了杜英。杜梅在香港，丈夫何天林出席。何天林在，杜英心底就不情愿去。杜英说杜梅见了男人，就眼睛白糊糊没有主见。何天林这样一个男人，没什么钞票，又带一个这么大的儿子，杜梅嫁过去等于做保姆。没想到，就是这样一个杜英看不上的何天林，后来竟成了本地知名企业家。何天林在外地跑业务时看见铝制产品受欢迎，供不应求，便从原来厂里辞职出来，借来钞票办了个铝制品加工厂，做勺子，饭盒，淘来第一桶金。后来厂子扩大规模，做高压锅，做电饭煲，生意越做越大，竟成了本地有名一个企业家。也是奇怪，尽管何天林赚了这么许多钞票，杜英对他意见反而更大。杜英说，现在男人赚了钞票，哪一个不作怪？杜梅以前吃过有钱人苦头，全忘记了，现在又寻这么一个，以后苦头吃不完。杜梅嫁给何天林，这么多年，杜英只和杜梅来往，只要何天林在，她几乎从不出场。只是这次杜毅叫吃酒，她实在推不掉。

秋林以前见过何天林，可印象中的那个何天林和现在这个人明显不一样。白了，也胖了。穿西装，系领带，清清爽爽，像个港商。秋林对何天林没有什么坏印象，只是记得这个人会讲，讲天讲地，自己还买过他推销的高筒橡胶雨靴。吃饭时，安排两个姨丈坐一起，何天林客客气气，跟秋林聊了一阵，还说什么时候到土特产公司来看他。正说着，新郎新娘过来敬酒。新郎看着有五十岁左右年纪，体壮如牛，黑漆面孔，狮子鼻，板刷头，额头油亮。小女站在他身边，不像夫妻，倒像一对父女。

这新郎卖相不好，却是本地有名一位财神爷，名叫昆山。昆山原是县里一家机械厂的业务员。八十年代中期，上海成立一家中外合资汽车公司，厂里派昆山去拉业务。那时，汽车厂最吃香不过，全国各地业务员都挤到上海，工厂办公室楼上楼下都是人，闹猛得不得了。昆山一副地道乡下人打扮，人又生得笨拙，根本挤不进去，每日站在人群最后，从白日等到夜里，等来等去等了一礼拜，竟连领导的门边都没摸着。

那时，最外面办公室里有一个瘦瘦的后生，昆山总站在他门口，每次他进出，昆山就难为情地笑，为挡他门口抱歉。后生看了，觉得他老实可怜，便招呼他到办公室里，给他拉一把骨牌凳，倒一杯热茶。昆山感谢他，他只笑笑，埋头伏在桌上画图纸。

上海待一阵，钞票粮票用光，昆山只好回家。拿着车票和食宿发票去厂里报销，厂领导见他没接到业务，不高兴。不但不给报销，还放下狠话，要他卖房卖屋也要接到订单，否则就不要再回厂里。昆山没办法，只好亲眷朋友那里四处借钱，又到上海。

昆山坐到后生办公室，难为情地说，总是打扰你，我晓得我不是这块料，为口饭吃，也没办法。

后生说，你现在这个样子，即便见到我们厂领导，他也不会给你业务。我给你出个主意，要想交差，你这样一天到夜坐着不是办法，你多走动，多跟那些业务员接触，跟他们学些本事，看看人家是怎么做的。

昆山觉得他说得有道理，便耐心同那些业务员打交道。接触来接触去，还是学不会他们那一套本事。不过，昆山人缘好，也不小气，好坏与几个业务员交下朋友。人家见他老实可怜，接了单子，多少施舍他一点零碎生活，让他回去交差。昆山觉得这都是那个后生的功劳，记着人情。每次回家，都带几只本地青蟹或者两筐本地橘子来。一来二往，两人成了朋友。让昆山万万没想到，正是办公室里这个不起眼的后生，一年后竟成了公司里的副总。这一下，昆山得了道，从原来厂里离职，自己办工厂做汽车配件。但昆山这个人，不是做生意的料，做来做去始终做不出山。再后来，索性厂子当摆设，自己帮本地企业去上海介绍业务，做了一名掮客。

杜毅晓得昆山本事，几次托人邀请他吃酒，终于一日，昆山答应来杜毅厂里看看。但他提出不去饭店，只到杜毅厂里食堂。杜毅打听了昆山口味，精心安排。

这一日昆山来了，厂里车间转一圈，上桌吃饭。这一日饭桌上最出彩是白蟹，是杜毅托舟山船老大寻来，两筐白蟹精挑细选挑出二十只，只只壮，只只生膏。用一口大铁锅，海盐熬熟，喷香。白蟹最对昆山胃口，左右开弓，很快就在面前堆起一捧蟹壳。

昆山问杜毅，我吃那么多，你会不会心痛？

杜毅说，哪里闲话，昆山厂长这么好吃福，我羡慕死。

昆山说，心痛也是常理。你请我吃饭，我当然晓得你的心思。可我看了，你的场面不行。汽车配件是高档东西，你做不了。

杜毅说，请你来，不为别的，只为吃饭结交朋友。

昆山说，我在此地，已经是有名掮客。这名头，我不忌讳，反倒觉得蛮好。靠一张嘴巴就能赚铜钿，多少福气。

杜毅恭维，昆山厂长厂也办得好。

昆山说，好个屁。我这个人就是一个农民。日里捧只碗，夜里捧根卵。吃点弄点，没别的事情。

昆山一番闲话，听得杜毅尴尬，不晓得如何应答。

昆山倒是不忌讳，说，你是老实人，心里定骂我流氓。我不顾忌这些，圈子里都晓得，寻我办事，首先吃要让我吃饱，我基围虾能吃三斤，白蟹能吃九只。我不是只能吃九只，九是最大数字，不能破了。另一样，我每次去上海办事，只住延安路上杨子饭店，每次一定要给我安排好三个女人。我一进房间，三个女人都要翘着屁股趴好。杜毅，你晓不晓得我为什么要这样做？

杜毅尴尬应道，昆山厂长身体好。

昆山说，我身体当然是好的，但我问你这个不是说我身体好。你做过农业没有？

杜毅说，我也是农民出身。

昆山说，那你会不会插秧？

杜毅说，会。

昆山说，那你说，插秧最重要是什么？

杜毅说不出。

昆山说，你不是个好农民，真正好本事的，秧苗都是插得当兵人一样整齐。年轻时，生产队里做生活，就算我插秧插得好。我们那里的田，是山上的田，长一块，短一块，弯弯曲曲。别人插秧，乱糟糟一片。唯独我，一株株插得木匠墨线弹出一样笔直，整整齐齐。那时苦，六月夏天种田，太阳能晒出人油来，蚊虫叮在腿上，织袜一样。但我一生最扬眉吐气就是那一刻，多少人羡慕我手艺。现在赚了钞票，人也懒了，做不了田里生活，但总怀念以前插秧时光，脚踩在水泥里，陷进去，那一声水响，多少好听。杜厂长，我告诉你，我安排三个女人，不为别的，就为听那一声插秧声音。

杜毅听懂，面红耳赤。昆山看着杜毅，笑了起来。

杜厂长，莫难为情。这做生意，就是脸皮要比城墙厚，听听就吃不落，还能做什么生意？我去上海，上百个人围着工厂领导门口，我最瘪三，顶后面站着，连领导门口都没看见过，只靠讨饭一样讨点最小生意回来交差。我出过多少洋相，赔过多少笑脸？有一次，一个慈溪人犯了脚气，难过得要命。为了讨他一点业务，我四处去寻特效药，寻来了，还要亲自跑到招待所给他洗脚，我对爹娘也没这么好过。没有这些经历，哪有我今朝场面？

临走，昆山从随身带的黑包里，拿出一千元人民币放在桌上。

昆山说，我从不白吃别人，我晓得你的意思。但你这样情况，我没办法帮忙。

杜毅坚决不要，说，昆山厂长，你要这样，就是打我面孔了。不为别的，就算听你介绍几句生意经，这餐饭都吃得值。

昆山打量杜毅，说，你这个人，要么是顶老实，要么是顶奸，你心里想着拉生意，但从头到尾，嘴里却不提一句拉生意闲话。

杜毅说，只要你吃得高兴就好，生意不重要。下次还是我安排，还是到我厂里来，你带夫人小鬼来，我好好招待。

昆山说，我就独根卵。以前有个老婆，早死了，也没生下儿子。

杜毅说，你这样的大老板，还怕寻不着女人啊？

昆山说，女人有，可以娶了过日子的少。你别看我这样年岁，我要讨老婆，一定要讨年轻大姑娘。

厂里这顿饭吃完，过了几日，昆山开着车来杜毅厂里，从后备厢拎出一只桶，里头装一只鳖。杜毅让大女把鳖拿去厨房杀了，在高压锅里炊熟，又放到砂锅里熬，厚厚的裙边熬化，又黏又稠，香得掉鼻子。

昆山说，这鳖七斤二两，水库里放水抓来，难得的好东西。以前总讲马蹄鳖最好，说马蹄鳖就是马蹄大小的鳖。这是外行闲话。什么叫马蹄鳖？就是马蹄那样厚的鳖，这样的鳖才足够大，足够年岁，吃了才有力。你看，我这就是标准的马蹄鳖。

杜毅说，真是好东西，这么好的东西昆山厂长应该自己留着吃。

昆山说，那你上次请我吃饭怎么说？我说过我这人不喜欢欠别人人情。你这个人，我说了，人不错，是可以交的朋友。但汽车配件的事情，还是算数了。

杜毅说，我也说过，我跟昆山厂长交往，只为交朋友。你生意做得好，定有不一般的本事。我能学一点，便是福气。朋友之间做不做生意无所谓，生意短，人情长。

昆山听了杜毅这一番闲话，也是高兴，说，杜毅，以后有机会，有合适你的生意，我定会挑拨你。你以后也莫叫我厂长，叫我昆山哥。

杜毅感谢，又说，昆山哥说自己单身一个人，我听了不忍心，总是想这个事。你那么大家产，一个人劳碌怎么得了，总要有人照顾。

昆山说，我这个年岁，差的看不上，好的也难寻。

杜毅说，昆山哥，我说个人，你看看合适不合适。

说着，杜毅从皮夹里取出一张照片，递给昆山。昆山拿起照片，就再也放不下了。

昆山说，这人是谁?

杜毅说，是我的小姨子，人生得好，就是眼光高，一般人看不上，只想嫁昆山哥这样有真本事的。

昆山说，你不是哄我吧，哪有这样的好事情?

杜毅说，这有什么哄不哄的?如果能嫁给你，那是她的福气。就是不晓得入不入你的法眼。如果有意思，我安排一下，什么时候让你们见个面。

昆山拍着桌板，说，杜毅，如果你能将照片上的人嫁给我，我索性也跟你交底，我不是办厂料作，如果事成了，你就是我的大舅爷，我们就是一家人。我那里机器工人，全由你去打理，今后厂子我们兄弟一人一半。

双方拍下板，杜毅转头就去做小女工作，一顿天花乱坠，将小女说得动心。倒是老婆大女知晓杜毅将小女许给昆山的事情，十分不情愿，又不敢跟杜毅顶撞，只是每日躺在床上抹眼泪。杜毅晓得理亏，坐床边端茶倒水讲好话。

杜毅说，昆山年岁是大一些，但身体比十八九岁后生还要好。那么大的家底，几世都吃不光，再说了，小女自己也愿意，又有什么关系。

大女说，她现在小，不懂。以后她明白了，会恨我一辈子。

杜毅说，怎么会？越到以后，她就越明白自己选择。女人就那么几年好时光，嫁个漂亮后生当然好，但几年青春过去，又能留下什么？我这也是为小女着想。

大女说，你莫忘记，当年对许敏你也这样说。

杜毅愣了愣，半日吐出一句闲话，你又懂个屁。

2

夜里，昆山何天林几个一同麻将。照道理，昆山讨了新老婆，这一阵走桃花运，就没了赌运，没想到照样手气旺得气人。只打到十点钟，何天林便输了一万多。钱输了，本就有些光火，没想到昆山还讲便宜闲话。昆山说，天林，今朝要不是为了陪你，我一定不要打麻将。我和你们不同，家里放那么一个笋嫩的老婆，哪有工夫麻将？早晚忙插秧都来不及。好了，现在这麻将一打，打到半夜，回去老婆早困了觉，真是白白浪费大好青春。何天林听昆山闲话听得气闷，也没了麻将兴趣，草草再打一会，也就散了。

散了麻将，何天林没有回家，而是跑去自己工厂，一个人躺在办公室沙发上闷闷不乐。自从吃过昆山喜酒，何天林这一阵的心情就没好过。自己办了这么大的厂，要名有名，要钱有钱，什么都比昆山那个掮客强，唯独老婆。这个土八路，没想到临老还有这样运道。本就心情不好，偏偏杜梅还要作怪。前段时间去香港，说是去香港旅游，其实是去做什么拉皮手术。香港回来那天，真把自己吓一跳，脸上一张皮像是人造革，又油又亮。还炫耀说别人夸她做了拉皮像是鸡蛋剥了壳，年轻好几岁。何天林厌恶得不得了，都是瞎了眼了，哪里像剥壳鸡蛋，简直就是刚生出的红皮老鼠。

杜梅香港回来，何天林便没在家里过过夜。

何天林想，也是奇怪，以前年代穷，每日为口吃食奔忙，倒也太平，很少想这些男女事情。现在钱越来越多，脑子里却一刻不停，后悔过去太过老实，将大好时光浪费，现在想变本加厉将那些时光补救回来，却已没有什么机会。何天林感慨，如果能像昆山那样再讨一个年轻漂亮女人，重新活一次，那该是多少理想的局面。

何天林躺在办公室沙发上感慨一阵，无意中看见沙发缝里落了一张名片，写着天河广告夏美。看着名片，何天林便想起白天来过的那个广东业务员。穿一件小西装，里面一件高领毛衣，将身体包得铁紧。日里谈话不觉得什么，此时想起，倒让何天林有些心猿意马。何天林看了看手表，都十一点钟了，会不会太晚？管他呢。何天林迅速下了决心，从沙发上爬起来，下楼，开自己那辆奔驰车出门。

那夏美住的宾馆离何天林的厂子不远，十几分钟便到了。何天林在总台打听夏美房间，坐电梯上楼。敲开房门，夏美看见何天林有些吃惊。她看上去像是刚刚洗了澡。面孔粉红，头发还有些湿，没有完全吹干。何天林进门，瞟了一眼卫生间，只见卫生间里水汽氤氲，浴盆边沿还挂着半只胸罩。

何天林坐在沙发上，翘起二郎腿。

夏美说，何厂长怎么这么晚来？

何天林说，工作事情，分什么早晚。这个宾馆的淋浴喷头就是我们厂子生产的。

夏美说，难怪呢，效果这么好。

何天林说，你现在体验过了，可以在报纸上写文章，谈一谈体会。我私人给你发广告费。

夏美说，我哪有这个本事？要做广告，用报纸上整个版面多少气派？何厂长的产品，目前还只在北方畅销。如果能在我们报纸投放广告，定能再打开广东市场。广东是改革开放前沿，生活水平高，消费能力强，只要是好产品，销路没有问题。

何天林说，你们这个报纸我没看过，也不晓得广告效果怎么样。

夏美说，我们这个报纸在广东发行量很大，读者有几十万，宣传效果特别好。

何天林说，你那个广告，大概要多少钱？

夏美说，一个版面五千元，如果做十个，不过五万元。何厂长的产品要是能在广东市场打开局面，哪里在乎这点钱？

何天林笑笑，没应声。

夏美说，何厂长是不是已经打定主意了？如果打定主意，我现在就可以打电话回报社，让他们准备合同。

何天林说，这个事情不着急。

何天林朝着夏美上下打量，说，你用这个淋浴喷头洗了澡，脸是粉嫩了，但身体效果怎么样，我看不出。

夏美一愣，说，效果也好的。

何天林说，我这个人最讲究实事求是，从不做虚假广告，好就是好，不好就是不好。作为老总，我一定要亲眼看到实际效果。

夏美有些尴尬，说，何厂长这是为难我，身上效果怎么看？

何天林说，夏美啊，你做广告，定是三江六码头跑过，这点事情也要我教？

夏美面孔发硬，明白何天林意思，犹豫一阵，开口道，何厂长，那你稍等。

说完，夏美转身进了卫生间。过了好一阵，卫生间门终于打开，只见夏美低着头，一丝不挂地走了出来。

3

这一日，马师傅到土特产公司来看秋林。

马师傅说，陆经理，本来应该早些来看你，可人真是年岁大了，不灵光了，昨日才晓得你到此地当经理的消息。

秋林说，马师傅，你怎么能这样叫我？你叫我小陆或者秋林都行，千万莫叫我什么经理。不是你年岁大，是我不对，一直都没去你那里汇报工作。

马师傅听了高兴，回顾当年南货店里趣事，又说一番自己当年没看错人之类的闲话。说了阵往事，马师傅话锋一转，问道，秋林，你们收购站里是不是有个叫章耘耕的人？

秋林点头。

马师傅说，这个人怎么样？

秋林说，蛮好的。人老实，肯吃苦。马师傅认得他？

马师傅说，不但认识，还有层亲近关系。

秋林一愣，脑子里浮现出章耘耕模样，难怪自己看见章耘耕面熟，此刻终于对上号，原来是跟马师傅有几分相像。

秋林说，马师傅，章耘耕跟你什么亲眷？

马师傅说，你是自家人，我也不瞒你。他是我儿子。

秋林吃一惊，说，怎么会呢，他不是姓章吗？

马师傅叹口气，说，说来都是运道。你不晓得，我当年生过儿子，这儿子便是章耘耕。我从小就最宝贝这个儿子，把他当作马家传宗接代的人。可两三岁时，他生了毛病，怎么医都医不好。你晓得，那时医疗条件不好。后来，眼看着小鬼就快死了，我没办法，只能考虑后事。你晓不晓得，原来西门城郊有个石圹，城里人家作兴，孩子死了不能入门，都扔在石圹里。

秋林说，我晓得的。

秋林印象里，那个石圹用一块大石板盖住，中间有个圆孔。大家都说石圹里面有手臂那么粗的蛇，小孩都害怕，不敢靠近。旁边一棵特别大的棕榈树，棕榈树脚的蒜苗生得特别好，总有女人去采，说是烫面特别鲜。

马师傅说，那时，城里的孩子死了，都扔在那石圹里面。那一夜，我眼见着这小鬼熬不过，到了后半夜，终于没了呼吸。我心里难过，但也没办法，亲手给他换好新衣裳，将他出生时打的银子项圈戴上。他上了路，带个银子圈，也好当个买路钱。换好衣裳，趁着没人，我就将他抱到西门的那个石圹，扔了进去。扔掉他，我不敢多待，就哭着回了家。也是奇怪，我抱那孩子去的时候，他没了气息。

扔到石圹里，却活了过来。兴许之前是被痰卡住了喉咙还是其他什么缘故，我也不晓得原因，后来这小鬼就在石圹里大声啼哭起来。运道好不好，此时正好有个附近村庄的农民章四为从此经过，听见石圹里啼哭，赶紧用锄头将孩子勾了上来。这章四为是个光棍，却最欢喜小孩。看见这孩子可怜，便抱回家中，四处讨草药给这孩子医治。不晓得是不是老天可怜，最后杂七杂八吃一阵药，竟将孩子一条命从黄泉路上给捡了回来。

马师傅喝了一口水，又长叹一口气。

马师傅说，可怜啊，好人不长命，这个章四为，好不容易将耘耕辛苦养大，却没享一日当爹的福，生了恶病。临终之时，把事情真相跟耘耕说了，说完，还将那个银子项圈拿出来。章四为死后，因为这银子圈上刻着一个马字，耘耕就拿着四处打听姓马的人家。最后打听出某年某月我家丢过一个死孩子，他就寻上门来。我听说了此事，简直是天下掉下林妹妹，多少高兴都不晓得。小陆啊，当年将耘耕扔了以后，我是一生一个囡，一生一个囡，做梦都盼望着自己能再有个儿子。可耘耕寻着我以后，却不肯认我这个爹。他将那个银项圈还给我，说他不是来寻爹的，而是来看看当年什么人那么狠心，将他扔到石圹里。我想跟他解释，可他半句话都听不进，只留下一句闲话，说你的儿子已经死了，我是章四为的儿子，我就一个爹。

说到此处，马师傅的眼皮耷拉了下来，显得十分沮丧。

马师傅说，秋林啊，你和我南货店里同事过，杜英囡又是我做的媒人，我一直当你是自家人，所以我今朝来，放心将这一番来龙去脉讲给你听。你现在是耘耕的领导，你的闲话他会听，我也拜托你，平时有机会能帮我讲几句好话。唉，我年岁大了，就这么一个儿子。夜里醒来，想想自己这一世，人前人后也总算有脸面的。我爹死在海上，没有我这个当儿子的送终，是我最大遗憾。我真怕自己将来有日起不来，自己亲生儿子不肯为我戴白帽子。

听了这闲话，秋林也有些心酸起来。当年南货店里神色飞扬的马师傅，此时看上去竟是如此一副落魄相。

秋林说，马师傅，你放心，有机会我定会跟他说。以前时代不好，难免有那样事情。但做儿女的不能记恨父母一世，这个道理章师傅定然也懂。估计也是当年一口气淤积，到现在还没缓解。你放心，这个事情我定会替你上心。

马师傅说，谢谢你了，小陆。我看人准的，你小陆是厚道人。

秋林说，马师傅，两个女儿都好吧？

马师傅说，都好的。你晓得，大囡各方面条件差一些，许到了农村。我想着农村人老实，有力气，不管怎么样，有几块地总饿不死。现在改革开放了，女婿人又勤劳，种蔬菜包鱼塘，钞票赚了不少。对我也孝顺，三时八节，总带着东西来看我。

秋林说，马师傅有福气的。我也是沾过福气，当年南货店里，要不是跟着马师傅学到那么多本事，也没有我的今天。

马师傅说，哪里闲话，我有什么本事？你秋林这样才是真本事，一步一步努力到今天地位。

秋林笑，又问，对了，小囡怎么样，我记得她跟我差不多年纪。

马师傅脸色微微一变，但很快又是一副笑模样，说，也好的，好的。

再坐一坐，马师傅告辞走了。秋林送到门口，回办公室坐着想马师傅刚才讲的那些闲话。马师傅百事通，儿子又在收购站上班，土特产公司事情肯定上心。自己来土特产公司当经理的事情，他定不是刚刚才晓得。为啥要今朝来？单单只为诉一番心事？想来想去，秋林突然想到一件事情，眼下，正是收购站老经理孔一品退休，即将任命新经理的关节。马师傅来寻自己，会不会是这个用意？

收购站经理的位置，孔一品已经来寻过秋林多次。他一直跟他推荐收购站里那个叫春梅的女人，夸她能力强，业务好。可秋林对孔一品不大感冒，总觉得他这个人太有心机，做任何事都像埋了什么套路。还有，他也听闻了一些春梅跟孔一品的传闻，有些不清不爽，这都让他有些反感。

秋林想，虽然他不赞同春梅当经理，但也没有什么合适人选。今朝马师傅寻上门来，倒是一个好事情。干脆就将这个位置给了章耘耕，自己和马师傅师徒一场，帮他一个忙，也算是报答当年的一番人情。

第二十六章

1

于楚珺拎来一网兜新鲜橘子。

于楚珺说，今天店里调休，正好有人送来一些橘子，我想起知秋你最欢喜吃橘子，就拿了过来。

知秋纳闷，他想不起自己什么时候喜欢吃橘子。他胃不好，怕酸，少吃水果。

知秋招呼于楚珺坐下，给她倒茶。于楚珺伸手将网兜里橘子取出一捧放在茶几上，往办公室里四处打量。

于楚珺说，知秋，你真是好本事，将厂子搞得这样场面。

知秋说，你说笑了，就这么一爿小厂，讨口饭吃。

于楚珺说，这是哪里的闲话？你这也叫讨饭，那我这样的就要顺着地缝钻进去了。

知秋不知怎么接话，只是笑，没响。

于楚珺从茶几上挑出一颗橘子慢慢剥着，问道，知秋，你记不记得，我们已经多少年没有见面了？

知秋说，有七八年了吧。

于楚珺说，是啊，七八年了，似乎就是一晃的事情。你看我有什么变化吗？

知秋礼貌地接一句，没什么变化。

于楚珺说，是吗？还是你顶会安慰人。

知秋又接不住话了，正尴尬，于楚珺剥出一颗橘肉递给知秋。

于楚珺说，吃一颗，这橘子蜜甜。

知秋想伸手接，可于楚珺却顺势将橘子递到了他的嘴边。知秋一愣，不好意思用嘴巴咬，迟疑一下，还是伸手接了过来。于楚珺脸色变了变，低了头，闷闷地又剥一个。

于楚珺说，知秋，你究竟还是跟我疏远了。

知秋说，哪里的闲话。

拔出一根烟，点了。

于楚珺说，你现在还是一个人？

知秋点头。

于楚珺说，为什么？

知秋说，没为什么，这么多年，习惯了。

于楚珺说，你心里是不是还记恨我？

知秋说，没有的。

于楚珺说，你不用瞒我，我晓得的。都是我自己作怪，一双眼睛被烟熏了，被灰蒙了，看不清爽人。

知秋心里咯噔，他晓得于楚珺想说什么。他不想谈此事，但看着于楚珺，又不忍心强将话题岔开，只好接一句，你的事情，我多少听讲一些。

于楚珺神情有些悲怆。

于楚珺说，我晓得，我现在是倒落的人，谁都可以踩我两脚。你是自己人，我同你讲心底闲话，我今朝到你这里来，也不是什么调休，橘子也是我路上买来的，当个来由。没有别样心思，只是碰到事情心里委屈，无处诉说，就想着来你这里讲讲闲话。

知秋问，你碰上了什么事情？

于楚珺说，昨天夜里，我留在店里盘存。你晓得，盘存麻烦，要钱票物三样东西都合准，昨天又只我一个，结果一弄就弄到了半夜。店里有个众生，姓方，昨天轮着值夜班。半夜出来小便，见我趴在柜台上算账，竟偷偷摸摸走到背后，从腋下伸过双手，一把抓住我前面。我吓煞，拼命躲，拼命骂。原以为他被我一骂，会吓得跑走，却没想到我越骂他越嬉皮笑脸，还说，你一个女人，丈夫关了监，没人用，多少难过。我帮你用用，也是为人民服务。我说，你这个流氓，我要举报你，让你去坐牢监。他说，你害你老倌坐牢监，现在又想来害我。但我不怕，没有人相信你这种倒霉女人的闲话。他这样说着，乱摸一番后，扬长而去。你不晓得，当时我心里多少难过，真是不想做人的念头都有了。可仔细想想，他讲得没错，我现在在别人眼里就是这样一个倒落女人，我能讲什么？我什么闲话也讲不响，只能打落牙齿，往肚皮里咽。

知秋听了，一句没响，只是低着头。

于楚珺又说，说起来我也真是冤枉，原来，他在供销社里当领导，我没沾着半分风光。现在他落了难，我倒跟着受苦。

说到此处，于楚珺竟委屈地低头抽泣了起来。知秋在旁，不知所措。幸好于楚珺哭一阵，倒也作罢。于楚珺站起来说，不好意思，让你见笑了。

知秋说，不要讲这样见外的闲话。

于楚珺笑笑，说，那我走了，跟你说几句闲话，心里舒服多了。

知秋说，再坐一会儿吧。

于楚珺说，不坐了，还要回柜台去上班。

说着，于楚珺就往门外走。知秋想送，于楚珺不让。她走出门，下了楼梯。知秋听见楼道里鞋跟声凌乱，像吃醉了酒。知秋听着脚步声散去，赶紧走到窗前，向楼下望，只见于楚珺从楼道走出，走到门口，突然停住脚步。她扭过头，望了一眼窗口的知秋，转过身，直直往大路上走去。

知秋坐到沙发上，看着桌上散落的橘子皮，随手捏起了一片，对着窗外的光线照着，黄澄澄的，几乎透明。

知秋觉得自己像是在做梦，他竟有些不敢相信，这橘皮是于楚珺剥下的。

2

知秋走到百货商店门口，看见门口一个虎头虎脑小鬼正蹲在地上玩弹珠。知秋走到他面前，说，小阿弟，你帮我个忙好不好？

小鬼抬头看知秋，说，帮你什么忙？

知秋从口袋里拿出一元钱，递给他。

知秋说，你到里头去帮我问问，在这里上班的，有几个方叔叔。你要是问来了，我这一块钞票就给你。

小鬼说，你是不是骗人？

知秋笑笑，将钱塞到他手中。小鬼眼睛骨碌碌转一阵，起身往百货商店里跑进去。过了一会儿，小鬼走出来，告诉知秋，我问过了，只有一个。

知秋便从口袋里又掏出一元钱。

知秋说，小阿弟，那你愿不愿意再帮我一个忙？

小鬼一把将钱抓过去，你说。

知秋说，你现在再进去，跟那个方叔叔讲，就说他的自行车被人偷了。

小鬼点头应了，又走进去。不一会儿，他又走了出来，知秋朝他做个手势，小鬼就飞快地往旁边一条墙弄跑进去了。

很快，百货公司里头慌慌张张跑出一个谚着头的男人，他跑到自行车棚那里，仔细观察自己的自行车。看一阵，看不出什么毛病，狐疑地朝四处望一圈，骂了一句什么闲话，转身要回百货商店。此时，知秋便快步从他身边走过，故意撞了他一下。男人扭头就骂，你没生眼睛吗？知秋一声不响，飞快抬起右腿，用了五分力，踢向他的裆部。男人被踢了一脚，虾蛄一样迅速蜷拢身子，发出杀猪声音。知秋低头骂一句“下流坯”，转身要走。可男人见状，拼命抱住他的大腿，大叫起来。

打人了，打人了。

男人叫声很快引来一众人，将知秋团团围住。男人抱着知秋的腿说，大家帮忙，他把我打伤了，定要把他送到派出所去。

知秋冷冷地看了男人一眼，说，你们散开，我陪他去派出所。

就这样，知秋两个就在看热闹的群众簇拥下，去了派出所。

进了派出所，公安了解情况，知秋只说是自己路上不小心撞到了男人。

男人听了，顿时着急起来，说，你莫要瞎讲，分明是你故意踢的，走路怎么会撞到我那个地方？

知秋说，我跟你不亲不熟，为什么要踢你？

男人说，我怎么晓得，你个神经病。

知秋说，不管怎样，是我撞了你，我赔些医药费给你好了。

男人不答应，说，你这个神经病，往我要害地方踢，我还没结婚，都没有生过小人。现在被你踢坏了，将来你养我一世。

说着，男人竟像个女人一样哭喊起来。

知秋鄙夷地看他，说，真有那么严重吗？

男人说，我的那个东西肯定是被踢伤了，不能这样算数，公安同志，你们要将他关起来，千万不能让他跑了。

因为是小事情，本来公安想调解一下算数。没想到这男人却死咬着不放，公安也没办法，只得先将知秋关了。

于楚珺听说柜上那个姓方的众生被个陌生人踢了裆部，便跟自己事情联系在一起，怀疑那个人是知秋，她只跟他诉过苦。于楚珺跑到知秋厂里去问，一问，果然是。

于楚珺去了派出所，寻公安仔细打听情况，公安告诉她，此事可能要定为轻伤。轻伤案子要坐牢监，于楚珺着急，想来想去，终于被她想到一条出路，便着着急急跑到县社寻鲍主任。鲍主任听了于楚珺的来意，赶紧打电话给百货商店经理。

鲍主任说，你去做那个方什么的思想工作，可以适当赔点钞票。我可以告诉你，撞他的人是我的朋友，你这个工作做不好，经理就不要当了。

搁下百货商店经理电话，鲍主任又想起县社里有个人，丈夫正好在派出所里当副所长，便又将她叫到办公室，嘱托几句，让她丈夫派出所里照顾一下，莫让知秋在里面吃了苦头。

这一头，百货商店经理接了鲍主任电话，不敢耽搁，马上便去医院寻那个姓方的男人，夹枪带棒做他思想工作。另一头，副所长夫人又联系丈夫，让他不要立案，争取将此事私了。一番动作，双管齐下，最后终于没有立案，知秋赔了对方500元钱，将事情了结。

知秋从派出所放出来，秋林去接。知秋看见秋林，满脸奇怪。

知秋问，你怎么晓得我在这里？

秋林说，于楚珺去寻过鲍主任，鲍主任这才将你弄出来。

知秋一愣，说，她去寻鲍主任做什么，此事跟她什么关系？

秋林看着他，笑眯眯，没有响。随后，秋林带知秋到浴室洗了个澡，去了晦气。然后，又带到饭店里吃饭。夜里，鲍主任接待几个外地客人，吃到中途，寻个机会，也溜到秋林这边来。

鲍主任进门，满脸堆笑，恭恭敬敬跟知秋握手。

鲍主任说，了不起，了不起，你知秋就是当代平西王。

知秋莫名其妙，说，什么平西王？

鲍主任说，平西王吴三桂，冲冠一怒为红颜。

知秋脸红，说，我哪里为什么红颜？

鲍主任说，事情不是清清爽爽，要不是于楚珺受了欺负，你怎么会去踢那个姓方的人卵子？

知秋说，不是故意踢他，真是撞到的。

鲍主任和秋林都笑，鲍主任摆手，说，不说了，撞到也好，踢了也好，这个事情做得没错，要是我，也要踢他卵子，还要将他踢出蛋黄来。

三人坐下吃饭，吃一阵，鲍主任说，知秋，你我是好兄弟，有句闲话我还是想讲，于楚珺这个人，嬉嬉行，千万莫当真。我看人有一套的，于楚珺是生得好相，但这个人你是牵不牢的。

知秋勉强笑笑，不作声。

3

知秋晓得，自己从派出所出来，于楚珺一定会来寻自己，问自己为什么要踢那个人，是不是为了她。知秋想好，定不能承认。倒不是像鲍主任说的，现在于楚珺落了难，想寻救命稻草，自己躲避。他只是害怕，他怕自己承认了，一切又要没完没了重复。地球上这么多人，走过去就走过去了，一定要翻肠倒肚挖出来，再经历一次，又有什么意思？

但让知秋没想到的是，从此，于楚珺却始终没有来寻他，这倒反而让知秋不安起来。她为什么不来寻自己，是自己猜错了，还是她又发生了什么事？知秋心里藏着这事，又等了几日，终于熬不住。这一日，便赶去百货商店。一进门，他便看见了于楚珺，她站在柜台里，穿一件蓝色工作服，看上去似乎比上一次要憔悴许多。

于楚珺看见知秋，有些意外，说，知秋，你怎么来了？

知秋说，厂里要买一批劳保产品，过来看看。

于楚珺说，这种事情怎么你厂长亲自来？

知秋胡乱应道，厂里都忙，正好我空些。

于楚珺说，那你需要什么东西，给我列张单子，我帮你寻。

知秋说，准备好了。

知秋从口袋里掏出一张单子，递给于楚珺。

知秋说，上面有电话，你准备好了，给我厂里打个电话，我派人来交接。

于楚珺应了。知秋愣一愣，还想说些什么，又不晓得说什么，转身要走。

背后于楚珺叫道，知秋，你厂里有没有事？我快落班了，要不要一起去吃碱水面？

知秋犹豫一下，说，好的。

知秋等于楚珺落班，两人出去寻了个面摊吃碱水面。

于楚珺说，小摊子，环境不好，不比你们请客吃筵席。

知秋说，蛮好，我也欢喜吃面。

于楚珺说，我跟你出来吃东西，多少年前的事情了，还是黄埠时光。

知秋不说话，突然望见于楚珺身上的衣裳有些旧了。于楚珺似乎也注意到了知秋的目光。

于楚珺说，要晓得今天跟你出来，我换身好的衣裳。不过话说回来，也没有特别好的。我许久没有买衣裳了。

知秋想了想，问道，你那个，到底是怎么回事？

于楚珺叹口气，说，这样的事情，真不好意思跟你讲。当年，上海电冰箱紧张，他听到消息，与人合伙，从杭州搞来一批杂牌冰箱，卖给上海人。电冰箱不制冷，鸡蛋放进去都能熟，最后被人家告了，输了官司，赔了几十万。后来，拆东墙补西墙，一直还债，却还不清爽。结果他就动了脑筋，挪用公家钞票。结果查出来，公款查缴回去不说，人还坐了牢监。唉，他是牢监里寻了清净，剩我一个人，留在外头苦熬还债。

知秋说，还欠了多少？

于楚珺说，还有十多万。

知秋说，那你怎么办？

于楚珺说，还能怎么办？走到哪里算哪里。我这一世，算是套牢了。

两个人吃完面，又一起走了走，讲了些闲话。走到一处人少的地方，于楚珺突然就用力抱住知秋。

于楚珺说，知秋，我悔死了。

知秋慌乱挣脱开来。于楚珺站在知秋面前，低着头，满脸羞愧。

于楚珺说，知秋，你莫误会，我没有别的意思。我只是感激，你听我吃了亏，你就去将那个人踢了。这么多年了，没有人这么真心对我，我感激，真的。

知秋想说我不是为你，可嘴巴却讲，就算是普通男人，也会替你出气的。

于楚珺又感激地看了知秋一眼。两人又慢慢走了一段路，于楚珺说，到我家里去坐坐吧。我租了个房子，就在旁边。

知秋推辞，说，下次吧。

于楚珺看着知秋，苦笑道，怎么可能还有下次呢？我晓得，你嫌弃我。我现在这样一个倒霉女人，谁会看得上。我理解的，知秋，你回去吧，千万别把我的霉运传给你。

知秋愣了愣，说，不要讲这样的闲话。还早，那你带路吧。

就这样，知秋跟着于楚珺回家。上了楼道，开了门，屋里黑漆漆一片。

知秋说，电灯线在哪里？

于楚珺从身后抱住知秋，于楚珺说，莫要开灯，我老了，我怕你看我。

知秋听了，心里一阵难过。他将于楚珺的手轻轻拉开，转身，也抱住了她。

知秋说，你没老，还是当年一样漂亮。

于楚珺说，真的吗？那你还欢喜我吗？

知秋说，欢喜的。

于楚珺说，那你晚上就住我这里好不好？

知秋摇头，说，我还要回厂里值班。

于楚珺说，你还是嫌弃我。

知秋没有响。

于楚珺沉默一阵，说，算了，知秋，你还是回去吧。你在这里也睡不好，那些讨债的，狼一样凶，有时半夜三更都会来寻生事，扔一块砖头，将玻璃敲碎。别连累了你。

知秋说，我记错了，夜里好像已经安排了工人值班。

于楚珺看着知秋，笑了。于楚珺说，你抱我到床上去好吗？

知秋说，好，你把灯打开，我看不见路。

于楚珺说，莫开灯，你抱起我，我告诉你床在哪里。

黑暗中，知秋抱起于楚珺，慢慢走到床边。于楚珺用手臂勾住知秋脖颈，两人躺倒在床上，床板吱吱嘎嘎响一阵，然后归于寂静，然后，又有低低抽泣声音。

知秋问，楚珺，你怎么了？是不是哭了？

于楚珺说，我没有哭，我只是高兴，这是我这一世最高兴一刻。

知秋不响，搂紧了于楚珺。

于楚珺说，对不起，知秋，我当年应该把身体给你的。现在败了才给你。

知秋说，以后别说这样的话，我不喜欢听。

于楚珺乖巧答应，又问知秋，你累不累？

知秋说，我不累。

于楚珺从床上坐起来，摸着黑，走到墙角摸摸索索一阵，最后嗞的一声，煤油炉被点亮。

知秋说，你做什么？

于楚珺说，正好有鸡蛋，我给你打一碗核桃蛋汤补补身体。

知秋说，不用了，我真不累。

于楚珺没理睬，只是打鸡蛋，敲核桃。煤油炉上火光摇曳，于楚珺的身体在火光上若隐若现。

知秋躺在床上，看着裸身蹲在墙角的于楚珺，心中温暖。

4

这一日上午，秋林去县社办事情，正好鲍主任在办公室，便绕过去坐坐。秋林看见鲍主任头发蓬蓬，胡子也没刮，一副憔悴模样。

秋林说，鲍主任怎么瘦了许多？

鲍主任摸了摸下巴，说，能不瘦吗？一堆烦心事。

秋林说，发生什么事情？

鲍主任说，就是童小军的那个罐头厂。罐头厂不是跟日本人搞合资吗？日本那边派来一个叫小林的技术员，要在这边进行半年的指导。中秋节，童小军特地安排一桌小海鲜请小林喝酒。天晓得，老酒吃到一半，这日本佬突然站起来，将裤裆拉链拉开，拔出那个家伙就在桌子上摔打，弄得一桌人都莫名其妙。后来，童小军就问他原因，一问才晓得，原来这小林离家太久，一直没有碰过女人，快要憋出毛病来了。童小军听了，就出钞票到城里按摩店雇来一个女人，住在日本佬的宿舍里。后来不晓得谁走漏了这件事，被几个老干部晓得了，跑到县里去告状，说当年日本鬼子在我们这里搞"三光"政策，现在供销社里出了汉奸卖国贼，主动将中国女人送到日本鬼子那里。县里领导听了，也恼火，把我叫去劈头盖脸好一顿骂。

秋林听了，哭笑不得，这童小军真是百样本事。

秋林说，那这事最后怎么了结？

鲍主任说，怎么了结？只能打死不承认了。童小军自己掏腰包，将那个女人打发回老家。好容易将事情摆平，没想到那个小林又不干了，非要他们将那女人叫回来。没有办法，只好又跟日本方面联系，让他们换一个人来。可你看，这事情都过去一个月了，到现在新的技术员还没来，搞得罐头厂的生产都快停下来了。

秋林说，没想到还有这荒唐事。不过鲍主任你也莫操心，童小军本事大，这屁股他会擦干净的。

鲍主任说，没那么简单，这种事可大可小，真要处理不好上纲上线，也是不得了，现在也只能碰运道了。

秋林说，放心，鲍主任是有运道的人。要不，我给知秋打个电话，夜里聚一聚，解解心烦？

鲍主任摇摇头，说，没心思，还是过几日再聚吧。对了，说起知秋，有桩事情蛮奇怪。前几日，百货公司的经理来汇报工作，说是那个于楚珺辞职了，不晓得此事跟知秋有没有关系。

秋林说，跟知秋能有什么关系？难道她扔掉公家铁饭碗，跑去知秋厂里当工人去了？

鲍主任说，谁晓得呢，我也不好问知秋。你也晓得，上次我多嘴提了一句，他脸色都倒了。唉，女人这个东西，麻烦的。算了，不说别人了，说桩与你有关的事情，你们公司那个邱福茂要回杭州了。

秋林说，回杭州？为什么？

鲍主任说，办了离休，回杭州养老去了。

秋林说，他还没到离休年龄吧？

鲍主任说，没到，办的是提早离休。这邱福茂，一心想着当土特产公司经理，现在这位置被你占了，他还留在这里做什么？他走了，对你是件好事，否则这样一个“阶级敌人”，每日钻在你眼皮下，多少烦心。

秋林笑笑，没应声。说实话，秋林也不喜欢这个邱副经理。这个人，因为是杭州来的，身上就带了一种大城市人的优越感，加上又当过兵，更是神气。但秋林觉得这个人不坏，只是讲话不好听，从不真去欺负什么人。现在他提早离休回杭州，这事又与自己有关，这样说起来，秋林倒有些难为情。

县社回来，秋林便将鲁一贵叫到办公室。

秋林说，这礼拜五，要在单位食堂办一场欢送会。

鲁一贵说，欢送谁？

秋林说，邱副经理，他办了离休，要回杭州了。你去买块红布，写几个毛笔字，做一条横幅。

鲁一贵问，写什么内容？

秋林说，就写热烈欢送邱福茂经理光荣返杭。记住，一定要写经理，不要写副经理。

鲁一贵说，我晓得的。

秋林说，其他反正也没什么，你让食堂准备准备，饭菜丰盛一点没关系，弄几箱啤酒，弄得闹热点，高兴点。

鲁一贵点头。

秋林说，这个事情先不要跟邱副经理讲，只要通知他礼拜五来开大会就行。

转眼到了礼拜五，邱福茂披着黄大衣，照常来到会场。刚一走进，就像被施了定身法一样呆住，只见迎面挂了一副红辣辣横幅，写“热烈欢送邱福茂经理光荣返杭”。随后，所有人整齐起立，热烈鼓掌。

秋林迎上来，将邱福茂请到主席台上就座。

欢送会开始，秋林先在台上讲了一番漂亮闲话，对邱福茂在土特产公司的工作做出了重要的肯定。秋林是经理，也是书记，一番话无疑便是对邱福茂在此地的表现盖棺定论。邱福茂听了，坐在台上，也很有些动情。

欢送会快结束时，秋林上厕所，出来时正好碰见喝得满脸通红的邱福茂。

秋林说，邱经理，什么时候回杭州啊？

邱福茂说，下礼拜应该可以了，只剩一点小手续没弄好。

秋林说，我跟鲁主任已经打好招呼，不管哪一天，都用公司的车送你回杭州。

邱福茂说，不用不用，我坐大客车回去就行。

秋林说，那怎么行，大家平时处得这么好，难道你临走，我却要让人骂我不讲人情啊？

邱福茂听了，有些感动，说，陆经理，你是忠厚人。你这是以德报怨。

秋林说，邱经理，莫说这样见外的闲话。我在台上讲的，不是恭维，都是心底话，真心感谢你为公司做的工作。

邱福茂说，陆经理，感谢闲话我也不多说了。我要走了，给你留点东西。我这个人，就是根搅屎棍，又臭又硬，从来不晓得开口求人。但你陆经理对我好，我给你破一次例。我有个老战友，姓戴，在北京远洋集团当官，权很大。他也是宁波人，很有家乡情结。我回去就给他写一封信，到时你就带着我的信去寻他，看看有什么好业务合适我们公司的。

秋林听了，又用力感谢一番。

邱福茂说，陆经理，讲句真心闲话，我这个人，像个什么呢？什么都不像，混里混沌活了一世，解放前参加革命工作，当过兵，解放后，当了领导，经历“文革”，后来又赶上改革开放好日子。想起来，似乎像是什么时代都赶上了，又像是什么时代都没赶上。现在离休了，躺在床上想想自己大半生，就像大雾天，白糊糊一片，似乎眼前什么都有，又什么都没有，真让人害怕呀。

秋林听出邱福茂闲话里伤感意味，便说，赶紧再过去吃几杯老酒，高兴日子。

邱福茂却摇摇头，说，不进去了，我回家了。我其实最怕等到散席，一副场面凄凉的景象。现在这个时候走，最好。

秋林怔一怔，说，那我送送你。

邱福茂说，别送，我不欢喜人送。

邱福茂转身往单位门口走。秋林看着他慢慢消失在黑暗里，想起刚才他那番口气，心里莫名有些难过。想一阵，突然觉得尿急，赶紧转身，匆匆跑进厕所。

第二十七章

1

这一日夜里，又有人约何天林麻将。何天林去了，一看约的几个人，心里不爽快。其中一位，曾是他厂里一个车间主任，后来偷了技术，出去也做铝制品，现在竟也做出了牌子，争了自己生意。但来了，又不好回去，只好坐下来打。不晓得是不是心里疙瘩缘故，这一日的麻将打得特别不顺，一张牌都摸不上，一夜下来，几乎没有胡过。那个车间主任却是顺风顺水，几乎独赢。车间主任牌好，闲话也多了起来。

车间主任说，何总，今朝赢了你那么多铜钿，心里过意不去。这样，为了报答，我讲个秘密给你听。

何天林说，什么秘密？

车间主任说，你晓不晓得，你厂里有一只荷包蛋？

何天林一愣，什么荷包蛋？

车间主任怪笑，说，荷包蛋你不晓得？放在锅里，油一煎，圆蓬蓬一个，滋味好交关。

何天林说，荷包蛋我自然晓得，你为什么说我厂里有只荷包蛋？

车间主任说，我说的荷包蛋，不是吃的。是你厂里一个女工人，下面生只荷包蛋，白白嫩嫩，一根毛都没有。

何天林一听，来了兴致，说，是哪一个？

车间主任说，你厂里的人，你问我做什么？有本事自己去寻。把裤子一个个脱下来，仔细去查一查。

车间主任一番闲话说得一桌麻将的人都大笑，只说何天林麻将输得昏了头，被车间主任耍弄，竟会相信这样荒唐的事情。

麻将结束，回到家里，何天林睡在床上，脑子里还在盘旋那个车间主任的闲话。不晓得为什么，他始终觉得这家伙讲的不是假话。

第二日上班，一到厂里，何天林便把办公室主任叫过来。

何天林说，眼看就是国庆节了，你安排一下，给全体女工做一做妇科病检查。

办公室主任听了何天林闲话，有些莫名其妙。

办公室主任说，何经理，我们以往都是三八节给女工检查，为什么今年要放在国庆？

何天林说，我是老板你是老板？谁规定一定要在三八节体检？现在离明年三八节还有五六个月，要是工人生了毛病，耽误了，怎么办，你是不是负责？

办公室主任听了，不敢多讲，赶紧跑去联系医院。联系好了，报告何天林，何天林又让他安排车子，将医院负责妇科检查的医生接到厂里来。医生来了，何天林便将事先准备好的一个一千元的红包递给他。医生吓一跳，不敢要。何天林说，这个钱不是白给你，你检查仔细些，把下面不生毛的那个人给我记一下，再告诉我。医生莫名其妙，说，何老板，你记这个做什么？何天林说，这个你不要管，这是商业机密。医生应下，收了红包。几日后，检查完毕，医生给何天林打来电话，电话里只说了两个字，敏亚。

敏亚是装配车间的一名女工。何天林跑去装配车间，背着手，装模作样转一圈，检查一番，最后走到这个叫敏亚的面前。虽然是个女工，穿着工装，但还是不难看出敏亚有一副好相貌，皮肤也白，眉梢尖尖的，一看就是用笔画过。何天林跟敏亚问了些车间里的事情，敏亚仔细回答，回答的时候，眉梢一跳一跳的。何天林看着敏亚，想起车间主任那番闲话，突然面孔有些烫。他恨不得此时便将她压在机床上，狠狠弄一番。

何天林走出车间，站在门口的樟树下吃了支香烟，扭头看看车间里的敏亚，走回厂长室。何林天坐在老板桌后，打电话将办公室主任叫来。何天林对办公室主任说，你去寻个理由，将装配车间那个敏亚给我开除了。办公室主任不解，又不敢多问，便答应着，迅速离去。

何天林从椅子上站起来，走到窗边往外看。他看见那个叫夏美的广东女人又来了，她站在厂门口，像尊菩萨，一动不动。这个女人倒是有点恒心，那一夜过后，第二日便来厂里寻何天林签广告合同。何天林躲着，只让办公室给她两千元钱，心想把她打发了就行。没想到她却不肯要，这一日开始，日日站在自己工厂门口。她想做什么？吓自己？何天林觉得可笑，她以为陪自己睡一夜，真就可以从自己口袋里拿走几十万广告费？

此刻，何天林真想走到这个夏美面前，告诉她这个荷包蛋的故事。在这个厂里，一分一厘，一草一木都是自己的，他绝对不允许别人从这里拿走自己的钞票，拿走自己的技术，还偷走自己的女工人。

2

四个人坐一桌，噼里啪啦打麻将。人是阿庆老婆叫来的，阿庆老婆教杜梅搓麻将事情，何天林是晓得的，但他有两个前提条件，一是不要在外头搓，二是不要跟男人搓。杜梅答应，她只为打发时间，一个人日子不晓得怎么过。

麻将结束，另外两个女人走了，只剩下阿庆老婆留下来陪杜梅打核桃蛋汤，吃些夜点心。

杜梅说，你总是陪我，你男人不说你吧？

阿庆老婆说，他说什么？他自己外头花天花地，有什么资格说我？

杜梅说，你也不管他？

阿庆老婆说，怎么管？那根东西长在他自己裤裆里，我总不好拿把锁去锁。

杜梅脸红，说，你个女人怎么说这样闲话。

阿庆老婆笑着说，我们两个屋里头说说什么要紧？阿梅，你这次香港回来，皮肤真是好了交关，笋嫩，看着年轻七八岁。

杜梅叹口气，说，你莫讲好听闲话安慰我。我后悔死了，就不应该去香港。你晓得他回来怎么说？说我像只红皮老鼠。家里几乎一日都不呆，天天躲着我。

阿庆老婆说，你到现在还想不明白啊？你去香港做面孔，是为自己做，不是为他做。哪一个男人能靠牢一世，人都是自家哄自家开心，自家寻欢喜事情做。

杜梅说，道理我是懂的，我也想寻事情打发。可这麻将日日搓，我真没搓出什么意思来。

阿庆老婆说，你是没打出滋味来，等你欢喜上了，保管是性命一样。四个人坐一起，说说笑笑，多少闹热，时间不要过得太快。

阿庆老婆想了想，看着杜梅又说，阿梅，你觉得没意思，其实不是麻将问题，是搭子。你说，总是四个女人坐一起打麻将有什么意思？要男女搭配才好。可你又不敢，怕何天林回来看见。

杜梅说，你莫乱话，男人女人有什么搭界？只是我对麻将没有缘分，十三张牌摆弄来摆弄去，还不如做裁缝有趣味。

阿庆老婆说，你那么大老板娘，难道还去开裁缝店啊？

杜梅说，什么老板娘，只是好个名头。我倒是真想过再开店，以前开店做衣裳，东摸摸西摸摸，一天倒是过得蛮快。

阿庆老婆说，你那个何经理会同意？

杜梅低头不响。

阿庆老婆说，再说了，现在谁还到裁缝店做衣裳，都用机器了。这样，你觉得打麻将没意思，我们换换口，明天夜里我带你去个新地方。

杜梅说，我夜里不出门的。

阿庆老婆说，你怕这怕那做什么，那何天林又不是神仙，什么都晓得。他不是最近不回来吗？他怎么会晓得。

杜梅说，你要带我去什么地方？

阿庆老婆笑笑，说，我不讲，等明天你就晓得了。

果然，第二日吃了夜饭，阿庆老婆就上门来寻杜梅。杜梅后悔，说自己不想出门，阿庆老婆却拉着她往外走，说人都约好了，不能反悔。她到门口拦了一辆三轮车，说个地名，三轮车就吱吱嘎嘎往前走。弯来弯去，进一个路口，原来是个舞厅，外面挂块牌子，叫“一剪梅”。杜梅一看是舞厅，不愿意进去。杜梅说，我不会跳舞。阿庆老婆说，我也不会跳，凑个闹热。来都来了，别浪费了三轮车钱。真不欢喜，到时早些走。杜梅听了，只好跟着进去。

门口走进，是个通道，又长又暗，通道顶上挂塑料的假葡萄，摇摇晃晃，乍一看很是吓人，像人的眼珠子。通道里有人进来，也有人走出。不宽，肩擦着肩，前头还有音乐声传来。走到底，有两扇厚厚的门，门边搁着一个台子，有人坐着卖门票，五元一张。阿庆老婆没掏钱，跟卖票的人说了几句什么，那人看一眼杜梅，点头通行。阿庆老婆拉着杜梅的手，将门推开，一刹那，一阵汹涌的光和迪斯科舞曲从门里冲出。门后面原来是个圆形的舞厅，中间是舞池，周围一圈全是卡座，像是火车里头座椅。一颗硕大的迪斯科球吊在舞池中央，五颜六色灯光闪烁。地上铺花岗岩，撒着滑石粉，跳舞的人就在舞池里发疯一样跳舞。墙上安装着落地玻璃，迪斯科球转动，玻璃里的影子便跟着转，似乎满屋子都是迪斯科球。

杜梅看见这场面，头也痛，眼也晕，有些吃不消。阿庆老婆倒像是老客，左右看一番，直拉着杜梅往旁边一个卡座走。卡座上坐了两个人，都是后生。一个烫着头，穿蝙蝠衫，宽松萝卜裤，油头粉面。另一个白白净净，头发三七分，穿一件薄毛衣，像个学生。两个后生一人一边对坐。阿庆老婆指着油头粉面后生说，这是小马。又指着白白净净后生说，这是小峰。阿梅，你欢喜坐哪边？

杜梅尴尬，不知怎么应答。阿庆老婆一屁股坐到油头粉面后生旁边，说，你坐小峰旁边。

杜梅怔一怔，只能局促坐下，只坐一个角，大半个身体探在外面。

阿庆老婆说，杜梅，要不要跳舞？

杜梅没听清，说，什么？

阿庆老婆大声说，我们去跳舞。

杜梅摆手，说，我不跳。

阿庆老婆说，小峰，你拉阿梅姐去跳舞。

小峰笑眯眯看着杜梅，杜梅赶紧说，莫拉莫拉，我真不会跳。

小峰说，阿梅姐不欢喜跳舞，那就坐坐。

杜梅感激。阿庆老婆白了小峰一眼，跟小马滑进了舞池。

小峰问，阿姐，你要吃什么饮料？

杜梅说，我要一罐粒粒橙。

后生出去，买了罐粒粒橙回来。杜梅喝了口饮料，问，你们常来吗？

后生说，天天来。

杜梅说，这种地方有什么意思？吵死人。

后生说，不吵就没意思了，一吵，什么都不用想，多少轻松。

杜梅说，你年岁轻，我跟你不一样。

小峰说，看你面孔，又比我大不了几岁。

杜梅心里一晃，说，你真是胡说八道。喝口饮料，扭过头朝旁边看去。不看不要紧，这一看便望见舞池里阿庆老婆和那个叫小马的油头后生抱在一起亲嘴。杜梅吓煞，赶紧回头，一回头，竟看见小峰笑眯眯在偷看自己。杜梅有些难为情，她想离开，但不晓得为什么，又不舍得离开，两只脚就像是被粘住了一般。

3

夜里麻将结束，出来时，正好有人打何天林电话。何天林边打电话边开车，分了神，绕来绕去竟将车子绕到了自己家门口。何天林想开回厂里去，转念一忖，回都回了，一日都不回家，也总是说不过去。索性将车停下，开门进去。进了门，却发现杜梅不在家，何天林觉得奇怪，便坐在客厅里看电视，又将近等了二十几分钟，杜梅才回来。

杜梅开门进来，看见何天林，吃了一惊。

杜梅说，今朝怎么回来了？

何天林说，我自己家为什么不能回来？你做什么去了？

杜梅说，几个小姐妹打完麻将，跑去吃了点夜宵。

何天林闻见杜梅身上有股酒味，说，你什么时候学会了喝酒？

杜梅说，她们非要我喝一杯，推不掉。

说完，杜梅便往卫生间走去。何天林看着杜梅身影，发现她今朝气色似乎特别好，身上衣裳也时髦，印象里从未见她穿过这样的时髦衣裳。何天林有种古怪感觉。原来自己以为杜梅是最安全的，日日待在家里，跟锁保险箱里一样。但现在想起来，倒是可怕事情。如果她只是在自己面前装装样子，自己还真察觉不到底细。

第二日上班，何天林将保卫科里最贴心一个后生叫到办公室。

何天林说，这几天你不要上班，每日在我家门口盯着，我老婆去哪里，你就跟到哪里。将她行踪仔细摘下来，每日报告给我。

后生领命，每日跟踪杜梅。何天林则不动声色，和往常没有两样，照常夜夜出去打麻将。

过一个礼拜，保卫科后生向何天林汇报，说杜梅去过一剪梅舞厅跳舞，跟一个漂亮男人蛮熟络。又过一个礼拜，保卫科后生又汇报，说杜梅这几日常去紫竹庵附近，似乎是那漂亮男人出租房。何天林掌握信息，等这一日保卫科后生又汇报，便开车去了儿子何凯单位，笑眯眯告诉他，夜里要去带他看一场戏。何凯问看什么戏，何天林笑而不语。

车子开到紫竹庵，保卫科后生便将两人带进一幢楼房。走到三楼一户门口，保卫科后生说，就是这里。何天林扭头笑眯眯看着何凯，说，何凯，好戏开始了。说着，他倒退两步，冲出去一脚踹在门上，瞬间，司别灵锁连着门框被撞碎，门户大开。何凯吓一大跳，还没反应过来，只见何天林已经冲进房间，房里传出一声女人尖叫。何凯下意识地往里跑去，只见房间一角的席梦思上，杜梅和一个年轻男人赤身裸体蜷缩着。

何天林抓住那个男人头发，拉到旁边，用脚去踹，用的力太大，差点摔在地上。不解气，转过身，又是一脚。那个男人不敢还手，只是跪在地上不停求饶。何天林踹了几脚，也有些累，将保卫科后生叫过来，说，你把他用皮带绑起来，拖到外面吹吹风，把那根下流货吹吹冻。保卫科后生气力大，将那男人一把拉起来，反手绑着往门外推。

何天林坐在床沿上，点了根香烟。何凯拿起被子，侧过头，走过去，给杜梅遮上。

何天林说，还遮个屁啊？遮得住吗？事情到了这个地步，还装可怜给谁看？

何天林从口袋里抽出一张纸，和笔一起递给杜梅。

何天林说，这里有张离婚协议书。你要是签了，我给你二十万，多年夫妻，我也对得起你。要是不签，那对不起，我只能将你们这一对赤条条送到派出所里去了。

杜梅看了看何天林，转过头，又用祈求的目光看何凯。此时，何凯却始终低着头，一声不吭。杜梅晓得，今天这关是逃不过了，被拿了现行，能到哪里说理去？一时间，心里各种情绪翻涌，酸甜苦辣一锅混汤，只能接过纸笔，哆嗦着将自己名字签上。

何天林看着杜梅写完，迅速将协议书拿回，装进口袋。

何天林说，行了，字签了，明朝我就派人来接你去办手续。

何天林又扭头对何凯说，何凯，我晓得你跟她最亲，我也是照顾你面子。你看她做出这样事情，我对她照样客客气气，既没骂她，也没动手打她。我是念旧情的人，我是对得起她的。

何凯依旧低着头，半日，喉咙口闷闷挤出一句闲话。

你为啥今天要叫我一起来？

何天林说，不来怎么让你看到事实真相？

何凯依旧低着头，又念了一句，何天林，你今天实在不该叫我来的。

何天林有点莫名其妙，伸手搭在何凯的脑门上。

你个夭寿，你怎么了，讲什么神经闲话？

何凯头一甩，甩掉何天林的手，迅速地冲出了门。

第二日，何天林与杜梅去民政局，顺利办掉离婚手续。回到厂里，何天林站在办公室的玻璃窗前，只觉神清气爽。终于自由了，自由是多么的重要。不是有首诗吗，说是生命很重要，爱情也重要，要是有自由，两样都不要。何天林也没想到事情会进行得这么顺利，最头痛的事情，解决起来却是这样轻松，轻松得甚至让自己都有些意犹未尽。当然，最遗憾还是何凯还不能理解自己。不过，也不要紧，她不过是后妈，他亲眼看到那一幕，就是看到铁证。暂时难过想不通，时间长了，总会理解的。

何天林站在玻璃窗前，舒畅地胡乱想了一阵，突然感觉有些不对头。奇怪，厂门口每天站着的那个广东女人怎么不见了？

何天林拿起电话，给保卫科打了个电话，何天林问，今朝那个女人没来吗？

保安说，来了，站了一上午。中午的时候，小何公子来了，跟她说了些什么闲话，就把她带走了。

何凯把她带走了？何天林皱了皱眉，他带走她做什么，这个事情太奇怪了。何天林有一种不好的预感。他随即给何凯打了个电话，何凯接了。

何天林说，你把我厂门口的那个女人带走干吗？

何凯说，这跟你有关系吗？

何天林说，你个夭寿讲什么闲话，你到底要干什么？

何凯说，她生得漂亮，我喜欢她。

何天林说，放狗屁，何凯，你莫乱来，你晓得她是什么人？

何凯说，我自己的事情我当然晓得。何天林，你搞七搞八我不管，也请你不要管我的事情，谢谢。

说完，何凯就挂了电话。何天林气得脑子充血，几乎晕倒。他似乎猜到了何凯的用意，但他不敢细想。他迅速冲出办公室，开着奔驰车跑去何凯单位。

何天林冲进何凯办公室，问何凯，你告诉我，那个女人在哪里？

何凯说，我为什么要告诉你？

何天林说，这个女人不是个好女人。

何凯笑眯眯地说，你怎么晓得她不是好女人？

何天林一时不晓得怎么回答，面孔憋得通红。何凯给他倒了杯水，说，你坐下，慢慢说。

何天林说，何凯，你莫跟我阴阳怪气。我跟你说，你必须离开她。否则，我跟你断绝父子关系。

何凯说，是吗，难道你还当我们是父子吗？我坦白告诉你，我不但带走了她，我还要跟她结婚。何凯冷冷地瞥了何天林一眼，你不是答应给她钱做广告吗？既然你不肯给，你欠她的钱，父债子偿，我做儿子的自然要来替你还这笔债。

何天林说，放你的狗屁，我欠她个鬼债。

何天林稳定了下情绪，缓声说，行了，何凯，你小鬼年岁轻，考虑问题不周到，莫要一时冲动。这样，你把她寻来，我在她那里做广告，现在就签合同。

何凯说，用不着，我们不用你的钱。

何天林气急败坏，一巴掌朝何凯挥过去，没想到何凯却一把把他的手腕握住。

何凯盯着何天林，冷冰冰地说道，何天林，那天我就说过了，你实在不该带我一起去。

4

杜梅与何天林离婚，同谁也没有说，只是拎一个包出门。她寻到原先开裁缝店的那个房东，将那两间街面又重新租了回来。

杜英知道此事，还是杜毅那里听到的。杜毅说，何天林同你姐姐离婚了，你晓不晓得？杜英听了，大吃了一惊，四处打听，终于打听到杜梅回了原来地方。

杜英走进杜梅的裁缝店，只见房子里叠满了各种布料。有几套做好的衣裳，高高地挂在屋顶，粗一看，就像吊着个人一样。杜梅坐在铁车前，正在做衣裳。杜梅戴着一副老花眼镜，看见杜英，也不惊奇，只是将眼镜取下来挂在胸前，笑眯眯看着。

杜梅说，阿妹，你来了。你自己搬骨牌凳坐。

说完，杜梅便又伏到铁车上继续忙碌起来。

杜英来时，装了一肚皮闲话，准备好好地数落杜梅一顿，但进了门，看见阿姐这副样子，就再也不忍心了。

杜英说，阿姐，住我那里去吧。

杜梅摇摇头，说，我现在哪里也不要去，只欢喜一个人坐在这里，忙忙碌碌，听听铁车的声音，心里才觉得踏实。

杜英说，这种男人，离了就离了，你何必为他作贱自己。

杜梅说，杜英，你错了，我没有作贱自己。我这一世，运道不好，总是碰不到好男人。我到现在才明白这个道理。其实就这样单身，最好。还有，我的事你千万莫同姆妈讲。她要晓得，定会气出毛病来。

杜英说，阿姐，那个何天林是众生，我不说他。我只说那个什么后生，你怎么会去寻这样的人？你不晓得这种人最不值铜钿吗？他就是一只……那个词语我都说不出口，反正就是骗女人钞票的拐子。

杜梅说，你莫这样说他，杜英，你可能不相信，我一点都不恨他，真的。我活到现在，从来没有男人对我这么好过，真心假意，又有什么要紧?

杜英一愣，她不晓得杜梅竟会讲出这样的闲话。杜英沉默一阵，又看着屋里山一样叠着的布料。

杜英说，阿姐，你还是莫开这个店了，有什么意思?你看你买的这些布料，还是什么卡其布，的确良，现在还有谁穿这样的衣裳?现在大大小小服装店遍地都是，店里全是机器做的现成衣裳，又便宜又好看，还有谁会买布料做衣裳?你觉得无聊，想打发时间，我叫秋林给你寻生活，你要是不想上班，那你就住到我家里去，我做阿妹的养你。

杜梅笑笑，杜英啊，谢谢你，总是自己阿妹亲。你晓得的，你这个阿姐从小就笨，唯独会做衣裳。读了小学，姆妈就送我去学裁缝。我那个老师，戳副眼镜，凶得很。稍不如意，就会拿尺子打人。我做衣裳，她站在后面，我总是背脊心发凉，不晓得那根尺子什么时候就会摔过来。那时，我也不过是个十几岁的小人，也怕，可几次跑回家，都被妈妈用竹丝抽打一顿，照常送回裁缝铺。后来我就不跑了，我也想明白了，横竖是挨打，还跑什么?既然学，就拼了命地学，真的学不会，就是被打死了，也不冤枉。人家裁缝老师带徒弟，七八个月就能出师，唯独我，整整学了三年。我不瞒你讲，我是用了这条命才练了一手牛皮上拔针的本事。

杜梅站起来，走到布料堆边伸手摸了摸。

杜梅说，你说，我店铺里的这些布料都过期了，不时髦了。可当年，这是多少好的料作。你看看这卡其布，又密又厚，最适合做中山装列宁装。中山装直翻领，五粒纽扣，四个贴袋，列宁装，大翻领，双排扣，左右两个斜挖袋，做出来都刮挺。还有这种灯芯绒布，以前最高档布料，过年都舍不得做一件。还有那种华达呢，要卖三十多块一米，做一件衣裳要用两米六的布料，吓死人。再比如的确良，乔其纱，哪一样不是好布料？多少软，多少风凉。你还记不记得，那时一到夏天，来寻我做的确良衬衫的，排成队，个个说着好话，生怕我不肯做。

杜梅说着这些事情，像是回到过去时代，两只眼睛几乎放出光来。但渐渐地，这光便又暗淡下去了。

杜梅叹口气，说，以前为学这手艺，吃了多少苦，挨了多少打。我拼了命，就是想学一门一世都可以养活自己的手艺，可你看，这才过了几年，就再没有用场了。这社会怎么变得这么快，我脚步这么慢，哪里跟得上？唉，要是一切都慢慢来，还像以前那样，该有多好。

说完，杜梅又踩着铁车，继续做起衣裳来。杜英听着单调的铁车声，不晓得为什么，突然悲从中来，扑簌簌地直落眼泪。

从这一日开始，几乎每日杜英都会去看杜梅，每次都送去些吃喝，陪她坐一坐，讲讲闲话。每次去，杜梅都在埋头做衣裳，即便杜英来，手下也不会停，就像是在赶工一样。可衣裳做好了，她却从来不卖，只是挂起来。日积月累，竟挂了满满一屋。

就这样，到了过年前的这一日，杜英来寻杜梅，两人约好一起回乡下看姆妈。杜英去时，看见杜梅积攒的那些布料终于被她做完。杜英说，现在布料做完，以后就不要做了。杜梅笑笑，说，听你的，不做了。讲实话，我也做不动了。

从裁缝店出来，两人就一道回了乡下。杜家姆妈看见杜梅，说杜梅瘦了。杜梅说自己在减肥，瘦一些好看。杜家姆妈听了不高兴，说，真是乱讲乱话，女人就要胖些才好，胖些才有福气。以后不准减了。杜梅听了，笑着点头，说，妈，我晓得了，我听你的。

吃过夜饭，杜英便先回城。第二日还要早起上班，到了年底，杜毅厂里忙。杜英回了，杜梅则留下来，陪着姆妈在老眠床上困了一夜。

第二日，秋林姆妈送来些隔纱糕，杜英便拿一些去送给杜梅。她走到裁缝店门口，一推开门，只见铁车边空荡荡的，杜梅用一条绳子将自己悬在了梁上。她的身体挂在衣服堆里，风一吹，微微摇晃。

第二十八章

1

这一日，秋林办公室里接到一个电话，问他几时候能去北京。打电话的是离休回杭州的老邱。老邱说，我已经给北京的领导寄去了信，你要抓紧。秋林解释自己这一阵忙，没有顾上此事。老邱听了，有些不高兴，言语间有些责怪秋林，难为了自己一番热情。秋林赶紧讲一番好话，答应马上跟领导请示，老邱这才安抚情绪。

将电话搁下，秋林盘算了一下，最近家里事情忙，单位各项业绩也不怎么理想，老邱的事情老早忘记得一干二净。现在想来，这或许真是一条出路。如果北京那个领导真像老邱说的这么厉害，说不定真能为公司弄点好业务来做做。

秋林给鲍主任打电话。鲍主任说他下午要到县政府开一个经济工作会议，让秋林四点半左右过去寻他。秋林便等到时间，准时跑到县社，跟鲍主任汇报老邱说的这桩事情。

鲍主任听了，说，这个老邱倒没有乱说，我也听说过北京有这么个家乡人。

秋林说，那我去试试，碰碰运气。

鲍主任说，你去一趟，如果成了，算件好事，不成也没关系，就当是去首都旅游一次。

秋林应了，又想起另外一桩事情。

秋林说，鲍主任，我以前南货店当伙计时有个师傅，对我十分关照。现在他儿子在我收购站，人老实，业务也蛮好。眼下收购站老孔经理退休，我想让他接这个班，不晓得可不可以。

鲍主任说，这个事情你来问我做什么？你现在是当家人，这点小事还要问我？你尽管安排好了。出不了问题的，收购站工作，又不是什么关系国计民生的要害部门，谁当不是当？

秋林高兴，又说，鲍主任夜饭有没有别的安排？没有的话，要不要夜里聚一聚，把知秋叫过来。

鲍主任说，好，正好跟他问一问于楚珺离开百货公司的事情。

秋林用鲍主任办公室的电话打给知秋，知秋爽快应了，定好时间地点。随后，秋林又在鲍主任这里吃了几支香烟，讲了会儿闲话。临到落班，赶去饭店。

两人到饭店，知秋还没到，秋林点了菜，同鲍主任一道在小包厢里等。大概一支香烟的辰光，包厢门打开，秋林扭头，看见知秋进来，刚想打招呼，发现后面又跟进来一个人，竟是于楚珺。于楚珺穿着一身簇新的灰色套装，新烫的卷发，油亮蓬松，看上去很是神气。鲍主任秋林相视一眼，眼神有些复杂。

这一桌饭吃得无趣，四个人都有些心不在焉。特别是于楚珺，虽然对秋林和鲍主任都是客客气气，但这客气却有些假，像是装出来的。而且于楚珺开口闭口都是我和知秋，言语之间像是划清界限，她跟知秋是一路，秋林和鲍主任则是另一路。

吃到一半，鲍主任说自己家里有些事情，要早些回去。知秋要送，鲍主任不让，只让秋林送出去。走到门口，鲍主任点一支香烟，对秋林说，你看出来没有，这于楚珺对我明显有了意见。

秋林说，应该不会，我看还是客客气气的。

鲍主任叹口气，说，我现在最后悔就是当时告诉知秋，让他不要跟于楚珺好。

秋林说，为什么？

鲍主任说，你晓得东南西北风，什么风最厉害？枕边风。

秋林愣一愣，说，知秋应该不是这样人。

鲍主任鼻孔里出气，笑笑，没讲话。此时，刚好有辆出租车开过，秋林拦下，送鲍主任上车。鲍主任上了车，摇下车窗，说，秋林，你晓得吗？你别样都好，就一样缺点，把人看得太简单。

鲍主任说完，出租车就开走了。秋林看着出租车的尾灯，心里叹口气，转身走回饭店。

第二日，秋林就将收购站章耘耕叫到自己办公室来，同他谈了公司想让他当收购站经理的事情。章耘耕听了这个事情，大惊失色。

章耘耕说，陆经理，你是不是考虑下别人，我实在没有这样的本事。

秋林说，耘耕，你先不要推辞。我寻你，一定是周全考虑。本事这种东西又不是天生的，慢慢学习总结经验，总会有的。就像我当这个公司经理，难道公司里我的本事就最大？道理一样的。我让你当经理，最重要是看中你做事扎实，不张扬。

章耘耕说，陆经理，我真是没想过自己能当这个经理，我什么都不会。

秋林说，你不要过分谦虚，你的业务能力我是晓得的，你现在缺的就是一点当领导的经验。这不重要，当领导嘛，当着当着就会了。

章耘耕低头，沉默不响。

秋林说，怎么，我好心好意把这个经理送上门，你真要驳我面子啊？

章耘耕说，我不是这个意思，陆经理对我看重，我实在是担心当不好，倒了你的牌子。

秋林说，你自己都晓得我看重你，还有什么好担心的？

章耘耕又低头想了想，终于点头。

原以为说通了章耘耕，收购站的事情就可以落定。没想到这个章耘耕回去，左右盘算，又开始犹豫，最后竟寻孔一品商量这件事情。孔一品晓得此事，马上寻到秋林办公室来讲案。

孔一品说，陆经理，外头风言风语，说剖蛇的章耘耕要当这个收购站的经理，不晓得是真是假。

秋林说，这个事情组织上还是讨论，不要乱听外面传言。

孔一品说，陆经理，我是心底无私的人，我觉得收购站是我们公司顶重要一个地方，自然要用顶合适的人。春梅同志业务能力强，水平高，我觉得她才是最合适人选。章耘耕同志这个人，缺点我谈不上，但说优点，不过也只是剥剥蛇皮取取蛇胆，当领导实在不合适。再说了，他这个同志不喜欢跟别人沟通，太内向。收购站对外窗口，这样的人怎么合适？

秋林听了孔一品一番长篇大论，有些不高兴。

秋林说，孔经理，这个事情我跟你说了，组织上还没有最终敲定。而且这是组织意图，你不要乱打听。

孔一品听秋林这样说，伸着脖子，还想辩解。秋林就将他话堵住，只说自己马上要去县社开会，没有时间再听。孔一品虽然不服气，但也没办法，只能悻悻回去。

孔一品走了，秋林也觉得有些心虚。盘算一番，想着这事定要尽快解决，否则夜长梦多。就这样，他立即召集了几个副经理开会，将任命章耘耕的事情通气。众人见秋林力推，也没人讲什么闲话，随后，报告送到县社人事股走程序，一个礼拜，所有程序走完，章耘耕正式上任。

章耘耕当了经理，原以为孔一品定会大闹一番，但等了一段时间也没有什么风吹草动，秋林心里才算长出了一口气。

收购站换岗事情落定，秋林便腾出空，订机票去北京寻那个姓戴的老领导。

到了北京，秋林根据邱福茂提供的电话，跟老领导的秘书联系上，介绍了自己身份。秘书跟老领导汇报，老领导答应第二日上午给秋林半个小时接见时间。隔日一早，秋林便拿着土特产去远洋公司，顺利见到老领导。邱福茂说得没错，老领导果然有很浓的家乡情结，跟秋林问了许多家乡发展的事，这一说，竟说了一个多小时，最后还是秘书提醒，老领导才说，你来得及时，我马上就要离休，总算离休前能给家乡做点工作。这样，小陆，你在宾馆等我消息，我摸一摸底下情况，看有什么合适你们公司的。秋林感激，回宾馆等消息。原以为要等上几天，没想到当日下午老领导秘书便打来电话，说天津港有两艘报废轮船，可以最低价让秋林他们拉回去。秋林高兴，又等了几日，老领导批字，将两艘报废轮船发出，发出前，老领导还特意叮嘱，这是给家乡人民的，两艘船的油要全部加满。

就这样，秋林在北京待了一个礼拜，将事情圆满办完。两艘船拆完卖材料，可以给公司带来三十万左右收入，这是今年土特产公司最大一笔收入。秋林高兴，公司效益好，也是对自己一个交代。否则，总觉得自己一切都是靠着鲍主任恩赐，心内不安。

2

过了一个月，两艘轮船终于从天津拉了回来，拖进本地船厂拆卸。又花了一个月辰光，将轮船拆卸。接下去，秋林又要赶到杭州，去和钢铁厂联络轮船废旧钢铁事情。

一早，秋林坐单位那辆波兰产波罗乃兹去杭州。波罗乃兹车子密封程度不高，马路上开不了几步，便有灰尘漏进来，关着窗倒比开窗的飞尘还要厉害，坐得人喉咙痛。车子油箱也小，一会停下加油，一会停下加油。一早出门，赶到杭州已是下午一点钟。秋林进钢铁厂办事情，办好出来，刚准备赶回去，不想那车子却坏掉了，再也启动不起。叫来车子拖到修理厂检查，说是一个发动机火花塞坏了。毛病不大，但一时没有货，需明天才能换。

没办法，夜里只能在杭州留宿。秋林附近寻了宾馆，又打电话回去，跟杜英说明。杜英听了，也告诉秋林一桩事，说杜毅生病了，刚从上海回来，情况不大好。让秋林早些回来，赶紧去看一趟。

搁了电话，秋林躺在床上看了会儿电视，觉得无聊，盘算去哪里转一转，想来想去，突然想起当年给自己发表文章的那个冯编辑。不晓得这人还在不在报社里，这么多年，竟一直没有见面过，正好趁这个机会去拜访拜访。想到此处，秋林便起来，出门打车去报社。到了报社一打听，那冯编辑居然还在，是个四十几岁的矮胖男人。秋林寻到故人，心里高兴，介绍自己名字，还感谢他当年帮自己发表那两篇文章。可秋林说了半日，那冯编辑却连半个字都没有想起来。秋林有些失落，又搜肠刮肚想起些他当年信里的细节。冯编辑依然没有印象，倒有些不耐烦起来。

冯编辑说，陆先生，现在什么年代，文章写得好不好又有什么要紧？最重要的是赚钱。你莫同我讲什么文章，如果你真想感谢我，就实在些，帮我完成些明年报纸征订任务。

秋林听了，笑笑，心里不悦，但还是当场打电话回公司，吩咐鲁一贵主任订下五十份报纸。冯编辑见秋林这么爽快，很是高兴，倒茶拔香烟，热情得像是变了一个人。坐了一会儿，秋林看看差不多是吃饭时间，便邀请冯编辑到楼外楼吃西湖醋鱼，冯编辑欣然答应。不晓得是订报纸原因还是吃西湖醋鱼原因，席上，冯编辑的脑子似乎也变得清爽了，竟将秋林两篇文章都清晰回忆起来，还夸奖秋林视野宽阔，文笔精彩，自己当编辑这么多年，看过稿子成千上万，唯独对秋林的文章记忆犹新。秋林听着冯编辑的夸奖，尴尬笑着，心里却全不是滋味，后悔今朝来报社寻他。

杭州住一夜，第二日一早秋林便赶了回来。秋林让驾驶员开车到杜毅厂里接了杜英，又一道赶去杜毅家去看望杜毅。

秋林杜英赶到杜毅家时，杜毅刚打了杜冷丁，正靠在沙发上闭眼休息。一段时间不见，秋林吃惊。眼前的杜毅竟瘦得脱了相，头发也变得花白，五十出头的人，看上去倒像个七十岁的老倌。

秋林悄悄问大女，怎么会突然病成这个样子?

大女说，是肝癌，晚期了。上海医了一段，半点效果也没有。医生说，再医下去不过也是往水里扔洋钿，这才回来。

秋林问，那杜毅哥自己晓得吗?

大女说，晓得的，但他总不甘心。

正说着，杜毅睁眼醒了过来，看见秋林，说，陆秋林，你怎么总不来看我，是不是当了土特产公司经理，看不上你这个阿哥了?

秋林赶紧说，哪里闲话，实在太忙。杜毅哥，你看着是比往常瘦了一些，不过精神蛮好。你就是太累了，你赚了那么多钞票，以后莫这样拼命了，也留一点给我们这些人赚赚。

杜毅听了秋林闲话，精神似乎也好了。

杜毅说，今天高兴，你陪我出去转一转，我也好久没有出去了。

秋林说，全听杜毅哥的。

杜毅开着车，带秋林出门。他先去了趟菜市场，买来一大袋青蟹，后备厢里放好，又开着车去了水库。到了水库，杜毅让秋林把整袋青蟹搬到水边，然后小心翼翼地把绑青蟹绳子解开，一只只全放到了水里。

秋林奇怪，问道，杜毅哥，你把这些青蟹放到水库里做什么?

杜毅说，这是庙里师傅说的，让我多放生多结善缘，会有福报的。

秋林看看一本正经的杜毅，又看看张牙舞爪的青蟹，哭笑不得，心想，这是咸水蟹，放到这水库的淡水里，哪里是放生，简直是谋命。但秋林没有说出口，看着杜毅嘴巴里念念有词的虔诚样子，他有些不忍心。

放完蟹，杜毅和秋林坐在水库的石岸上。望着水库白茫茫一片水，杜毅说，秋林，我晓得，我是造了孽了，这是天在惩罚我。

秋林说，杜毅哥，你为什么要这样说？

杜毅说，当年，许敏那么好的一个女人，嫁给我的第二个阿弟杜尔。我家就靠着许敏发达了起来。后来杜尔出了事情，我害怕失去许敏家依靠，鬼迷心窍，硬将她与我家老三拉到一起。可老三呢，没多久也死了，可怜许敏，被我弄得人不人鬼不鬼，到现在都不知下落。还有我那个小姨子，多少漂亮一个姑娘，从小到大我丈人都将她当作手心肉，多少宝贝。可我呢，为了把厂子办起来，竟做主将她许给了昆山。昆山是个什么人？就是土匪，就是流氓，我晓得小女嫁给昆山会是什么下场，但我还是这样做了，你说，我这不是造孽是什么？

秋林听了，坐在旁边不响。

杜毅说，秋林啊，可我自己晓得我为什么要那样做，我是穷怕了，实在是穷怕了。我从小就是家里老大，为了照顾家里，我吃过多少苦头。好不容易有过好日子的机会，我又怎么能舍得让它跑掉啊？

秋林说，杜毅哥，你莫想太多，总有办法的。现在科技发展了，只要是毛病，总能医治的。

杜毅苦笑，说，我最近总做梦，总想起小时候的事情。我记得，我十五岁那一年，父亲带我去田里割稻。突然就开始拉肚子，拉得头昏眼花，全身半点力气都没有。可我不敢回去休息，红猛日头，我依然要伏在那里割稻。那一刻我就在想，这是不是世上最难熬的时间了，是不是比死都要糟糕。但你晓得吗，我现在回想起来，却觉得那时真是再美好不过。

3

供销社里开年终表彰大会。因为今年土特产公司业绩出色，公司被评为先进单位，秋林则被评为先进个人。鲍主任高兴，亲自上台为秋林颁发奖状。会议开好，又是聚餐。吃饭时，鲍主任特意安排秋林坐自己旁边。场面大，许多人都跑过来给鲍主任敬酒，吃到一半，鲍主任便有些醉意，就让秋林陪他到办公室休息一下，醒醒酒。

鲍主任坐在沙发上，吃了半杯浓茶，醉意慢慢退去。

鲍主任说，今天真是高兴，出了一口气。秋林，你不晓得，上一次班子开会，还有人说你们公司，说土特产公司那么多项目，也没经营出什么名堂。罐头厂原本一无所有，倒被那个童小军搞得有声有色，还不如调他来管土特产公司。我听了，自然是一口否决。虽然我这样做，别人也不敢有什么闲话，但总归是经营上去了，你我才有底气。

秋林点头，又感谢几句。鲍主任摆手，说，这都是你自己的功劳，不用谢我。

又喝了几口茶，鲍主任突然想起一件事。

对了，前几日听到一件事，讲给你听听。说本地一个乡下小老板，欢喜上一个城里离婚女人，想要跟她轧姘头。说自己单身，要寻人结婚。城里女人起初不愿意，但经不起这乡下老板常来纠缠，见他真心，终于松口同意。两人同居了几日，那老板跟城里女人说，自己工厂忙，只能隔三差五来。城里女人理解，只在家里等他，来了，买好下饭给他吃，陪他睡觉，还给他买衣裳，只是付出，从没有贪过他一分钞票。再后来，那老板来得越来越疏远，到最后，竟一日都不来了。女人着急，还以为他出了什么事情，便到厂里去寻他。不想，没寻到这男人，却碰到了他的老婆。原来这乡下老板是结过婚的，一直在骗她。本来这事是城里女人受骗，该她生气。可见了那老婆，她倒惭愧起来，连声道歉说自己不晓得底细。结果那老婆不但将她狠骂了一顿，还赖她是为钱勾搭她男人，定要她将骗去的钱全部吐出来。最后你猜怎么样，这城里女人胆小，竟真把自己存的几万私房钱全部取出来给那个老婆了。

秋林听了，也是惊奇，说，还有这样事情，天下怎么还有这样老实的女人？

鲍主任喝口茶，笑眯眯看着秋林。

你晓不晓得这个城里女人是谁？

秋林一愣，说，是谁？

鲍主任说，就是你带到宁波去过的那个女同学，春华。

秋林呆住。

鲍主任说，原来我也不晓得是她，那天吃酒，那乡下老板将这桩事拿出来炫耀，说自己不但困了美女，还赚了洋钿，还说那人原是供销系统的。我听了，心里好奇，灌了他整一瓶宁波大曲才终于把名字哄出来。

鲍主任看着秋林，说，我现在才算晓得你小陆本事。你看人准的，这样老实的女人，难怪你想要就要，想甩就能甩掉。

秋林尴尬笑笑，不晓得该怎么回答。

夜里，秋林很晚都没困过去，只觉得心里烦动。到了半夜，实在躺得难过，便起来到外头吃了根烟。吃完烟回来，不想杜英也醒了。

秋林说，把你吵醒了吧？

杜英摇头，说，我也长夜没困。秋林，有一桩事没同你讲，杜毅哥走了。

秋林吓一跳，说，这么快。

杜英说，不是那个走的意思，我没说清楚，他离家出走了。

秋林说，去哪里了？

杜英说，阿嫂说，他留下一封信，说是去普陀山。

秋林说，他去普陀山做什么？

杜英说，不晓得，阿嫂说他药也没有带，车子也没开，就这样孤零零走出去了。

秋林发一阵呆，叹口气，说，困吧，各人各命，你莫多想了。

两人重新困下。秋林躺床上，始终没困踏实。困一阵，醒一阵。还做乱梦，梦见一条黄泥路，黄泥路上有个人在孤零零地走，走一阵，那人便伏在地上拜三拜，拜完了，又起来继续走。秋林跟在他身后追，一边追一边叫杜毅哥，但那人看着走得慢，秋林却始终追不上。最后终于追上，那人转过头来，秋林倒吓了一跳，只见转身的人竟然就是自己。

早上起来，秋林说，杜英，你能不能给我一万块？

杜英吓一跳，问秋林要那么多钱做什么。

秋林说，我不想说，但我也不想骗你，你把这一万给我，你相信我，我不会做坏事。

杜英愣了愣，什么话都没有讲，拿出存折递给秋林。

秋林从银行取了钱，便去了春华家。见了秋林，春华很意外，她有些犹豫地将秋林迎进门，秋林看见春华家里乱糟糟一塌糊涂，就像刚被强盗抢过一样。

春华有些难为情，说，不晓得你来，没来得及整理。

秋林说，春华，你莫要怪我。杜英是个好女人。我做不到。

春华一愣，说，你为什么跑来讲这平白无故闲话？

秋林想了想，说，你离婚的事，我也帮不上什么忙。

春华笑笑，怎么又讲这事，过去很久了，你不要担心。

秋林听了，有些心酸，说，以后莫乱相信人。

春华叹口气，说，我这个人啊，白生了一双那么大的眼睛，其实是瞎的。我看人，从来都看不准。

秋林将袋里准备好的一万元放在桌子上。

春华说，你拿这钱做什么？

秋林说，没有别的意思，钱不多，寻点事情做做，做点小生意。有什么事，你尽管来寻我。

春华说，秋林，你是不是听到什么了？

秋林摇头说，没有。

春华说，你这是可怜我？

秋林说，不是。

春华说，不是就好，你把钱拿回去。我拿了这钱，我在你面前就一世都抬不起头了。

秋林不响。

春华走过来，拉过秋林的手，将钱放到他的手心里。

秋林说，以后有什么打算？

春华笑笑，说，放心，我这么好卖相的一个人，饿不死。

秋林说，那行吧，既然你这么说，我就走了。你记住，有事情一定要来寻我。

春华说，晓得的，赶紧走吧。

秋林便低头往门外走，走到门口，听见身后春华叫一声，秋林。秋林停住，转过头来。

秋林说，春华，还有什么事?

春华说，没事，就是想叫你一声。

秋林看见春华站在那里，孤零零地看着自己，不大的房间此刻却显得那样空旷。秋林很想走过去抱一抱春华，但他忍住了。他晓得，这一抱，会有什么样的后果。

秋林出了门，仓皇离去。

第二十九章

1

这日下午，秋林坐办公室，接到县委办公室一个电话，让他五点左右去县政府食堂参加一个饭局。秋林有点莫名其妙，不晓得这餐饭是什么来由，问了，对方只说是招待一个重要客人，让秋林去作陪。

秋林心中猜疑，只等到落班时间赶到县政府。一到场面才晓得，原来是北京的老戴来了。老戴看上去精神很好，一身灰色西服，配一条鲜红领带，鼻梁上还搁着一副玳瑁茶镜，看上去不像老领导，倒像是一个港商。

饭局安排得阔气，茅台酒，中华烟，黄鱼全部上了。县里四套班子领导全都到场，坐了一圈，秋林土特产公司经理官职，在里头竟成了芝麻粒大一个。秋林后悔自己贸然来吃这餐饭。要晓得这个场景，定寻理由推脱。

老戴当然不晓得秋林心思，还热情将他拉到自己身边坐下，隆重介绍秋林事迹，称赞秋林有胆识，有魄力，敢孤身闯北京，拉回两艘轮船，是实实在在的人才。秋林听了，更是觉得如坐针毡。好容易说完秋林，老戴终于说到自己事情。秋林听了，这才晓得老戴已经离休，这次回来，是要在家乡办厂。

老戴说，我这次回来，就是想回报家乡。家乡好山好水，我就是想在这好山好水上做一篇文章。离休前，我去国外考察，发现国外最流行的饮料不是别样，却是我们这里最常见不过的矿泉水。这矿泉水虽是常见，但富含营养，对人的身体最好。我们这里，到处都是好水，取之不尽，用之不竭。我这次来，就是要办一个矿泉水厂，将家乡的山水卖到全国去，卖到全世界去。

老戴话音刚落，在座的领导纷纷赞叹老戴眼光独特。老戴激动，端起酒杯站起来。老戴说，我虽然离休了，但是国家这么好的形势，我觉得我还能干番事业出来。本来，以我的人脉，寻投资不是问题，但我想表明我的诚意，表明对家乡人的感情，这次不要别人一分铜钿，只把我多年积蓄拿出来，和县里合作办这个厂。人生难得几回搏，我这个老革命也要在改革开放的浪潮里搏一把。说完，又引来一片掌声，众领导纷纷走到老戴前敬酒。

饭局结束，老戴意犹未尽，把秋林叫到他的宾馆，又畅谈了一番国内外政治经济形势以及自己办矿泉水厂的思路。老戴讲得头头是道，秋林听得佩服，心里想，毕竟是高级领导干部当过，眼光和想法都与常人不同。

从这天开始，老戴便留在此地忙碌，批执照，寻土地，买机器，招工人，很快，矿泉水厂就办了起来，还取了个“家乡人”的牌子。矿泉水厂办起来后，老戴又寻关系，在北京人民大会堂办了一场“家乡人”矿泉水的首发仪式，县里几个要紧领导和老戴的一些北京离休朋友，都来为“家乡人”矿泉水站台，真是闹了很大一番动静。

但好景不长，老戴的矿泉水厂就办不落去了。这一日，秋林到供销社开会，鲍主任告诉秋林老戴已经回了北京。

秋林诧异，说，怎么会，我看生意蛮好，每个单位都在发家乡人矿泉水。

鲍主任说，靠县里几个单位支持能有什么花头？外面市场根本打不开，谁会花钞票喝这没有滋味白水？再说了，这老戴也不是做生意的料，他多年从事行政工作，做事情都是讲大局，讲原则，哪里适合市场竞争？

秋林说，照理我应该送一送，毕竟帮过我忙，这一走倒有些难为情了。

鲍主任说，不送也好。这老戴毕竟当过大干部，要面孔。轰轰烈烈闹一阵，现在搞不下去，一声不响回北京，也是为了脸面。你去送他，他怎么面对？

秋林说，也是这个道理。不过，这一回他也真是伤老本了，这次和县里合资，用的都是他袋里洋钿。

鲍主任叹口气，说，时代真是变了，我们这一代，都是从计划经济时代一脚迈进商业社会，但什么是计划，什么是商业，到现在许多人还是搞不清楚。特别是我们这样吃公家饭的，更是糊里糊涂一本账。莫看我们表面上都是威风八面，要是哪天被扔到社会上，肯定比老戴还不如。

秋林笑笑，说，鲍主任仕途这么好，没必要这样担忧。我听外面传闻，你要提拔当副县长了。

鲍主任说，讲句心底闲话，我并不欢喜当什么官，现在这样早已经足够，大家小兄弟一起吃吃老酒，混混日子，可以了。

秋林说，鲍主任这闲话讲得通透。这样，今朝我就安排一下，我晓得一个地方，小海鲜烧得地道，我们聚聚。

鲍主任说，好啊，不过就我们两个吃饭有些单调。唉，本来可以叫声杨会计，杨会计酒量好，可惜回了上海。对了，要不把你那个什么春华叫出来，你也正好安慰安慰她。

秋林一愣，没接话。

鲍主任看秋林一眼，说，开个玩笑，你莫往心里去。

秋林笑笑，说，要不，我来约个熟人？

鲍主任一愣，猜到秋林意思，说，你可千万莫跟我提龚知秋，提起他我就生气。上次那顿饭吃的什么滋味你忘记了？我一个供销社主任去看一个百货商店营业员脸色，弄得好像我跟她抢男人一样。

秋林笑笑，说，鲍主任，我多句嘴。今朝来，我本意就是想约我们三个一起坐坐。你说了，最要紧是小兄弟们能一起吃吃老酒，我们三个多少难得感情，总不能就这样冷了吧？

鲍主任听了，脸色稍微缓了缓。

鲍主任说，我对知秋怎么样，你不晓得啊？可现在知秋已经不是老早的那个知秋，女人眠床边一搭，就翻脸不认兄弟了。这样做朋友，还有什么味道？那于楚珺什么人，我一眼就看穿。现在弄起来两人要死要活，以后苦头有的吃。

秋林打圆场，说，知秋人是真好，一直没交往过女人，现在跟于楚珺久别重逢，难免黏一点。你主任肚皮里撑船，莫跟他见怪。要不，我现在就给知秋打电话？

鲍主任说，都是我自己多事，当初安排他跟于楚珺见面，没想到他看到这个女人，魂灵都没了。你定要叫他吃夜饭随你，但我话要讲清爽，你打电话给他，要来，只他一人来。要是带了于楚珺，这饭我一定不吃。

秋林应了，赶紧打电话。电话里，秋林特意强调今朝就三个人聚会，旁人一个都不叫。知秋自然听懂秋林闲话，有些犹豫，只说，那你等一等我，过一会儿我再打回来。

搁了电话，鲍主任说，怎么，他不愿意来啊？

秋林说，没有没有，好像在忙什么事情，马上就打回来。

鲍主任说，算了，你就莫瞒我了。忙什么忙，定是跟于楚珺讨令去了。要是于楚珺不同意，你就是用八匹马拉，也拉他不动。

秋林尴尬笑笑，说，怎么会。

过了一会儿，知秋将电话打回来，问秋林到什么地方吃。秋林说了地方，搁下电话跟鲍主任邀功，说，鲍主任，你看，知秋朋友情面还是看重吧。

鲍主任冷笑，鼻孔里出气。

鲍主任说，陆秋林，你莫要急着下定论，走一步看一步再讲。

秋林笑，陪着鲍主任在办公室里又吃了会烟。快落班时，两人赶去饭店，在小包厢里坐下。坐下没多久，知秋也赶到，果然一个人。

三人坐下，许久没聚，场面多少有些拘谨。秋林挑起话头，撮合着碰了几杯酒，桌上气氛才稍稍开始缓和。就这样，三个人吃吃喝喝，多少讲些工作家庭事情，气氛倒也过得去。眼看一场饭局到了尾声，不晓得是老酒上头，还是有意，鲍主任开始讲起些不咸不淡闲话。

鲍主任说，知秋，要是结婚办酒席，可不要忘记送请帖啊。你不寻我和秋林，我们两个还是厚脸皮记着你的。

知秋尴尬笑笑，说，怎么会，到时一定过来热闹热闹。

鲍主任说，那我就祝你好运了，别被人当枪使一阵，又扔了回来。

知秋听了，一愣，面孔迅速倒了下来。秋林见状，赶紧给鲍主任倒酒使眼色。

鲍主任白了秋林一眼，说，陆秋林，你给我挤什么眼睛？他还是不是你我朋友？既然是朋友，几句实话都不能讲？龚知秋，今朝既然见了面，我就不跟你讲什么虚情假意闲话，到了哪一步，我鲍一鸣都要反对你跟那个于楚珺。她的底细你又不是不清爽，上海人讲闲话，叫白相白相，你玩一玩也就算数了，为什么非要跟她结亲眷？讲句难听闲话，你又不是秋林公司的收购站经理，当初人家看不上你不要你，现在落魄了，你还要搞回收啊？

知秋听了，半日不响。秋林尴尬，赶紧举杯，说，来来，今朝难得，我们三兄弟再碰一杯。知秋却不理睬，继续低头发怔。闷了一阵，突然举起酒杯将杯中酒一饮而尽，站起身说，菜不够了，我出去加几个菜。说着，便匆匆跑出包厢。

秋林看知秋走出去，赶紧跟鲍主任说，鲍主任，今朝高兴，你千万莫再讲那些不高兴闲话了。

鲍主任说，为什么不能讲？一个男人，连句真话都听不见，有个卵用？陆秋林，我告诉你，这些闲话老早就憋在我肚皮里了。他龚知秋要是真跟那个于楚珺结婚，他一世人就算完蛋了。当年知秋对她好，救过她的命是不是？后来怎么样，有用场吗？她见了更好的，不还是照样离开了？现在她混差了，见知秋过得这么好，她就又跑回来。你说，这样的女人有什么用？我同你讲，如果他们真结婚，不请我去算数，要是请我去，我对着于楚珺面我还要讲这番闲话。

秋林不晓得怎么辩驳鲍主任闲话，只得说，鲍主任，那我出去看看，知秋点菜水平差，别点了那些不新鲜的。

秋林起身走了出去。到外面一看，看见知秋刚结完账正要走。秋林赶紧跑两步，将他叫住。

秋林说，知秋，鲍主任讲的都是酒话，你莫要听进去。

知秋说，秋林，我四十岁的人了，听得出什么是酒话，什么不是酒话。当初我搞这个厂，一鸣帮了我许多忙，我一直记着他的人情。他怎么说我，我都可以接受，但他不能总是这样说于楚珺。于楚珺对我怎么样，是不是对我好，只有我自己清爽，她也是个可怜女人。话讲回来，就算被鲍一鸣说准了，她将来不会对我好，又有什么要紧？我这一世，就爱过这么一个女人，就算她断了我的手脚，挖了我的心肝，都是我自己事情，我心甘情愿。

秋林说，知秋，你说的，我都能体会。我佩服你，换了我，我做不到，这是真心闲话。只不过你我还有鲍主任，都是难得朋友。

知秋说，秋林，莫说了，你是好意，我晓得。但现在一鸣总是要逼我做选择，我又有什么办法？

知秋说着，拍了拍秋林肩膀。

知秋说，算了，秋林，你莫夹在我们两个中间难做人。我先走了，你帮我跟一鸣打声招呼。

说着，知秋就匆匆走出饭店大门。秋林看着知秋背影，感觉熟悉。想起上次的不欢而散，鲍主任也是独个从饭店走出。秋林感叹，每次团圆饭都吃成散伙饭，这饭店倒成了分道扬镳的三岔路口了。

2

北京的老戴又回来了。

老戴这一趟回北京，只待了几个月，可回来后的样子却与之前大不相同。穿一件极普通的黑色夹克衫，没有染头发，也不再戴那副玳瑁茶镜，眼角往下倒，显得比上次见面要大五六岁年纪。

老戴坐在秋林的办公室里，长叹一口气。

老戴说，小陆啊，什么是人字两张皮，我总算是深刻体会了。上一次来办矿泉水厂，真是敲锣打鼓拉横幅，从书记到县长，哪个对我不是客客气气，多少排场。可这一次来呢，却没有一个人理睬。打电话去联系，都说领导最近忙。忙什么，我还不晓得，都在躲我呢。

秋林说，老领导，莫多想，或许真是在忙。

老戴说，小陆啊，你这人还是厚道的，不情愿背后说人。其实，他们把我看低了，我好坏也是部委里退下来的干部，还是要点面孔的。他们不理我就不理我，根本无所谓。

秋林说，没有事，不是还有我吗？我陪你。

老戴说，让你陪一日两日是客，一月两月，你就把我当冤家了。我也不瞒你小陆，这次回北京，家里老婆孩子没一个好脸色，人人都怪我，好像我是他们敌人一样。我在家里待着，全无意思，就想着回来再干一场给他们看看。哪里跌倒，我就要从哪里爬起来。

秋林一愣，说，现在生意难做，老领导不要急，先在家乡玩一段时间，再看看有什么好项目。

老戴说，我哪里还能玩，我多少岁数了？时不我待。项目早就考虑好了，我上一次便说过，家乡有好山好水。上一次做矿泉水，虽然销路不好，但根本不是矿泉水问题，是我想法太超前，老百姓的消费观念还没有培养起来。这一次，我要把目光放在家乡的好山上。我了解过了，我们城里往西，山上出花岗岩。你看现在装修这么作兴，花岗岩市场多少红火，我就想在此地搞个花岗岩厂，一定能赚钞票，到时让他们都眼红。

秋林说，我好像从没听过此地出花岗岩消息？

老戴说，这也是我上次弄矿泉水厂时无意中听到的，是当地一个石匠山上采石发现，没有多少人晓得。这是商业机密，我就想趁这个事情还没有太多人晓得，赶紧把事情做起来。

秋林还是将信将疑，嘴上说，老领导既然这么有把握，那这一次定能成功。

老戴犹豫了一下，说，成功那是毫无疑问的，只是投资有些小问题。我不瞒你小陆，上次办矿泉水厂，我自己那点老本都用得差不多了。这次虽然也是亲眷朋友处借了一些，但办厂还是不够。你也看到了，人情冷暖，这次县里定不会再出资与我合作。当然，就算他们提出，我也不愿意，我不欢喜临老了反倒背个北京骗子的骂名。

秋林说，那老领导的意思是？

老戴有些不好意思，说，我想寻你帮帮忙。你们土特产公司不是一直也在寻好的投资项目吗？我想问问你，这个花岗岩厂你有没有兴趣？

秋林听了，有些为难，但转念想了想，还是没有驳老戴面孔。上次两艘轮船，让土特产公司轻而易举赚了几十万，有了个漂亮业绩，这都是老戴的人情。现在人家有了困难寻上门，就算是回报这份人情也不能回绝。就这样，秋林做主，土特产公司投资十万元，跟老戴合伙办了一个开采花岗岩的工厂。

一时间，花岗岩厂如同当初办矿泉水厂一样，又是一阵轰轰烈烈。开路采石，日夜加工，工厂里灰尘滚滚，一片火热场面。很快，第一批石料开出，很不理想，全是小料不说，还多有裂缝，根本派不了建材用场。老戴不服气，又开了第二批料，第三批料，结果批批全是如此。

两个月后，老戴的花岗岩厂再次宣布倒闭。

秋林用单位那辆波罗乃兹将老戴送到杭州火车站。秋林个人掏腰包给他买的火车票，还另外塞了个一千块的信封给他，老戴没有推。月台上，秋林安慰老戴，说，老领导，没事的，慢慢来，总会寻着好项目的。

老戴摇着头苦笑，算数了，我心里晓得，我根本不是这块料作。人真是怪东西，不上秤称一称，总不相信自己几斤几两。我吃了一辈子行政饭，好容易平平安安离休了，应该知足，全身而退。可我呢，看见改革开放大潮涌来，那么多人都下了海，心想自己也是游泳健将，却不想差点被一口海水呛死。

秋林说，做生意，总是有亏有赚，以后总有机会重新再来过。

老戴说，没有机会了。人啊，真是要服老。你不服老，老也不服你。本来我这个年岁家里钓钓鱼种种花，多少好，偏要出来闹这样一番动静。都不晓得回去怎么跟老伴孩子交代。

秋林听了，还想安慰些什么，搜肠刮肚，却再寻也寻不出一句合适闲话。

隔一日，知秋到土特产公司送来两张请柬，一张给秋林，另一张委托秋林转交给鲍主任。

秋林晓得知秋难处，但鲍主任那张红辣辣请柬放在办公室桌上，真不晓得怎么处理。那天饭桌上，鲍主任已经斩钉截铁放下闲话，如果参加婚礼，定要当于楚珺面数落。秋林晓得鲍主任性格，他说得出做得出，如果真到那一步，知秋的婚礼场面一定难看。考虑再三，还是决定不将请柬交给鲍主任，自己去时，只替鲍主任撒个谎混过去也就算了。

结婚那一日，秋林便独自包了两个红包，一个算自己，一个算鲍主任。见到知秋，秋林只说鲍主任出差赶不及回来，还替鲍主任祝贺知秋于楚珺新婚如意。知秋听了，只是淡淡笑笑，也没有更多闲话。

坐在席上，秋林肚皮里也有些埋怨鲍主任，知秋结个婚，好好坏坏都是他自己事情，何必这么认真？现在倒好，三个朋友弄成三国演义，县城这么小，真不晓得以后怎么收场。

3

知秋和于楚珺结婚，从厂里提出十万钞票，加上结婚人情，终于将于楚珺前夫欠下的十余万元债务还清。原以为可以过安稳日子，没想到没多久，却迎来一场风波。

这一日，几个纪委同志上门，叫知秋去纪委谈事情。知秋莫名其妙，到了纪委才晓得，原来是厂里一位会计实名举报了自己挪用厂里公款。知秋不服气，跟纪委同志解释，这厂是私营企业，自己提款，不过左边口袋放进右边口袋，不是挪用公款。但纪委同志说这个厂当年挂靠供销社名下。供销社发过文件，上面清爽写明厂子隶属于供销社。现在知秋提款，就是挪用，就是贪污，要判刑，要坐牢。知秋辩解只是当时形势需要，才挂了这么一个空名。纪委同志根本不予理会，只说一切以文件为主。纪委调查完，很快便将知秋案子移交本地检察院，检察院对知秋提起公诉，法院又迅速作出判决，认定龚知秋贪污，判了有期徒刑十二年。

事情发生得突然，所有人都没料到。法院判决后，于楚珺去见龚知秋。于楚珺说，知秋，你千万莫心急，我给你想办法，县里法院判了，还有市里省里，我一定为你把官司打到底。

不想知秋却死心，只说，算了，人都有命，现在我相信命。

于楚珺难过，说，是我害了你。

知秋说，你莫这样说，我当年黄埠供销社辞职出来办厂，心底里就是想证明给你看，我是个有用场的男人。现在我证明了，也帮了你，我不后悔。

于楚珺听了知秋闲话，眼泪直落。

于楚珺说，你暂时安心待着，我定为你想办法。想吃什么，喝什么，你告诉我，我给你送来。

知秋说，我什么都不要，你如果有空，给我买双布鞋。这些天不让坐，双脚浮肿得厉害，原来的皮鞋已经穿不进。

于楚珺听了，心痛，又是一阵眼泪。

探视完龚知秋，于楚珺便跑去寻律师，将知秋情况说明，让律师写状纸，自己要去市中院再打官司。律师听了，给她出个主意，说现在对知秋最不利的就是工厂性质认定。文件里清爽写明这是供销社下属企业，除非有什么证据能证明这文件只是形式，工厂还是私人企业，知秋才能洗脱。

于楚珺听了律师闲话，想来想去，想起一个人，便又跑到县供销社去寻鲍主任，寻来寻去寻不着，最后办公室里碰到一个熟人，告诉她鲍主任正在市委党校培训，要一个月后才能回来。于楚珺愣了愣，赶紧又跑到客运总站，买了车票坐长途车赶去宁波。

赶到市委党校，于楚珺寻到门卫，说，我有个熟人在里头培训，我有着急事情寻他，能不能帮我通知一下？

门卫说，这党校里每日培训的人那么多，怎么通知？又不是农村，用高音喇叭喊喊，就能喊应。

于楚珺着急，说，我求求你，人命关天的事情，你是大慈大悲观世音菩萨，你就帮帮我的忙。

门卫白了于楚珺一眼，正色道，我这里只有马克思恩格斯，没什么什么观世音，你要求菩萨，去庙里求，莫在这里无理取闹。

说着，门卫就伸手往外推于楚珺。于楚珺踉跄一步，横了心，转身屈膝竟在党校门口当中跪了下来，这倒把门卫吓煞。

你这是做什么？

我没有办法了，如果你今朝不帮我寻到这个人，我只能这样一世跪下去。

门卫看着于楚珺，也是无可奈何。

你这女人。行了行了，我帮你打电话问，你千万莫跪，被领导看见，害我吃生活。

门卫转身走进传达室打电话，于楚珺站在门口等。就这样，过了大概十多分钟，终于望见鲍主任从里头走出来。

鲍主任出来，见是于楚珺寻他，有些不高兴，倒了脸色。于楚珺顾不上这些，只将知秋事情详详细细同他讲了清爽。鲍主任听完，眉头紧蹙。盘算了一会儿，扭头问门卫，你有没有纸笔？借我用用。门卫便拿出纸笔递给鲍主任。鲍主任在纸上飞快写下一句闲话，说，龚知秋马铁厂挂靠供销社，只是特定时期需要，供销社并没有实质性投资，由始至终，该厂性质都为私营企业，特此证明，鲍一鸣。

写完，鲍主任便将信纸递给于楚珺，说，行了，你带回去给律师吧。

于楚珺有些愣，呆呆望着鲍主任，念道，这么快就写完了？

鲍主任说，你什么意思？还要我多写些？

于楚珺赶紧摆手，说，我是没想到鲍主任会答应得这么干脆，鲍主任，以前的事……

鲍主任白了于楚珺一眼，说，你到底要不要，我还要回去上课。

于楚珺赶紧将信纸接过，刚想开口说声谢谢，鲍主任却再不理睬，转过身，匆匆往学校里头走回去。

就这样，凭着鲍主任的这份证明材料，没多久，市中院推翻了县级法院的判决。随后，县里又告到省里，结果，照样被推翻，被定为终审。

知秋官司的事情在县城里引起了轩然大波，本来此事是县里几个主要领导过问过的，早定了调，让知秋伏法是为了避免国有资产流失。因此，整个案子从起诉到判决，都非常迅速，属于特事特办。不想，最终却因为鲍主任一张证明，板上钉钉的判决又被翻了案，县里几个主要领导都大为光火。随后的一次全县干部大会上，县委书记在主席台上，点名严厉批评了鲍主任，说他没有大局意识，无组织无纪律，造成了一次严重的政治事故。说到最后，县委书记情绪竟有些失控，讲出骂儿骂女一样的闲话。鲍主任坐在台下，忍了半日，终于听不落去，站起身，当场拂袖而去。

当日，鲍主任便写了一张硕大的辞职报告，明晃晃地张贴在当年贴大字报的那个橱窗上。

4

秋林和鲍主任坐在一个小饭店里，说是饭店，其实不过油毡搭出的一个小棚子，油气弥漫，灯光昏黄。

秋林说，鲍主任，为什么要到这种地方来吃，我虽然是个小经理，总不至于连餐好饭都请不起吧。

鲍主任说，其实小饭店小炒滋味最好，再说了，我这个供销社主任下了岗，要早点适应吃这样环境，否则以后要饿肚皮。

秋林笑笑，说，鲍主任以后什么打算。

鲍主任说，上海有个老朋友，我去寻她，学着做做生意。

秋林听了，脑子里飞快闪过一个名字，但他不敢问。秋林想了想，说，鲍主任，我记得你以前说过，吃惯了行政饭的人，不合适做生意。这次本来你都要提拔副县长，实在有些可惜。我想，或许你可以再去寻寻县里要好领导，解释解释，看看还有没有回旋的余地。

鲍主任说，我可不做这种推板事情。有什么大不了，以前又不是没过过苦日子，我就不相信，以后不当官会比以前日子更苦。再说了，当年我用一张大字报，给自己换了这么个官。现在再贴一张，把官还回去，有借有还，这不过也是做人道理。

秋林笑笑，说，知秋来寻过我，说同于楚珺一道去你家里感谢，被你拦住，门都不肯开。

鲍主任说，为什么要感谢？根本用不着。

秋林说，他们两个都是真心，说是害你丢官，想让你同他一道办厂，给你一半股份。

鲍主任听了，鼻孔里出气，说，我要贪他龚知秋这点便宜，就不出那个证明了。好好的副县长我当不像吗？

秋林说，那也不能让知秋吃闭门羹啊，毕竟都是朋友。

鲍主任说，我不见，一见，他们千恩万谢的，味道就变了。我这个人做事，我认为对的，我就会做，我认为错的，就不会做。你跟他说，他龚知秋不要以为欠了我什么人情，没有的事。我对公不对私，换一个人，我照样这么做。还有，那个于楚珺，到了今朝我还是这个看法，知秋跟了她，早晚要狼藉掉。

鲍主任这样说，秋林便不好再开口，只是一个劲敬酒，说些祝福闲话。

第三十章

1

鲍主任走了，这一阵，秋林公司里也一直不顺当，先后发生两件懊恼事情。第一件事是匿名信，写给供销社领导，告秋林草率投资花岗岩厂，造成公司重大亏损。县社几个副主任看到匿名信后，第一时间寻秋林了解情况，最后见各项流程都走到位，新主任又没有到位，没人拍板，也便不了了之。而另一件，便是章耘耕收购站的事。

和其他人新官上任不同，章耘耕当上收购站经理，只是每日愁眉苦脸。耘耕胆小，晓得自己当这个经理别人都不服气。虽然有秋林撑腰，但总还是觉得矮人一等。夜里做梦都是如何提高收购站业绩，做梦做醒，又没有什么好办法，苦恼不已。这一日，前任收购站经理孔一品来到收购站看望章耘耕，中午吃饭，章耘耕便将心里苦恼告诉了孔一品。

孔一品问，耘耕，你当不当我是知心人？

章耘耕说，当然，如果不把孔经理当自家人，我怎么会讲这些事情？

孔一品说，那好，既然你相信我，把心里闲话交底给我，那我就同你出个好主意。

章耘耕说，什么主意？

孔一品说，你晓得，收购站里顶吃香一样东西是什么？

章耘耕摇头。

孔一品说，你这个经理真是当得糊涂。顶吃香一样就是你原来做过生活，取蛇胆。我当经理时便是如此，蛇胆最受南洋那边客人欢迎，每年都是供不应求。你应该增加加工蛇胆的数量。

章耘耕说，这个我也晓得，但现在山上蛇越来越少，蛇胆不减量已经困难，哪里还能增加数量？

孔一品笑笑，说，这就是我同你出的主意。我告诉你，其实鸡胆形状大小都跟蛇胆差不多，你只用鸡胆代替蛇胆，别人定看不出来。

章耘耕说，这怎么行？就算外面看不出来，里头功效不一样。

孔一品说，这有什么关系？耘耕，我同你说句实话，都说蛇胆解毒除湿，清凉明目，又有什么科学依据？都是说说的，吃个心里安慰而已。你用鸡胆替代蛇胆，买的人又不晓得，当蛇胆吃下去，心里一高兴，不照样有效？

章耘耕说，那到时被人晓得怎么办？

孔一品说，天知地知你知我知，你是经理，你不说谁会晓得？

章耘耕还是犹豫，孔一品又说，耘耕，我再同你讲句心底闲话，你是陆经理一手提拔。他当初提拔你受多少压力？原先陆经理和供销社鲍主任关系顶要好，他才有本事给你撑腰。现在鲍主任走了，陆经理自己压力也大，你就不想做些漂亮业绩为他脸上增光？

孔一品最后这句闲话真正说得章耘耕动心，他果真下决心冒了次险，就用一公斤的鸡胆冒充蛇胆，出了一批货。出货后，章耘耕几乎每日夜里做噩梦，梦见许多人吃鸡胆出了问题，撕心裂肺寻他报仇，常常半夜吓出一身汗。

这一日，陆秋林接到电话，说新任供销社主任到位，要叫他去办公室谈话。秋林心里忐忑，都说一朝天子一朝臣，现在鲍主任走了，真不晓得会来个怎样刁钻的人。进了主任办公室，秋林吓了一大跳，坐在办公桌后的，竟然是当年的那个许主任。

许主任笑眯眯看陆秋林，说，小陆，没想到吧，我胡汉三又回到了供销社。

陆秋林说，许主任，真没想到会是你。前几日碰到一个组织部朋友，还同我说新主任没有眉目。

许主任说，也是组织上对我信任，可能想来想去，眼下非常时刻还是我这个老同志能压压阵。

许主任招呼秋林坐下，拿出一包簇簇新软壳中华打开，给秋林递一支，自己也点一支。许主任用力吃了几口，香烟还剩下一半，便在烟灰缸里掐灭了。许主任说，香烟后半支有焦油味，味道就不好了。秋林愣一愣，不晓得手里半支烟该不该继续抽下去。

许主任说，鲍这一辞职，供销社里不太平啊。鲍这个人，虽然出道早，但政治上一直都不成熟，书记干部大会上说的一点没错，他没有大局观念，就像个没长大的小鬼。你说说，这样一个人，怎么能领导供销社这么大一支队伍？

秋林解释，鲍主任平时工作上还是很有魄力的。

许主任看一眼秋林，说，小陆，我也了解过，鲍一鸣当主任时，你跟他走得近，个人感情好。但工作是工作，感情是感情，以后千万莫要将这两样东西混淆。

秋林说，许主任，我晓得了。

许主任说，当然喽，你小陆也莫担心，你我之间是老感情，与鲍是不一样的。别的不说，当年我当供销社主任，帮了多少人，可我出去时，除了你陆秋林，没一个人念我的好。特别是罐头厂那个众生童小军，我这次回来，第一件事便是要把他的厂长职务免掉，要不免了他，我许字倒过来写。

秋林听了，没响。

许主任说，小陆，今朝叫你来，一方面是要同你叙叙旧，给你吃一颗定心丸，另外，还有一桩事要与你通气。

秋林问什么事，许主任便从抽屉里拿出一封信递给秋林。

你自己先看看，看了再说。

秋林将信打开，从头到尾仔细看了，背脊心有些发凉。信里写了两桩，第一桩写的是章耘耕用鸡胆冒充蛇胆，欺骗国外客户。第二桩则是写陆秋林不走组织程序，独断专行将章耘耕从普通工作人员提拔成收购站经理。秋林看完，捧着信，半日讲不出闲话。

许主任旁边望着秋林，开口道，这可真是兵马未动粮草先行啊，我这供销社主任还没正式上任，这告状的匿名信就先到了。

秋林说，许主任，这收购站章耘耕的确是我提拔，但鸡胆冒充蛇胆的事情我真心不晓得。

许主任说，你莫紧张，我叫你来，没有别的意思。否则，我就直接将信交到纪委去了。这样，这个信的事我就当不晓得。你是土特产公司经理，你提拔个收购站经理，你有这个权力，没什么好讲的。鸡胆冒充蛇胆的事，你再回去问一问，如果真有这事，你自己看着办，想处理，你就处理，不想处理，你教育几句，下不为例也就算了。这个人情，我送给你来做。

秋林听了，心里疙里疙瘩。心底，他不想要这个人情，要了这样一个人情，他怕以后还不起。但章耘耕毕竟马师傅亲生儿子，如果自己不把这个人情接过来，到时候真换了纪委处理，自己就没办法向马师傅交代。

秋林犹豫，许主任看在眼里，说，这个事就这样决定，你也莫要再多想。

许主任又拔了根软壳中华给秋林，抽了两口，许主任慢悠悠吐出一个烟圈。

对了，小陆，还有一桩事情装在我肚皮里，一直想同你讲，也没寻着机会，今朝正好问问你。

秋林说，什么事情？

许主任说，你记不记得，当年有一次，我托你帮忙，派人来我老婆店里收购废纸。我老婆同我讲，说你派来的那个人，竟然当场将她包好的废纸包打开，还怀疑里头洒了水，藏了石头，让她下不了台。有人同我说，当时是你指使下面的人这么干的。

秋林一愣，他没想到许主任竟然会突然提起这桩事，一时之间竟不晓得怎么回答。

许主任笑眯眯望着秋林，说，小陆，看你这副样子。你莫紧张，我又怎么会相信这种闲话？当时我就同来人说，我说，陆秋林是我知心人，怎么会做这样龌龊事情？

秋林听了，尴尬笑笑。

从供销社回到土特产公司，秋林马上便给章耘耕打电话，让他来自己办公室一趟。没多少工夫，章耘耕便慌慌张张赶到。

秋林开门见山问道，章经理，有件事我想问问你，你定要同我讲实话。

章耘耕说，陆经理你尽管问。

秋林说，你们收购站是不是用鸡胆冒充蛇胆卖给了外国客商？

秋林闲话一问出口，章耘耕面孔便着了火一样的红，全身发抖。

秋林说，耘耕，你莫紧张。这里只有我们两个，我没有别的意思，只要你给我交一个底，也好让我心底有数。

章耘耕低头想一想，说，陆经理，其实这个事你不问我，我也想同你坦白。鸡蛋冒充蛇胆事情，我的确做了一次，量不大，只一公斤。但这事弄得我每日困不着，每日担心有人来寻我，真真是被吓煞了。

陆秋林想了想，又说，耘耕，那我再问你一句，你是老实人，这主意定不是你自己想出来的，你告诉我，是哪一个教你的？

章耘耕眼神晃了晃，用力摇头，说，没人教我，只是我独个人的主意。

陆秋林看着章耘耕，想了想，便没有再追问，只是拍拍他的肩膀，说，那我有数了，这个事你不要再同别人讲，今后，要千万不要再犯了。

章耘耕点头，起身告辞。走到门口，突然转过头来，说，陆经理，你还是将我这个收购站经理免了吧，我实在做不好。

秋林说，你莫要多想，哪里跌倒，就从哪里爬起来。你章耘耕是我陆秋林提拔的，你一定要好好干，给自己争口气，也给我争口气。

章耘耕看着秋林，叹口气，关门离去。

这一日，章耘耕离开土特产公司后，没有回到收购站，也没有回家，没有人晓得他到底去了哪里。只到第二日中午，他的邻居在他家附近的一口老井里打水，突然发现井里淹着一个人。捞上来，正是章耘耕。

章耘耕的事情出了以后，虽然没有人追责，但秋林总觉得是自己责任。他后悔自己操之过急，既然许主任不再追究此事，自己为什么还要特地将他叫来询问？还有，临走时他说不想当这个收购站经理，这是真心闲话，自己为什么不能体谅，反倒还要用那种鼓励口气？

章耘耕跳井事情在供销社内部引起了不大不小风波，秋林作为主管领导，不好没有态度。这一日，跟许主任约好时间，准备上门去做检讨。到了供销社，推开许主任的门，却不晓得罐头厂童小军正坐在办公室里。

许主任说，小陆，你来得巧，跟小军正好前后脚步。

童小军笑眯眯起身跟秋林握手。

陆经理，好久不见了。

许主任说，秋林，小军，你们都是供销社骨干，以后就是我的左膀右臂。特别是小军，业务上真是一把好手啊，几年工夫，把只罐头厂做得风生水起，真是不容易。秋林，你们土特产公司定要好好向小军的罐头厂取取经。

秋林笑着点头，心里纳闷，想起前几日许主任还信誓旦旦要将童小军撤职，可现在却又变成这样亲密。但细一想，也不稀奇，现在的许主任，早就不是秋林印象中那个许主任了，又有什么不可能？兴许是童小军又去许主任家买糖了，兴许许主任吃的中华烟就是童小军孝敬的。秋林有些后悔今朝跑来寻许主任。

见秋林出神，许主任问道，小陆，你今朝来寻我，有什么要紧事情？

秋林赶紧说，没事没事，只是顺路过来看看。

许主任说，是吗，那你脚长，正好小军今朝安排饭局，你也一起。

童小军说，对对，我最近寻到一个新地方，几个下饭烧得特别赞。一只冰糖鳖，一只黄岩草鸡，还有一只柚子皮炖牛蹄。这牛蹄烧得好，软烂，会打冻。说是男人吃下去顶补，那个东西排出来都特别浓。

许主任听了便笑。不晓得为什么，秋林却觉得有些反胃。秋林随口撒了个谎，说，不好意思许主任，今朝老婆生日，吩咐定要回家吃饭。

许主任一愣，说，这样，这就没办法了。我这个主任肯定没有老婆重要。

童小军说，没关系，那改日，改日我再安排一次，我还晓得一个地方，专门寻来两三斤重的青蟹，用鸡蛋老酒喂三日，然后整只放锅里蒸，那东西吃了才叫大补。

许主任说，那会不会更浓？

童小军愣一愣，说，对对，更浓，更浓。

许主任和童小军都笑起来，旁边秋林只觉得有什么东西在喉咙口涌动，他生怕那东西会涌出来，脏一地，迅速起身，推门跑出去。只剩下许主任和童小军在背后直愣愣看着。

2

秋林坐在马师傅面前，始终不敢抬头看马师傅一眼。

秋林说，马师傅，耘耕出了事，我真是不晓得该怎么面对你。

马师傅叹口气，说，小陆，你莫要这么说，这哪里怪得到你的头上。

秋林说，你把耘耕托付给我，是我没照顾好。

马师傅说，这都是命。你还记不记得当初我跟你说他小时候事情？那时，我把他扔到那石圹里，他命大，被人救了。可最后呢，他却又跳进了那石头井里。现在想起来，这就是命，注定了他是要死在那个四四方方石板框子里，逃不过的。

秋林听了，更是觉得心中凄凉。

秋林说，马师傅，不管怎么讲，总是我不尽心，把你的事情没办好。你是我南货店里师傅。我第一份工作，跟的就是你，你对我，就是自家人一样。以后，你就当我是你自己小鬼，有什么事，尽管吩咐。

马师傅说，小陆，莫担心，我有退休工资，还有两个女儿，总的来说，还是知足的。比上不足比下有余，做人嘛，总是这样，乱梦一场。这几日，我也总想起当年我们一起南货店里忙忙碌碌，多少高兴。这一转眼，我们这些老头子做人就像做客一样，不晓得什么时候就走了。你还记得当年南货店里齐清风齐师傅吗？就在昨天我还去见了他。他跟我同出山人，现在倒比我更不如。生了恶病，一日到夜躺在床上。想想当年，多少生猛一个人，看见他，真让人灰心。对了，小陆，你有空也去看一看他吧，都是同过一场生意的，他见了你，定是高兴。

秋林应了，再陪马师傅坐一坐，便也告辞出门。走到路口小店，想起马师傅说的齐师傅事情，便又买些捏手东西，转头去齐师傅家。

秋林寻到齐师傅家，齐师傅躺在里间床上，正在休息。一眼看上去，竟是那么的老，那么的瘦，躺在那张不大的床上，竟像躺在一艘大船上一样。秋林看见他，脑子里不由浮出齐师傅当年模样，不禁鼻子发酸，几乎掉落眼泪。

齐师傅儿子齐罗成将头伏在齐师傅耳边，轻轻说了些什么，齐师傅将眼睛睁开，打量秋林。

秋林说，齐师傅，我是陆秋林，你还认得吗?

齐师傅一听，似乎有了精神，挣扎着要坐起来。

秋林说，你莫起来。

齐师傅说，小陆啊，你怎么来了？好多年没有见你了。不对，现在我该叫你陆经理了，昨天马师傅来，把你的事情都说了，真是了不起啊。

秋林说，我也是听马师傅提起。齐师傅你莫客气，千万不要叫我陆经理，还是当年一样，叫我小陆。

齐师傅说，好的好的。小陆啊，看见你才觉得时间多少快，似乎你后生还是刚刚到南货店里报到，一同站柜台。一转眼，我现在已经是躺在这里等死了。

秋林说，齐师傅，你精神这么好，定不会有事。也真是难为情，这么多年，竟然还是第一次来看你。

齐师傅说，你那么忙，忙事业最重要。你现在当了大官，南货店里这许多人，你最有出息，我听了，真心为你高兴。

秋林说，我哪里算什么大官。一个小经理，以后你有什么事需要我帮忙，尽管来寻我。当年南货店里，你多少照顾我。

齐师傅说，你这是客气话，我又照顾过你什么？

就这样，秋林陪着齐师傅讲了一番闲话，最后又叮嘱齐师傅好好休息，这才放下礼品告辞回去。

到了第二日，秋林到公司里上班，刚到不多久，便有人上门来寻他。秋林一看，来的正是齐师傅的儿子齐罗成，还拎来一大袋鱼鲞。

齐罗成说，陆经理，昨天你来得匆忙，忘记让你带点鱼鲞回去，今朝路过，正好送过来。

秋林给齐罗成泡茶。

秋林说，那么客气做什么。齐师傅还好吧，有空我再去看他。

齐罗成说，好的好的，昨天你回去，老头子高兴得长夜都没困着，我长久都没看过他这么好精神。

秋林想了想，说，罗成，你跟我自家人，不用客气，今朝来是不是有什么事情吩咐？

齐罗成有些腼腆地笑笑，说，陆经理，既然你猜到了，我也不瞒你，真有个忙想要你帮。你昨天回去后，老头子又同我讲了许多闲话。他说自己六十年代初期便进了供销社，对供销社感情最深。但因为历史问题，在供销社里一直受批斗，一直抬不起头。以前不觉得，现在生了这恶病，最遗憾便是这事。昨天你来看他，说有什么困难让他来寻你。他就想，你是国家干部，是供销社里的大官，能不能就请你出面，帮他平反。

秋林吓一跳，说，罗成，不是我推却，这平反事情我真没这么大本事。

齐罗成说，我话说得急了，也不是平反，我家老头子的意思就是想让你帮忙，寻机会跟上面领导去说说，如果他哪一日走了，能不能让组织出面，给他开个追悼会，为他说些好闲话，这样，他就是死了也算能闭上眼睛。

秋林听了，有些为难。这事太不巧，要是早些时间鲍主任还在，他还真可以去说说，以鲍主任的性格定会抱不平。但现在是许主任，他实在说不好。但秋林又不忍心拒绝齐罗成，想来想去，开口道，这样，罗成，你先回去跟齐师傅说，这个事情我去打听，让他放心，我一定会想办法。

齐罗成千恩万谢回去。秋林坐办公室里盘算一阵，将鲁一贵主任叫到办公室里来商量。秋林将齐师傅的事情给鲁主任讲了，问有没有可能土特产公司出面办这个追悼会，鲁主任听了也是直皱眉。

这个事情难办，首先土特产公司没有这样的先例，从来没有给普通员工开过追悼会，整个供销社系统都没有。另外，那个齐清风师傅又不是土特产公司职工，给他开追悼会更是名不正言不顺。而且，现在县社里又刚刚换了领导，正在风头上，我看。

鲁主任闲话没有全讲完，秋林已经全听明白。他想了想，真的没有办法也只能算数，自己也算尽力。只等齐罗成再来，便将实情告诉了他。

过了两日，果然齐罗成又来土特产公司。齐罗成一脸难为情，说，陆经理，实在不好意思，不是我要来，是老头子日夜惦记，定要催我来问问那个事到底有没有眉目。

秋林没有隐瞒，将实情全同齐罗成说了。

秋林说，罗成，实在对不起，这个事情需供销社出面才行，我官还是太小。

齐罗成有些失望，稍稍想了想，又说，陆经理，我不瞒你，老头子已经不行了，可能就是这一两日的事情。我想再托托你，追悼会不能开也就算了，你能不能到我家再去一次，假装当面答应他，现在老头子只相信你，这样，也能让他走的时候安心些。

秋林犹豫一阵，点头答应。随后，他便叫办公室安排车子，将自己和齐罗成送到齐师傅家。这一次去，齐师傅的情况明显要比上次糟糕了许多，脸色苍白，连眼窝都有些往里塌陷。齐师傅握住秋林双手。

小陆，真让你为难了。实在难为情。

秋林说，齐师傅，不要讲见外闲话。依我看，你的身体，起码再活八年十年没问题，你就放心养病。

齐师傅说，小陆，你就莫安慰我了。我晓得自己快死了，但我不怕死，但我一世都是弯腰曲背，从来没有堂堂正正做过一日人。现在要死了，实在不甘心。

秋林说，你莫担心，你的事罗成全同我说了，真到了那么一天，组织定会给你操办丧事，我亲自来主持。

齐师傅听了，脸上突然露出一丝不好意思的神情。

陆经理，你跟我说句实话，给我开追悼会，是不是不够格啊？

秋林一愣，赶紧说，够格，怎么不够格？当年谁不晓得你齐师傅，那是供销社里做水产的第一把好手。我跟供销社里领导一说明情况，个个赞同，没有一个人不同意的。齐师傅，你就安心养病，组织上是不会埋没你这样一个人才的。

听到此处，齐师傅的脸上显出几丝血色，眼睛都亮了起来。秋林看见，倒是不忍心起来。他不晓得，要是齐师傅晓得自己是在骗他，心里会是怎么感觉。

罗成将秋林送出来，走到门口，罗成说，谢谢你，陆经理，你能讲那些闲话，老爹也就安心了。

秋林笑笑，告别回去。

让秋林意外的是，刚到单位没多久，罗成便打来电话，说齐师傅走了。

秋林坐在办公室里，恍惚了一日。

3

秋林躺在床上，此刻，杜英和孩子已经睡着了，房间里很安静，可以清晰听到他们两个和缓的呼吸声音。可秋林却没有丝毫困意，整一日，他心里都不踏实，总在想自己上午对齐师傅说的那些闲话。

实在躺不住，秋林终于悄悄起来，走到书房里头吃烟。坐书桌前吃了一会香烟，突然想写点什么。这感觉有些熟悉，当年长亭南货店时，夜里困不着，他就给父亲写信，写了一封又一封，把心底闲话讲给父亲听，这才总算打发那些难熬时光。

秋林打开台灯，拿出一叠信纸。可写点什么呢？秋林不确定，想来想去，突然脑子里灵光闪过，要不，干脆给齐师傅写封悼词。开追悼会不也就是叫一堆人来念一念悼词吗？虽然开不了追悼会，但写一封悼词，也算是对齐师傅一个交代。想起这个主意，秋林有些兴奋，钢笔吸饱墨水，便开始在信纸上写字。

各位领导，各位同志，各位朋友，今天，我们怀着无比沉痛的心情，深切哀悼齐清风同志，缅怀他平凡的一生。齐清风同志，于一九二三年九月十五日出生于本县，祖上皆在县城沥石街经营水产。为人诚信，价格公道，赢得同行和顾客的一致称赞。一九五六年，公私合营，齐师傅响应号召，以一艘船两间店面入股，参加公私合营。六十年代，他更是光荣地参加了供销社，成为供销社一员。此后，齐师傅始终积极投身于各种轰轰烈烈的运动，虽然在运动中曾遭受过一些错误的对待，但齐清风同志都能积极应对，不管是在城关供销社，还是在长亭南货店，都能兢兢业业，任劳任怨，从来没有辜负组织的信任，为供销社各项事业的发展做出了自己应有的贡献。齐清风同志一生虽然平凡，却也丰富。他和妻子勤俭持家含辛茹苦把两个儿子养大，并教育培养成新一代的商业人。因为多年的操劳，齐清风同志积劳成疾，染上重病，但凭借着自身乐观而又坚韧的精神，又创造出一段与病魔抗争的佳话。他的不幸离去，让我们深感悲痛和惋惜，供销社队伍失去了一位好同志，他的家庭失去了一位好父亲，好丈夫。齐清风同志在人世度过的七十年，是不平凡的七十年，在经历了人生的艰辛与磨难、奋斗与成功等种种酸甜苦辣后，他为自己生命的光辉历程画上了一个圆满的句号。

秋林写完，将笔搁下，兴奋地粗粗看一遍自己写的东西，看着看着，突然又有些不确定起来。自己写的就是齐师傅的一生吗？一个人的一生就是这样了吗？

你在做什么？怎么还不去困？

秋林一愣，扭头一看，是杜英。

秋林说，睡不着，想起来写点东西。

杜英说，从来没见你写过东西，肚皮里有心事？

秋林摇头，想一想，问道，杜英，你说，如果面对一个快死的人，说点能让他高兴高兴的假话，这不算罪过吧？

杜英说，罪过什么？人死了，就什么都不晓得了。能让他死前听听这些高兴闲话不是蛮好？真话假话又有什么要紧？

秋林说，毕竟是一个要死的人，总感觉有些不一样。

杜英看了秋林一阵，说，那么陆秋林，我问你，如果我快死的时候问你一个问题，你会对我说真话还是假话？

秋林一愣，白了杜英一眼，说，大半夜的，怎么讲这种死不死的闲话？

杜英抿嘴笑，说，不是你先提起的啊？要不我现在问你一个，看看你到底是会说真话，还是假话。

秋林说，那我肯定说真话啊。

杜英说，真的？好，那我问你。上次你同我要过一万块，为什么拿去，后来却又给存回去了？

秋林愣住，竟半日讲不出闲话来。

杜英笑眯眯看着秋林，说，看见了吧，这真话哪有那么好讲啊？不过，话又讲回来，真话假话，最关键不是看讲的人，而是看听的人。比如你陆秋林，你即便对我讲了假话，我也总是会当真的听。

秋林一愣，说，你这真话假话的，绕得我头痛。快些去困吧，明朝还要上班。

杜英笑笑，转身回房。秋林扭过头，看着桌上那封悼词，更加感觉怪异起来，似乎越看越不像是写给齐师傅，而是虚构出来的某个张师傅赵师傅李师傅。秋林抬起头，只看着窗玻璃上照出的自己面孔出神。其实何必又要分清是写给谁的呢。写给谁的，又有什么要紧？这天下的人活得各不相同，写在悼词上却又有多少差别呢？

这样想着，秋林突然就觉得毫无意思，他站起身来，将悼词从那叠信纸上撕下来，揪成一团，随手扔进了垃圾桶里。

初稿于 2002 年 2 月 2 日

二稿于 2020 年 2 月 8 日

三稿于 2020 年 4 月 10 日

创作对谈

在无差别的世相中体恤众生之千姿百态

张忌　弋舟

弋舟：张忌兄好，首先祝贺你又完成了一部优秀的作品。《出家》之后，对你的创作我一直怀有期待，现在读了《南货店》，深感自己的期待没有落空。两部重要的作品之间，你都经历了些什么？我想要了解的是，在创作与创作之间的这段间隙，你做了怎样的文学准备与思考，对于《出家》，是否也做出过某种反观，对于《南货店》，又做出了怎样的展望。

张忌：弋舟兄好，时间真是像一部碾压的机器，将所有的东西都碾压成了一团。这样的对话，似乎对时间也有了分解的作用。

写了《出家》以后，我觉得对我来说有一种特别深切的感受，就是体味到了文学的乐趣。之前的写作，我是不坚定的，但《出家》之后，似乎一切都明朗了，我好像知道了自己最擅长什么，最不擅长什么。但我也怕这只是个假象，所以我就想写一个更长更难的作品，来印证这一点。《南货店》就是这样一个印证自己判断的作品。最后的结果特别让我满意，我真的感觉写作不再是一个工作，或者一个技能，而是一种生理反应。

简单来说，写《出家》是见自己，写《南货店》算是见众生。在《出家》里头，我想写一个人生活的可能性。就是他面对生活的种种设置，到底能作出怎样的抵抗，到底能走出多远。当然，最后我也没有答案，但从某种程度来说，这种没有答案或许也就是答案。在《南货店》里，我把时空尽量拉开，让人物自身产生某种距离，我试图从纸面上看到一群人生活的终点，但最后，所谓的终点也未必就是终点。

弋舟：我是否可以这样理解——通过这两部长篇的写作，你找到了自己的文学方式，乃至，也借此明确了自己作为一个写作者的专业性？我这里所说的"专业性"，当然不是指那种领取工资的职业行为，是指一个作家内在的能力归属感，你开始明确了写作这件事对你而言是一个重要的生命事实，你有这样的能力，并且也乐于在一定程度上为之压上个体生命的能量。

你对《南货店》的自我判断，也是我的观感，从《出家》到《南货店》，一套清晰的文学方法在你笔下兑现了，喏，这就是张忌式的小说，就此，一个风格非常一致的作家立住了。这一点其实非常重要，具有风格的辨识度，在很大程度上成为了一个作家成熟的标志。当然，这也会带来某种不确定的风险，有被限定或者略显单一的嫌疑，对此，你会有所警惕吗？比如你的风格的确颇具汪曾祺先生的审美志趣，你自己也多次表达过这样的审美认同，但是就我的阅读而言，老实说，你比汪先生更能满足我的阅读需求一些。

张忌：我想应该是这样，我还是那个观点，没有全能型的作家，一个作家只有找到自己最合适的腔调才能让自己的写作真正活起来。我觉得写作的内部是有区分的，什么样的人适合什么样的写作，跟这个人的属性有关，说得直白点，就是天赋使然。我觉得人都是有天赋的，但这天赋要使用在对的位置上。比如你的天赋适合做木匠，你却去雕花，虽然都是对付木头，虽然也能做出像模像样的东西，但却很难展现出你最好的那一面，这是很让人惋惜的事情。

对于弋舟兄说的，限定和单一的事情，我现在倒是没有担心过，一方面，我现在也不能说自己是百分之百地确立了某种风格，应该说只是心里比较有底了，可能还需要一两个小说以后再做出判断。另一方面，我对自己的判断，我还有一些新的想法。我觉得小说最重要的还是要体现作家的想法，只要这个想法不是原地踏步的，应该不会有面目单一的问题。

汪曾祺的确是我欣赏喜欢的一个作家，他的小说也不是异军突起的，而是和中国的古典小说有一个衣钵关系的。而我自己喜欢的东西正好就是这一路，就像我也喜欢《儒林外史》《金瓶梅》那样的小说，它们都是差不多面貌的。这个的确跟我的审美情趣有关，当然，这只是一个读者身份的喜欢，在写作的过程中，我也会有一些和他们不一样的想法和处理方式。

弋舟：不错，你的小说的确与“中国态度”有种内在的衣钵关系。粗略地说，当代中国文学的“西化”是独大的潮流，我们这里不讨论这个现象的得失，仅就你的小说而言，阅读之后，至少部分地矫正了我的某些好恶。

你的这两部长篇，给我最大的阅读体验是，你在相当程度上还原了世界的本相，世界在你的笔下，不是那种戏剧性冲突非常剧烈的“文学化”呈现，而对人性之善恶，你也少有泾渭分明的褒扬与鞭挞。即便小说中的故事也可谓一波三折，但你总体的叙述腔调却是波澜不兴的，死个人这种事儿，也不会大张旗鼓地去渲染，死也就死了，让生死都日常化，如同街道里弄中寻常的日子；而关乎人性的部分，你似乎从来不会对之报以过分的盼望与失望，在你眼里，善与恶似乎是不值得被格外区别的，它们作用在一切人的灵魂里，不过此消彼长，在不同的时候做出不同的表达。当然，世界的本相是否就是如此，或者，对于这本相，你还有着别样的关照，这些都是我们可以讨论的。

我要说的是，总体上，你的小说气质格外冲淡，这一点在《南货店》里表现得更加充分，因为人物、事件、时间，都比《出家》纷繁了许多，这种冲淡的气度，就显得尤为突出。我有时候会想，这其后，起绝对作用的，一定就是张忌本人的性格，往大了说，就是他的世界观与人生观在起作用。三观这种事情，同样在许多作家的作品中也是缺乏表达的，你看不出他对世界的态度，或者他的态度是朝三暮四的，而张忌，非常清晰，非常恒定，乃至于我会想，你的写作，可能就是得胜于你相对超拔的性情。

张忌：对的，我喜欢淡一点的东西，我总觉得在小说里用力是特别让我心虚的。比如我喜欢日本的电影，从小津到是枝裕和，他们的电影总是能给人一种不能言说的东西。具体到小说上，也是如此。可文字就是讲话，如何能用文字去传达一种不能言说的东西，是我一直在努力的一个方向。我找到的方法就是展示，我把我想表达的东西，都给你看，你能看到什么就是什么，我不能，也没办法提供某种标准答案。小说本身也是没有标准答案的。

我之前看《海上花列传》，感觉这个小说了不起，它就像在那里放了一个摄像机，忠实完整地记录着一切。这样的小说，你是看不到作者的，在小说里，作者这个身份是消失的。但看了这样的小说，你又会从心底里佩服这个作者，他能把一个时代的东西，就这样悄无声息地一整盘端给你。看了这样的小说，我会思考一个问题，就是作者和作品的关系。在我的文学判断里，我觉得作品里作家是不应该出现的，他更应该是一个观察者。比如《围城》，《围城》是我很喜欢的一部作品，但我不喜欢里面作者随意的介入，我觉得小说里头人物说话的时候，作者是不应该插嘴的。在写《南货店》的时候，我就刻意地反复跟自己强调这一点，千万别说话，让人物自己说。弋舟兄说我的小说叙述腔调显得波澜不惊，可能就是这样一个原因，我想让作者的身份尽量往后退。我不想提供判断，因为文字里，那么多人在里头艰难地生存着，我做出任何判断，都是轻佻的。

我的性情，是属于偏软的，从小到大，我很少会大声说话，一大声了就会心虚，觉得自己没有这样说话的底气，小说里也是这样，一写到强情节，我就会本能地不自然。生活中，我也是这样，不大会去争，也不会去出头，觉得没能力，也没意思，但我也不会去苟合，不会去迎奉什么，我觉得能尽量喜欢一些自己喜欢的东西，守一些自己能守住的东西就可以了。现实生活中，写作中，都是这样。

弋舟：对，这一点在你小说中塑造的核心人物身上就有所体现。《出家》中的方泉，《南货店》中的秋林，都是那么一种“弱弱的”、面对世界时常常选择有所退避的气质。这种气质秋林更充分，他更像是一个生活的旁观者，而不是参与者，小说里那么长的一个时间跨度里，他仿佛只是旁观了周遭一切的变故，自己则是水到渠成或者干脆是随波逐流地也顺道跟着时光一同走过来了而已。方泉在姿态上还有一些主动的应对，秋林几乎就是一个放弃了行动力的人。如此塑造人物，背后也许有你更为深刻的生命体察，一方面，他就是你生命样式的映照，一方面，你也赞同这样的生命样式，有点儿无为而治的意思。所以，就像《出家》一样，人的艰难在你笔下都不是那种过于血泪斑斑的，苦总归是要苦的，那么苦来苦受，想想办法，也就过去了，这想办法，也仅是为了不那么苦，其实也并非是一定要向着甜去的。但他们有时又显得深谙世故，小说里那些人物的手段和伎俩，真的是巧妙，却奇怪地并不是那么令人反感，就如同烧得一手好菜一样，仅是活着的智慧与小小的乐趣，这也许真的是找准了绝大多数中国人活着的底色，不那么野心勃勃，也不那么善良，有自己的小机灵，活着活着，弱弱地就把一辈子度过去了，但本质上，却是可观的生命力。

我觉得，在你的笔下，人物的基本性情是不会改变的。方泉因了境遇的不同，会产生一些自我的怀疑，但在根本上，他还是那个比较正派的人，秋林在时代风尚的变迁之中，也渐渐感到了困惑，开始警惕自己的变化，但总体上，我觉得他不会被裹挟到时代的浊流中去。这时候，他那种随波逐流式的态度似乎又发生了重大的逆转，呈现出某种人格上值得被信赖的恒常感。那么，如果《南货店》写续篇，你会让秋林变成一个沾染上了时代习气的人吗？

张忌：秋林的这一路，可能跟我脑子里最深处的想法有关。这一点，我可能是有点消极的，我觉得人就是来世上受苦的，有了这样一个前提，那在人世上遭受各种的苦也就自然而然了，所以我并不会在小说里展示恐惧或者惊慌失措，最多的可能还是有点逆来顺受的那种感觉。另外，我也觉得人是改变不了任何东西的，大到你眼前的世界，小到你的个人，什么都改变不了。人的一生就是齿轮跟齿轮的一种磨合的状态，你也说不清楚是你带动了别的齿轮，还是被别的齿轮带动。起初，棱角分明，转起来还有点劲，磨到最后，棱角慢慢没了，开始打滑了，人这一生也就结束了。你去跟这个世界争是这个状态，不争也是这个状态。写小说，不管是有意还是无意，最后透露出来的总还是你的一个世界观。我以前看过一个纪录片，说是人类消失后的地球会是怎么样。我看见植物还是照样丰茂，水流还是照样湍急，除了没有人，没什么两样。这个纪录片让我印象深刻，我想这可能就是我的一个世界观。

弋舟兄说的小说里人物的手段和伎俩一方面是跟我写作的方法有关。我写小说一直都是这个路子，我极少为一个故事写一个小说，我的出发点总是一个人。我不会事先设想故事，而是会花很多时间去想这个人是怎么回事。可能是这样的一个写作方法，我的小说总是缺乏那种大起大落的强情节。但小说毕竟是一个手艺活，你得让人看下去，所以写作过程中我会特别在那些枝叶散蔓的地方下功夫。另一方面，也诚如你所说，我脑子里也一直觉得这就是我认为的人的真实。我现在还清晰地记得很早以前的一个事情。那时我还是念小学，我有一个要好的朋友，这个朋友年岁比我大，念高中。有一次，我跟他去书店借书。我坐在一旁看书，他就在一个书架面前转。突然，老板就一把将他抓住，声色俱厉地说他偷书。他辩解一番，最后还是无奈地将藏在衣服里的书拿了出来。老板像个执法者一样罚了他5块钱，才算作罢。可等他走出书店的时候，那老板突然又笑眯眯地招呼，说，有空常来看书啊。当时，我心里很难过，难过的来由，有一些是来自朋友，他出了那么大洋相，我为他难过。而另一些，我是为自己难过。但当时我不知道自己难过什么，后来再长大一些，我就明白了，我难过的其实是我第一次面对了生活的真实，原来生活并不是好人坏人那么简单。现在每次回想起来，我总是会怀疑是那个老板的声色俱厉和笑脸一直影响着我对人的基本判断。我讲这样一个故事，或许弋舟兄也能多少了解一些我为什么总会写那样的人物了。

在小说里，无论是方泉也好，秋林也好，不管怎么随波逐流，但最后还是有他们的底线，这一点倒是我特别在意的，我觉得再不堪的人，也有他们的底线，这个底线他们是不能破的，也是我不能破的。所以，如果哪一天我要继续把这个故事写下去，别的东西都会变，但这一点，肯定不会变。如果不是这样，至少对我自己而言，我没有丝毫写下去的欲望。

弋舟：回到世界观的命题中了。张忌你是那种能将世界观非常忠实地落在创作中的人。于是，以作品应对你这个人，我也看到了不少貌似相悖的东西。譬如，一方面，在总体上你的作品呈现出某种薄凉的不动声色感，但在许多的细节，又布满了深切的同情。就像你刚刚所讲的那个童年记忆，其中的感受，便极具敏感和忧伤；世界在你眼中，几无差别，你显然不是一个持有“进步论”观念的人，于是，反映在对于时代的体认上，你也绝不会认同今天便一定比过去进步，这一点通过《南货店》的书写，表达得非常明确，在一定意义上，你甚至还是一个“落后”的拥护者，念旧，总是带着温柔的目光回望过去的岁月，你关注的，只是一个个具体生命的本身，这生命所处的时代，在你眼里，或许并不起决定性的作用，这样的一个个人，好像从古至今，都只能是如此这般地活着。你只认同众生的千姿百态，于是，在无差别的世相中体恤众生之千姿百态，就成为了你写作的一个鲜明的标记。

起初，我会觉得用“南货店”作为题目不那么恰切，因为秋林那段具体的南货店日子，在整部小说中只占了不多的篇幅，用它来囊括整部作品，似乎显得小了一些，但读完后我不这么认为了，感觉你非常准确地用这个名字盛放下了自己的写作意图。南货店那种小的、琐碎的、日常的乃至贫贱的物质聚散地，也许正能落实你对世界的理解。你并不关注轰轰烈烈的事物，世界在你眼里，不过是由那些无数的小物事、小日子构成的，那才是你眼中世界的本质。于是，你便可以用一家南货店来盛放下整个的世界与时代。这种命名方式，和《出家》如出一辙，现在想，所谓出家，肯定不仅仅是指那种具体的宗教行为，何为“出”，何为“家”，在你的文学语境里，都有另外的修辞指向。这非常好，也非常地文学。

张忌：弋舟兄这个感觉，跟我非常相似。和《出家》不一样，那个题目从一开始我便特别地确定，但《南货店》，一开始落笔时，我也觉得不是特别贴切，写作初期，也在考虑是不是应该换个题目。但因为想不到太合适的，就一直没动。但奇怪的是，后来越写下去，反而越来越觉得这个题目合适。这个小说本身就像一个南货店，像货架一样存列着各种人物。而且，这是一个写南方的小说，南货店又是特别具有南方属性的一个名字，所以到最后，我还是用了这个题目。

弋舟兄提到了进步这个词，我似乎还真是一个不求上进的人，而且我的确是一个念旧的人。在我感觉里，旧的东西会有一层特别温暖柔和的色调，让人会变得特别安心。我不知道你留意到没有，《南货店》里，不管是春华，杜毅，还是卫国，昆山，还有其他一些人，不管现在的日子过得怎么样，他们都会念一句旧时光的好。这也算是我在小说里夹带的一点私货吧。

弋舟：人格与写作的统一，不迷信“进步”，这也都是我所认可的立场。你的“不求进步”，我也是观察到的，从这个角度来说，你又绝非是一个现实意义上的“专业”作家，这个行业里必然的竞争与博弈，差不多都没有引起你的冲动。有时候我会羡慕你，从容平静，写作可以看出全然是因为喜爱的需要，由此你也摆脱了许多不必要的折磨，活在自己的日子里，甚至活出了自己笔下人物的那种不疾不徐。但这又没有导致乏味，相反，从你的小说中就能看出，你对日子本身，是充满着小兴趣的，美食，器物，你都有着审美性的迷恋。这是人生态度，先不说孰高孰低，至少于今已显得稀缺。

说到《南货店》的南方特质，就要说说这部小说鲜明的方言特点了。显然，你是着意这么去做了，而且我读来也觉得非常妥帖，不能想象使用标准的北方书面语，这部小说在整体上是否还能成立。就是说，语言本身，已经是这部小说重要的“内容”构成。那么问题也来了，相对来说，我算是个专业读者了，个中况味，尚有能力去欣赏，若是换作一个北方的普通读者，是否还会达成我这样的共鸣？我这里使用“普通读者”或许也不是很恰当，因为你的写作，有一种显豁的“亲民性”，甚至很大程度上，也是向普通读者喜闻乐道的方向在努力，但我们要承认，这部长篇的内里，实际上是对读者的审美能力有所要求的，毕竟，真正能读懂并喜欢汪曾祺的人，一定没有我们想象得那么多。我偶尔会认为，张忌的小说，用一副和气的样子掩藏着清高，实际上，他也可能并没有期待自己的写作被太多的人喜欢。

张忌：这可能跟我胆子比较小有关。比如我特别喜欢待在现在的这个叫宁海的地方，她只是一个县城，在整个中国的版图里，是特别渺小的。但对我来说，这样的城市尺寸其实是合适的。我每次去大的城市，我都会觉得有一种慌张的感觉，我也说不好，就感觉你是一片树叶，一阵风就会把你刮走。你会觉得这个城市是跟你无关的，是没有温度的。小地方就不一样，就像饭桌上说某人的一件八卦，大家都会会心一笑，因为就是那么大一个地方，就那么几个人，一说，几乎就都意会到了。我一个上海的朋友来宁海，我带他去朋友那里玩，带他去逛古玩店，他就特别开心。他说在上海，他要见个朋友，几乎是一件需要下大决心的事，因为赶路会特别花时间，所以朋友间来往也少。不像我这里，想去谁那里，走着去也花不了太多时间。而且这个地方几乎没有文学，没有你听过名字的作家，写作就成了一件无人问津的事情。就我个人来说，我肯定也不是一个无欲无求的人，但在这里，因为没有圈子，写作只是为取悦自己，这样反而就显得纯粹了。

关于方言，诚如弋舟兄所言，写《南货店》的确是有意地在强化。其实《出家》便有这个念头，但当时做得不像《南货店》这么彻底。这个主要还是写作上的一个需要，就像你说的，这是一个写南方的小说，如果我还是用北方的语言写，小说的气质肯定是不一样的。另外，我觉得对于写作者而言，方言写作是特别有利于叙述的打开的。我以前写东西，总有一种感觉，碰到好多的话，你想到了，你却说不出来。现在尝试用方言写作时，就会贴切很多，自己写得也舒服。特别是写对话，经常会有很过瘾的感觉。这种感觉可能像会喝酒的人，喝到位了。对于读者能不能接受，我并不是特别担心，因为这个语言并不是完全道地的本地方言，我用的最多的还是方言的句式，一些书面上无法理解的词语被我拿掉了。这一点，金宇澄老师有个特别好的看法，用方言写作，这个方言肯定是要有所改良。作为一个作家，我肯定也希望有更多的人来读我的作品，但是话退回来讲，如果没有，又怎么样呢？我觉得对我来说，写作最大的功能还是让我自己感到愉悦，这一部分，在我写作的过程中，已经得到了，我不能奢望太多。

弋舟：对于方言入小说的问题，我也没有想得特别清晰。现在想，《出家》和《繁花》这样的作品，至少没有发生我所担忧的那种后果。

同样，与《出家》一样，《南货店》也让我对你写作背后所做的基础工作感到惊讶和敬佩。支撑这两部小说的，是大量准确而琐碎的日常知识，不同的行当，特殊的手艺，这些你都有着非常自信的把握。之前我们也对此做过交流，现在，我依然要对这种写作的工匠精神致敬。我们的写作伦理太需要不断重申这样的精神。显然，你写得一点也不轻易，这令人信服。

《南货店》你前后发给我过两遍，因为在结尾处又做了调整，我没有去对比两个版本的结尾有何不同，但对那种不同深感兴趣，我很想知道，在那最后的时刻，是什么让一个小说家发生了动摇，是什么，让他推翻了先前的自己。

张忌：我觉得写作材料的准备应该是一个作家必须做的功课。我希望自己的作品表达真实，这也是一个方面。比如你想写一个80年代的人，那必须了解那个时候他吃什么，用什么，消遣的方式是怎样的，只有那些旁枝的东西对了，你写的这个人才会对。就算是当代小说，还是得做这样的功课，这应该是一个作家必须具备的一个品质。我现在越来越不相信坐在书房里写出来的小说，太单薄，也容易趋同。

其实《南货店》还有一个版本的结尾，现在的这个结尾是第三个版本了。之所以反复地调整，还是因为我对之前的腔调不满意，总感觉是我自己在说话，所以我一直在调整，就是希望最后调整出来的是秋林自己想出来的，说出来的，而不是我这个作者给他代劳了。

弋舟：之所以向你求证那个细节，也是源于我对“真实”重要性的敏感，在很大程度上，“真实”才是小说达成“意义”的唯一前提。

《南货店》定稿的这个结尾非常好，用一个“悼词”来终章，实在是意蕴无穷。你会发现，被“悼词”总结的人生，倒是也成立，只不过，那是另外一套话语中的生命。而当我们去叙述这尘世的生活时，许多时候，都是被一些格式化的话语方式扭曲着的，只有小说，能够差强人意地为我们呈上那人间的丰饶。这也如同《南货店》本身，形式上，它是书写了一段历史，但我更愿意将它看作是一群人的生命史、命运史。你用这样一部长篇，为那些无名者立传，于是，他们最终就将不再只是活在一个又一个的“悼词”中了。这是一部出色的长篇小说，不仅给我带来了阅读的快感，也在许多问题上对我形成了启迪，延展开，它还会促发我生出更多的对于文学的思考。你写作的特殊性已经日益彰显，我乐于看到我们的文学现场有着你这种不同的存在。

再一次祝贺张忌兄。

张忌：谢谢弋舟兄的褒扬。对我来说，这样的对话，就像找到一枚钥匙，能帮我打开许多写作上的可能性。

2020 年 2 月 28 日